岩石旅社

地中海爱情故事

（英）彼得·尼克尔斯 著
李静 译

重庆出版集团 重庆出版社

The Rocks
by Peter Nichols
Copyright © Peter Nichols 2015
This edition arranged with Conville & Walsh Limited
through Andrew Nurnberg Associates International Limited
Simplified Chinese edition copyright:
2017 Beijing Alpha Books Co., Inc.
All rights reserved.

版贸核渝字（2015）第281号

图书在版编目（CIP）数据

岩石旅社/（英）彼得·尼克尔斯（Peter Nichols）著；
李静译. -- 重庆：重庆出版社，2017.8
书名原文：THE ROCKS
ISBN 978-7-229-10834-2

Ⅰ.①岩… Ⅱ.①彼…②李… Ⅲ.①长篇小说—英国—现代 Ⅳ.①I561.45

中国版本图书馆CIP数据核字（2017）第022638号

岩石旅社
Yanshi Lüshe

[英]彼得·尼克尔斯 著
李静 译

策　　划：华章同人
出版监制：伍　志　徐宪江
策划编辑：于　然
责任编辑：张慧哲
责任印制：杨　宁
营销编辑：张　宁　初　晨
装帧设计：荆棘设计

重庆出版集团
重庆出版社　出版
（重庆市南岸区南滨路162号1幢）

投稿邮箱：bjhztr@vip.163.com
三河市九洲财鑫印刷有限公司　印刷
重庆出版集团图书发行有限公司　发行
邮购电话：010-85869375/76/77转810

重庆出版社天猫旗舰店
cqcbs.tmall.com

全国新华书店经销

开本：880mm×1230mm　1/32　印张：12　字数：293千
2017年8月第1版　2017年8月第1次印刷
定价：39.80元

如有印装质量问题，请致电023-61520678

版权所有，侵权必究

献给我的儿子格斯，
还有大卫、丽兹、辛西娅、马特、安妮，以及罗伯塔

当你出发去伊萨卡
期待一次远航，
充满了冒险和探索。
拉斯忒吕戈涅斯和库克罗普斯，
愤怒的波塞冬——不要惧怕他们……

始终把伊萨卡记在心头，
那里是你的目的地。
但不要太过匆促。
最好多持续几年，
等你登岛时已不再年轻，
一路上积累了无数财富，
用不着伊萨卡来让你暴富。

伊萨卡能给你最不可思议的旅行
没有她，你等于从没有出发……

——C. P. 卡瓦菲斯[1]《伊萨卡岛》

1　C. P. 卡瓦菲斯（1863—1933），希腊现代诗人。——编者注

目录

二〇〇五　再次相遇 / 1

一九九五　怀旧金曲 / 11

一九八三　转机 / 67

一九七〇　腓尼基人 / 173

一九六六　帕夫迪亚 / 245

一九五六　海浪 / 293

一九五一　伊萨卡之路 / 297

一九四八　八月　水手季 / 329

一九四八　八月——一个星期前　独眼巨人 / 337

二〇〇五　老照片 / 359

二〇〇五　再度重逢 / 373

二〇五

再次相遇

一

但凡见过露露的客人无不惊叹于她那年轻的容颜。

"露露,别开玩笑了!亲爱的,你怎么可能有八十岁?"

当第九个十年来临时,露露·达文波特依然保持着纤细的身材,看起来比实际年龄年轻得多。一头浓密的长发或编起,或在颈后挽一个松散的发髻。她的头发早在三十多岁时就全白了,这仿佛是上苍送给她的"礼物"。露露从不在意自己的健康或容颜。上苍总会有不少意外的杰作,她能拥有一个也算幸运。她喜欢散步,打理花园。她在马略卡岛最东端经营着洛斯罗克斯别墅酒店。大家都叫这家坐落在海岬上的酒店"岩石旅社"。过去五十多年里,露露靠着个人魅力吸引了大批客人的光顾。这也让她一直保持活力四射,处于幸福快乐的状态,直到十一月的一个下午。地中海的阳光依然灿烂,勤杂工文森特发现了倒在黄玫瑰花丛中的她。

中风之后她看起来和过去没什么两样,没过多久她就恢复了往日的神采,真是不可思议。总的来说,没什么改变。不过,由于大脑中有一根细小的血管突然爆裂,医生不得不在她脑子里装上类似玻璃容器之类的东西。从此之后,她开始频频爆粗口。她聊天的内容和之前一样,逻辑关系和语境也没什么问题,只是话语中加了不少新的强调词汇。一开始,朋友们都饶有兴致地坐下来和眼前这个熟悉的陌生人聊天,崭新的语言如同电影对白一般。但一段时间之后,大家还是感到一种不可名状的疏离感——毕竟这算是一种精神错乱。这还是原来的露露吗?

另一个变化是她的行程安排。昔日的生活规律不再一成不变——不像过去那般刻板,半夜起来修剪玫瑰或散步——一切都变得随性起来。她依旧和过去一样背着草编包去市场,只是时间不似之前那般固定。三月下旬的一个下午,她在去市场的路上遇到了自己的第一任丈夫杰拉德·拉特里奇。一九四九年离婚后,他们都居住在卡拉马索帕这座小镇上,但两个人却刻意互相回避了半个世纪。

虽然年纪相同,但杰拉德显然没有得到上天额外的眷顾。常年吸烟让他患上了肺气肿,他还被关节炎折磨了很多年。臀部关节需要更换,可出于对医院的恐惧,他拒绝进行这个手术,因而只能拄着拐杖慢慢地行走。

当时他正在食品店里,一边抽烟,一边弯着腰颤颤巍巍地抓起四盒酸奶,然后两个人就迎面撞上了。杰拉德穿着一件淡蓝色短袖衬衫和一条宽松的卡其色短裤,一看就是在马纳科尔的商店买的便宜货。棕色的胳膊和腿上全是深深的皱纹,稀疏的灰白头发间露出头皮上的一块块晒斑。

"上帝啊,杰拉德,你看起来他妈的糟透了,"露露惊讶地叫起来,"你这个浑蛋怎么会在这里?"

杰拉德张开嘴巴想回答她的问题,但他的大脑已经陷入了混乱。露露的粗口问候更让他那本已不灵活的脑子更加不知所措。他记忆中的她——几乎全部源于六十年前仅持续几周的快乐婚姻生活——完全不能和眼前这个满嘴脏话的人对上。他动了动下巴,试图说点儿什么,但眼睛还在四处搜寻,然后就看到了她下巴上那道依然明显的白色疤痕。

她的目光突然被一大堆诱人的深紫色茄子吸引过去，她正要转身离开，杰拉德却伸出手拉住了她的上臂。

她只好回过身。"滚开，你这可怜的狗屎。"露露挣开他的手，朝那堆茄子走去，一边走一边为杰拉德老态龙钟的样子和自己有机会呵斥他而沾沾自喜。她真是被中风折磨坏了。这可不像她。虽然已经接受了自己可能不会活太久的暗示，但这时她突然意识到杰拉德可能会比自己活得更久。此刻，她迫切地希望他先死。

她捡起一个茄子，用拇指咯吱咯吱地摩挲着外皮。然后迅速采购好所有东西，快步走到门外。

杰拉德紧盯着她的背影，过了好一会儿，才意识到自己手里还拿着东西。他低头看了看，由于攥得太紧，酸奶从盒子里漏出，一滴滴地洒在了地上，而他的手依然抖个不停。

持续了一天的狂风暴雨终于结束，浓密的乌云渐渐散开，仿佛一直在等待阳光的到来。它们越过大海向东方飘去，好像一艘艘粉色、紫色的巨型帆船。露露沿着坑坑洼洼的沙土路向前走去，路两旁是一栋栋白色的别墅，种着果树、九重葛的花园，还有一直蔓延到港口之外的石灰岩海岸。出现在这条路上的多是行人和摩托车。每到夏天人们都喜欢来这里散步，不过一到其他季节这里就变得冷清了。

露露走得很慢，她正惬意地享受着明媚的阳光——今年马略卡岛的冬天一反常态得寒冷而多雨。熟悉的海浪声给了她不少慰藉，阵阵海浪滚滚而来，瞬间就吞没了岩石。

她完全没有注意到杰拉德正跟在自己身后。虽然比不过正常人的速度，但这次他走得比平时快了不少，两条腿看上去都有些扭曲。他很想停下来点支烟，但那样的话他就跟不上她了。因此只能拼命地向前赶，就像在水下行走一般艰难。

在岩石旅社的大门口他追上了露露，他激动地一把拽住露露的手臂，她不得不转过身来。

"你根本——"他的嗓音带着那种常年吸烟的人特有的沙哑。因为缺氧，他的胸口起伏个不停。

露露再一次甩开了他的手。不过，对于杰拉德的如此行为，她不仅备感惊讶，心中还有些窃喜。此刻的杰拉德看起来状态极差，神色疲惫，呼吸急促，她甚至觉得只要轻轻一推，他就可能心脏病突发倒在自己面前。"你真可悲，杰拉德，白白披了一张人皮！"一直埋藏在她心中的怒火越燃越旺，"你这个逃兵！一个可怜又卑鄙、该死的——"

"你根本就没把那卷底片冲洗出来！是不是？"杰拉德也变得怒不可遏，他的身子剧烈地颤抖着，"我把他们引开了！你知道吗？我引开了他们！我——"他屏住呼吸，然后冲到她面前。

露露不由得把腰向后倾了倾。虽然她已经康复了——或者说正在康复中，可沉甸甸的背包里装满了茄子、柠檬、奶酪和酒，包向后甩去，她的身体开始失去平衡。

杰拉德再次抓住她的手臂，这一次——出于本能——为了稳住身子，露露也紧抓住他的衬衫。然而，两个人的身子都歪得太厉害了，他们竟一同跌了下去。他们的脸紧紧地挨在一起，杰拉德薄薄的唇边还挂着几抹唾液，露露厌恶地把头撇向一边。落地时，露露右边的太阳穴撞上了锯齿状的岩石。

杰拉德的膝盖也狠狠地磕在了尖锐的石灰岩上。他痛得尖叫起来——急促的喘息之后——他的身体痛苦地扭动着，备受折磨的屁股也跟着一点点挪动。

他们一起向下滚落，越过岩礁，跌进了大海。

二

"根据验尸官的报告，死者死于溺水。"一名警务督察翻着桌子上的报告说。他身材修长，黑色短发上涂了一层厚厚的发胶，举手投足间充满自信，一副肥皂剧中的侦探模样。"两个人肺里都有水，还有一些外伤，达文波特夫人主要在头部，拉特里奇先生在膝盖……还有其他擦伤……"他抬头看了看桌子对面的中年男子和女子，"东西都没有丢失。我们找到了达文波特包里的钱夹，拉特里奇先生口袋里的钱也在。没有物品被拿走。所以我们认为这应该不是一起袭击案件——抢劫。这些伤口很可能是跌落过程中碰撞导致的。"

警官说的是西班牙语。中年男子是达文波特的儿子吕克·富兰克林，女子是拉特里奇的女儿伊琴娜·拉特里奇——他们和死者都是英国人——不过在刚才的自我介绍中两个人都操着一口流利的西班牙语。在警官看来，拉特里奇小姐是一个地地道道的西班牙人。黑色的头发，黑色的眼睛，橄榄色的皮肤，虽然年纪和他的母亲相仿，但依然风韵犹存——也许这就是英国血统给予她的影响。而富兰克林——他的西班牙语也不错，但显然没有拉特里奇小姐说得纯正，看上去就是一个略显老态的英国普通中年男子。即使在被告知父母的死讯和有关尸体上的挫伤细节时，两个人都还是面无表情。但这却骗不过警官的眼睛。他注意到眼前这两个人几乎没有对视过，他们都在尽量避免那种会招致落泪的温情和慰藉，比如老友之间的拥抱或握手。然而，只有在他们流露出悲伤的情况下，他才好去说一些烂熟于心的安慰话语。

他们相互厌恶。

警官继续说道："现在只有一个疑问，他们为什么会摔下去。"

"我母亲在十一月得过中风，"吕克·富兰克林说，"也许这次她又是中风，而杰拉德——拉特里奇先生——试图想帮她。"

"他们是老朋友，"拉特里奇女士赞同这个说法，"如果她遇到了困难，我父亲一定会尽力帮助她的，虽然他自己的身体也不太好。"

"有道理，"警官说，"目前来看这种可能性最大。达文波特夫人的头部有外伤，这里"——他指了指自己的太阳穴——"可能是因为撞到了岩石，也许正如你所说，再次中风，或者——"他看了看富兰克林，低声说出了自己的看法，"也许就是摔下去了。她年纪不小了，还背着一个沉甸甸的包，不是没有这种可能。"

"也许吧。"吕克·富兰克林真是出乎意料得冷静。警官之前也遇到过这种情形：有些人会选择用冷漠来掩饰悲伤。人死不能复生，到底是怎样死的已经不再重要。

警官先生顺着刚才的思路描绘出一个场景。"没错，拉特里奇先生站在那里，"说完，他看了女子一眼，她脸上流露出对父亲无私的善意的揣测——"他试图帮助她，然后两个人都摔了下去，可能是一起坠落，先撞到了路旁的岩石，然后——那里很窄，全是石头，我已经去看过了——最后翻落到海里。他们身上的伤口与这种推测基本吻合。除非你们有理由怀疑有人蓄意攻击他们——"

"不，不，完全没有。"富兰克林有些不耐烦了。

"我相信这是一次意外。"拉特里奇的女儿附和道。

警官神情庄重地点了点头。"对于这对老朋友来说真是不幸。"他终于可以站起来了,"我在此向你们表达最深切的哀悼。"

两个人沉默不语地搭乘电梯来到警察局的地下停车场。最后,还是伊琴娜先开了口:"吕克,对于你母亲的死,我感到很遗憾。"

"对你父亲,我也一样。"他边说边望着映在磨砂铝门上的拉特里奇。这时,门开了。

他们朝车子走去。

"吕克,"伊琴娜突然停下了脚步,"你不觉得——老实说——他们其实是打起来了?"

"伊琴娜……"吕克耸了耸肩,"我不知道。"

"那他们在一起干什么呢?他们俩已经很多年没有见面了……自从离开阿尔赫西拉斯之后。"

一提到阿尔赫西拉斯,吕克立刻把脸扭向阴暗的车库角落:"我怎么会知道。"

"我实在想不出他为什么会在那里,岩石旅社外面,"伊琴娜想起了过去的很多事情,她看了看吕克,"你现在感觉如何?"

"麻木,"他说,"这也是我对她的一贯感觉。"

"我相信这不是你的真实想法。"

"好吧,无所谓了,"他又瞥了她一眼,"我对你父亲的离去感到很遗憾,我很喜欢他。"说完他就转身朝一辆白色的路虎车走去,那是露露的车子。他按了按遥控解锁器,哔哔两声之后,车灯闪了几下。

"你会在这里待很久吗?"她又问道。

"我不知道,"吕克打开了车门。他坐进车里,关上车门,发动引擎。她站在一旁,看着车子朝出口加速驶去。

伊琴娜朝四周光秃秃的水泥墙壁望了望,她在努力回想早上租的是什么车子。她从帕尔马机场直接驾车到蓬帕斯冈萨雷斯的太平间,见到父亲的尸体之后就来到警察局。

伊琴娜驾车行驶在通往茨安卡弗雷尔农庄那条绵延崎岖的碎石山道上，路尽头就是父亲的家。到现在她都无法相信再也见不到父亲了。从帕尔马来的一路上经过无数村庄，周围多半是新建的公路，一栋栋崭新的小别墅把道路紧紧地包围在中间，再往前便到了波光粼粼的海边。穿过茂密的橄榄树林继续向上行驶，终于到了父亲的农庄——每次从伦敦或其他地方回来，她内心都充满期盼，她知道只要到了旅途的终点就能见到父亲。父亲只去伦敦看过她两次，大部分时候她都是在这里见到他的。只要她在这里，父亲就一定会在这里，就像这房子上的石头和周围的土地一样从未改变过。

终于来到高高的山坡上，一个急转弯，一大片柠檬树林后是一个旧猪圈——那是父亲的工作间——就在房子旁边。伊琴娜停好车后从车里走了出来。外面很热，空气里回荡着蝉的叫声。

她沿着房子一侧的台阶拾级而上，台阶尽头是宽敞的厨房。伊琴娜怔怔地站着。茶壶、滤网、壶盖、带缺口的杯子、瓷盘和大骨柄刀还挂在干燥洁净的木质餐具晾干架上，下面便是巨大的方形陶瓷水槽。他把所有的东西洗干净后才出的门，可是却再也不会回来了。这时她才意识到自己永远都见不到父亲了，他不会在这里煮茶，不会在书房或客厅里看书，不会在花园、橄榄树林或柠檬树林里散步。它们都还在这里，依旧环绕在房子四周。

穿过摆满书籍的房间就到了父亲的卧室。他把床铺收拾得整整齐齐——和平常一样井井有条——然后在人生的最后一个早晨出门去市场。

她就是在这里出生的。

床旁立着一个小小的、粗糙的旧书架，是父亲用当地的松树做成的，这里摆放着他最心爱的几本书，是他当初从船上搬下来的——

或者是从沉船里拯救出来的，她也不太确定——一九四八年的时候：J.B. 伯里的《希腊史》；西莫尔的《在荷马时代的生活》；各个版本的《奥德赛》；还有一本附着爱琴海照片的书，她的名字就取自于那个美丽的大海。

她走到床边坐下，从书架上抽出一本牛津大学出版社推出的精装本《奥德赛》，蓝色的纸张已经褪色，长年潮湿空气的腐蚀让封皮变得皱皱巴巴。封面以蓝布为背景，上方画着一艘金色的十四桨木船，颜色已经模糊不清。中间是留着胡子的奥德修斯，被绳子紧紧地捆绑在桅杆上。海妖赛壬站在水里抬头望着他，放声高歌，用歌喉诱惑那些听到歌声的倒霉蛋们——这群长着翅膀的女妖爪子里抓着人骨，无比狠毒残忍。她们蛊惑水手，然后把他们囚禁起来，最后只剩下白骨和人皮。

伊琴娜翻开封面，淡黄色的内页上布满点点霉斑，上面写着几行已经褪色的黑字：

送给露露。《奥德赛》。

永远爱你的杰拉德
1948 年 7 月 20 日

一九九五

怀旧金曲

一

"为什么我不应该去？那是她的七十岁生日，"查理无精打采地坐在厨房中间大橡木桌子旁边的椅子上，一颗一颗地拣着面前的一堆生杏仁，"就因为你和外公讨厌她——"

"不是这样的，查理。"伊琴娜一边做晚饭一边说。她正在桌子另一端切洋葱、大蒜和松子："我不讨厌她，我压根儿就想不到她。"

"不，你就是讨厌她。"男孩根本不相信她的话。

"我没精力去讨厌任何人。还有，我赞同你的做法，如果想去的话当然应该去。不过，他们邀请你了吗？"

"妈妈，"他的口气既怜悯又恼怒，"去岩石旅社根本不需要邀请，直接去就行了。我已经去过很多次了。"

"我知道，不过这一次和以前不一样，应该算是大事吧？"

"没错，关键就是所有人都会去。不过跟你说实话，露露邀请我了。"

"她干什么了？"一个声音从客厅里传来。

没一会儿，杰拉德就出现在厨房门口。"她为什么要邀请你？她怎么认识你的？"他透过老花镜紧盯着自己的外孙，他身材修长，和母亲一样拥有西班牙人特有的深色皮肤。前一年暑假他还只是个顽皮的孩子，没想到一眨眼的工夫就变成了一个小伙子。他大概比杰拉德还要高一英尺，下巴刮得光光的。看起来就像一个惹人厌的年轻斗牛士，杰拉德暗想。上帝啊，救救他吧。

"外公，这么多年我一直都会去那里，"查理说，"她当然认识我。她让我当她的派对DJ，这是工作，她会付给我五千比塞塔。"

"听起来不错，"伊琴娜心平气和地问道，"为什么会选你，亲爱的？"

"她喜欢我喜欢的音乐，我也喜欢她喜欢的音乐。"

"比如？"伊琴娜继续问道。

"哦，老歌、新歌都有，她有一个唱片机，还有很多经典的黑胶唱片，你们真应该找个时间过去看看——当然是在你们不讨厌她的前提下。"

"别说了，查理。我有很多事要做，我喜欢晚上待在这里。"

"我敢肯定她一定喜欢你那些集中营音乐。"杰拉德说。

最近查理的热情一直放在客厅的留声机上，杰拉德都有些不高兴了。亨里克·格莱斯基的第三交响曲悲伤之歌，伴着道恩·阿普肖哀鸣的女高音，整个房间都弥漫着忧伤——这是一首抒情诗，查理告诉祖父，就写在一间盖世太保的牢房墙上——奥利维尔·梅西安的世界末日四重奏就是在战俘营里谱写而成的。查理的音乐老师最近特别热衷于这种音乐。

"她没有这种歌。"

"那是她的幸运。"杰拉德说。站在门口犹豫了好一会儿，最后他还是忍不住问道："那她知道你是谁吗？我指的是，你和我们之间的……关系？"

"她当然知道，外公，露露认识所有的人。"

杰拉德朝女儿瞥了一眼，她看到了他的目光，然后立刻低下头看着切菜板。

"听起来你们俩关系很不错。"他说。

"那是,我和比安卡经常去那里,她邀请我们俩去参加她的生日派对。"

"啊,"杰拉德应了一声。比安卡是伊琴娜在卡拉马索帕最好的朋友的女儿,和查理年纪一样,都是十五岁。不过去年一年她似乎长大了许多。杰拉德觉得现在的她看起来最起码有二十五岁。

"和你差不多年纪的人也会去岩石旅社?"

"有时会有一些。"查理边说边若无其事地嚼着杏仁,"一般都在晚饭后。"

"他们不会给你酒喝吧?"

"不会,我喝可乐或特瑞那[1]。"

这话从他这样的年轻人嘴里说出来就像是开玩笑。但杰拉德已经气得不知道该如何抬起自己的腿。一帮十几岁的孩子在一块儿大吃大喝,而他竟然是最后一个知道的。"真的吗?"他盯着伊琴娜问道。

"他们喝的是可乐,爸爸。"

杰拉德只得说一声"嗯",他只能用这种方式来表达自己的愤怒,因为他觉得自己看起来就像一个无可救药的老糊涂虫。

"那汤姆和米莉也会去那里?"他又问道。

伊琴娜抬头看了他一眼:"爸爸,他们已经过世好几年了。"

"哦,是的。"

他回到客厅,坐在破旧松垮的皮沙发上,拿起刚刚去厨房前放下的书——《伊萨卡之路》,这本书已经绝版四十多年了。而现在伦敦的勇敢图书公司终于出版了新版本。勇敢公司推出了一系列介绍古代历史的作品集,都是设计精美的小型精装本。这些作品语言活泼生动,

---

[1] 西班牙特有的一种饮料。——译者注

可读性强，文笔优美，作者刻意避免迂腐和卖弄。这套书出版之后一直都很畅销。虽然成立仅七年，但勇敢公司已经两次获得《星期日泰晤士报》评定的年度小型出版商的荣誉。

十个月前，杰拉德意外地收到一封来自勇敢公司主编凯特·斯麦斯的来信，它静静地躺在车道尽头角豆树下落满灰尘的邮箱里。她的一名读者在一次图书馆销售活动上"发现"了约翰·莫里出版社出版的《伊萨卡之路》，然后把书寄给了她。她觉得这本书"为远离航海时代的现代读者开启了一扇绝佳的了解之门，同时依然和首次问世时一样，与当今世界紧密相连"，公司的所有人都坚信只要进行"少许编辑"，它就可以和那些介绍帕特农神庙、希波战争、埃尔金大理石雕的书相提并论。他们认为杰拉德提供的原始黑白照片"对本书至关重要，它们体现了一个经典永恒的地中海，向现代读者展示出一卷荷马世界的现代画册"。（换句话说，也是杰拉德曾经跟伊琴娜说过的，他们觉得我都有三千多岁了。）他有没有著作代理人以便他们向他提供报价？如果没有的话，凯特·斯麦斯很乐意给他介绍一位和勇敢公司有业务往来的代理人，她相信他可以公正地为杰拉德争取最大利益。还有，他有电话吗？

心存疑虑的杰拉德写了一封回信，他说自己目前没有著作代理人（实际上他从来没有过），不过他很乐意考虑他们的提议。在把信丢进卡拉马索帕邮局的黄色邮箱几天后，杰拉德接到了凯特·斯麦斯从伦敦打来的电话，她的声音听起来充满热情与真诚，她再次表达了自己对他的书的喜爱，以及整个公司都在翘首祈盼新书的出版，每个人都信心满满。

"真是太好了！"杰拉德依然半信半疑，他心不在焉地盯着电话旁边架子上的蜜色橄榄油瓶。（一九八七年安装好电话之后，由于嫌它碍事，他把电话塞到了食品储藏室里。）

15

不到一个小时，储藏室里再次传来电话铃声。来电者自称是著作代理人黛博拉·格林，勇敢出版社授权她通知杰拉德，他们将支付给他一万五千英镑的稿酬预付款。

杰拉德早在十进制算法推行前就已经离开英国多年。十进制使得英镑大幅度缩水，现在的一英镑相当于一百便士，而过去它可以换二十先令，或者二百四十便士。他的记忆中依然保留着童年时代的英镑概念。那个时候，三便士硬币可以买十六个柠檬，每个只要一法新。杰拉德的脑子里盘算的依然是居住在船上需要的东西：充足的食物供应，如何妥善保存以应对恶劣的天气和突发情况，至少要保障未来一段不确定时间内的生存。一万五千英镑，在他看来只有抢劫火车的匪徒或电影明星才能拿到这么多钱。

著作代理人说话时，杰拉德依旧呆呆地盯着橄榄油瓶。之后的很长一段时间里，只要想到那一万五千英镑的预付款——无论什么原因走到储藏室里——他就会想象有一团像油一般浓厚的汁液向自己涌来，然后如同金色的琥珀一般把他包裹起来。

黛博拉·格林还提到了国外的版权，勇敢公司收到了来自美国出版商的强烈反响，这本书很快就会盈利，等出版之后杰拉德还会收到额外的版税——其实大部分内容他都听不懂。

杰拉德心里想说却没有说出口："随便你吧。"

她又问他是否有写一本后续书的想法，她相信那一定也会取得成功。"没有，完全没有准备，但我会考虑一下。"他这样回答道。

他跌跌撞撞地从储藏室里走了出来，最后，他给自己煮了一壶茶。

几个星期之后，一张六千三百七十五英镑的支票（预付款的一半，扣除代理佣金之后，剩下一半将在出版后支付）到达了角豆树下的邮箱。他把钱存进自己在卡拉马索帕的西班牙国际银行开设的账户内，然后开始考虑该如何处置它。过了几个月，他决定把屋顶上的瓦片更换掉。然后又给伊琴娜寄去了一张一千英镑的支票作为生日礼物——"当然,有一天所有的一切都会是你的。"他隆重地写道——然后又送给查理一百英镑作为生日礼物。

收到凯特·斯麦斯第一封来信一年之后,他的新书,这份晚年的奇迹,终于在他七十岁时出版了。此刻,这本书正摊开着放在皮沙发上,就在杰拉德的面前。出版商还添加了一个副标题:一名水手探索出的荷马奥德赛之路。防尘封皮,古老的马赛克墙壁,长着六个脑袋的女海妖斯库拉把奥德修斯紧紧围住,灵动的场景比呆板的希腊花瓶生动得多,能给读者渲染出一种预期。打开这本书——正如凯特·斯麦斯在电话里告诉杰拉德的那样——这封面预示里面的内容一定丰富有趣、令人期待。杰拉德觉得封面确实很美,地中海蓝包围着马赛克,呈现出一种历史的厚重感,还有那水印——真的很棒。

不过如此多的钱带来的令人眩晕的幸福和快乐感没有持续多久就被某种不安所替代。出版社开始频频邀请他——既是一种压力,又是一种奉承,他不停地接到凯特、编辑,还有出版团队其他人的电话,甚至连伊琴娜也加入到敦促的队伍中——来伦敦参加新书发布会。三天后在大英博物馆的杜威恩美术馆举办,那里曾经展览过被埃尔金掠走的帕特农神庙大理石雕像。凯特还在电话里巧言说服杰拉德同意在派对上朗读书中的片段。过去几周他陷入了极度的焦虑中,他怯场了。每天天还没亮他就一身冷汗地惊醒过来。他觉得自己被一群像斯库拉一样的人包围着,周围尽是聪明绝顶的文学专家,虽然面带微笑,但却已经在咬牙切齿地等着了。他们的知识更为渊博——其中的一个作者是剑桥大学的老师,专门研究帕特农神庙。他觉得到时候自己一定会结结巴巴地说不出话来,说不定还会紧张到小便失禁,或者干脆蹲在厕所里不出来。他还要准备"即兴"演讲,寻找适合朗读的章节,要"有趣"的,这是凯特的建议。

刚拿起书,他就听到外孙在厨房里提到了那个女人的名字,他条件反射地把书放下,走到厨房门口。他低头看着那漂亮的封面,突然意识到,无论是哪个版本都将带着一个无法抹去的污点。

查理穿过房间:"拜拜,外公。"

"你不留下来吃晚饭了吗?"

"不了,谢谢。我要和朋友一起去城里吃。"

没多久,杰拉德就听到隔壁浴室里传来查理哗啦啦的小便声,强劲有力,和他自己那种断断续续、令人哀伤的低迷声形成鲜明对比。

"你不介意他去参加那个派对?"晚饭时,杰拉德问伊琴娜。

"不介意,大家都去那里,我不会拦他。"

"那把他留在这里你放心吗?我跟你说过,我完全可以自己一个人去伦敦,然后再回来。"

"我不确定。他没事的,爸爸。佩妮和弗朗索瓦很高兴让他——"

"我相信比安卡也一样。"

"是的,她会的。他们是很好的朋友。"

"不过他们……"

"他们有没有上床?我可不这样认为。我估计他们接吻了。也许更近一步。不过他们确实很亲密,我觉得没什么问题。不管怎么说,如果不去你那个新书派对我会疯的,我指的是,拜托——大英博物馆啊,你的书的重启仪式。在我还没学会看书时它就已经消失不见了。所以我想见证你荣耀的一刻。"

"我觉得更像是一种羞辱。"

"你一定会很棒的。他们都被你的书深深打动了。你不必发表演讲或者说些什么,只要说'非常感谢',然后读几句书中的话,剩下的就交给他们吧。一定会很有意思的。"

"嗯。"杰拉德应道。然后,两个人一声不吭地低头吃饭。今天的晚餐是土百特，是伊琴娜从妈妈那里学来的：它是一道马略卡岛本地菜，里面有茄子、西红柿、洋葱、大蒜和山羊奶酪，添加了自家树上产的橄榄油。他抬头看着挂在墙上的画，这些都是伊琴娜的作品：东部的马略卡岛，广阔而连绵不断的棕土，那些线条和阴影如同他饱经沧桑的手背上的静脉和斑点一般熟悉。它们已经挂在那里很多年了。

"现在你还经常画画吗？"他问道。

"不，说实话，完全不画了。我想有一天我还是会画的，一定会。只是现在根本没有时间——好吧，我想这实际上意味着我已经没兴趣了。"

"我希望你会。我非常喜欢你的画，你知道的。你是一个优秀的画家。"

"你真好，爸爸。"

"查理画画吗？"

"不，他只喜欢音乐。呃，你听到过他在房间里弹乐器吧。"

"听到过，他非常棒。不过你在音乐方面也不错。你以前总喜欢随身带着录音机播放歌曲，我记得你喜欢那个什么飞向月球。"

"《每个人都去到月球》。"

"没错，我觉得它听起来很孤独。"

两天后，他们站在一队被太阳晒到起泡的英国游客中间——大部分人穿得像是刚从海滩上回来似的——成堆的行李缓缓涌向帕尔马机场的伊比利亚登机台。

"这些人不会都是和我们一个航班吧？"今天杰拉德穿戴得干净整洁，褪色的蓝色帆布裤、网球鞋，还有因为洗的次数太多而几近透明的白衬衫，干净的旧米色亚麻夹克，是那种在20世纪30年代深受英国老师喜爱的款式。

"是的，"伊琴娜说，"待会儿人更多。"

"一架飞机怎么能装得下这么多人?"杰拉德问道,他对这个大机器的印象还停留在战争年代。一九四二年,他谎报年龄后加入了英国皇家海军,然后登上了皇家海军舰艇"暴怒号",那是一艘由轻巡洋战舰改造而成的航空母舰。它在朴次茅斯和马耳他之间运送过英国国家空军的喷火战斗机和飓风战斗机。那些飞机的大小和一艘帆船差不多,外表精致,操作方式也没什么两样:钓鱼线粗细的电线控制着轻如羽毛的机翼。中间部分又像是大而单薄的箱形风筝,每次在甲板上启动时都摇摆个不停,就像风中的灌木一般。杰拉德觉得它们太不可思议了,直到有一天他亲眼看到它们坠毁。漂亮的机体从高空疾速坠落,然后爆炸,最后散落到海里或岩石嶙峋的岸边。即便没有防空炮击,它们有时候也会突然变得不可捉摸,像一群自负疯狂的发明家。战争期间和战后的一段日子里,杰拉德的足迹遍及亚历山大港和直布罗陀之间的地中海,他乘坐过各种型号和大小的船只。它们中有的漏水,有的沉没了。不过只要速度不超过正常的巡航速度,人们都有机会游泳或划船逃生。所以一直以来他都没有机会坐飞机。杰拉德曾经在马略卡岛附近水域失去了自己的船,一度陷入了孤立无援的境地。一九七九年,在没有其他选择的情况下,他只好乘飞机去伦敦参加女儿伊琴娜的婚礼。他觉得眼前的一切如同梦境一般:书的再版,他高兴到同意飞去伦敦参加一个在大英博物馆举行的什么鸡尾酒会。如果他们早告诉他必须坐飞机才能看到新书的出版,才能拿到那一万五千英镑,他很有可能会不同意。他会认为这些都是荒诞虚幻的赛壬的诱惑。

"也许我们可以不上去。"他满怀希望地说。

伊琴娜面带微笑地望着父亲。"我们已经买过票了,肯定要上去的。"她挽着他的手臂,"别担心,你不会有事的。等办完登机手续后我们去喝杯咖啡,吃点儿三明治。"

二

露露给自己准备了许多生日礼物。没有人知道她到底想要什么,想做什么。第一份礼物是一盘热气腾腾、撒着糖粉的螺旋状面包,这是她的早餐,也是马略卡岛特有的美食。她几乎没怎么吃,虽然它们看起来既可爱又诱人(通常只要吃超过一个就不会再受诱惑)。这都归因于她的节制。偶尔吃上一个就已经心满意足了。

弗洛里安娜的到来算是她的第二份生日礼物,虽然这只是常规安排下的一个惊喜。下午四点,这个沉默而强壮、带有明显印第安特征的巴西女人来给露露按摩。她们并不是朋友。弗洛里安娜说:"下午好,夫人。"然后就开始忙活起来。抹油,揉捏,强劲有力的双手在露露纤长柔韧的身体上下移动,她像占卜者一般召唤着皮肤下的肌肉和神经。露露渐渐地放松下来,抛开了一切不安与不快。

她计划给自己送一份大礼。

午睡中的吕克被一阵嘈杂的说话声吵醒,窗外还不时传来叮叮当当的碗碟声。他昨晚很晚才赶到,中午又喝了不少酒。房间里明显凉快了许多,光线也比刚躺下时柔和不少,之前百叶窗下的窗栅栏还闪耀着刺眼的亮光。一阵夹杂着花香的微风拂过他的脸颊和胸膛,这时他听到了外面松林间的风声。

　　他一丝不挂地起身走到窗边，拉开百叶窗。楼下便是宽敞的庭院，参差茂密的松树下站了不少人，他们是母亲雇用的生日派对的服务员——一群黑头发的马略卡本地年轻人，无论男女都是清一色的黑色紧身裤、黑色运动鞋和白衬衫——他们正在摆放餐桌和餐具。一个身材魁梧的女人正在给他们分配任务，她就是神秘的布朗薇，即使穿着宽松的短裤和超大T恤也遮不住她胸部和腹部的赘肉。

　　吕克的目光落到了其中一个服务员的身上。她个子很高。吕克只能看到她的背影。纤细而丰满的臀部紧紧地裹在紧身裤里。一头波浪般的黑色长发披在肩上。白色的衬衫被风吹得起伏不定，什么都看不出来。就在这时，她转过身来，他看到了一个高挺的鹰钩鼻。她正专心地听着布朗薇的指示，嘴巴微微张开。然后迅速朝厨房走去，就这样消失在吕克的视线中。

　　吕克拉上百叶窗。这是主楼旁边的二层小楼角落里的一个房间，这栋小楼上大多是客房。营房，母亲总是这样称呼它：长方形，白色，瓦房，百叶窗是和主屋的窗户一样的绿色。几十年来，金银花、九重葛、棕榈和天竺葵的繁茂枝叶遮住了墙壁和墙根，使得整栋楼若隐若现。除了人生最开始的那一段短暂时光，也是父亲和母亲还在一起的那段时间之外，吕克从未在母亲这里有过专属于自己的房间。只有在淡季或客人不多的时候，他才可以待在主屋的小房间里。20世纪60年代中期，大概在他十几岁的时候，这栋两层的小楼还没有建造，在靠近后墙的一排土色砖头小屋中，他选了一间搭造了一个属于自己的小窝。这些小屋都很简陋，主要用来收藏园艺工具，说不定还一度住过牲畜。他把床垫固定在木板和砖头上，拉了一根搭衣服的绳子，做了一个书架，又从主屋拉出一根电线，把两个端头拧到灯泡插座的螺丝上用来照明。虽然这里小得就像一间禁闭室，但吕克却找到了一种家的感觉。在他看来，这里可以远离主屋、吧台，还有那些客人，当然，最重要的是他的母亲。他能自由地在这儿和车库之间穿梭，毫不担心看到别人或被别人看到。他拥有属于自己的秘密生活。人们经常会忘记他的存在，少则几个小时，多则几天。在漫长的两个夏季之间，他会回到巴黎上学，和父亲一起住在市里的六层公寓内，那里有高高的天花板和高大的落地窗。这个时候，工具房的墙壁会因为发霉而变黑，必须重新刷白。等到七月他又回到刚刚粉刷好的小屋里，或躲起来看书，或计划自己的性生活，像只警觉的蜘蛛一般藏在角落里度过整个夏天。可惜他的小窝和其他小屋后来都被拆除以兴建营房。从此以后，他只能这个房间住住，那个房间住住——在没有客人的时候——在这栋崭新的小楼里。

他看了看墙上的镜子，不由得收起小腹。对于一个四十多岁的人来说，这副身材还算不错。他套上浴衣和T恤，抓起一条毛巾，光着脚走下楼梯。他绕过院子里的餐桌和服务员，径直朝大门走去。

"你好，亲爱的吕克。"院子另一边吧台旁的客人和他打了声招呼。

"你好。"他挥了挥手。

他在马路对面找到了阿普丽尔，她正躺在海水上方狭窄的岩架上，后背下垫着毛巾，上半身什么也没穿。她刚从海里上来，油亮苍白的皮肤上还挂着一颗颗水珠。

"嗨，"他说，"你好吗？"

"哦，嗨。"她用手遮住刺眼的阳光，眯着眼睛仔细瞅了瞅对方，"我很好。你要下去吗？这里的海水真是太不可思议了。"

"我可能会下去。"吕克把毛巾铺在她旁边，坐了下来。他还不想跳进水里搞得浑身湿漉漉的，不想把自己依然惺忪的身体彻底震醒。阿普丽尔垂下双手，闭上眼睛继续躺着。

"你不担心被晒伤吗？"他问道。

"呃，呃，我涂了高倍的防晒霜。"

阿普丽尔大概二十五岁。她刚刚完成一部电影的拍摄，剧本是吕克写的。电影里呈现了她半透明的乳白色皮肤、草莓色的红发。电影的布景和场景十分单一：巴黎郊区一处荒废的公寓塔楼，拍摄时间集中在光线昏暗的黎明和黄昏。曝光的胶片颜色饱和度很高。只有这样，那个被偏执狂前男友跟踪的女孩（阿普丽尔）才有可能融入她所走进的混凝土建筑中，直到最后把他逼疯。但实际拍摄中，吕克和导演决定删减阿普丽尔的大部分对话，剩下的部分改为带着喘息声的低语，以避免她的圣费南多谷口音影响电影的效果，哪怕是最简短的法语。这样一来人物的虚幻感与阈限得以提升。

她现在看起来比之前健康多了。靠近时可以看到皮肤上隐约有一点点雀斑，显得活力十足——轻柔的海风拂过，水滴慢慢蒸发。吕克弯下身子，轻轻啜着她身上咸咸的水滴——

阿普丽尔向后缩了缩身子，躲开了。"不要！"她说。

"为什么不行？"

"会被别人看到的。"

"这里没有别人。"

"好吧，你在公众场合这样做让我很不舒服。"

"那就随你吧。"

吕克抱着膝盖坐了起来，他朝一望无际的大海望去，一个巨大的昆虫形状的摩托艇绕过海岛的最东端朝近海驶来，可能是从帕尔马到波连萨，或者是驶向豪华的弗蒙托酒店。

"那，好吧，"阿普丽尔依然紧闭着双眼，"我想聊聊你的母亲。"

"行。"

"嗯，她很漂亮。"

"是的。"

"我的意思是，就是，我不敢相信她已经七十岁了！"她有些激动，好像这几个月来吕克一直没有跟她说实话。

"你觉得她看起来很年轻。"

阿普丽尔激动地喘了一口气："没错！差不多四十？可能？还有她操着一口正宗的——我不知道——英国上流社会口音。"

"只是现在听起来像。过去这种口音被称为 RP，也就是标准发音。在九十年前，很多英国人都是这样说话的。你可以在过去的新闻短片中听到这样说他们的苏伊士'运——河'。"

"那你英语发音里的美国口音是从哪里来的？"

"因为我是美国人。我跟你说过，我是美国人。我爸爸是美国人。我和他在一起时说英语。"

阿普丽尔不再说话，她似乎在思索着什么。过了一会儿，她又问道："你父母之间到底发生了什么？他们为什么会分手？"

"他们为什么会分手？因为无法相处下去了。"

"那她有男朋友吗？"

"没有你指的那种男朋友。"

"你这样说是什么意思？"

"她有很多朋友，还有很多访客。他们会专程飞过来过几天。"

"你的意思是他们会过来看她，然后上床？"

"是的。"

"哦，哇哦，那是不一样。你觉得她会采取安全措施吗？"

"你知道吗，亲爱的阿普丽尔，我不会去打听这些。"

"好吧，她虽然是上一代人，但你知道的，她的思想却很新潮。"

"我不会过问她的事情。你还是多关心关心自己吧，你要进来吗？"

"过一会儿，我喜欢这里的宁静。"

"那你慢慢享受吧。"

吕克站起来朝马路对面走去。

"原来你在这里。"露露走在吧台和主屋中间的院子里，迎面碰到了吕克。

"你好，妈妈。这个生日过得好不好？"

"好，很好，亲爱的。进来和我喝杯茶吧。"

吕克跟着母亲进了主屋。

"我要喝点儿茶，布朗薇。"路过厨房门口时露露喊道，"能不能麻烦你再给吕克来一杯？"

"好的！"一口硬邦邦的河口英语[1]。

他们走进客厅，站在这里可以眺望绿荫遮盖的庭院，密密麻麻的九重葛遮住了脏兮兮的路面，还有石青色岩石和大海。露露坐在淡蓝色的沙发上，吕克则躺到她对面的旧皮椅上。

"你的阿普丽尔确实很可爱。"

啊，没错，他暗想，终于来了："是的。"

"她好吗？"

"你说什么？"

"她是个好演员吗？"

"哦，还不错。你知道，她才刚刚开始。到目前为止还不错。她看起来适合——"

"那你喜欢那部电影吗？你对它抱有希望吗？"

"呃，它肯定不会成为《阿拉伯的劳伦斯》。"这是吕克最喜欢的影片，一度被视为电影业的基准，在它的映衬下，后面出现的所有影片都黯然失色。

---

1 伦敦泰晤士河河口英语，英国东南部英语方言发音和非地区性语言的混合体。——译者注

"为什么不会,亲爱的?"

吕克温柔地笑了笑:"妈妈,它只是一部小成本制作的独立电影,黑色惊悚片,不过很前卫。我觉得自己做得还不错。一切都取决于上映后的表现。如果能得到一些好评,表现得比较亮眼,我的价值也会升上去。如果得不到好评,或就此消失,对我影响也不大。现在的薪酬制度比较合理,我会继续写下去。"

"那么决定结果的因素有哪些?"

"很多方面,演员的表现,他们如何——"

"'他们'是谁,亲爱的?"

"导演、剪辑师、制作人——"

"我还以为你准备制作你的下一部影片了。"

他故作心平气和地大笑起来:"好吧,我确实在尝试。不过一切并不是那么容易。《阿拉伯的劳伦斯》可能是有史以来最伟大的影片,但如果是在今天它不一定会成功——"

"你曾经亲口跟我说过——实际上,这么多年来你一直在抱怨——编剧没有任何权力,你只是一个雇员。但如果你能把它制作出来,你就是老板。你找来合适的人,告诉他们你想要的效果,这样你就能控制最终的结果。"

"是的,不过——"

"你必须拿出自己的计划,是不是?"

"是的,妈妈,你说得没错。还有钱。这正是我努力的方向。我跟你说过。我要写剧本,还要阅读资料,查看道具,和人们谈——"

"你的话听起来很像是小学生在为自己没写作业找借口。吕克,你已经四十五岁了。你不可能永远都是一个初学者。你一直在原地踏步。即使电影一塌糊涂你也不会受什么影响,那是因为没有人听说过你。你的下一部小说要写什么?为什么不继续写呢?"

"我写了，妈妈。你已经看过了，你觉得它很垃圾。显然，你是对的，因为没人愿意出版它。"

"那你就写一部好一些的。我说的是一部精彩的小说。为什么不写呢？看看那些正在售卖的垃圾，你的比那些好多了。写一本好书。"

"想法很好。我没有想过——"

"我不能眼睁睁地看着你沉溺于失败之中。"

"妈妈——"吕克深吸了一口气，强颜欢笑，"我已经写了四部剧本，赚了不少钱。我在巴黎有一间漂亮的公寓——"

"那是你爸爸的公寓。"

"无所谓，反正现在是我的了。它值一大笔钱呢。我有工作，有朋友，过着光鲜的生活。哪点能看出来我失败了？"

"你把自己扔在一堆渣滓中。看看这个人，你带来的女孩子，漂亮、甜美、极其单纯——但她适合你吗？我的意思是，你到底在干什么，亲爱的？"

"听听你说的话，这个人，"吕克比自己想象得更加气恼，"我的意思是，那你呢？你最后一次尝试和别人谈恋爱是什么时候？"

"亲爱的，我有很多亲密的朋友，你知道的。但我不谈恋爱，就像我不会在巴登巴登泡温泉一样。"

"我知道。你能自给自足，除了需要定期服务之外。而我，和你不一样，我一直在尝试着和人类接触，建立各种关系。虽然很难，但我一直在尝试。有一天，我甚至会想要自己的孩子。我认为带个女孩来你应该会高兴，但你没有。你反而——我的意思是，你到底想说什么，妈妈？"

露露平静地望着他："我在说你曾经给我说过的笑话，关于编剧在电影行业中的地位。"

"有很多笑话，你说的是哪一个？"

"那个笨到和编剧上床的明星的笑话。"

"啊，"吕克看了看手表——那是父亲留给他的一块旧劳力士——似乎想起了某个约会。他站起来："好了，我要去冲澡换衣服了。"

这时，布朗薇端了一个托盘进来。

"我把你的茶端来了，"她对吕克说，"你要把它带走吗？"

"不，谢谢你，布朗薇。"说完，他转身离开了。

吕克朝营房走去，没走几步，他似乎改了主意，突然向左转穿过院子。

"你好！"吧台后面的金发女郎热情地和他打招呼。在露露这里工作的大多是英国女孩，一般都非常年轻，愿意拿极低的报酬在马略卡岛待上整整一个夏天。眼前这个女孩吕克从没见过，她穿着一件宽松的纱笼。

"嗨，我要生力啤酒，瓶装的就行了。"

"没问题，你是吕克，是不是，露露的儿子？"

"是的，你是哪位？"

"我是萨利！你好！"说着她把手伸到吧台外和吕克握了握手。

"你当然是。"他说。

"你还是电影制片人！"

"只是个编剧。"

"哦，真厉害！"

又一个白痴。

"不，不，吕克，她真的叫萨利！"一个坐在旁边高脚凳上的老男人说。他几乎全裸，手指间夹着一根腊肠大小的雪茄烟，小小的泳裤紧紧地绷在硕大的肚子上。"这个萨利确实是萨利！"

20世纪60年代，岩石旅社里最受欢迎的调酒师是一个丰满漂亮、热情奔放的金发女郎，她的名字就叫萨利。从那之后老客人们管所有的女调酒师都叫萨利。

萨利从带着把手的柜式冰箱里拿出一瓶生力啤酒，然后又咔嗒一声关上了。酒瓶表面立刻凝结了一层霜，她把瓶子放在吧台上。

"我会记住的，"吕克说，"最近怎么样，理查德？"

"我很好，老弟。"理查德叼着雪茄烟说，"你怎么样？阿拉贝拉见到你一定会非常高兴的。还有你的朋友。"

"我也很期待见到她，"吕克说。"记我的账上。"他对萨利说。

"太棒了！"她说。

这时，吕克看到一对坐在吧台旁的年轻的情侣正微笑着望着自己。他觉得很不好意思，他看得出来他们是想和自己说点儿什么。他们迅速地站起来，激动得连声音都变了形。"哇哦，你是做电影的？"他赶紧逃开了。

吕克拿着啤酒穿过院子走到一张还未铺好的桌子旁边坐下。他把瓶口举到嘴边，冰凉冰凉的感觉。这是他今年喝的第一瓶生力啤酒。十五岁那年，也就是一九六五年，他喝的人生第一口酒也是生力啤酒。刚开始他觉得味道很苦，不过几天之后他又喝了一瓶，这一次他觉得味道刚刚好。泡沫覆盖了他的上腭，带着蛇麻草的清爽气息。从那以后，生力啤酒就成了开启他记忆的玛德琳。每次喝到嘴里，他在岩石旅社和卡拉马索帕度过的日子就会浮现在眼前，随之想起的还有那些从未成真的希望、阴谋和欲望。

他一口气喝了半瓶冰凉的啤酒。当然，即使他真的能拍出《阿拉伯的劳伦斯》，母亲也会觉得不够好（这部电影她就看过一次，只是觉得"那些沙漠极其无聊"）。作为母亲，她总是以沉溺于平庸这样的话来刺激他。他总是达不到她的要求。唯一取得的小成功——他的一个剧本获得了塞萨尔奖的提名——当他提到这件事时，她只说了一句"你真棒，亲爱的"，然后就没有下文了。他的成功、他不断有新的工作、他努力赚钱等等都被忽视了。他在洛杉矶待了整整两年，就是为了创作剧本，当然也赚了不少钱。这本该得到慰问和关心，而不应被认为是失败。"我知道你渴望成功，亲爱的，但我觉得凭借那个是不可能的。我觉得那就是垃圾。"问题在于，他认同她的看法：他什么时候才能成功——真的能成功吗？什么时候才能不做逃兵？他四十五岁了。前方是仍有伟大的事业在等待着他，还是他就这样了？小成本影片，无论在德国、法国还是中欧都票房惨淡，即使冠上了高贵的黑色电影的称谓，也摆脱不了被遗忘的命运。手里剩下的钱还能维持不到一年，得到的福利仅有高档的酒店房间和像阿普丽尔·格雷森斯这样的女孩。

一阵熟悉而冰冷的恐惧感紧紧地攫住他：他这一生真的注定平庸吗？

"对不起。"

他抬起头来，是那个高鼻梁服务员。

她条件反射地说了加泰罗尼亚语，不过立刻又改成了西班牙语。"请原谅，"她双手端着盘子和刀具，"我得——"

"是，当然，"吕克的西班牙语也相当流利，"我挡了你的路。"他赶紧站起来。

"不，你可以坐在这里，"她说，"如果不会打扰到你的话。我必须把桌子摆好。"

她在一旁麻利地忙活着。这时他才看清她的脸。实在丑陋，就像埃及金字塔壁上雕刻的滴水嘴兽。黑色的大眼睛、低矮的眉毛、大嘴巴，一切都不对称。不过，其他地方却很美丽：浓密的黑色卷发，舞者般的身材。

"你是本地人？"他问道。

"我的祖先是本地人，我住在巴塞罗那，不过每个夏天都会来马略卡岛。"

"啊,那和我一样,不过我的祖先可不是本地人,"吕克说,"你叫什么名字?"

"蒙特瑟拉特。"她回道。

"我叫吕克——加泰罗尼亚语叫卢克。"

"嗯,我知道。"她说。她突然笑了一下,就像被某个他不知道的事情逗乐了一般:"见到你很高兴。"

"我也是。"他说,"你是做这个工作的?"

"不,就这个夏天而已。我在巴塞罗那大学学习艺术史和宗教肖像。"

那是西班牙最好的大学。人不可貌相,然后他又问道:"你信仰宗教吗?"

"等我需要的时候吧。"她又笑了一下,露出了雪白的牙齿和酒红色的牙龈,"见到你很高兴——终于。"她转身走向另一张桌子。

终于?什么意思?

这时他的目光已经无法从她身上挪开。蒙特瑟拉特。能看出她的祖先应该是来自罗马的摩尔人,后来变成了加泰罗尼亚人。她是地中海历史和文化高度进化的产物。他觉得立刻就能理解她,而对于来自加利福尼亚的阿普丽尔,虽然已经被同质化,只是一抔浅滩,但他却无法理解。她一看就是那种充满智慧的人,反应快,学识渊博(她显然比他拥有更丰富的认知),还很有趣。她一定也能理解他,这一点他非常笃定。他抿了口啤酒,盯着她那摇曳的身姿。她手脚麻利,很快就把桌子收拾好了。她血脉里流淌的基因赋予了她处理家务的超强能力。她肯定能一边背着孩子一边牧羊,他开始想象她在巴黎的样子,坐在卢森堡公园里看一本和宗教肖像相关的书,然后是在他的公寓里。或许她可以转到巴黎大学读书。

他终于意识到自己完全错了。她根本不丑，那张脸就是一幅毕加索的画。

当然这也意味着母亲又一次说对了：他是想和阿普丽尔干什么？作为一个加州女孩，她在床上的表现确实不错，但人的本能欲望依然选择了性能而不是性欲。所以她对他的厌烦也就不足为奇了，毫无疑问，不用多久他也会厌倦她。他的念头和所做的事情同样会像《奥义书》中的典故一般立刻被阿普丽尔所知晓。他应该找一个像蒙特瑟拉特这样的女孩，热情、真实，不会打听他母亲的床事。就像老杰拉德那样：娶一个忠于自己的本地女孩。她会为他生孩子，把一生奉献给他直至最后时刻。他甚至构想出了自己和蒙特瑟拉特的孩子的模样：黑色的头发，漂亮，有气质，不同寻常，并非那种传统的对称的美。他们可能都会成为毕加索画中的——

"嗨！"阿普丽尔打了声招呼后就一屁股坐到了他的腿上，他条件反射地绷紧了身子。

"看看你妈妈送我的礼物，"她一脸崇敬地说，"是不是美得令人难以置信？"

"确实是。"他附和道。

那是两根亮晶晶的编着金属丝的金纱带，很像是利凡廷绸缎，充满了异域风情和虚幻感，散发着古代金币般的耀眼光芒。

"可以把它们绑在脚背上。"她边说边跷起脚来。

"我知道，我见过它们。"

阿普丽尔像是没听到他的话。"把这个环绕在第二个脚趾上，就像这样，它们就能套到脚上，再绕到脚踝，最后像这样系上。"说着她就把纱带套到了脚上。她的脚很像小孩子的脚：白嫩，看不到血管，似乎从没被不合脚的鞋子折磨过。她现在的样子就像是可以直接去参加罗马长袍派对了。

"我刚走进来,你妈妈就走过来把它们递给我,拿着!"

"她看上你了!"

"真的?哇,她真的好美。看看,你觉得怎么样?"她抬起左腿,左右扭动着欣赏那美丽的饰物,没有意识到(也可能意识到了)自己的臀部正在吕克的大腿上来回摩擦着。

透过她交叉的双腿他看到蒙特瑟拉特正在朝远处的桌子走去。

"是不是很迷人?"阿普丽尔继续说道,"可以光脚戴着它们,连鞋子也不用穿。"

"是的,确实很迷人。它们是20世纪60年代的物件,一个本地人做的,她是我的朋友。"

"我打算今天晚上就戴着它们。"

阿普丽尔金光闪闪的脚丫在吕克大腿上来回摩挲着。然后她又扭了扭屁股,这次是故意的:"这是什么呀?"

他却一点儿反应也没有。现在他的兴趣并不在此:"没什么。"

阿普丽尔站起来走到吕克身边坐下。她抬起腿,像芭蕾舞演员一般抻了抻,然后搭到吕克腿上,慢慢向他压去。

"嗨。"他提醒道。

阿普丽尔依然目不转睛地盯着自己的双脚。"这些东西让我觉得,就像……我不知道……"她抬起胳膊摆动了几下,她曾经给他展示过自己的肚皮舞技艺,又要来了,他意识到。在阿普丽尔开始抖掉腰间的毛巾时他赶紧站起来,而那双金光闪闪的脚已经向他冲来。这时他又看到了蒙特瑟拉特,她正从院子里穿过。

"好了。"他拉起她的手,试图把她拽回到营房去。可阿普丽尔推开他,自顾自地慢慢旋转。他只好转身快步往回走,跳上楼梯,回到自己的房间。

三

　　傍晚时分，查理骑着自行车离开了外公的农庄茨安卡弗雷尔。先是一小段坑坑洼洼的泥泞车道，没多久就拐上了平整的公路，大概还有一公里就到卡拉马索帕了。他和比安卡约好在广场旁边的英德书店咖啡馆见面。两个人互吻了脸颊后继续向前走去，从镇上一直走到港口。

　　"你——好！"一个黑头发、唇边长了些许胡须的女士热情地和他们打招呼，她是马里迪莫酒吧餐厅的老板娘拉菲拉。

　　"你好！"查理微笑着回应她，"你好吗？"还在婴儿时期他就来过这个可以俯瞰整个港口的餐厅。后来的每个暑假他都会来这里。所以拉菲拉一直都记得他。在卡拉马索帕记得他的人并不多。一个星期前，他去买热油炸饼。查理从小就认识那个小贩，他就像叔叔一样，经常送他东西吃。可是那天，那个年迈的叔叔看着他——一个六英尺高的小伙子——完全没认出他来，问他要了二十五比塞塔，查理感到难过极了。

　　拉菲拉领着他们来到阳台上的桌子旁，这里可以俯瞰到停泊在港口的游艇和渔船。他们点了汉堡、油炸马铃薯和可乐。不一会儿，西尔维斯特、娜塔莉和玛丽也过来了。拉菲拉对他们也非常熟悉：他们都是住在这里或不时回到这里的外国小孩，而她自己当时也是个孩子。

他们又点了一份鱿鱼。

"露露邀请你去参加她的生日派对了吗?"西尔维斯特问道。

"邀请了,我去担任DJ!"查理说。

"啊,不!"玛丽气得差点被痰卡住,"妈的,我受不了了,真是太讨厌了!"

"不,这很酷,"查理兴奋地说,"不管怎么说,是露露让我去的。"

一番享用之后,西尔维斯特和那两个法国女孩要步行回到镇上。

海风渐渐消退。靠近公寓和混凝土墙壁的地方更热了。之前那里有大片的松树遮挡,还有一块块碎石灰石,这也是老港口的分界线。现在卡拉马索帕的明信片上还会出现老港口的照片。查理和比安卡沿着台阶爬到防波堤的顶部,然后走向灯光闪烁的尽头,一直走到昏暗的阴影里。那里要凉爽得多。

他们相拥在一起。小时候的比安卡很瘦很瘦。到了今年,虽然才十五岁,但她已经出脱得凹凸有致。不过,他们自小就是玩伴,他不想破坏这份珍贵的友谊。他很喜欢比安卡,生怕自己惹她不快。

过了一会儿,他看了看手表:"我想我得走了。"

回到台阶底下,查理跨上自行车,比安卡一屁股坐到横梁上,两个人渐渐驶离码头。比安卡在广场下了车,她说:"回头见。"他又继续向前骑去。

五分钟之后,他拐进一条小巷道里,然后把车子停靠在厨房的外墙上。

七点,所有的餐桌都已摆放整齐,晚餐也准备得差不多了。旅社的客人大都还在房间,或洗澡,或换衣服,有的还在睡眠中。吧台边还坐着几个穿着泳衣的人。查理穿过院子朝吧台走去,经过了两个弓着腰玩西洋双陆棋的中年男子身旁,其中一个快缩成一团的是多米尼克·克莱兰德,他又高又瘦,顶着一头乱蓬蓬的灰金色直发,看起来就像是风流版的某个知名英国内阁大臣。他穿着深蓝色的特恩布尔阿瑟衬衫和速比涛三角裤。两条交叉的双腿就跟长颈鹿的腿一般细长而无毛,关节突出,没什么曲线感。再向下看,光溜溜的脚上趿拉着一双白色的古奇懒汉鞋。他曾写过几本披露英国上流社会不雅行为的通俗小说,可惜没有引起公众太大的兴趣,所以近二十年来没有再出版过一本书。他的生活主要依靠叔叔留下的养老金。大部分时间住在南肯辛顿的一间小公寓里,每到夏天他都会来岩石旅社度假。在这里他觉得非常自在。只要他坐在吧台前,电话一响起他就会对着话筒说道:"洛斯罗克斯!什么事?"[1] 完全不顾只有说英语的人才会朝这里打电话的事实。

和他对弈的是卡西安·奥伦肖。这个家伙长得像极了演员爱德华·G. 罗宾逊,丑得让人无法平静。他脸上的疤痕由于酒糟鼻发炎而涨得通红,鼻梁上架着一副又小又圆的眼镜。此刻他正低着那个大得不同寻常的脑袋紧盯着棋盘,眼看就快缩到宽松的白T恤和裙子般的泳裤里了。两个人沉默而迅速地移动着棋子,每到夏天,他们都会在院子里玩上几局——除了卡西安在监狱的那几年——从父亲第一次把还是婴儿的查理带到岩石旅社时他们就在那里下棋了。他和客人的孩子们在水池里玩耍时,他们在那里。等他十几岁回到这里时,他们依然在那里。他对他们比对大部分亲戚还要熟悉。这时,卡西安抬起头,微笑着打了声招呼:"你好,查理。"

"你好,卡西安。"

"你好,查理。"快到吧台时,萨利也热情地招呼他,"今晚想喝什么?我给你拿。"

"可乐就行了,最好给我一瓶,谢谢。"

他拿着可乐走进吧台旁的音乐房。过去这里是盛放煤气瓶的,只

---

[1] 此处为西班牙语。——译者注

有两个玻璃门那么宽。现在里面放了一把椅子和一张带转台的桌子。查理把瓶子放到桌上,开始仔细欣赏满墙的黑胶唱片。

露露穿着一件带帽的亚麻风衣走出屋子,经过院子时,风把帽子吹得鼓鼓的。她的脸上一直挂着恬静的笑容。

"露露,亲爱的,"正在摇骰子的多米尼克·克莱兰德大声向她问好,"这是不是你度过的最美妙的生日,亲爱的?"

"是的,谢谢你,多米尼克。很高兴你能来这里和我分享这一切。"露露并没有停下脚步。多米尼克也掷出了手里的骰子。

吧台的客人们纷纷给露露送上祝福。"谢谢大家。"她笑容满面地从他们身旁经过,然后走进了音乐房。

"查理。"她说。

"哦,嗨,露露,生日快乐。"

她给了他一个拥抱:"我有礼物送给你。"

"给我?"

"是的,亲爱的。"

她把一小团黑布放到他的手里。他举起一看,是件黑色无领长衬衫,领口一直开到胸部,上面点缀着很多小小的纽扣。

"这是摩洛哥的,虽然有些年头了,但没怎么穿过。我想把它送给你,你穿上一定很好看。"

"谢谢你,露露。"

"换上吧。"

"什么,现在?"

"是的,亲爱的。这就是你今晚的制服,我想看看你穿上它的样子。快把T恤脱掉换上它。"

她的声音里充满了母亲般的深情和笃定。查理毫不犹豫地脱掉白T恤,套上了这件黑衬衫。

"棒极了！"她一边赞叹，一边用手轻轻把他胸前的衬衫褶皱抚平，"你喜欢吗？"

"哦，当然，"他回答说，"它真的——"

"它确实是男士衬衫，别担心。"

"不，我喜欢它，真的很漂亮。"

"你穿着它真好看，查理。你还记得我们讨论过的音乐吗？"

"记得。要轻柔的、优雅的。晚餐时播放诺埃尔·考沃德、阿尔·伯力、查尔斯·德内、辛纳屈——"

"不仅仅是这样。"

"是，是，我知道，把他们混合起来。然后是披头士和20世纪60年代的音乐，接下来是蒂华娜铜管乐队和摩城。"

"没错，"露露看起来非常高兴，"你知道的，我非常高兴你能来我这里帮忙，查理。你真好，谢谢你。"她微笑着望着他。

"我也很高兴做这个，露露，这很有意思。"

她倾身向前亲了亲他的脸颊："回头见。"

四

"准备好了吗,爸爸?"伊琴娜大声喊道,"五分钟后我们就要离开了。"

对她来说,和父亲一起来到这里,把查理一个人留在马略卡岛的茨安卡弗雷尔确实感觉很奇怪。有时候查理会到他父亲在切尔西的公寓里住上一两晚,虽然距离很近,但她依然觉得不适应。她总会和他一起到马略卡过暑假。而现在,他在那里——她知道佩妮和弗朗索瓦会照顾好他的——而她和父亲却在伦敦的家里,这真是一种奇妙的慰藉。父亲此刻就在楼下查理的房间里,看起来就像孩子一样,他已经为自己的盛大之夜准备好了。在这个超出马略卡和地中海的世界里,他比查理还要无助。

这应该是他最后一次来伦敦,她必须让这次旅行充满乐趣,她要永远记住这一切。

"我准备好了。"杰拉德对着楼上喊道。

他正坐在查理的床上翻阅《伊萨卡之路》。他不想大声朗读——他觉得那样太自负了。他只想简单地谈一下为什么会写这本书,但又担心那种没有准备的闲聊难以进行下去。他决定简化和修改引言的第一部分,这也是他专门为这个版本而写的。他在那些看起来很有逻辑但需要用会话语言演绎的段落旁边用铅笔做了标注。这样的话只要朝下一瞥就能看到,他可以讲述一个简短的故事。

他合上书,站起来,走出房间。然后穿过厨房来到宽敞的工作室,也就是客厅。

"我准备好了。"他又说了一遍,以防女儿没有听到。

"我马上就下来。"伊琴娜在楼上的浴室里应和道。

客厅里到处都是画。几幅大的作品是一个艺术家用生动明亮的色彩画的人物肖像,所有的人物似乎都隐藏在了皮肤之下:紫色的器官、红色的血液、蓝色的纹理、白色的骨头和黄色的脓包充满全身,还有光与影的交织——很可能,杰拉德觉得,这些都是人物的显著特征。他们是不是那种脾气暴躁、嗜好杀戮的人?否则这些代表着什么呢?它们都很值钱,伊琴娜曾跟他说过。还有另外一个画家的风景画——至少杰拉德是这样认为的:层次分明的地形,连绵狭窄的沼泽——填充了墙上的其他位置。伊琴娜的作品很少,除了几幅他和查理的画像。他们总是不耐烦地坐在客厅或马略卡的露台上充当模特。还有一幅他的妻子,伊琴娜母亲的画像,那是她依照旧照片画的。

阳光透过北边的高窗倾洒进来。"我去外面等你。"杰拉德冲着楼上喊道。

他走到庭院里伊琴娜的雷诺车旁,点了一支杜卡度香烟——点火的时候,他看到自己的双手抖得厉害——已经下午六点了,但阳光依然和中午的一样耀眼而温暖。在地中海待了这么多年,他已经忘了北纬伦敦悠长而明亮的夏夜。唯一记得的只有战争初期的每个夜晚里泰晤士河堤上永恒的暮光。

他环顾了围绕着庭院而建的其他工作室、玻璃中庭、旋转楼梯。伊琴娜确实很聪明。她和几个艺术家一起购买了坐落在富勒姆区两条街道之间的前女子监狱,一栋带有庭院和花园的砖砌建筑,距离泰晤士河旁的主教公园不远。核心买家以相当可观的价格售出了监狱的数个部分,也就是现在的伯灵顿酒店,作为艺术家的工作室。奥德赛,伊琴娜经营进口服装和面料的店铺——在曼彻斯特、纽约、伯明翰、巴斯、诺维奇、法尔茅斯、普利茅斯、南安普敦都有分店,加上最早的考文特花园店和伦敦其他地区的店铺——让她变得富有(至少在杰拉德看来是这样);她在地产买卖方面也做得很好。只是她不再作画了,这一点让杰拉德觉得有些难过。她带他到切尔西艺术俱乐部吃午餐,那里的每个小房间都挂满了画作,还有,每个艺术家模样的人都认识她。"不,他是个作家。"当她兴高采烈地向大家介绍自己的父亲时,对方总会问他是否也是个画家,"明天他有本书要出版,发布会在大英博物馆举行。"杰拉德只能在一旁露出尴尬的笑容。

"爸爸,你看上去真是棒极了!"刚走出工作室伊琴娜就赞叹不已。稍早时她带爸爸去哈罗兹[1]寻找适合发布会穿的衣服。他们挑选了海军蓝的亚麻夹克、浅卡其色裤子、深蓝色的袜子和棕色皮鞋。杰拉德又买了几条棉质内裤,他觉得它们看起来比自己在马略卡买的好。伊琴娜抢着要付钱,但有数千英镑躺在账户里的杰拉德坚决不同意。最后一共花费了四百三十五英镑,这比他之前买过的所有衣服加起来的金额总和还要多。他觉得这个数字高得离谱,不过伊琴娜看出来他其实颇为享受这一切。他把汤布里奇中学的领结也带到了伦敦,她用海绵把它擦洗干净。

"我的意思是,看看你,"她说,"身材修长,皮肤黝黑,衣着讲究,帅极了!"

"谁站你旁边都会好看,"他说,"好吧,别人一眼看过来是不会注意到我的。"

她穿了一条砖红色无袖棉布长裙,正好衬托出乌黑的秀发和眼睛,

---

[1] 英国著名百货公司。——译者注

还有带着明显地中海特征的浅褐色手臂和双腿。

杰拉德的脸变得柔和起来:"当然,看到你我总会想起你妈妈。"

伊琴娜笑了。"这算是对我的夸赞,谢谢你。"她从包里掏出一个小小的柯达相机,"就这样,站到前门口。"

"哦,拜托。"杰拉德恳求道。

"不行,是我请你来的,拜托,别那么严肃!"

杰拉德只好走到门口,眯着眼挤出生硬的笑容,伊琴娜啪啪地按着快门。"一九九五年,"她看着镜头说,"爸爸来伦敦参加自己的新书出版派对!"

上了车,伊琴娜载着父亲飞快地离开庭院,一溜烟地朝街上驶去。

杰拉德曾经对伦敦很熟悉——最初是学校放假时过来,后来上大学时和朋友一起来,再后来因为战争而离开;这是一个充满无限可能的伟大城市,即使(尤其是)在被轰炸时……最后他彻底地离开了,在一个小岛上度过了自己的人生,再也没有回来过。经过骑士桥和贝尔格莱维亚区边缘时他还能认出富勒姆的大部分街道,不过很快就在一栋栋新建筑和单行道的包围下感到迷失了。虽然知道自己还在伦敦的地盘上,但他彻底昏了头。不过驾驶座上的伊琴娜依然头脑清晰地在车流中穿行。她真的很厉害,他心想,当然这都遗传于她母亲。

"你和福格斯经常见面吗?"他问道。

"有时。他来接查理的时候,或者我把他送去时,还有学校组织活动的时候。"

"你们相处得还好吧?"

"哦,当然,我的意思是,我们会尽力做到最好。在查理的问题上我们的看法基本一致。"

"那查理和你们俩相处得怎么样?他和福格斯的关系还融洽吗?"

"哦,是的。"伊琴娜的眼睛不时地瞄着左右后视镜,变换着车道,

"他一直在调和我和福格斯之间的关系。他陪我经历了离婚。他很少会和别人谈论此事,也不会提及我和他爸爸。我觉得他挺好的,很幸福。"

"那就行。"沉默了片刻,他又问道,"那你觉得自己幸福吗?"

"是的,我很幸福。"

"好,"他略带犹豫地问道,"那你有没有……认识……什么人?"

"现在没有。"

"一直都没有?"

"好了,爸爸,当然,"趁着看后视镜的间隙她迅速瞥了爸爸一眼,他们正从两辆并排停放的车子旁经过,"你希望我对你说什么?"

好吧,其实没什么,他就是希望伊琴娜幸福。她很成功。可惜他的姐姐比莉已经去世,他想,否则她一定能透露更多信息。母亲去世后伊琴娜就到英国读书,每到学校放假她都和比莉待在一起。她们之间很亲密——比莉虽然不是她的母亲,但她的爱绝对超过一般的姑姑——她知道很多杰拉德不了解的伊琴娜的生活细节。

直到现在他都觉得自己在伊琴娜的教育上很失败。她在马略卡岛上不服管教,他就把她交给比莉。看看现在的她,真是完美——看来和福格斯的离婚并不是件坏事——但他依然会不停地扪心自问,当初是不是应该把她留在家里,或者,请上帝原谅,自己和她一起回伦敦……

"只要你幸福。"杰拉德说。

"我很幸福。"她笃定地说。她又迅速瞥了父亲一眼,笑着说,"你,还有你的这本好看的书都让我感觉很幸福。"

"杰拉德!"一个瘦瘦的满头卷发的女子从人群中朝他走来,大笑着向他问好,她戴着一副圆圆的钢圈眼镜,身穿一袭黑色露肩装。人们站在一个金刚大小的古希腊大理石雕塑前,它似乎在躺椅上躺着一般。"我是凯特，天啊，你好帅！应该让你寄一张照片给我们的！我可以吻你吗？"

没等杰拉德同意她的嘴唇就凑过来了，越过她的肩膀，杰拉德看到一群面带微笑的人正朝他们挥舞着手臂。

"你一定是伊琴娜！"凯特·斯麦斯说，"终于见到你们了，真是太好了！我们都对这本书特别满意，它得到了前所未有的关注！不要吃太多点心噢，等派对结束我带你们去吃大餐。杰拉德，来，我带你认识大家。"

尼基、露丝、克莱尔、威廉——杰拉德曾一边盯着橄榄油瓶一边和他们在电话里聊过天，不过现在他已经记不得他们的具体工作，好在凯特再次向他介绍了一遍："宣传……国外版权……艺术指导……编辑。"他们夸张的热情着实把杰拉德吓到了。

接着凯特又拖着他的胳膊走到另一群人面前：勇敢出版公司的作者们，《卫报》《星期日泰晤士报》和《伦敦书评》的编辑们，来自水石书店和弗伊尔斯书店的买家。

"我非常喜欢你的书！"所有人都这样告诉他，"爱极了！"

聚集的人群渐渐散开，大家开始三五成群地交流着，头顶上便是巨大的横饰带，身侧是歪歪倒倒的大理石雕塑。这些从帕特农神庙掠夺而来的雕像目光呆滞，肌肉发达，在这个严肃而充满禅境的杜威恩美术馆里排成了长长一列。和人们交谈时，杰拉德手里紧紧攥着一杯香槟，但他没怎么喝。

实际上，人们并不愿意谈论这本书。除了那些"勇敢人"——这是他们对自己的称呼——估计没多少人真正看过这本书。其他人只想告诉杰拉德他们正在做什么，他的书与此有何关联，还有这本书来的是多么及时和神奇。杰拉德装作听懂的样子边听边笑，实际上他只是通过对方的头发、眼神和皮肤来揣度其年龄和工作。他说什么其实都无关紧要。

"——可以考虑做一个专题，内容就是关于在你登船之后希腊小岛发生了多少变化——好吧，实际上真正始于荷马时代——"

"——迅速扩张的商机——"

"下周日的头版——"

"——我们正在做一个关于人们会把什么书放在床头边的补充报道，如果你——"

"——可以给我们做一些评论吗？"

"——有时间去索伦特吗？我们在利名顿有一个尼克尔森三十二——"

"——我的名片——"

"——棒极了！"

"——那里不是有很多德国人吗？"

伊琴娜站在伟大的月之女神塞勒涅的马下看着意气风发的父亲，并未留意到有名男子绕过马的右肋径直朝她走来，直到对方站到了她的身边。他叫托尼·沃特金斯，是一名作家，写过一系列畅销的连载回忆录，披露自己作为一名在希斯和撒切尔政府时期的中层官员如何道德败坏，做了哪些令人震惊的事情。他含笑望着她，似乎两个人之间很有默契一般。

"伊琴娜，我本以为你父亲在西班牙牧羊，看来是你一直把他藏起来了。真是太聪明了，我很想见见他。"

"好啊，他就在那边，你自己过去和他打招呼吧。"

"不，我在想不如邀请你们明晚一起吃个晚饭怎么样？我会帮你爸爸安排一个人，你觉得埃德温娜·颇波斯怎样？她一定会喜欢你父亲的。就我们四个。埃德温娜会带过来一些摇头丸，你爸爸有没有试过？"

"你真讨厌,走开。"

越过他的肩膀,她又看到了父亲满脸幸福的模样。

"我就是喜欢你这样,你知道的,"沃特金斯说,"你身上的某部分对我很了解的。"

"滚开。"伊琴娜发火了。

她朝父亲走去。这时凯特敲了敲杯子,全场顿时安静下来。她谈到了如何偶然发现杰拉德这本"用方言写成的低调的历史和旅行杰作",在这个纸上谈兵的回忆录时代,在充斥着只知道描述国外建筑和饮食的书籍市场,它具有与众不同的特色与权威性。她和勇敢公司的所有人都对这次能够推出其新版本而感到万分激动,这本书绝对会成为不朽的经典之作。

"——现在我向大家隆重地介绍勇敢公司推出的新书《伊萨卡之路》,还有它的作者杰拉德·拉特里奇。"

杰拉德看到所有人齐刷刷地向自己走来,他们一边微笑一边鼓掌,他立刻回想起之前做过的有关斯库拉的噩梦。他张开嘴巴,等待可以开口说话的时刻。

伊琴娜在一旁激动地心跳加速,热泪盈眶。

"谢谢你,凯特,"杰拉德说,"谢谢勇敢公司的所有工作人员。还有你们,显然你们找不到其他更好的事可做。"这句话引来一阵大笑。在笑声的掩饰下,杰拉德使劲清了清喉咙。

"你们可以想象得到,能看到这本如同弃儿一般名不见经传的书重见天日我也非常激动,何况这个版本还如此精致。我觉得这更像是做了一次拉皮手术——你再次感受到了过去的自己。"

大家又一次大笑起来——伊琴娜也笑了,但更多的是吃惊。他是如何想到这个比喻的?看来她终于可以松一口气了。

笑声如同兴奋剂一般让杰拉德振作起来。他低头看了看手里的书,还有那些用铅笔标注的段落，这时他突然意识到这些内容他早已悉数在心。这是他倾注了大半辈子人生的故事，他根本不需要打开这本书。

"我不会耽误大家太长时间，不过我觉得应该和你们说说为何会写这本书。第二次世界大战的大部分时间，我都是在地中海的英国海军舰艇上度过的。我们一度在西西里岛西岸的斯科奇抛锚，那是位于西西里和突尼斯之间的一个偏远的珊瑚礁小岛，它从海底向上蔓延，大概比海平面低一英寸左右。四千多年来，很多船只或成功或不成功地绕过这个无名岛礁。那里非常热，我和其他队员一起跳到海里游泳。放眼望去，一点儿陆地的影子都看不到。可海水却只没到我们的小腿。虽然当时没有现在的游泳面罩，但我们都清晰地看到了散落在珊瑚礁上的古代瓦罐，还有带着两个手柄的锅，那是特洛伊战争中希腊阿伽门农国王和他的军队用来盛放葡萄酒、橄榄油、杏仁、蜂蜜和红枣的容器。当然他们的船上还有黄金和其他贵重物品。当时我们没有呼吸器，只能进行浅层潜水，所以只捞了八个还是十个包裹着甲壳动物双耳的细颈土罐——要是放在今天我们可能会被称为考古劫匪。经过几百年，甚至几千年的水下洗礼，不少瓦罐依然保存得完好无损。我们不禁纳闷，那里面装的到底是什么？"

所有的听众都和那些古希腊雕塑一般鸦雀无声，凯特完全被吸引住了，仿佛她从没读到过他说的这些话，已经等不及要知道所有的故事了。

杰拉德微笑着继续讲述下去："古老而厚实的污泥，没有黄金，没有蜂蜜和杏仁等海军口粮。"

所有人都被逗笑了。

"不过看到这些古老的罐子重见天日，再次来到现代社会的阳光下——就像是突破了历史的薄膜——我被深深地震撼了。在斯科奇的那个下午，似乎古希腊的所有传说都变成了真实的一切，眼前这些就是证据。"

伊琴娜紧盯着父亲，他似乎变成了一个天生会讲故事的人——或者说，他重生了：他又回到了那块礁石上。

杰拉德继续说："在战争期间和之后的一段日子里，我乘着一艘二十四英寸高的破旧纵帆艇在地中海上巡游，每天都在看那破烂不堪、布满盐渍的《奥德赛》。共有两卷，是《洛布古典丛书》的版本，由A. T. 莫里翻译。我还看了不少册英国海军地中海航路指南。这些书并不具备文学性，里面只是些单调枯燥的文字。不过偶尔也会出现一些对港口和海岸线的描述。虽然不是学者，但从措辞和引文中可以看出作者具备一定的文化水平。主要是为了过编辑那一关"——这句话引来了更多心领神会的大笑——"我觉得自己看到的很多岛屿、海港和海岬可能就是《奥德赛》中很多事件发生的实际位置。其中一些是显而易见的。如果奥德赛真的存在，那卡律布迪斯旋涡一定在墨西拿海峡，潮汐汹涌的时候那里能吞噬整整一艘巡洋舰。而拉斯忒吕戈涅斯用巨石伏击奥德赛的那个悬崖可能就在——我无法想到其他任何位置——博尼法乔海峡科西嘉港入口处。还有一个洞穴……"杰拉德突然怔住了，说话也开始结巴起来，"……我相信那是奥德赛战胜独眼巨人波吕斐摩斯的关键……"然后他不再说话，眼睛紧盯着对面墙上的大理石雕塑。

伊琴娜从未见过父亲这个样子。他似乎被什么触动了。

当所有人都注意到他的沉默时，杰拉德迅速恢复镇静，他继续自己的讲述："那么，我想，为什么《奥德赛》不可能是真实的故事？我们都知道特洛伊战争是真实的，它确确实实发生过。大约一百年前，谢里曼和他的同伴带着一本《伊利亚特》去故事中记载的小亚细亚的石堆和草地上，并找到了那座城市，这就是战争真实发生过的证据。《奥德赛》中也描述了很多地方，详细和准确程度完全可以媲美现在的房产经纪人。虽然时间不断流逝,但沿着相同的海洋和海岸线,吹着当初推动奥德赛的船只前进的风,我觉得自己必须去找寻真实的奥德赛。于是我开始思考,无论荷马是不是真的瞎了,他一定听到过有关这些地方的详细描述,甚至亲眼见过它们。最后,我决定乘小船亲自走一趟,从特洛伊到伊萨卡。我把《奥德赛》当作自己的航海指南。就像谢里曼利用《伊利亚特》找到特洛伊一样。我要去探索当初奥德修斯从特洛伊回家那条危险而漫长的旅途的真实地理航线。最后,我靠着几条船走完了整个路线。《伊萨卡之路》写的就是他的航海之旅,还有沿着他的足迹的我的旅程。"

说到这里,杰拉德停了下来,他望着眼前一张张充满期待的脸庞,意识到自己的停顿太突然了,他必须再说点儿什么:"这本书的名字,来自于卡瓦菲丝的诗《伊萨卡岛》,我喜欢他说的那句话,到不到达伊萨卡并不重要,重要的是路上的风景。谢谢大家!"

热烈的掌声和嘈杂的赞许声在美术馆和雕塑间回荡着。伊琴娜边看着父亲边用力地鼓掌。刚刚演讲时的他似乎去了什么地方,现在的他和过去有些不一样了。

那个在利名顿有艘游艇的家伙提问道:"那个旅行用了多久,杰拉德,从特洛伊到伊萨卡?我想,应该不会像奥德赛那么久吧?"接着他又假惺惺地笑着问道:"三个月能完成吗?"

思考片刻之后,杰拉德平静而高声回答道:"我不是一次完成的。那些年,在战争期间,我乘着英国海军舰艇,后来是驾着自己的船航行,但并不是完全按照书中描写的路线,从特洛伊到伊萨卡。我准备去……"他停顿了一下。

伊琴娜向前走去。肯定发生了什么,要么是他的大脑,要么是他的心脏。

杰拉德慢慢地抬起手向喉咙抓去,他的脸也变得狰狞起来,眼珠朝远处雕塑的方向翻着。

"哦,天哪,"凯特问道,"你要喝水吗?"

伊琴娜迅速冲上前,一把抓住杰拉德的胳膊,把他挡在自己身后,这时他的眼泪滚落了下来。

五

看到众人都已就座,露露站了起来。

"谢谢大家来参加我的生日派对。能有你们这些真挚的朋友对我来说是何其幸运。几十年来,在座的大部分人每年都会来岩石旅社——还有一部分人一直和我一起待在这里——你们到底在想什么?"

一阵阵由衷的笑声。

"你们给我送了很多可爱的礼物——虽然我说过不需要——但你们每个人还是带来了我想要的礼物。我也想送些东西给你们。一些小玩意儿。"

五张桌子的每个座位上都摆放着姓名卡和包装好的礼物。好吧,这就是露露,不是吗?她一直都是这么真诚:她最大的快乐就是拥有这些朋友,而对于在座的每一位来说,她也是他们最好的朋友。他们之中的一些人会在人生最困难的时候,来到岩石旅馆度假,一住就是几个星期,甚至还拖着孩子,他们吃在这里,住在这里。到最后结账的时候,露露却不愿意收他们一分钱。从本顿威尔监狱出来之后的那一年,卡西安·奥伦肖在这里住了大半年。(当然,对露露和其他人来说,他并不是坏人,而是一个值得信任的朋友,他帮助包括露露在内的很多人赚过不少钱。)每个人都亲眼看到过露露的仗义行为。驾车送人；捐赠书、衣服和绘画；把墙上、柜子或冰箱里的东西拿出来，知道别人的困难后，不等对方开口就把需要的东西送过去。

"它们代表了我对大家的爱和感激，我希望你们——当然，我说的是大部分人——记得我们亲爱的朋友汤姆和米莉，我们真的很爱他们"——她转身看了一眼卡西安，接着又把目光投向众人——"这一刻，请记住他们。祝我们所有人生日快乐！"

露露举起手中的香槟，一阵掌声后每个人都端起了酒杯。这时一个男人站起来打算说祝酒词，露露立刻打断了他的话："罗迪，亲爱的，你真好，不过我们还是赶紧享用布朗薇为我们准备的盛宴吧，等吃完之后再说。"

下面立刻响起一阵兴奋的嘈杂声，然后是拆礼物的声音。露露准备的礼物有斯沃琪手表、来自摩洛哥和新墨西哥的项链和手链、绣花拖鞋、围巾、万宝龙钢笔、记事本等，每个礼物都很实用，可以用很久。

"你敢相信吗？"阿普丽尔惊叹道，她把爱马仕丝巾举到脸颊旁。每个人的脸上都洋溢着兴奋的光芒，有的人眼里甚至噙满了泪水。"你看，吕克，看看这礼物！看看大家都有多爱她！你知道有这样的母亲是多么幸运吗？"

"她是这个世界上最好的妈妈。"吕克的目光还紧紧跟随着蒙特瑟拉特，她正托着装满食物的盘子在桌子间来回穿梭。

在阿普丽尔和吕克刚到这里的那天，多米尼克·克莱兰德就注意到阿普丽尔了。当然，一方面是因为她是和吕克一起来的，这令人不得不好奇。更重要的原因是她长得很美，皮肤白皙得简直不可思议——他甚至在头脑里意淫出她耻骨上细嫩的皮肤，仿佛就站在一幅近在咫尺的画像面前。多米尼克很佩服吕克的本事。他总能带来漂亮的小姑娘。虽然每年带来的人都不同，但他很少会独自前来。有一年，他带着一游艇的人回来了。对多米尼克来说，那一次算得上是美妙的冒险之旅。一般来说，那些女孩都非常年轻，容易相处，懂得感恩，她们对艺术工作充满了好奇和兴趣——在多米尼克眼里，她们是可以进行精神和肉体交流的理想美味。一定是因为他从事的是电影业，他猜测，那些女孩渴望进入影视圈。不可能是因为吕克本人，他并不拥有成功男人的必备条件以诱惑那些他幻想得到的女人。很久之前，多米尼克就放弃了做一名纯种马的欲望。这种欲望对男人的杀伤力比癌症还强。现在的他只想付出一点点追逐来获得可口的美味。（难道那不是最美妙的时刻吗？）调情不会超过一个星期，他们中的一个，他，或者对方，就会坐上飞机离开，当然不是一起。

晚饭之后，院子里清理出一块地方跳舞。多米尼克径直走到阿普丽尔面前邀请她共舞。她看起来很高兴。

"去吧。"吕克对她说，他的笑容和母亲一样迷人。

多米尼克已经换了一身衣服，粉色的衬衫，白色的休闲裤，白色的古奇皮鞋，他会跳的可不少：《胡力古力》《小马驹》《瓦图西》，还有《土豆泥》[1]。都是一百多年前流行于安娜贝尔时期的舞步，不过现在的女孩依然很喜欢。不管怎样，她们都会被逗乐，尤其是在他拼尽全力的时候。他像耍蛇人一样按部就班地实施着每一步，这着实令人惊叹：面带微笑地去结识对方，然后嘲笑自己，端着上好的香槟，让美酒顺着她们的嘴角滴下来。随着夜晚的临近，他知道对方已经在重新评估自己了：他没有那么老，她们会这样想，无疑是合适的。他还很有趣。他很喜欢女人，她们看得出。她们还看得出他知道她们想要的是什么。大多数夜晚，到了某个特定时间，如果她们还在那里的话，他就回家了。

他并不是想勾引吕克的小玩伴，至少不是现在。不过你永远都不知道什么时候会再次见到她们。正如他多次去过伦敦，那时马略卡的

---

[1] 都是歌曲名称。——译者注

一切都被抛在了脑后，一切都妙到不可思议。

吕克松了一口气。他知道阿普丽尔想跳舞。她想在别人的双腿间炫耀自己那金光闪闪的双足，没有人比多米尼克更合适了。他们真的很般配。如果多米尼克想要她电话的话，他不会在意的。

吕克站起来，溜达着朝房子走去，然后径直走到厨房里。不少服务员在后面的洗碗槽旁清洗碗碟，擦拭玻璃杯。他没有看到蒙特瑟拉特。

"喜欢这顿晚餐吗？"布朗薇问道。她正坐在餐桌旁，面前放着一瓶拉弗格。她一只手拿着小雪茄，另一只手的三根手指插到了巨大的水晶玻璃杯里。她穿着首席厨师长的制服，上面沾满酒渍和食物残渣，头上裹着一块类似头巾的亚麻餐巾布。

"非常棒，"吕克说，"最爱那个血橙果汁冰糕。"

"那个确实不错，是不是？要喝点儿吗？"

"当然。"吕克拿出一个玻璃杯，从布朗薇面前的瓶里倒了一杯酒。

"要在这里待多久？"她问道。

"大概一个星期，如果我可以忍受下去的话。"

"好吧，你是个好儿子，你能来给她庆祝生日，她真的很高兴。"

"不见得。对她来说，我就是圣罗兰润肤乳里的一只苍蝇。"

"别傻了。她爱你。她对你都是好意，你不在的时候她一直都在谈论你。"

"没错，谈的全是我带给她的无穷无尽的失望。我就像是她无法避开的一副烂牌。"

"哦，胡说八道。你知道她爱你。只要一提到你，谁都能听出她对你的爱。虽然你已经四十多了，但在她眼里你依旧是她的小男孩。她告诉我们你会来，谁都看得出这对她来说有多重要。"

吕克端起杯子，一口气喝了半杯："你从哪里找到的这些服务员？"

"你说的是哪个？"

他环顾了一下四周:"她不在这里,高鼻梁的那个。"

"蒙特瑟拉特。"

"没错,就是蒙特瑟拉特。"

"哈维尔做厨师时她就在厨房里帮忙。她是廖贝特家族的人。"

"什么,那个胡安·廖贝特?"

这个名字在整个卡拉马索帕无人不知无人不晓,正如庞然大物一般耸立在从小镇到灯塔路旁的廖贝特宅邸一样闻名,那是一栋带着浓郁的斯大林时代特色的豪宅,外观简朴却令人生畏。当时的设计可能是为了给拉夫连季·贝利亚[1]举行家庭宴会,当然其中也包括进行暗杀。而胡安·廖贝特是一个隐形的亿万富翁。最初,也就是第二次世界大战以前,他靠着在北非海岸走私赚钱,后来成了弗朗哥的密友,西班牙内战时期的银行家,马略卡岛上的垄断寡头。虽然已过世几十年,但岛上到处都有他留下的痕迹。所有人进城必经胡安·廖贝特公路。大部分做生意的人,如果要和自动取款机打交道的话,那就一定得去廖贝特银行。吕克的母亲曾经也认识过一位廖贝特,他是老爷子众多儿子中的其中一个。每年夏天他都会和家人一起来马略卡,但几年前这种联系突然断掉了。蒙特瑟拉特·廖贝特,吕克并不感到吃惊。她是地中海的贵族,只是血液里流淌着黑色基因,估计她的外祖父是北非人。

"没错,亲爱的,她是廖贝特家族支系的后代,长得很漂亮,是不是? 祝你好运!"

"不,你知道,我只是好奇。我刚才和她聊了一会儿,她似乎很风趣,目前在巴塞罗那大学读书。"

"是的,她很有趣,既聪明又有野心。她快把哈维尔搞疯了。"

"那她为什么要来这里当服务员?"

---

[1] 格鲁吉亚人,苏联政治家、秘密警察首脑。——译者注

"虽然她们家非常富有,但她父亲依然让她在暑假里打工赚钱。她很会做饭,也很有职业道德。她喜欢艺术史,以后很可能会到马德里的佳士得工作。"

吕克仿佛已经在《巴黎竞赛杂志》上看到了蒙特瑟拉特·廖贝特的人生。游艇、卡普菲拉[1]的别墅、出色的孩子——别人家的毕加索画中的人。为什么我就找不到一个这样的女人,拥有这样的生活呢?其实他知道答案。要么出生在这样的家庭,自己就是一个廖贝特或格林马尔迪,要么成为第一代,通过某种罪恶的方式获得金钱,然后让时间冲刷掉一切罪行。或者在电影事业上取得巨大成功——成为山姆·斯皮格或亚历山大·科达——然后在戛纳某个游艇派对上遇到蒙特瑟拉特这样的女孩,最后,整个世界都会是你的。

或者,你就是一个编剧,写出的法国B级剧本直接拍成影片,然后遇到来自圣弗南度谷的阿普丽尔·格雷森斯。

吕克一口气喝干了杯子里的酒:"晚餐真是棒极了,布朗薇。"

"谢谢你的夸奖,亲爱的。"

他站起来朝外面走去。《我爱你……深爱着你》的旋律正从院子里的音响中缓缓流出。在厨房里的时候他就听到了,当时没什么感觉。但当他的脚踏进院子时,他却在歌声中忆起了一九六九年的那个夏天。他当时忆起对整个世界的感受,以及他以为自己的人生会发生的故事。

他走进音乐房。查理正在一堆碟片中翻寻着,他那个看起来十分成熟的女朋友坐在一旁的高脚凳上,手里端着一杯可乐。吕克曾经见过她。两个人看起来像极了《名利场》杂志内页上的模特。

"哦,你好!"查理给了吕克一个大大的微笑,"晚饭时我看到你了,我本想出去和你打个招呼,不过露露让我做DJ,我只能老老实实地待在那里。"

---

[1] 位于法国东南部,欧洲贵族和富翁钟爱的度假地。——译者注

吕克紧盯着查理，样子看起来怪怪的，他上下打量着查理的衣服。"衬衫不错。"过了好一会儿，他才冒出这么一句。

"哦，是的！实际上，这是你母亲送给我的。它来自摩洛哥，我觉得一定有些年头了。"

吕克还在面带微笑地望着衣服："她真好。不错，它确实来自摩洛哥，已经有二十五年了——我还记得她第一次拿着它时的样子。"

他看着查理，心想，这个孩子真不错。他看到我似乎很高兴。看来他对这件衣服的来历或其他方面一无所知。他长得很像他的妈妈。

"太酷了。呃，吕克，这是比安卡，比安卡，这是吕克。"

"你好。"比安卡打了声招呼。

"你好。"

然后两个人握了握手。

"你的电影进展得如何？"查理问道。

"还不错，只是还要包装一下。"

"太了不起了！电影叫什么名字？里面都有谁？"

"估计你都没听说过，也许永远也不会知道他们的名字。电影叫《迷失》，我估计还要再等八到十个月才能上映。"

"哦，我敢打赌它一定棒极了。我喜欢另一部！我以前跟你说过的。它非常非常棒！"

"谢谢你，查理。我都忘记你看过它了。"

"你来多久了？"

"大概一个星期，你呢？"

"入夏就来了，和过去一样。等一下——"《我爱你……深爱着你》播放完了，查理开始翻看手里的唱片。

"那你忙吧，查理。见到你真的很高兴。"

"谢谢，我也非常高兴，吕克。保重。"

"你也一样。"吕克对比安卡说,"很高兴认识你。"

吕克朝吧台走去。查理放了一首蒂华娜铜管乐队的《甜蜜的滋味》,震耳欲聋的动感旋律把刚才赛日·甘斯布带来的如泣如诉的悲伤赶得无影无踪。多米尼克正绕着阿普丽尔欢快地扭动着,而阿普丽尔一边大笑一边妖娆地把手臂朝他蜿蜒而去。

他母亲此刻穿了一件飘逸的衬衫和一条长裤,正满怀深情地和卡西安共舞。她把胳膊轻轻搭在他的肩膀上,她低下头和她窃窃私语。

吕克转身朝大门走去,穿过小路来到岩石岸边。这里的音乐声低了不少,过往的回忆不再像刚才那般痛彻心扉。脚下阵阵海浪拍打着岸边的岩石,然后瞬间把它们吞噬。他突然想到了很久之前的那个夜晚,大概就是这个时间,自己被推进水里——

不远处有一点红光,看来是有人坐在海边的平台上吸烟。一个黑黑的细长的身影,借着港口微弱的灯光还可以看到散落的长发。

"你好!"对方朝吕克打了个招呼。

好似有一股电流击中了吕克的身体:"蒙特瑟拉特。"

"是的。"

"是我,吕克。我们刚才聊——"

"当然,我知道是你。"

他朝她走去。现在他的眼睛已经适应了周围的黑暗,他看到了她的脸。她也转过身来,棱角分明的五官映衬着对面的灯光。他不知道为什么之前没有看出来:这是他见过的最美丽的面孔。

他说:"我喜欢我们之前的聊天。"

"我也是。很棒,终于,这么多年之后。"

"你的话是什么意思?"

"好吧"——她大笑起来——"我已经爱你好多年了。"

吕克的西班牙语相当不错,所以他确信自己没有听错,他又想了一会儿,她说得很清楚。"什么?"他问道。

她又大笑起来,在昏暗的灯光的映衬下,她的牙齿泛着点点蓝光,仿佛黑暗中奔向岩石的波浪一般:"没错,这么多年来,我一直都在爱你。"

听到这话,他差点被旁边的石头绊倒,还好最后稳住了。他走到她旁边坐了下来。

"我们什么时候见过面?"他问道。

看到他彻底被弄晕,她乐了:"我们没见过。但是我认识你很多年了。"

"怎么认识的?我们有共同的朋友?"

"不是——很多年前——大概有十五年了——你有一辆摩托车。很多个夏天你都骑着它。我说得对不对?我经常看到你骑着它到处转。就像逍遥骑士,你懂吗?很美国范——你是美国人还是英国人?"

"美国人。"

"我也这么觉得。或者说我想这样认为。你是我的梦中情人。有时候你会带着女孩。噢,我真希望自己也能坐在摩托车后座上,紧挨着你。你肯定想不到。"

"我不记得见过你——"

"没有,当然没有。那个时候我才十岁,十一二岁的样子。很丑——咿呀!我只是个丑陋的小女孩,而你是骑着摩托车的美国酷男。"她出乎意料地抬起一只手摸了摸他鬓角的头发,然后轻轻拉了拉。"那个时候,你有一头长发。噢,我真的好喜欢你。"她依然微笑着,脸上带着一种难以言表的幸福之感。

他按捺住了想要吻她的冲动。他无比渴望用舌头和嘴唇来感受那些牙齿。但他想等一等,想让这美妙的时刻再久一些。他也对着她笑了笑:"即便过去你不美,但现在绝不是那样了。"

"好吧，现在比过去好一些。你也老了，不过还是和过去一样酷，更欧洲范了，我说的对不对？真是不可思议，这么多年了，我竟然可以这样和你聊天。"

"我可以和你聊……"他望着那丰满迷人的嘴唇，深色的牙龈，雪白的牙齿，诱人的双眸。太美了，现在终于可以——

一束耀眼的车灯从路上照过来，虽然不是直接射向他们，但他看到她的目光已经转向车子，她站了起来。

一辆黑色的宝马车停了下来。蒙特瑟拉特朝车子方向笑了笑，然后转过身面向吕克，她向前倾着身子，高兴地吻了吻他的双颊。"回头见，逍遥骑士。"说完，她就坐上了那辆车。吕克瞥到车里有个年轻的西班牙男人，一头浓密的黑发，雪白的牙齿，瘦削的面庞。蒙特瑟拉特草草吻了他一下后就关上了车门。车子一溜烟地绝尘而去，只留下滚滚尘土在灯光下飞扬旋转。

他不知道自己在这里坐了多久。许久之后，他听到脚下的海浪猛烈地拍打在岩石上，好似一阵冗长而由衷的叹息，然后继续波涛汹涌。

他站起来，回到马路对面。那里安静了不少。还有几对人在跳舞。飘荡在耳边的是披头士的《左轮手枪》：曾经有一个女人让约翰·列侬觉得自己从未来到过这个世界。吕克明白这种感受。

吕克走进车库，跨上那辆旧雷众摩托车，一脚踩下去。"谢谢你，文森特，真是好兄弟。"他一边说一边又猛踩了一下。每次吕克来之前，母亲的园丁都会把油箱加满，把化油器和插头清洗干净。

他骑着摩托车飞速地冲到了镇外。温暖的夜风吹开了衬衫，他感到丝丝凉意。他回想起过去在马略卡的那些夜晚，他走在寻找答案的路上，就像现在这样。

他们会听到摩托车的轰鸣声，于是他把车子停在半路。他跳下车，把车子停在一颗角豆树旁。走近时他才发现整栋房子没有一点儿亮光。

门前也没有车子。他抬头看了看,通往阳台的门紧闭着。他走上台阶,房子里没有一点儿声音和光亮。他试着推了推厨房门,锁上了。可查理在这里,她一定也在。

他敲了敲门。

然后喊了一声:"伊琴娜?"

他穿过房子周围的灌木丛,仰头望着上面紧闭的窗户。

"伊琴娜!"他对着空旷的房子大喊着,"伊琴娜——对不起!"

把摩托车停回到车库后,吕克绕着主屋走了好一会儿,最后穿过院子走到吧台前。一个人都没有,萨利也不在。他从冰箱里拿了一瓶毕雷矿泉水。这时,他好像听到女人紧张的呻吟声,接着是一个男人的声音。虽然声音不大,但异常清晰。吕克听不出这声音到底是从哪里传来的。不是营房,那里毕竟太远了;不是主屋。这时他想起布朗薇说这里一直受到奇怪的圣保罗大教堂的影响:她在房间里能听到人们在吧台的说话声。那个声音正是从布朗薇的房间传过来的。"快!快!"那个男人已经在嘶吼了。吕克认出了这个声音,是多米尼克。这完全可以理解,他随处都能找到慰藉。或者就像萨默塞特·毛姆描述的即兴欢爱一样:如果愿意吃萝卜的话,你可以每天晚上享用大餐。

他拿着矿泉水回到楼上的房间。阿普丽尔正躺在地板上,双脚靠着墙垂直倒立,脚趾指向天花板。

"你去哪里了?"她抱怨道,撒娇的语调和优美的姿势相得益彰,"我到处找你。"

"我骑摩托车出去了一会儿。你还好吗?"

她没有吭声。

"怎么了?"吕克问道。

"我刚跟亚伦通过电话。"

"啊。"

"他希望我可以回去。"

"他一直都是这样,不是吗?我以为是你要和他分手的。"

"没错。"

"但现在你又想回到他身边了。"

长期的瑜伽练习让她的腹肌非常有力量。她把双腿压低到臀部来回旋转,然后再竖起,最后盘到大腿上,保持莲花座姿势。

"听听,听听你说话的方式,"她说,"我觉得你一点儿也不在乎我。我的意思是,你看,我觉得如果我说我要回到亚伦身边,你一定会说好的。我觉得你甚至都不想谈论这个。你宁愿马上躺到床上看书。"

吕克坐到床边,伸了伸腿,他看着阿普丽尔说:"但你确实说了,不是吗?"

查理和比安卡也在跳舞。他们在舞池里缓缓旋转,身子挨得很近。每次换碟片时她都陪查理一起走到音乐室里,然后拥抱在一起。

到了午夜,她说:"我得走了。"

"我必须待在这里,直到露露让我离开。"查理说。母亲和外公去伦敦的这几天,他一直住在比安卡的家里。"那回头见,"他咧着嘴笑了笑,"看来要到明天早上了。"比安卡独自一人步行回了家。

二十分钟后,露露来到这里,她说:"先不管它们了,跟我来,我还有东西要给你。"

她拉着查理的手穿过院子回到主屋。先经过客厅,然后绕过拐角沿着走廊来到她的卧室。查理来过主屋很多次,但从未进过这间屋子。最先映入眼帘的是床上方的一幅巨大的肖像画,画上的人的正是露露,她穿着一条红色斜肩拖地长裙。由于经常看母亲的画作,查理知道这幅画画得并不好。一幅好的肖像画可能就像是一张照片的感觉。笔触虽然松散，但最后整体看起来是你认识的那个人，而且比任何照片更能代表这个人。也许是因为画人像需要耗费的时间更长。拍照片是瞬间的事。那些走进母亲工作室的人常常会待上几天，甚至几个星期。母亲必须在这段时间里熟悉他们，他们大笑的样子、思考的东西，还要和他们聊天。随后，整个人物就栩栩如生地出现在母亲笔下。他一直以为所有的肖像画都是这个样子，直到他去参加在皇家学会举办的肖像画展。他当时惊诧极了，他没想到其他的展品竟然那么糟糕：那些画中人十分僵硬、不自然，至少有一半以上看起来和模型别无二致。尽管不认识画中人，但他知道这些画真的很糟糕，那些人肯定不会是画中的样子。这也是此刻他看到露露的画像时的感受。那张脸是她的，但就是不对。她像是在盯着什么，但眼神明显涣散。脖子太长，弯曲的角度也不对。颜色又过于明亮。那身体也感觉不是露露的。

"我要付钱给你，亲爱的。我们说好是五千比塞塔，是不是？"

"是的，露露。谢谢你。我希望你度过一个快乐的生日。"

"我很快乐，亲爱的查理。今天真是棒极了。"

六

距离卡拉马索帕越来越近,车里的杰拉德面色也越来越不安,他紧紧盯着外面的树木。

"我们需要雨水。"他说。

他望着窗外断断续续的风景:发蔫干枯的仲夏角豆豆荚;红色、橘色和黄色的印度无花果仙人球在风中摇曳;经过米色的石墙和石头房子时,柠檬树、杏树、橄榄树像多普勒回波般点缀着眼前的一切。他迫不及待地想看看自家的橄榄树和柠檬树,他想象着在傍晚的斜阳下自己站在屋外树林里的情形,转过身就能看到周围群山的轮廓和山脊。在他心中,它们和伊琴娜画里的那些线条别无二致。穿过橄榄树便能看到碧蓝的大海,那是他过去畅游过的地方。他俯瞰着整个地中海,还有亚历山大和埃及在战争期间留下的尘埃。他读过相关的书籍,了解其中的历史,那些文字和照片穿过历史来到现在的时空。

车子驶上了通往海边的公路,杰拉德的眼睛紧盯着罗斯奥利弗斯,那是几栋坐落在他家上方山坡上的高级别墅。

伊琴娜感觉到了父亲的紧张。

杰拉德抱怨道:"为什么不是在几年前拿到这笔钱?那样的话我就不用把橄榄园卖给那个——"他立刻闭上了嘴。

"因为事情就是这样，爸爸，它们不会考虑我们的想法。你现在已经很幸运了，即使有那个——"她用手指指着灰泥粉饰过的华丽拱门和通往罗斯奥利弗斯的平整道路。"这确实不是我们想要的，但它却帮助了我们，不是吗？"她看了父亲一眼，"任何事都有可能更糟糕，你知道的。如果生活在英格兰，谁知道你在过什么样的日子。说不定是一个住在福利房里、领着养老金的老人，揣着网兜走到商业街的超市买东西，每次过马路时都差点被双层巴士撞到。看看你现在住的地方，看看你的生活，你取得的成就，还有刚发生的一切。不算寒酸，不是吗？"

"好吧……"

伊琴娜又看了父亲一眼，他注视着窗外的茨安卡弗雷尔。

"我真的为你感到骄傲，爸爸，查理一定也是。有一天他会读你的书，对你产生兴趣。他会问我很多问题，就像过去我问你一样，到时候我会告诉他，他外公有过多么不寻常的经历。"

杰拉德不屑地哼了一声。

"不过我还是不明白，为什么当初你不去希腊，选择留在马略卡？"

"我遇到了你妈妈。"

"但你说的并不是真话，是不是？时间点不对。你是在这里待了三年之后才遇到妈妈的。为什么之前你不离开？你可以跟我说说。"

"我失去了'涅瑞伊德斯号'，你知道的。"

"那也是在你和妈妈相遇的三年前。你还是可以去希腊的。也许在那里生活比在西班牙还便宜。你在第一次出书的时候完全可以再买一艘船。但你决定留在这里。"

"哦，那都是过去的事了，"杰拉德含含糊糊地说，"我都不记得遇到你妈妈时发生了什么，这就是原因。祝你好运。"

她不再追问了。"行，"她抓起父亲的手捏了一下，"我很高兴你留在这里了。"

一九八三

转机

一

大黄蜂的轰鸣声越来越大,越来越愤怒。

"瞧!"弗朗索瓦·度哈梅尔在茨安卡弗雷尔的厨房里满面笑容地说,夸张地朝声音传来的走廊门口挥了挥胳膊,"我来给您介绍一下,那就是戈麦斯先生,还有他那可怕的摩托车。先生,准备好来一次草原漫步了吗?"

"当然。"说话的是福格斯·梅特兰。他个子很高,皮肤有些松弛,一头波浪卷发将干未干地垂在肩上,胖乎乎的脸上似乎一直挂着笑。不过他穿的衣服并不适合在地中海的美景中漫步,更像是来这里度假:鳄鱼泳裤、玫红色短袖T恤、黑拖鞋、黑袜子、一顶来自邦德街哈波特·约翰逊的巴拿马草帽。"伊琴娜,亲爱的,还有我亲爱的查理,"他说,"祝你们在海边玩得开心。"他走到餐桌旁,伊琴娜正在给三岁的查理喂早饭,他上前吻了吻妻子和儿子。

杰拉德心情不悦地望着窗外,阳台对面的山坡上是成片成片的柠檬树。

"在海滩上小心点儿。"弗朗索瓦提醒道。他大约三十出头,瘦得可怜,头发也邋遢得很。他的妻子佩妮和女儿比安卡正在餐桌前吃早饭。"虽然没什么风,但海浪依然不小。今天西班牙湾会有大浪。所以一定要看好孩子。知道吗？"

"我们肯定会注意的。"佩妮说。

弗朗索瓦走到外面的阳台上，俯瞰着绵亘蜿蜒的山道。福格斯和杰拉德——杰拉德在后，非常不情愿地跟着福格斯——低头看着仍在向上骑行的戈麦斯先生，一股浓烟紧随其后。

"老天，"福格斯说，"他还真骑摩托车上来了。为什么不开车呢？难不成这个建筑工想给大家留下一个可靠的印象？"

弗朗索瓦说："哦，是的，你们等着看吧。"

兰美达上的消声器根本起不到什么作用。当爬到车道顶部时，150排量的发动机发出的轰鸣声带着扑面而来的怀旧感。然后瞬间转换成低缓的突突声。戈麦斯先生关掉引擎，抬头看着三个紧盯着自己的男人。

"你们好啊。"他郑重地打了声招呼，然后从车上跨下来，把车子停稳。"你好，朋友，"弗朗索瓦说，"下面的朋友。"

三个人走下楼梯来到车道上。戈麦斯先生穿得有些土气：洗到已褪色的蓝色棉布衬衫，破旧的深蓝色裤子，脚上蹬了一双旧网球鞋。他脱下又小又旧的窄沿草编呢帽，露出苍白发灰的额头，脸上的皮肤被太阳晒得像死人一般。嘴角、眼角和脖颈布满了又深又黑的皱纹，像极了矿工身上那些洗不掉的煤垢。他个子不高，大概只有五英尺半，却带着一股佛陀般的沉着劲儿。

弗朗索瓦略显浮夸地介绍起来："这位是业主拉特里奇先生，这位是银行家梅特兰先生，这位是建筑工戈麦斯先生。"戈麦斯和大家一一握了手。杰拉德感受到了这个建筑工手上厚厚的老茧。

"相当古老啊！"福格斯笑着指着那辆古老的兰美达说。它还有两个独立的座椅和带着裂纹的黄色挡风玻璃。"够古老的！"

"哦，是的，"戈麦斯回答道，面无表情的脸上流露出一丝骄傲，"一九五八年的，到现在已经有二十五年了。"

"哦,这样啊。"弗朗索瓦说,"我们走吧。"

"好的。"戈麦斯同意。

弗朗索瓦带领大家绕过房子,朝着刚才杰拉德闷闷不乐地透过厨房窗户看着的地方走去。先是一小片柠檬树和杏树林,地上落满了干枯的叶子、杏核壳和树枝,踩上去咯吱作响。

弗朗索瓦甩开手臂大步向前走。福格斯笨拙地挪着脚步,不一会儿就累得气喘吁吁。戈麦斯犹如驴子一般坚定地迈着小步前行,似乎每一步都经过了深思熟虑。杰拉德异常从容,即使在爬山时也是如此,要知道,他对这里的每一寸土地都了如指掌。他在最后面慢慢地晃荡,不时捡起掉落的树枝和果实,思考片刻后把它们扔到了一边,似乎打算清出一条小道来。没多久他们就来到了一条路旁,然后沿着它绕着山坡走了一圈。后面的房屋已经被山峰完全遮住。这时眼前突然一变,之前的柠檬树和杏树林都不见了,取而代之的是一排排整齐的橄榄树。透过树丛他们可以看到整个小镇、灯塔,还有大海。

弗朗索瓦停下了脚步:"好了,就是这里。"他转向戈麦斯和福格斯,对他俩说:"就是这里了,都在这里,从这儿,从这里——"他抬起胳膊先是指了指山下,然后朝山坡对面示意,最后又指着小镇方向。他的肢体语言帮他更为形象地表达自己的意思。弗朗索瓦用西班牙语说了一大堆,什么公顷、各种数目、进场道路、供电系统、电话、供水和下水管道。

"棒极了!"每当捕捉到未来项目的亮点时福格斯都会插上这句话。作为伊琴娜的丈夫,他已经探访马略卡四年了,在这期间他发现了一个秘诀,很多英语词汇后面只要简单地加上一个"O",就会变成对应的西班牙语词汇。其他语言都不行,看来大陆效应通常都会获胜。

不过,戴着草帽的戈麦斯依然不动声色。在弗朗索瓦说话时,他那双半睐的眼睛不时地扫向对面的土地。

杰拉德的目光也落到了那里。那是一片宁静的山坡，上面种满了橄榄树。橄榄树的寿命可以长达两千年。它们用躯干展示着自己的长寿：粗壮而畸形的树干扭曲地生长——经过几个世纪——一块块巨大的树节就像漫画中克罗恩的鼻子。已经变形的树枝杂乱地交织在一起，如同得了佝偻病一般，但实际上它们都是健康的幸存者，比绝大多数欧洲国家还要古老。它们现在还能结果实。杰拉德从不认为自己是它们的主人。他只是兢兢业业地看守、修剪和照顾了它们三十年。他觉得自己只是它们短暂的守护者，而它们也给了他很多回报。

他从未想过砍掉这些树。

"好了，他总是这样。"伊琴娜的视线一刻不离尖叫着的查理。他转过身，朝母亲扬起一把沙子。一阵海浪拍打过来，在他身后咆哮着。伊琴娜看出了他的意图，他没有成功，但依然玩得乐不可支。他看着母亲，伊琴娜先是朝他笑了笑，然后做了个可怕的鬼脸。海水不断向他涌来，已经淹没了大腿，不时有浪花溅到他的胸前。查理还在跑个不停，看着海水在腿边荡来荡去，像小狗般激动地大叫起来。

这里天气晴朗，一丝风都没有。但地中海深处的某个地方却遭遇了恶劣的天气，可能是来自立翁湾的西北风。于是奔涌的波涛一浪接一浪地朝马略卡岛东端袭来。这让查理和其他人享受到了卡拉马索帕难得的冲浪天，要知道，这个北部的海湾小镇一直被庇护得很好。在水中他来回奔跑，尝试逃离海浪。最初他不停地摔到水里，然后很快浮出水面，大口大口地喘着粗气。伊琴娜冲到他面前，帮他拍打着脸和脑袋，擦去眼角咸咸的海水。不过查理依然兴奋难耐，转过身继续蹒跚着走向回落的海水。就这样不知疲倦地玩了一次又一次，就像追逐骨头的小狗。

比安卡不似他那般着迷。"啊不！"在比安卡被海浪绊倒的瞬间佩妮大叫道,然后立刻跳起冲过去,把女儿从满是泡沫的海水中抱起。比安卡也想像查理那样玩耍,可一次次的摔倒让她忍不住大哭起来。"哦,亲爱的。"佩妮只好把她抱回到海滩上的遮阳伞下,用毛巾把她裹好搂在怀里。她接着刚才的话题问道:"难道他真的破产了?"

"差不多。过去他从一个阿姨那里得到一笔小钱,就像昔日的小说里写的那样:靠着一年三百英镑优雅地生活在多赛特郡或其他什么地方。他用这笔钱买下了茨安卡弗雷尔,然后远离了自己过去的营生。但现在单靠卖橄榄、柠檬和杏仁根本无法维持生计。至少不是他的那种方式。现在到处都是大超市,海鹏索尔、超级索尔。大家都是从大型供货商那里采购。那些只需三十升橄榄油或几缸柠檬的小食品店如卡里斯,或小餐馆——好吧,你也看到了,它们都关门了,或者很快就要关门——也会从大型供货商处进货。成吨买的话价格会便宜不少,所以他们希望能成吨成吨地买。还有,镇上的房产税也提高了。"

"真是让人难过,"佩妮说。听到这句话,比安卡立刻抬头看着妈妈,跟着做了一个难过的表情:"一切都变了,不是吗?"

"是的。确实很难过。"伊琴娜说。她的目光始终跟随着在水里嬉闹的查理。"这让他很伤心,我也是,他不得不卖掉些东西。几年前,他卖掉了车道尽头的两块土地,但当时买家并没有付很多钱。我建议他把这里都卖掉,然后搬到镇上去,住在小一点儿的房子里。但他说他讨厌那里,还说我也会讨厌的。多亏有弗朗索瓦帮他处理这一切。"

"弗朗索瓦觉得他们一定会成功。那些房子真的很漂亮,而且像那样的房子并不多见。弗朗索瓦说从你们的房子那里看不到它们。"

"好吧,关键问题是那些树,佩妮。真正让他难过的是那些树。他初到这里时,就开始照料它们,它们就像他的朋友一样。但没有其他办法了。要么和弗朗索瓦一起做,拥有一定的决定权,要么把整个地方都卖给别人,而这样做情况只会更糟糕。这些年马略卡都变成什么样了。"

"我知道。不过这对弗朗索瓦来说不算坏事。这些年他发展得相当不错。他能和福格斯一起为杰拉德做这个工程真是太好了。"

"是的,确实很好。"伊琴娜说。

浑身湿漉漉的查理尖声大笑着朝他们跑来。他想抓住比安卡,可警惕的比安卡早已躲到妈妈的怀里。他再一次冲到海里。

"福格斯经常去岩石旅社,是不是?"

"是的。"

"你不介意吗?"

"当然不介意。"伊琴娜说,"那儿的客人都是英国人,他待在那里更自在。说真的,我很高兴他能找到一个自己喜欢的地方,他可以喝上几杯。但我不会去,他对此也不介意。我觉得他挺享受不和我们待在一起的那几个小时的。现在有了这个项目,他就更忙了。一切都还不错。"

"杰拉德从没去过那儿?"

"是的。过去他会在自以为没人注意的时候,开车或步行经过那里。我记得小时候坐在车里路过那儿。回家的路似乎很漫长。他总是开得很慢。"

"你觉得他对露露还有感情吗?"

伊琴娜缓缓地摇了摇头,说:"我不确定。他一度很沉迷。我母亲会适时地给他一顿臭骂。"

"你依然不知道他们之间到底发生了什么吗?吕克从没跟你说过?"

"没有。"

查理又跑了过来。"我好饿!"他嚷嚷着。

"好,"伊琴娜说,"给你三明治。"

她和佩妮打开篮子,把里面的食物都摆到了餐布上。孩子们拿着三明治大口大口地吃起来。

从橄榄树林回去后，弗朗索瓦把客厅桌子上的图纸摊开在戈麦斯面前，图纸上展示了四种不同式样的二层别墅的施工细节。每栋别墅的设计类似，都有四个卧室（或者三个卧室和一个书房）、三个浴室、开放式厨房、与阳台相连的客厅，还有个独立的游泳池。只是在外观和室内空间的使用上存在细微的差别。因为都要面向大海，所以无法统一，也不好和主干道相连。它们和洛斯皮纳斯的房子有点相似，但面积更大一些。那是弗朗索瓦在通往海湾的道路旁开发的一个小项目。相当成功，所有的房子都卖掉了。不过弗朗索瓦发现跟自己合作的那个建筑工的技能差强人意。虽然他住得很近，离这里只有半小时的车程，但他不想和他合作更大的工程了。现在他需要一个拥有更多经验和更高水准的建筑工以打造出更为精致的作品。当然住的也不能太远，这样才能保证每天按时出现。戈麦斯和居住在卡拉马索帕的罗伊格成了最后的竞争者，弗朗索瓦更中意戈麦斯。

"好，"戈麦斯说。他回绝了弗朗索瓦邀请自己一起吃午饭的好意。他必须仔细研究研究图纸，这是他的理由。不过弗朗索瓦觉得他只是不喜欢这种亲密的社交活动。戈麦斯把图纸卷好塞到胳膊下面。他会在几天内联系他们。然后伸出满是老茧的大手和大家一一握别，骑上摩托车，慢慢地消失在车道上。

"他能活着真是个奇迹，"福格斯一边爬楼梯一边说道，"一边抱着图纸一边骑车，真是个怪人。你们觉得他会感兴趣吗？我们真的要让他做吗？"

"没错，就是他了。"弗朗索瓦说，"我相信现在的他也需要这样的项目。他在波尔图克鲁姆做得相当不错，不过咱们这个工程和那里的完全不同。我们的更宏伟，也更漂亮。凭此他能获得更高的声望。秀美的山，精致漂亮的房屋，简直就是展览品。没错，他一定有兴趣。没错，我们就要戈麦斯。"

"那我们还要不要见见那个罗伊格？"

杰拉德走到外面阳台的树荫下，点了一支烟。他想象着以后山上那些别墅里成群的游客夜夜笙歌，纵情欢乐，喇叭声、狗吠声不绝于耳，成堆成堆的垃圾倾倒下来，安宁寂静的橄榄树林再也找不回来了。

福格斯来到阳台上："杰拉德，我们一起去吃午饭吧，去方达行不行？"

"马里迪莫怎么样？"

福格斯非常不喜欢马里迪莫，那里的鱿鱼油腻得很，顾客大多是普通渔民和住在港口公寓楼里的土里土气的游客。"好的，当然可以。你觉得可以吗，弗朗索瓦？去马里迪莫？"

"我很乐意。"

杰拉德走进储藏室，从挂在墙上的篮子里取出两个大塑料袋，然后从地板上的塑料盆里拿了不少柠檬装到袋子里。

福格斯开的是路虎揽胜，车子行驶在崎岖的山道上犹如缆车般摇晃个不停。皮革座椅上铺着软软的坐垫，舒适极了，这让杰拉德不禁回想起自己的中学时代。不过他还是觉得车子重心过高，容易倾覆，因此有些提心吊胆。让他放心不下的还有信心满满的福格斯。不过，这个女婿对伊琴娜的照顾确实无可挑剔——还有她现在在考文特花园的生意——杰拉德不用再为她的生活担忧了。"他很有趣，能给我安全感。"结婚前伊琴娜这样评价福格斯。这让杰拉德意识到自己并没有给女儿多少安全感，他感到很难过。相反的，她现在越来越为他担心，担心他会因收入减少而生活窘迫，除了这些前景未知的财产，他什么都没有了。而且他日益衰老。作为父亲，他无法拒绝福格斯的计划。但这并不意味着他必须喜欢它。

马里迪莫是一栋坐落在港口前的两层水泥楼房，餐饮区位于二楼。站在阳台上就能看到滚滚海浪。

一上来老板就给了杰拉德一个大大的拥抱。他体形魁梧，皮肤发白，下巴处是一片浓密的白色胡子，估计是忘刮了。杰拉德把两大袋柠檬递给他，他感激地接了过去。

"杰拉德，我的老朋友！"他热情地说，"你好吗？好久不见了！"虽然和杰拉德年龄相仿，但他明显要苍老不少，身体也不大好，走起路来十分费力。

"我很好，你呢，拉斐尔？"

拉斐尔·索莱尔耸了耸肩，发出一串宿命论似的感慨："肝病、风湿病，我还能怎么样呢？"

他又客套十足地跟福格斯和弗朗索瓦握了握手，他们之前也见过面。

拉斐尔的儿子领着他们直奔遮阳篷下，那是整间餐厅最好的位置，可以俯瞰到港口。这时拉斐尔漂亮的孙女，十几岁的黑眼睛少女拉菲拉过来了，询问他们是否满意。

"非常好！"弗朗索瓦说。

"来点儿桑格利亚汽酒，可以吗？"福格斯笑眯眯地问道。

"好的。"拉菲拉转身朝吧台走去。

拉斐尔坐在杰拉德旁边的椅子上，一只手搭着他的肩膀，仿佛在寻找支撑，两个人聊着最近的新闻。福格斯的西班牙语是过去四年在这里学会的，纯粹度假式的，因此只能隐隐约约听懂几句。他们提到了轮船、捕鱼，口气中泛出浓浓的失望之感。拉斐尔看着港口，一边叹气一边摇头。又来了，弗朗索瓦暗想，这些工人对他开发的项目都心怀不满。比如旁边这个，由于缺乏锻炼和暴饮暴食而变得肥胖臃肿，他父亲一定是每天工作十八个小时，最后患病而死。弗朗索瓦怜悯地点点头。杰拉德正把拉斐尔说的话翻译给福格斯听,据他说,现在地中海里的鱼又小又少。当地的捕鱼船只也不断减少,他们的泊位被越来越多的游艇占据,那些游艇几乎没有离开过港口。

"真悲哀,不是吗?"福格斯同情地说。

"荷马曾说这里是鱼出没之地,"杰拉德说,"可惜再也不是了。"

拉斐尔推荐了一份西班牙凉菜汤,并祝他们"吃得愉快",然后就转身离开了。

"啊,终于有点风了。"弗朗索瓦说。

阳光透过带着丝丝咸味和水汽的微风散射出点点光亮。杰拉德出神地望着海面,仿佛透过一层薄膜看到了自己第一次驾驶那艘白色小艇驶入卡拉马索帕的情形。先是绕过古老的防波堤,然后朝马里迪莫下面的码头靠近。那时他对这里一无所知,也没有长待的打算,他只是在等着风向改变。

"这里依然是出没之海。"福格斯说。

弗朗索瓦看了他一眼:"你指的是什么?"

"喏,"福格斯把手向港口挥了挥,"瞧瞧那些讨厌的船只,正如我们的好朋友说的那样,他们以前并不在这里,不是吗?"

一九四八年五月,整个港口只有一艘游艇——"涅瑞伊德斯号",还有大概十五艘矮胖矮胖、船舱像喇叭一般的渔船,不少船头上都画着荷鲁斯之眼[1]。它们把内港挤得水泄不通。岸上铺满了黑色的渔网。很多皱纹多得像核桃皮似的渔民总是坐在太阳下,靠在巨大的木头旁织网。

"那些游艇里载的全是来花钱的人,"福格斯说,"他们来他的餐厅吃饭,不是吗?"

---

[1] 一种传统装饰,画像为一只独眼,寓意为渔民出海保驾护航,抵御风浪。——译者注

"没错,"杰拉德说,"但他们希望看到的那个西班牙正在慢慢消失。"

"我可不这样认为,杰拉德。"福格斯说,"消失一直都存在,并且总有一天它会被其他事物所取代,通常情况下会变得更好。我认为大多数人并不会怀念过去的西班牙,蹲厕,没有电话。游客来这里是想要享受阳光、沙滩、海鲜饭和小吃。当然,也少不了性感美女。他们一般来自谢菲尔德和杜赛尔多夫,之前从未见过如此神奇的地方,而且这里的消费比他们家那边的还要低。还有,本地人也发生了惊人的变化,不是吗?看看他们生活的改善。"

弗朗索瓦大笑起来:"过去西班牙人都相信所有非天主教徒的衣服下面都藏着大尾巴。"

"胡说八道!"杰拉德说。

"谁知道呢。"弗朗索瓦说,"不过,杰拉德,这一点我赞同你女婿,我们的银行家的看法。八年前,也就是弗朗哥还活着的时候,所有的西班牙女人都必须穿黑色衣服,骑着驴子。你再看看现在,老天,沙滩上的女人都裸着上身,下身只穿了一条泳裤。她们还会驾驶西雅特和雷诺。现在的景致更美。工业革命前的欧洲还闹着鼠疫。西班牙人不想要那些旧明信片,破败的城墙,还有驴子。你可以问问戈麦斯,他一定不想回到过去。现在的他比过去有钱多了。"

拉菲拉端着托盘走了过来,上面放着一筐面包、杯子、一大壶酒、橙子和柠檬。

杰拉德说:"拉菲拉,请给我一杯苏打水。"

"好的,杰拉德。"说完,她又离开了。

"这个地方,"福格斯说,"马里迪莫,这栋房子有几年了?看起来很新。整修的钱是从哪里来的?"

"大概十年前,一场暴风雪摧毁了这里和渔民的房屋,他们重修了港口这一片，把防波堤也延长了。"杰拉德说，"我估计他们用的是保险理赔款。"

"没错。看看你这个朋友，一天到晚盯着酒吧里的电视机。现在他的生意规模有过去的两倍大。他说他不喜欢停泊在港口的那些游轮，但他这里却是那些停靠在码头的欧洲船只必经的第一站。"

拉菲拉端着两大碗西班牙凉菜汤过来了。

"太好了！"弗朗索瓦说道。

她问大家还需不需要其他东西。

"麻烦给我一个汉堡。"福格斯用不流利的西班牙语说。杰拉德和弗朗索瓦点了烤沙丁鱼。

"我们来谈谈该支付给杰拉德多少钱来换取那个美丽的山坡吧。"弗朗索瓦兴致盎然地提议道，"我已经和他谈过了，不过你最好还是给出具体的数额，福格斯。"

"行，我们谈谈吧。"福格斯边说边给大家的杯里倒上了桑格利亚汽酒。杰拉德推开了他的手。"来，杰拉德！我们没有直接购买你的土地来铲平，那样就无法准确地预估出它的市场价值或潜在价值。我的团队希望你和我们合作，让你和我们一起共享利润，赚取更多的钱。"

"你真是太好了，福格斯，"杰拉德说，"为什么你要这样做？"

"坦率地说，杰拉德，我这样做是出于爱。你是伊琴娜的父亲，查理的外公，我希望他们好，那么，我肯定希望你好。通过这个交易，你会赚到足够多的钱，并安享晚年。我知道萨尼塔公司可以为你支付基本的医疗费用。但现在你将有足够多的钱去支付额外的开支，购买你可能需要的任何东西。到最后，你还有遗产留给伊琴娜和查理。我不会假装钱不重要，它当然重要。否则我们就不会发起这个项目。但这里包含的经济意义将来会对伊琴娜和查理有好处，对你也是。明白吗？"说完，福格斯一口气喝了半杯，"太棒了！"

杰拉德把目光投向桌子对面的弗朗索瓦，他信心满满地对杰拉德笑了笑。"这是一个双赢的项目，不是吗？"弗朗索瓦说道。

福格斯又倒了些酒，继续说道："我们已经制订了一份合作协议，先把土地首付款支付给你，杰拉德：两万五千英镑。这个数额是确定的。第一年内分四次支付。然后我们边建边卖，先建几栋房屋，卖掉，再建更多的，再卖。直到把第一期的全卖光。共有五栋。接下来是第二期工程，还是五栋，但价格更高。每栋房子你将获得百分之十五的盈利分配。这才是真真正正地赚钱。等十栋房子卖完后——其实一期结束之后，你的生活——就衣食无忧了。

"让我想想。"杰拉德说，"你们拿走我的土地，推掉我的橄榄树，给我六千两百五十英镑的补偿，是不是？"

"最开始是这样的，但听我说，我的投资者投入了五十万。我把自己的全部资产都投进去了——我打算买一栋二期的房子给伊琴娜和查理。我们从一开始就要投钱，但你一开始就能拿到钱，杰拉德。还有我们之后赚到的所有钱的百分之十五。"

"只是利润的而已。你刚才说的是每栋房子的盈利。什么情况下才算有盈利呢？是卖出每栋房子，还是要等你的投资者收回他们投入的五十万，抑或是不管总费用是多少？"

"好吧，它是有一定模式的，你懂的，不能这样算。只要你愿意我们随时可以把数字告诉你，到时候你就能看到。原则是明确的。十栋房屋按照比例销售，起价为四十万英镑。最初的价格会低一些，以便我们能获得流动资金，之后房屋的价格会升上去。总收入将会达到六百万至八百万。其中约有一半是利润。当然还要交点税，不过我们可以帮你省掉绝大部分。你的抽成大概有七十五万英镑，杰拉德。只要两年的时间。你愿意的话，可以存到瑞士。你觉得怎么样？"

"你的投资者都是哪些人？"杰拉德问道。

"和我一起在伦敦工作的团队。他们喜欢这里的度假市场，原因正如我刚才跟你说的那样。他们对阳光海岸不感兴趣，那里到处是低级的小公寓。马略卡的乡村气息更浓。我们认为马略卡适合发展我刚才说的那种小型房地产项目。这类项目对整体景观影响最小。从路上几乎看不到房子。从你家里根本看不到它们，杰拉德。在完全饱和的情况下，最多也只会有二十辆车子，外加一部分游客进出。每栋房子都有独立的游泳池，非常典雅。他们肯定会是好邻居的，还会邀请你参加他们的派对。"

"你的投资团队可靠吗？"

"和房子一样可靠。说实话，他们比房子还可靠。他们中的大多数人是劳埃德保险市场的会员。大家彼此提供保障。这比上帝还可靠。你不可能做得比这更好。我们已经准备好了。就今天。"

杰拉德深知福格斯可以在纸上证明一切论断，还会把数据展示出来以消除他的疑虑。可对他来说这些保证什么都不是。如果只有他自己，他可以靠吃橄榄、杏仁和角豆，喝柠檬水度日。可伊琴娜说过，福格斯能给她安全感。所以现在杰拉德愿意为她这样做。

拉菲拉又端来了三个盘子。

"请再给我来点儿沙奥素番茄。"福格斯说，"那你怎么说，杰拉德？我想尽快把结果告诉我的搭档们。这是一份三方协议，除了你的签字，还需要那个摩托车先生或其他人签字。"

福格斯和弗朗索瓦满脸期待地望着杰拉德，而他还在紧盯着外面的防波堤。

他到底怎么了？福格斯很纳闷。他总是一副失落的样子，像是记挂着什么。自己明明帮了他一个大忙，让他从此远离悲惨的生活，给他自己、也是给家人一份安全感。可他似乎并不买账。无趣的老家伙，更糟糕的是，他的这种态度遗传给了伊琴娜，在她看来没什么事情是完全正确的。他们两个人总是被忧虑和失望困扰，从未感到过满足。

"你要再考虑考虑吗，老男孩？"福格斯又问道。他看了看弗朗索瓦，不耐烦地翻了个白眼，然后又看着杰拉德说："该杰拉德表个态了。"

杰拉德把目光收回来，看了看他们俩。福格斯刚才那句居高临下的"老男孩"真的很无礼，不过也很好笑。这个年龄只有自己一半的房地产暴发户，本来就是一个粗鄙的小丑。"不，我不需要考虑了，什么时候签都可以。"

"太好了！"福格斯高兴极了，"那就等吃过午饭。到时候我会给你一张支票。今天就把六千英镑送到你手里，杰拉德。你觉得怎么样？"

杰拉德似乎没听到，他继续全神贯注地望着大海。

其他两个人循着他的目光望过去。

一艘装扮得如同海盗船般的大游艇，艉楼甲板高高抬起，桅杆上的方形船帆在空中翻腾不已，正伴着徐徐微风朝港口靠近。

"海豚号"前端的甲板上站着两个光脚的男人。

"那是我母亲的房子，就在那里。"吕克手指着岩石上方说，"灰绿色百叶窗的那栋。"

"哇，真是太美了！"盖博尔·萨博说，"多么美的小岛啊。不过为何不怎么为人所知呢？"

"呃，不是这样的。实际上，罗伯特·格雷夫斯[1]就住在这座小岛的北端。你知道的——"吕克对电影人都不抱太大希望，他们不一定能听懂自己在说什么，这个萨博更是如此，"——《罗马帝国兴亡史：列王之传》？"

"当然，很不错。他是个剧作家？"

"BBC拍过一部由他的书改编而成的电视剧集。"吕克马上接着说

---

1 英国著名作家、历史学家。著有《罗马帝国兴亡史》系列小说。——编者注

了下去，"琼安·米罗[1]也住在这里——就在帕尔马城外。另外，还有法国作家乔治·桑——这是她的笔名，你知道的——和她那得了肺病的情人肖邦在这座小岛上度过了一个冬天。他讨厌它。后来她还写了一本书，书名就叫《马略卡岛的冬天》。"

"是的，我听过这个。我还以为它是一部小说，和凡尔纳的《神秘岛》一样。就像是一个小人国。"

"不，这座岛可是实实在在的。"

"但没人说起过马略卡。没人来这里。瞧瞧，这里美得不可思议！真是令人惊叹！"

萨博已经陶醉在美景里。他坐着"海豚号"从很远的地方（蒙特卡洛）乘风破浪来到这个未知之地，一路上发现了不少不认识的地方，布干维尔岛、库克群岛、达伽马。他穿着蓝色的纱笼，上身是白色的印度长尾亚麻衬衫，背后是点彩派画家画的血迹般的红点和一块块血浆般的大补丁。逼真的液体似乎已经渗透到布料里。

他朝吕克的肩膀重重地拍了一下："这真是令人难以置信！我们已经到天涯海角了！我们要在这里开辟一片新天地，吕克！"

---

1 西班牙超现实主义绘画大师。——编者注

二

一群人躺在松树下的垫子上，这棵松树位于花园尽头，游泳池的上方。阵阵微风透过松枝轻拂过他们的头顶。包括露露在内共有五个人：莎拉·巴韦斯特，她是岩石旅社的常客，已经在这里住了两个星期。这次她丈夫没来，孩子和保姆都过来了。他们此时正在桑摩尔的海滩上，那里远离汹涌的海浪，比较安全。多米尼克·克莱兰德，他为露露对瑜伽的热情和她那柔软的肢体动作所着迷。还有两个人是从"海豚号"上下来的，下午早些时候进的港口，盖博尔·萨博的法国妻子维罗妮卡和她的妹妹米蕾耶。

福格斯坐在院角靠近吧台的桌子旁，看着卡西安·奥伦肖和从游艇上下来的匈牙利电影制片人下西洋双陆棋。午饭后他把弗朗索瓦和杰拉德送回到山上的茨安卡弗雷尔，还给杰拉德写了一张面值六千两百五十英镑的支票，这是四分之一的首付款，从而让杰拉德把五点五公顷土地的所有权转让给马略卡岛投资公司。杰拉德已经签署了福格斯准备好的协议。一切都完成了。

福格斯已经完全沉浸在棋桌上的气氛中。整个房间里弥漫着一种压抑的兴奋。

穿着长袖衬衫和泳裤、戴着黄色眼镜的卡西安紧盯着棋盘，背弓得像侏儒一般。略长的红发上抹了不少润发油，光溜溜地向后梳着。不过脖子后还是有不少卷发不听话地冒了出来。额头上涂了一层厚厚的防晒霜，鬓角的头发上都粘了不少。看来他不是那种爱慕虚荣的人。他的左肘旁放着红色大号登喜路烟盒和金色格子登喜路打火机。自从四月从伦敦北部的皇家本顿维尔监狱出来之后，他的大部分时间就在这张桌子旁度过，这里几乎成了他的办公室。电话线从吧台那里延伸过来，顺着柜台下的瓷砖一直伸到桌子上，电话机就在香烟旁边。

"我会支付所有的电话费账单。"卡西安对露露说，"这比分出哪些是你的，哪些是我的，哪些是其他人的要简单得多。而且大部分都是我用的。"他经常一整天都抱着电话。每次铃声一响，他就立刻抓起电话。岩石旅社的大部分来电都是他接听的。他会迅速填好即将到来的旺季订单。他很擅于处理因房间预订引起的冲突。露露总是会满足顾客的预订需求，但很多顾客都无法确定要住多久。还有，淡季会空出不少房间，而露露也不是个好推销员。"这个房间要安静得多。"卡西安熟练地给顾客建议道，"否则你会被路边斯罗杰的音乐声扰到整夜难眠，而到了早上七点园丁和他儿子的忙活声又会把你吵醒。不过十四号之前你必须搬出房间。"

躺在椅子上的萨博还穿着那件纱笼，不过已经换了一件干净的淡蓝色棉衬衫，这一局他快要输了。不过他并不在意。他很享受这种和高手过招的感觉，就像在露天市场里和一个阿拉伯人对阵一般。在游艇上的时候他也和吕克对弈过，不过吕克的棋技实在一般，着实没什么惊喜，萨博觉得无趣极了。而且他们也没有拿钱作为赌注。而卡西安可是实打实地从他这里赚了不少钱。

"我听说你要到山上盖房子了，"卡西安对福格斯说。

"哦，是的。"虽然有点吃惊，但福格斯并没有为此感到不快。他推测可能是伊琴娜或弗朗索瓦的某个熟人透露了这个消息："实际上，我们才刚刚签好合同。"

"我认识约翰尼·巴顿。"卡西安说。

"哦,是吗?没错,他是其中一个投资者。你怎么认识约翰尼的?"

"我们曾一起在伊顿上学。"

"哦,没错。"

"如果不介意的话,我想问一下,你们打算建什么?"萨博问道。

"当然不介意。"福格斯说。他大概地介绍了一下自己的计划:分两期建造位置绝佳且精致典雅的别墅。既可以俯瞰整个小镇,又能眺望大海。如果天气特别晴朗的话,甚至还能看到米诺卡岛。

"具体位置在哪里?"萨博问道。

"就在城外,距离这儿大约有一公里。"

"全部都认购了吗?"

"你指的是——"

"全部都卖光了吗?"

"哦,没有,没有,没全卖光。伦敦有不少人对此感兴趣,他们已经提交申请了,不过,还剩下一些份额。"

"那你们是必须按照计划建造,"萨博问道,"还是允许别人从你那里购买土地,自己建造一个更大的房子?"

"啊,哦,我觉得那样也可以。只要房子和庭院风格跟周围的建筑一致就可以。这无疑极具吸引力。像是在蔚蓝海岸上看到的那些。"

"听起来真是不可思议。你能带我到现场去看看吗?"

"当然,"福格斯说,"只要你有时间。"

"明天早上可以吗?十点钟?"

"当然,到时候我到游艇上接你。"

"太好了。"萨博说,他低下头朝棋盘瞥了一眼,移动了一个棋子,然后抬起头朝那几个做瑜伽的人望去。他发现露露身上散发着一种令人无法抗拒的魅力。瑜伽课开始前他就和露露见了面，相互认识了一下。在刚刚过去的这一个小时里，他一直着迷地看着她伴着教堂的钟声不停地重复着一整套动作。她的身体柔韧无比，几乎可以对折起来。双腿纤细而结实，棕色的皮肤光滑细嫩，上面渗出点点汗珠，在阳光的映照下闪闪发亮。两道乌黑的眉毛，浓密的雪一般的白色长发编成辫子松散地垂在脖子后面。流畅的肢体动作和平静如水的气质相得益彰。真是个与众不同的女人。更令人惊讶的是，这个操着一口标准的老派英语、漂亮优雅的女人竟然是那个一天到晚愁眉苦脸、烦躁不安、张嘴就是一口脏话的吕克的母亲。

每次瑜伽课结束前，露露总会朗读一小段哲学著作。最近她一直在读克里希纳穆提的《智慧的觉醒》，那本书是某个粗心的顾客临走的时候落在房间里的。她很喜欢作者的名字和书名带来的美好展望。

信徒们都平躺在垫子上均匀地呼吸着，头顶的树叶沙沙作响，露露翻开书，找到之前折好的那一页，然后那如同电台播音员般的声音开始在游泳池和院子上空回荡：

"过去的旧文化几近消亡，可现在的我们依然固守……除非来一场深刻的心理革命，否则仅靠对外围的改革只会收效甚微。这种心理革命……可能通过冥想……"

过了一会儿，他们陆陆续续地带着垫子和包回到院子里，走到了桌子旁坐下。他们像舞者般行走和呼吸，浑身由内而外散发着光芒。多米尼克充当临时酒保，给每个人递上了饮品。

萨博正站在一旁谦和地向卡西安致谢并问道："我想，明天把支票拿给你，好吗？"今天他输给了这个英国人一千两百英镑。

"当然可以，"卡西安说，"除非你先出海走了。"

萨博感激地笑了笑。他穿过院子走到妻子身旁。她正与妹妹、露露，还有一个女人坐在桌子旁。他一边坐下一边把纱笼整理平整。"你们都喜欢瑜伽吗?"

"是啊,非常喜欢。"维罗妮卡·萨博说。

"看起来是这样,"萨博说,"这里真是个难得的好地方,露露。你拥有一个微型的阿勒罕布拉宫。"

"才不是呢。"露露说,"不过这里确实像是世外桃源一般,你会觉得可以把外面的世界抛到一边。"

"感谢上帝!"莎拉·巴韦斯特说。她正站着把头发梳到后面。她的身材像极了球胸鸽,娇小玲珑,胸部却大得出奇。"这些年我一直都来这里。外面的世界越来越可怕,但这里却没什么变化。就像露露一样。"

"亲爱的莎拉。"露露娇嗔道。

"你可以接受外面的客人来这里吃饭吗?"萨博问道,"因为今晚我们都想参加你的晚宴,算上你那出色的儿子,我们一共四个人。"

"你们能来我很高兴。"露露说,"我马上去跟厨师说一声。"

"那明天中午你们愿意赏脸来我们的'海豚号'吃午餐吗?"萨博向大家发出邀请。

"哦,当然,太好了,"莎拉高兴地说,"那艘船看起来棒极了,我迫不及待地想上去看看。"

"可以,谢谢你。"多米尼克说。

"所有人都来,好吗?"萨博的目光落在露露身上。

"你真是太好了,"露露愉快地答应了,然后站了起来,"我得去克莱尔那里看看晚餐准备得怎么样了。我们九点开始。"

她光着脚一踮一踮地走开了。萨博目不转睛地望着她的背影,好一会儿才转过身。他对着那两个沉迷在棋局里的男人说:"先生们,明天中午来游艇上和我们一起吃午饭,怎么样?"

"谢谢你,我很乐意。"福格斯说。

卡西安只是微微笑了笑,表示接受邀请。

萨博一行人喝完饮料之后步行回到港口。

福格斯还在卡西安的桌子旁没有离去。

"你经常玩吗？"卡西安正在整理棋盘。

福格斯笑了。"和你完全不在一个级别。"

"哦，别担心，"卡西安说，"我们就是玩一玩。"

对福格斯来说这可不是玩一玩。"说实话，我马上也要走了。"虽然嘴上这样说，但他依旧把玩着手里的饮料杯。他听说这个奥伦肖先生是因为财务上的一点点违规进的监狱，实际上这也算是一种能力的证明。福格斯对他颇感兴趣。

"你那个房地产项目听起来很不错。"卡西安一边摆棋一边说道。

"是的，我也这样觉得，"福格斯的兴奋劲又上来了，"应该能做得很好。"

"有没有想过那里本可以做一个密集型的房地产项目？"

卡西安那犹如蜥蜴般的双眼透过黄色的镜片望着福格斯。

"嗯，当然想过。我们也谈到过这一点。但那意味着更大的工作量，前期的资金投入也会更多。当然，对周边环境的影响也会更大。坦白地说，如果执行更有野心的项目，我觉得老杰拉德一定不会同意的。"

"我明白。"卡西安说。他把骰子放到杯子里摇了摇，然后掷到桌子上，一个三，一个一。

"还是不想玩？"

"哦，好吧，"福格斯说，"不过只能玩一局。我要马上去镇里一趟。"

吕克带着萨博一家人沿着岸边小路走到岩石旅社，在一番介绍和互吻脸颊之后，他就离开了。不过他并没有四处闲逛，而是走进车库，把那辆老雷众推到脏兮兮的路上，然后猛踩踏板，一溜烟地离开了。谢谢你，文森特。等见面一定会给你一千个比塞塔，朋友。

吕克驶回码头去接加斯帕德,他是"海豚号"的厨师长,要去购买船上的补给品。他带着加斯帕德穿过卡拉马索帕,告诉他水果和蔬菜市场的位置,然后在购物中心后面的新市场门口把他放下了。

"他们会把东西送到船上的,"吕克告诉他,"大部分的露天市场也都送货。或者他们会帮你叫一辆出租车把你送回港口。出租车可以沿着码头直接驶到船前。"

"好极了。"加斯帕德说。在一堆身穿夏装的欧洲白种人中,他显得与众不同。他大概六英尺四英寸高,瘦骨嶙峋的身材,咖啡色的皮肤,凸嘴巴,看起来有点凶。一双蓝眼睛硕大而充满好奇,黑色的卷发绑成马尾辫。他身穿白色亚麻衬衫和红色七分裤,肩上背着摩洛哥柏柏人的流苏包。"谢谢你,亲爱的。"他给了吕克一个飞吻,然后挥挥手离开了。

吕克骑着车在镇上无所事事地闲逛着。镇上的路大部分都修成了碎石道,铺平之后又加了人行道。虽然变化不小,可它们还是把吕克带回到过去的记忆中。他像过去那样四下寻找那张面孔,那头秀发,那个身影,那个他既希望看到又害怕看到的人。他最想看到的是她的脸。

他在港口附近的香烟店门口停了下来。过去这里只是一个兜售香烟和彩票的小窗口,外面总是坐着很多牙齿掉光的老渔民。现在被改建成带着玻璃窗的小店铺,主要售卖橡木棋盘、靴子、响板、小小的毡布公牛和斗牛海报。老渔民和椅子都不见了。他走过去买了一包古坦尼斯牌香烟,并向那个老太婆问了好,可惜她早已认不出他来。

当他出来时,她正拉着一个小男孩站在门口,凝视着那辆雷众。

"还真是你,"她说,"看来我没猜错。"

她平静地望着他,脸上挂着淡淡的微笑。他看不出她到底在想什么。小男孩长得很像伊琴娜,黑色的头发,橄榄色的皮肤,一双褐色的大眼睛紧盯着吕克。

"这是你的孩子？"吕克问道。

看到吕克望着自己，小男孩赶紧躲到妈妈身后。

"是的，他叫查理。查理，跟吕克打个招呼好吗？他是妈妈的老朋友。"

查理还是不敢出来，紧紧抓着妈妈的大腿。

"他长得真漂亮，我觉得他长得很像你。"

"吕克，你父亲的事情我感到很遗憾。"她说。今年早些时候，吕克给她写了一封信，直接寄到马略卡岛的茨安卡弗雷尔，因为他不知道她在伦敦的地址。他在信中说到自己父亲在六十一岁生日的前一天因前列腺癌转移去世。"那一次我们在巴黎见过面，我很喜欢他。我很抱歉。"

"他也很喜欢你。"吕克说，"还有，你有没有听说泰迪的事情？"泰迪是他们儿时的好伙伴中的一个。那个时候他们的父母要么住在马略卡，要么会定期地回到这里，所以几乎每年夏天他们都会在一起度过。去年冬天，泰迪·特里劳尼因海洛因吸食过量在纽约去世。

"是的，我听说了。"伊琴娜边说边低头看着查理，他的手不停地拉着妈妈的胳膊，"我真不敢相信他怎么会这样。他的品性本来是很善良的。"

"我相信即使到了最后他还是很善良的。"吕克说。

她的头发比过去短了，勉强及肩。不过还是和以前一样乌黑亮。除了发型的变化，她和上次见面时没什么两样。那一次也是在街上，已经过去四年了。其实是更好看了，他觉得，现在的脸比过去要丰满些。"你看起来很不错。"他说。

"你也是。你看起来瘦了不少。"

"我一直在跑步。四月份的时候还参加了马拉松。"

"真是不敢想象。"

查理开始用力拽妈妈了。"稍等一下，查理。"她说，"你还在巴黎吗？"

"是的。"

她的手臂被拉得左右乱摆，查理还在拼命地拖她。"我想走。"他说。

"好，我们马上就走，查理。"伊琴娜说。她望着吕克，刹那间情不自禁地流露出对过去的怀念。

"很高兴见到你。拜拜。"

"拜拜。"他很不舍，心里如同有个保龄球在不停地翻滚着。他目送着他们沿着格子图案的小道向前走去。查理终于松开了妈妈的手。吕克看到伊琴娜的手和查理摇摆着的身体不由自主地紧挨在一起。

吕克把香烟塞到衬衫口袋里，一脚跨上摩托车。已经五点多了，人们陆陆续续地从海滩归来。路上的陌生面孔越来越多。那些来自英国、斯堪的纳维亚和德国的游客对每条街道都无比熟悉，这里似乎变成了他们的领地。可在过去，这儿只是属于他吕克的。

三

一个叫布洛克的男人带着妻子一起旅行。他们在欧洲的某个小火车站下了车。他走进车站的咖啡厅买一份报纸。咖啡厅里有个老妇人正颤颤巍巍地向前挪步，布洛克走过去搀住她。她紧靠在他身上咕哝了几句话，可布洛克没有听清楚。周围的人都过来帮忙。布洛克试图离开，他的火车马上就要开了，可老妇人拼命地拽住他的衣领，对他又说了几句话。终于有人拉住了老妇人，扶着她平躺下来，布洛克解脱了。他冲到外面的倾盆大雨之中，可火车已经开走了。

浑身湿透的他走进火车站，询问售票窗口里的值班女人能否帮忙给在火车上的妻子转告几句话。她耸了耸肩，算是一种拒绝。布洛克又问下一趟火车几点到达。至少还要两个小时。他只好回到咖啡厅里。那个老妇人已经死了。就躺在那里，一动不动。人们都退到了一边，小声议论着刚才发生的事情，并等待警察和救护车的到来。布洛克点了杯咖啡，他已经冻得瑟瑟发抖。这时一个男人出现在他身旁，向他刚才对老妇人的帮助表示了感谢。布洛克说自己没做什么，只是当时恰好在她身旁，举手之劳而已。那个男人见布洛克又冷又湿，于是点了一杯白兰地送给他。谢谢你，布洛克啜了一小口。她似乎跟你说了什么，那个男人说。我没有听清，布洛克说。当时我只想着赶紧去赶火车。你一定听到一些,那个男人继续说。这时布洛克才意识到什么,他看着那个男人,感到一阵寒意——

"不过,说真的,快点,吕克,我们得知道,"萨博说,"整部电影都取决于这里,她对他说的那些话。难道我们不需要知道?"

"盖博尔,我们会知道的,最后会知道的。是的,我们当然需要知道,"吕克认真而恭敬地说,"但重点是,那个老妇人说了什么并不重要,他不知道,我们也不知道。这样很好:紧张,悬疑。我们所有人,还有他都知道那些人以为他知道,所以才会跟踪他。这就是麦高芬[1]。我以为你会喜欢这个,这些我们不知道的事实。"

"是的,是的,我当然喜欢,我很喜欢,简直爱死了。只是不知道我们的观众会不会喜欢?发行商们会不会喜欢?他们能不能理解这只是一种必须接受的电影技巧?这些我都不确定。"

"但这也是整个故事存在的原因,盖博尔。它把布洛克拉入了一场错综复杂却毫无意义的混乱中。我的意思是,在亚特斯维奇和他的同党看来这一切的背后自有逻辑,我们也很清楚。但对于布洛克来说只有慌乱和困惑。他开始去质疑自己人生中所有的一切,它们存在的意义。这正是他改变的原因。"

"他得到了那个女孩。"萨博说。

"没错,但这不是变化,"吕克轻声说,"不过,随着他的改变,她开始慢慢信任他。因此,从她那里可以看出他的变化。"

萨博笑了起来:"没那么复杂。她喜欢的也不是改变后的他,而是他给她的欢愉罢了。"

他们是在巴黎认识的,后来经常在萨博家和咖啡馆见面,然后到

---

[1] 电影用语。指在电影中可以推展剧情的物件、人物或目标,而关于这个物件、人物或目标的详细说明不一定重要,有些作品会有交代,有些作品则不会,只要是对电影中众角色很重要,可以让剧情发展即可算是麦高芬。——译者注

巴尔扎尔酒吧吃饭，萨博和维罗妮卡每个星期都会在那里吃上几顿。维罗妮卡通常都在场，不过她很少说话，总是在一旁专心地吃饭或看书，像只小狗般不理会他们的谈话，直到她自己张口。

整个剧本安排得非常紧凑。吕克努力按照时间发展设置每个情节。整个剧本没有哪个部分是多余的。场景从车站酒吧迅速转移到第二列火车上，在那里布洛克遇到了那个女孩，接着两人跳到巴士上来躲避那个送给布洛克白兰地的男人。然后是湖边的房子，雾中的长划艇，最后到了昏暗的办公室，墙上挂着一幅照片，正是那个老妇人年轻时的样子。照片中的她紧紧地拉着一个男人的手，那是她的父亲，一名实业家。吕克故意让所有的地点模糊而平淡，难以辨认其真实位置，就像吕克最爱的埃希克·侯麦导演的《慕德家一夜》中冰冷的克莱蒙费郎。除了表明这可能发生在任何人身上之外，同时还暗示这部电影可以在任何地方拍摄，制片人可以随意选择做交易和花钱的地方。这种务实的办法可以让吕克随心所欲地构建故事情节。一定会成功的。

萨博很喜欢这个剧本，对它大加赞赏。他看懂了。这一段奇特的旅程迫使布洛克重新审视自己空虚的生活，然后朝着真正的人生走去。他先是购买了十八个月的剧本使用权，后来又续订了十八个月。他们已经开始讨论演员阵容。

"我看好罗伊·施奈德。"萨博盯着吕克开门见山地提出了自己的意见。讨论剧本时，萨博就开始称布洛克为"罗伊"，他兴致勃勃地描述着罗伊如何在深夜从车站的停车场上偷车——

"可布洛克并没有偷车，"吕克说，"布洛克不会那样做的。他甚至不知道该如何偷车。这不是他的性格，他们坐的是巴士——"

"吕克，吕克，"萨博挥舞着手里的叉子，叉子上还有一块牛肉，萨博像父亲一般慈爱地微笑着。他们正在巴尔扎尔吃饭。"罗伊·施奈德不坐公共巴士。谁会在电影里坐公共巴士？你不得不和拿着大包小包回家做晚饭的女人们挤成一团,还有放学回家的孩子们。不停地NG。不,这不行。罗伊·施奈德不会停下来等公共巴士的。"

"如果不用罗伊·施奈德演呢?"施奈德坚毅瘦削的脸庞并不是吕克心中布洛克的样子。布洛克应该是柔和的面庞,身子有些弱,脸上总挂着一副怀疑和惊恐的神情。

"那你觉得应该找谁呢?"

"好吧,"他小心翼翼地说出了自己的想法,"我不知道……阿尔伯特·芬尼怎么样?"

"阿尔伯特·芬尼?阿尔伯特·芬尼是扛不起票房的。我无法说服发行商接受阿尔伯特·芬尼。谁认识阿尔伯特·芬尼啊?"

"他是个好演员,也长着一张人类的脸。"

"吕克,阿尔伯特·芬尼——他是谁?英国性格演员。整部电影,好的话要花上个五分钟,每次八秒钟,像官僚那样被介绍个一大堆。而所有人都认识罗伊·施奈德,《法国贩毒网》《大白鲨》。芬兰、非洲,甚至婆罗洲的丛林小镇,每个星期在电影院墙壁上那些由人工绘制的电影海报上,你都可以看到巨幅的罗伊·施奈德画像,他眼珠瞪得快跳出眼眶,就像一条被巨鲨追逐的鱿鱼一般。还有,你猜——"萨博把叉子塞到嘴里,一边咀嚼一边意味深长地笑了笑,甚至都能听到牛肉在牙齿间磨来磨去的声音,"罗伊很便宜。我和他的经纪人谈过了。他想要一部属于自己的电影。他不希望再做吉恩·哈克曼的搭档或第二男主角。他想成为唯一的明星。他想最后得到女孩,而不是鱼!我跟你保证他一定会看你的剧本,然后就知道这简直是为他量身定做的角色,当然,要稍微做些改动。比如他不喜欢坐下来,也不喜欢坐公共巴士。没人会坐公共巴士。"

"加里·格兰特在《西北偏北》里坐的就是公共巴士。"

"把加里·格兰特放到独轮车里,也肯定会很棒。但罗伊·施奈德不行。他需要一辆跑车，副驾驶上坐着拉寇儿·薇芝。然后这部电影就成功了。"

"拉寇儿·薇芝？"

萨博亲切地笑了笑："我亲爱的吕克。你打算用哪个女孩？"

"我不知道，伊莎贝尔·于佩尔——"

"罗伊·施奈德永远不会和那样的女孩上床的。太过神经质，嘴巴一直不停地说啊说啊——"

"她脸上的雀斑太多了。"一直没有说话的维罗妮卡开了口。不过她的眼睛依然没有离开手里那本又厚又大的杂志，封面上的游艇的大小和形状都和一座房子的差不多。

"没错，"萨博接着说，"他们不是横穿亚洲的热带丛林，而是行驶在美国的高速公路上。如果让一脸雀斑、唠唠叨叨的伊莎贝尔·于佩尔坐在旁边一定会令人兴致全无。我的发行商们绝对不会要这样一部电影。"

萨博在摩洛哥租了一艘游艇，租期为六个月，包含船员、厨师和客舱。他要带着妻子和漂亮的小姨子沿着里维埃拉进行一次安静的巡航。他坚持要求吕克一同前往。这样他们可以每天在一起工作，讨论各种改动，等巡航结束之后就能形成最后的初稿。

"嗯……"听起来真像在做一场梦。待在里维埃拉的豪华游艇里，旁边是电影制片人、漂亮的女人，还可以写剧本。不过在和萨博和维罗妮卡吃过一顿饭后，吕克就迫不及待地想逃离那里，好好地整理一下思绪："好吧，我——"

"格雷厄姆·格林就是在亚历山大·科达的游艇上写出的《第三人》，当时他们就航行在地中海上。"萨博对着吕克挑了挑浓密的眉毛。

吕克不知道这些，但他认为《第三人》是那种对观众隐瞒信息的电影的榜样："我喜欢《第三人》——"

"那她对他说了什么?"萨博问道,"如果我们没有听到老妇人对布洛克说了些什么,那观众们就会纳闷到底发生了什么。"

"可是,盖博尔。难道我们不希望观众去思考到底发生了什么吗?不希望他们不知道吗?就像《第三人》一样。"

"不,如果他们不知道,他们就不会在意。《第三人》刚上映时的表现很糟糕,现在成了经典,但当时让桑迪大失所望。《卡萨布兰卡》,那些过境通行证,你立刻就明白了。这是你的麦高芬,但我们知道那是什么。大家都在寻找那些过境通行证。谁能拿到它们,谁就能离开卡萨布兰卡。这很简单。而布洛克并不知道自己在寻找什么,他看起来愚蠢极了。我们不在意,没有人会在意。我们必须听到车站的那个老妇人到底对他说了些什么。"

"但整部电影讲述的就是他苦苦找寻老妇人到底说了什么话,她是谁,亚特斯维奇在寻找什么。当然这部电影真正要说的是布洛克通过一系列正确的事情找到了自己人生的意义。这是其中的秘密,人们会发现更有意思的是——"

"没用的。我的发行商会问'这是关于什么的',我不能告诉他们这是罗伊·施奈德四处寻找自己到底是谁的故事。他们会由此认为这是一部嬉皮电影,然后说不。罗伊·施奈德知道自己是谁。他是个坚强的人,是真正的男人。因此,我只能这样跟他们说,这部电影讲述的是一个男人寻找被纳粹抢走的画作,只有那个老妇人知道画在哪里,因为是她父亲拿走了那幅画,她告诉了罗伊·施奈德。他开始去寻找那些画,一路上杀死了很多追捕自己的坏人,最后得到了女主角。这就是整部电影的内容。"

吕克一直坚信自己能通过写作赚到钱,获得成功。他的父亲,来自马萨诸塞州沃波尔家族的伯纳德·富兰克林长期担任《先驱论坛报》的巴黎驻站记者,曾写过不少有关法国例外主义和英欧利益的著作。

吕克看着父亲写了一本又一本，最后他的书却都渐渐消失在书店的黑洞中，从未再出现过。吕克觉得父亲的书枯燥极了。没人会在飞机上或咖啡馆里阅读它们。它们也赚不到钱。吕克想写小说，就像海明威、斯坦贝克和菲茨杰拉德那样，还有后来的凯鲁亚克，他的书要比父亲的书畅销，还要改编成电影。

二十七岁那年，他把千辛万苦写出的小说寄给了无数出版商。不幸的是，没有人愿意出版。之后的很长时间里他都失落到无法自拔。后来他又写了一本，但基于已经破碎的自尊而把它丢到了一边。直到有一天他在巴黎的一家酒吧遇到了一个朋友，这个朋友正跟一个叫克劳德的电影制片人喝酒。他把吕克以作家的身份介绍给了制片人。克劳德正在说自己在报纸上看到的一个故事。一个难民试图从偏远的阿尔巴尼亚游到意大利南部，大约有五十英里。他在快接近意大利海岸时被救起，当时周围没有船，也没有木筏。后来他被送回了阿尔巴尼亚。"你能想象得到吗？"克劳德望着他们说，"梦想，勇敢，失望！"吕克提到了约翰·契弗的《游泳者》，克劳德记得这部电影，他很喜欢。

"啊，伯特·郎卡斯泰尔，"他还不知道那个故事就是摘自契弗的小说。第二天他给吕克打了个电话，邀他出来继续畅聊那个阿尔巴尼亚人游到意大利的故事。克劳德想知道，一个人到底可不可能在海上漂浮那么久？吕克告诉他地中海的海水盐度很高，这可以帮助到游泳者。而他自己童年的大部分时光就是在马略卡的大海里度过的。

克劳德付给吕克两万法郎（大约有五千美元），问他是否愿意写一个关于他们讨论的那个故事的剧本，吕克同意了。克劳德还给了他一本琼·克洛德·卡里尔的书来让他了解如何进行剧本创作。一个月之后，吕克完成了自己的第一个剧本。没过多久克劳德开始忙于另一部电影的拍摄，吕克则继续创作新的剧本。他成了一名编剧，通过创作剧集来获得报酬。由于他精通两种语言，所以能够熟练地使用英语和法语来写剧本。他还写了不少双语剧本，这样制片人就可以把电影同时介绍给英国和法国的发行商。他写的都是用于推销的规范剧本——好莱坞的那帮人靠买卖规范剧本赚了不少钱；吕克甚至一度考虑过去洛杉矶，去好莱坞山——他和制片人一起参加过很多次戛纳电影节。但最后，渐渐地，什么都没有了。他已经三十岁了。他本应拥有的人生和实际拥有的人生存在着巨大的脱节，他开始感到害怕。他仿佛看到自己沉入海底，被所有人遗忘了。

而萨博就像是他的救生筏。

萨博和维罗妮卡的妹妹在摩纳哥登上了游艇。两个星期后，吕克加入到他们当中。由于吕克的机票是到尼斯的，萨博便让他到位于尼斯与摩纳哥中间的圣－让·费拉角码头与他们会和。虽然从未去过那里，但吕克对它却不陌生：萨默塞特·毛姆在那里有一栋豪华别墅，而且居住了很长时间。

当他下午三点多乘坐出租车赶到码头时，游艇并不在那里——白天他们出海了，萨博在电话中说他们会在日落前赶回来。吕克把包放到海关那里，独自一人沿着窄巷子朝山上走去。道路两旁是高耸的松柏树篱和浓密的灌木丛，透过其缝隙可以隐约看到几抹柔和的色彩。那是散落在山上的锯齿状别墅，大都属于一些有钱但不知名的人：没落的欧洲贵族、奸商、当代企业家，当然其中也不乏一些真正的贵族。就是没有作家。

他四下张望，希望找到毛姆那栋玛莱斯科别墅。他读过毛姆的《刀锋》，书中讲述了一个年轻人在奢华的欧洲探寻真理的故事。这本小说他看过很多次，后来又看过无数次由此改编而成的黑白电影。该影片曾获一九四六年的奥斯卡提名，由泰隆·鲍华和吉恩·蒂尔尼主演。

靠着写作赚来的百万财富，萨默塞特·毛姆买下了玛莱斯科别墅，过上了奢华的生活。上午写作，下午打打桥牌，招待招待幸运的客人。

其中有一人，吕克从一本传记中读到，穿过房子和花园后，不禁感叹道："这一切都是靠写作赚得的！"

他终于找到了通往玛莱斯科别墅的入口。虽然毛姆过世已将近二十年，但那个用来抵御邪恶之眼的摩尔人的象征，那个在他所有的精装书封面上都会出现的标志，依然刻在入口处的石头上。

早上，他们在游艇甲板上找一个安静的地方开始工作，坐着折叠柚木导演椅，手里端着咖啡。这时船员们正忙着准备早餐，而维罗妮卡的妹妹米蕾耶还在舱房里睡觉。聊天时，维罗妮卡总会站在萨博身后，旁边放着一个装着酒精和棉球的托盘，她不停地挤、戳、擦，帮萨博清理背部和肩膀上冒出来的痤疮和脓包。每天都是如此，每次至少要花上半个小时。而萨博总是不理会她，专心于讨论故事。吕克只能让自己尽可能地不去看托盘上渐渐堆高的满是鲜血和脓水的棉球。

一九五六年的暴动事件之后，萨博以纪录片导演的身份离开了匈牙利。通过为德国和北欧地区制作隐晦的黄色电影使他本已衰退的商业直觉得到了磨炼。接着他成功地进入了不再过分渲染暴力的主流影片市场。随着讨论的深入，吕克原本的故事被逐步撕开、重塑，不断体现出发行商的要求。萨博的口气和念头似乎都转变了。一开始他很自信，虽然总是被吕克的天真逗乐，但会尊重他的想法和故事。但现在他明显不高兴了。"我不知道，"他一边说一边用舌头敲着牙齿，"我们失去了重点。"他们的早间工作例会变得越来越不规律。作为慢性失眠症患者，萨博一直都早早起床工作以驱走梦魇。可最近几天他都出现得很晚，或者只是坐在柚木格子的吧台旁喝着咖啡，心不在焉地看着附近的海岸线。他已经厌烦了。

游艇有一张巨大的方帆,上面印着盾形徽章,徽章上是一只跳跃的海豚,不过这张帆很少用到。游艇前行的动力主要依靠发动机。发动机几乎没有停过,夜以继日地工作着。他们驶入了安提比斯这座古老的小镇,然后到镇上的钦兹菲利克斯餐厅吃晚餐。萨博听说格雷厄姆·格林每晚都会去那里吃饭,因此希望能碰到他。格林在担任特吕弗的电影《日以继夜》的分销商时的耀眼表现让萨博非常钦佩。但连续两个晚上他们都没有遇到这位行踪神秘的作家。

"我想出海,"萨博告诉船长托尼·克莱门特,船长先生是一位饱经风霜、操着一口标准英语,说话简洁的英国人,穿着白色衬衫和短裤,"我不想在码头之间来回晃荡,我想穿越大海航行到另一个国家。我想来一次真正的航海。"

"好极了。"托尼立刻同意了。

"那我们去哪里呢?"

托尼把西地中海地图平摊在吧台桌子上:"好吧,科西嘉岛——"

"有多远?"萨博插嘴问道。

"一天能到卡尔维——"

"再远一点儿,"萨博说,"我要的是航海。看不到任何陆地。整夜航行。穿越大海。"

"巴利阿里群岛怎样?"吕克在一旁建议道。

"那是哪里?"

吕克朝地图指了指,大概是在法国海岸线下面一英尺的地方。

"那里属于什么地方?"

"隶属于西班牙的群岛,"托尼说,"可能要两天一夜才能到达。"

"那里美吗?"

"嗯,那里可不是蔚蓝海岸。"

"实际上,"吕克说,"我算是在那里长大的。"

萨博惊奇地看着他："哪里？"

吕克再次用手指指着地图说："就是这里。马略卡岛东端。我母亲在那里开了一个旅社。"

"真的？是不是很美？"萨博再次问道。

吕克的内心突然澎湃起来。"漂亮极了。"他这样回道。

四

那天晚上吕克住在游艇上。第二天一早他就骑着摩托车赶回岩石旅社,露露还在吃早饭。

"亲爱的,我不乘船的,"露露说,"除非是轮渡。你知道的。"

是的,是的,他知道。她一直这样说。虽然住在海边这么多年,客人们乘着游艇来来往往,但在他印象中,母亲从没未登过船。萨博很喜欢她,她给他留下了深刻的印象,因此他希望能在这艘华丽的游艇上给她留下深刻的印象。吕克知道人们都会被母亲所打动,他也知道自己一直在沾她的光。

"妈妈,游艇就停在码头,和房子差不多大。你在上面不会感觉到任何动静——"

"我不是晕船,就是不想到船上去。"露露断然拒绝,"你知道这一点。"

"我知道,"吕克说,"但萨博肯定会唠叨个不停。我觉得他安排这个午餐就是希望再见到你。"

"我确实没办法。他要是想见我可以来这里找我。"

"只是一顿午餐而已。"

"那是在船上。"

"哦，真是见鬼！"吕克忍不住大吼道，"就因为几百年前你和你第一任丈夫在一条小破船上过得很糟糕，但那和现在的生活有什么关系？"

"你这样是没用的，亲爱的。"

"我知道，你不会去做自己不想做的事。我知道。我竟然愚蠢到以为你会为我破例。"

说完，他立刻跨上摩托车，一溜烟地离开了。

对于莎拉·巴韦斯特的诱惑她也不为所动。"哦，露露，你一定得去！看看那艘船！拜托，我们去看看吧。说真的，你一点儿也不想去？"

"是的，我不想去。"

早餐后，露露戴上手套，拿起修枝剪，沿着楼梯走到游泳池那边的花园里。昨天的风已经停歇了。在浓密的树荫下只能感到些许的微风轻轻掠过皮肤。后墙边的玫瑰枝繁叶茂，她把多余的枝叶都修剪掉了。五月份，她把汤姆和米莉的骨灰撒到了玫瑰园内。他们在飞往苏格兰参加捕鱼日的路上因飞机失事去世——那时他们刚刚从草莓编篮上获得可观的财富。卡西安用两个巨大的霍克利瓶把他们从伦敦带了回来。二战之后的每个夏天，汤姆和米莉都会租住洛斯罗克斯别墅。他们邀请露露过去，还借钱给她把这里买了下来。"只有我们几个知道，不要对外说！"他们说。

亲爱的米莉，她能想象得到这些玫瑰会变得如此漂亮吗？剪……剪……

吕克很聪明，这一点毋庸置疑。但她不再相信他的天赋。她读过他写的东西——一本无人问津的小说的开头，那是一本她不喜欢同时又被很多出版商退稿的小说。他还谈到过另一本小说，关于一个记者在巴黎被占领期间发生的故事。因为涉及纳粹，所以这个听起来还算有点商业价值。后来他开始写剧本。剪……剪。她不得不承认他在剧本创作方面确实有些能力。她看过他的作品拍成的影片，不过她很纳闷为什么大家愿意去看这样一部电影，里面全是一群漫无目的、追逐自我毁灭的人。她不喜欢吕克笔下的那些角色——他们看起来都很可怜，因而相当可信。剪……至少他赚了一些钱。她帮助过他很多次，但把钱给一个成年男人毕竟不是什么值得炫耀的事情。

剪……剪……

这个滑稽可笑的电影制片人显然很喜欢他。他邀吕克一起度假，他很有钱。他对吕克的工作总是赞不绝口，他很可能要拍部电影。

剪。我好想你，米莉，亲爱的。你怎么看？

过了一会儿，她从花园的台阶上走下来，莎拉正在游泳池旁。

"我待会儿和你一起去吃午饭。"露露说。

"哦，亲爱的露露，真是太好了！"莎拉高兴极了。

"我们要几点到那里？"

"我想是一点。"

"到时候开我的车去。"

说完她就回房间换衣服去了。

"露露愿意去我真是太高兴了！"莎拉还沉浸在兴奋中。

"我也很惊讶，"多米尼克说，他正闭着眼睛躺在旁边，身上的防晒油在正午的阳光下闪闪发亮，"露露不喜欢坐船，你知道的。"

"你也会来的，是不是？"莎拉问道。

"哦，是的。"多米尼克说，"我想看看游艇里面是什么样子。我敢打赌肯定有一个像那张著名的威尔镇的大床般大小的房间。"

福格斯的路虎车沿着码头朝游艇驶去，刚好不到十点。他把车子停在游艇旁。"海豚号"的甲板大概比他高出五六英尺，上面一个人也没有。他小心翼翼地拉起绳子，爬上了摇摇晃晃而狭窄的梯板。

"你好！"视线中出现了一个正在给铜器抛光的船员，他赶紧大喊一声。没多久就看到了那个制片人。他正在稍远处的前甲板上，光着上身，一旁的妻子正对着他的背做着什么。他一定是忘了昨天的约定。

"你好！"福格斯又喊了一声，"你还想去看我们的房子吗？"

"当然，我这就来。"

五分钟之后，福格斯载着他穿过小镇："你是真的想选块地吗？"

"一直都是，"萨博说，"蔚蓝海岸、五村镇都太拥挤了，一点儿也不安静。所以我四处寻找。我喜欢的别墅要在安静的地方，有阳光，旁边还有大海。从巴黎飞过来不能太远。这里有一个机场，是不是？"

"哦，当然。"福格斯说，"就在帕尔马，距离这里一个半小时车程。那里有飞往欧洲各地的航班。大概两个小时就能到巴黎。从出门到进门只要四个小时。还不错吧？"

杰拉德还在修剪橄榄树。虽然严格意义上来说这些树已经不再属于他，但他不知道自己的土地和卖给福格斯用以开发的土地之间的确切界限。他希望它们都不要被砍掉，即使是在他们的土地上。建造与景观相互融入的别墅和尽可能地保留大部分橄榄树，正如福格斯向他保证的那样，是他们的目标。杰拉德甚至想过他们可能卖不掉那些房子，这个开发项目也许会以失败告终。除非那些度假别墅的主人让他把前面的庭院清理掉，否则他会一直照顾和修剪这些剩下的树木。

这时清晨的空气里传来了福格斯的声音。虽然听不清具体内容，但能听得出絮絮叨叨的话语中透露出的欢快、亲密和自信。杰拉德赶紧收起小修剪锯和破旧的草编篮子匆匆离开。还好穿着一双登山帆布鞋，走在树丛里没有一点儿声音。他是朝坡上走的，而福格斯和他带的那个人一定会穿过面对小镇和大海的那块地，这样他们就不会看到他。不一会儿,他就爬到了高高的山坡上,站在一片仙人球和软木橡树中间,这里可以看到下面:福格斯戴着巴拿马草帽,旁边站着一个大个子,穿着蓝衬衫。杰拉德蹲下来看着他们。没走多远他们停了下来。福格斯热情地向对方指点和比画着。从那冷漠的姿态和仅仅粗略的几瞥中,杰拉德断定这个穿衬衫的大个子并没有被打动。他只是简单评论了几句就转身离开了,福格斯依旧跟在他身后唠叨个不停。

杰拉德沿着山坡一路跟着,直到他们在房子下面消失不见。然后他在一旁等着,最后终于听到了路虎的发动声。

伊琴娜正在厨房旁的工作室里画画。

"和福格斯在一起的那个人是谁?"杰拉德问道。汗水顺着他的太阳穴和脖子向下流淌,留下一道道印迹。

"游艇上的一个制片人。他带他看看那块地,你和他们说话了吗?"

"没有,我到上面去了。"

伊琴娜大笑起来:"你当然不会和他们说话。"

杰拉德看着画架上的画作,正是他刚刚看到的风景:橄榄树,面向大海的坡地,远处北方的山脊。伊琴娜把彩色风景照贴到画架上方。"真美。"杰拉德感叹道。

伊琴娜转过身面向他:"你可以永远看着它。"

杰拉德弯下腰亲了亲女儿,过了一会儿,他问道:"查理在哪里?"

"佩妮过来了,把他和比安卡带到沙滩上。今天上午我的时间可以自由支配。"

杰拉德走到外面,再次拎起篮子和修剪锯回到山上的橄榄林里。他还要继续修剪,让每棵树都按照他的期望生长和结果实,至少再结五十年。他跪在地上,把要修剪的枝条靠在自己的大腿上,然后剪成小段以便放到篮子里。等到了冬天,它们就变成了壁炉里的柴火。

伊琴娜一边画画一边听着父亲的老唱片。他喜欢19世纪末20世纪初期英国的田园作曲家：沃恩·威廉姆、埃尔加、巴特沃斯、霍尔斯特、芬济、阿尔文、班托克、帕里、布里奇、德利厄斯、摩根。杰拉德喜欢伴着"主人之声"留声机里的音乐细细品读托马斯·哈代、阿诺德·本涅特、安东尼·鲍威尔的小说。伊琴娜知道他的脑海中已经浮现出多赛特郡、湖区和沼泽地的风光，还有维多利亚时代伦敦五镇的煤气灯。不过在伊琴娜心里，这些都是马略卡当地的音乐——她就是听着它们长大的。当她再次听到这些音乐，看着茨安卡弗雷尔四周的风景时，过去在马略卡岛生活的画面就会重新浮现在眼前。

和吕克的相遇让她有些心烦意乱。他们之间的情感如同婴儿和动物对生命最初期的情感和嗅觉的眷恋一般。这种感情永远都属于吕克，然后才是其他人。查理和比安卡之间也会有这种命运的牵绊吗？光着身子在沙滩上一起玩耍，胖乎乎的小手抓着沙子不放。然后是光着身子躺在一起，用手探索彼此的身体？建立在彼此思想上的与世隔绝的世界也会最终破裂和消失吗？

虽然说已不可挽回，但从某种角度来说，福格斯比吕克更适合伊琴娜。他稳重自信，开朗有趣，而且高大帅气，喜欢穿西装。他是一个地产开发商，不是什么画家或梦想家。和她完全不是一类人。七年前，她所在的切尔西艺术学院的讲师，皇家艺术学会的庄乔·托尔恩在悉尼亲密工作室举办皇家艺术学院派对，就是在这样一个奇怪而不协调的场合中他们相遇了。当时，他比所有人都要高上半头，身上的细条纹衣服在一片牛仔裤和皮革中格外显眼。

她刚出现时他就走上前搭讪。

"你也是庄乔的学生？"

"是的，"伊琴娜说，"我现在已经工作了。"

"啊，你也是画家？"

"是的。"

"我对艺术完全不了解。"他乐呵呵地说。

"那你怎么会在这里?"

"庄乔让我来买些东西。我已经买了一些她的抽象画。你的画是哪方面的?"

"不是抽象画。"

"哪种类型的?"

"哦,风景画、素描、肖像画。很乏味的。"

"实际上,我需要一些风景画。"

第二天晚上,他出现在位于格罗斯特大道旁伊琴娜的小地下室公寓门口。

"你怎么知道我住这里的?"伊琴娜问道。

"我在庄乔的备忘录上看到了你的住址。我可以进去看看你的画吗?"

她既觉得被冒犯,又有点受宠若惊:"那她知道吗?"

"应该不会。"

"好吧,既然来了就进来吧。"

他弯着腰穿过门口。

"我喜欢这一幅,"福格斯拿起一副黑色的,看起来脏兮兮的河景画,这是伊琴娜正在尝试的惠斯勒泰晤士河夜景系列中的一幅,"这幅非常棒,是不是?"

她不由得被他的态度打动了,他愿意承认自己不知道(或者假装自己不知道),然后请教她这个画家:"它肯定没有期望的——"

"你想把它卖掉吗?你打算卖多少钱?"

这是福格斯的另一个法宝——钱。

"我不知道。"她说。他是基于其他原因而对此感兴趣的,真是令人尴尬。

"两百英镑?"

"肯定不值那么多。两百英镑都能在佳士得买到一幅相当不错的19世纪的风景画了。"

"好吧,我喜欢这幅画。"

"你根本就不懂艺术。这是你自己说的。"她朝他手里的画示意了一下,"谨此作答。"

"那这幅画哪里不好?"福格斯依然坚持着,"庄乔会如何评价它?"

"那你最好去问她——"

"我已经问过了。不过我问的不是这幅画,而是你,作为画家的你。她觉得你很好。所以两百英镑是个合理的价格。你在外面看过很多垃圾一般的画,不是吗?"

她有些不安,希望他能离开。但是她也需要钱——一直都是——这会影响你的思考方式,削弱你的抵抗力。"如果你非要坚持的话。"

"我坚持。你吃饭了吗?"

这个时候拒绝他似乎太没有礼貌了。她更加不安了,不过她也确实很饿。

走在富勒姆路上,一群鸽子冲向他们。福格斯立刻抬起胳膊,把自己挡在伊琴娜和鸽子中间。

他带她去圣弗雷蒂亚诺餐厅,那里的菜品和酒水都很不错。他说起了自己在寄宿学校宿舍里养鸽子的故事。"它把屎拉到女舍监笔挺的白色制服上,最后被她发现了,我惹了大麻烦。"

伊琴娜笑了起来:"后来呢?"

"六下!"

"什么意思?"

"用鞭子抽打！六下，老老实实地躺在那里。"

"你的意思是他们因为这件事打你？"她看到他仿佛变成了小男孩，被竹手杖不停地抽打着。

后来他再次约她出去。虽然有些受宠若惊，但她对他并不感兴趣。他比她大十岁，是那种和她没有任何共同点的商人。再说，他实在是太高了。她推脱了几次。

转眼到了春末。他直接敲响了她公寓的小门。

"你一直都不在。"他说。

"我去摩洛哥了。"她解释说自己飞到摩洛哥买了一些衬衫和其他衣服带回来在不同的店里寄卖。这些年来她一直从事这个副业，虽然很小但盈利还算可观。正是靠着这些钱她才得以顺利从艺术学院毕业。

"愿意和我一起吃晚饭吗？去圣弗雷蒂亚诺行不行？"

她完全没有防备，临时找不出一个拒绝的借口。虽然很疲惫，但也很饿。她立刻记起了那些美食。而他也似乎突然变得……可爱了。

"好吧。不过不能太晚，如果你能接受这点就可以。"

晚餐时他谈到了自己刚刚在多赛特买了一栋由谷仓改建的房屋。那里需要不少装饰画。佳士得近期要拍卖一些19世纪英国和欧洲画家的画作，他想知道这几天她是否有时间陪他一起去挑选几张。

"我以为你喜欢现代艺术。"她说。

"我都不知道我到底喜欢什么。不过确实应该有个几幅。我想买些有年头的画来配那个谷仓。你知道的，奶牛啊、运送草料的车之类的。哦，来吧。"

星期四，他们一起去了拍卖前的展览会。伊琴娜向他推荐了两幅亚瑟·梅多斯的那不勒斯湾油画：画得相当不错，她相信未来一定会增值不少。

车子行驶在一条曲折的道路上。"能不能再借你的慧眼帮我看看其他东西？"

他把她带到富勒姆区一栋旧公寓楼前。"我刚买下了这个房子。"他们顺着楼梯来到二楼的一间公寓门口，"你看，从窗户看过去就是泰晤士河和旺兹沃思。你觉得这里怎么样？我可以打掉几堵墙，弄成几间大公寓。每一间都有独立的卫生间、宽敞的开放式厨房，还有电梯。你觉得怎么样？"

"肯定很棒。"她还在望着他刚才看的地方。

"这个周末我打算去那个谷仓。你和我一起去吧？"

她自然是礼貌地拒绝了。

"哦，来吧，"他说，"不然你有什么打算呢？"

"我要画画，还有在公园里散步。"

"好了，你可以在谷仓里画画。把你需要的东西都带着。你可以沿着多赛特悬崖散步。那里非常漂亮。你有没有看过《法国中尉的女人》？说的就是那里。我有一大堆事情要做。我们只会在吃饭的时候碰面。当然，你有自己的卧室和卫生间。卧室里还有壁炉。很不错的酒店。我到时候会忙到没时间陪你。就这样。"

"既然你那么忙，为什么还要我过去呢？"虽然嘴上这样说，但她已经有点心动了。

"好吧，如果你坚持的话我会抽时间陪你。不过我真的很想你过去看看，然后告诉我需要买些什么东西。"

在乡下，福格斯换了一身里维斯的牛仔服。那个周末，他没有工作，她也没有画画。他是一个不知疲倦的情人。星期五晚上、星期六早晨、星期六晚上、星期日早晨。在驾车回伦敦的路上，他再次建议到圣弗雷蒂亚诺吃晚饭。这个周末很不错，她说。但她现在只想回到自己家里。

第二天她的阴部又红又肿。没什么奇怪的，她想。可是过了一天，情况更糟了。她只好去看了医生。酵母菌感染，医生说，一般发生在长时间中断的性生活后，有这种可能吗？是的，伊琴娜说。她又询问了一下男方是否也会感染。可能性很大，医生说。他建议她把病情告知对方，如果对方确有不适的话。这并不严重。

虽然有些窘迫，但她还是给福格斯打了个电话。

"我得了阴道酵母菌感染，不算太坏，不是性病。但你有可能也感染了。对不起。"

"不，别说对不起，我很抱歉。是不是我传染给你的？"

"不，可能不是。别担心，反正已经得了。你还好吗？"

"还好。不过，伊琴娜，你不舒服让我觉得很难过。我能为你做些什么？我可以带你出去吃晚餐吗？"

"我很好，我没有不舒服，真的。不过我还是待在家里好了。谢谢你。"

但福格斯依然勇敢地启动了关怀计划。他带着鲜花和美食——来自狐步奥斯卡餐厅的熟鸡肉、汤、芦笋和松糕，一瓶冰好的富塞白葡萄酒——来到了她的公寓门口。"我不会进去的，"他说，"这些都是给你的，我马上就走。只要有需要，就给我打电话。"他转身就要离开。当然，她肯定会问他是否愿意进来一起用餐。（食物自然很多，两个人的分量）。几天之后，她也带着食物走进了他的公寓。他有个超大的厨房，里面全是专业设备。

他不是自己理想中的丈夫，她心里很清楚。他们两个人完全不同。可她不再拒绝他。福格斯很有意思，可以说非常有趣。乐观、慷慨，可靠。男人就应该这样，她想，虽然他不是自己心中的白马王子。可她心中的白马王子该是什么样子呢？到底缺了什么？她觉得自己被照顾得很好。她喜欢他——有一些，她觉得。他长得不帅，但很有魅力——很大一部分来源于他的自信。只是没有什么激情。她担心这是因为自己不够喜欢他的缘故。

　　再后来，他在斯隆大道的米其林餐厅外被一辆出租车撞到了。当她赶到医院时，那张满是瘀青的面孔看起来是高兴极了，这让她真真切切地心动了。等他出院回家后她开始照顾他。然后就遇到了他的母亲，一个友善的老太太，专程从贝辛斯托克赶来……

　　音乐停止了。伊琴娜听到手里的刷子在画布上发出的沙沙声。
　　其实她一直都知道吕克什么时候会在镇上，但这些年来她一直都在回避他。他们似乎已经把彼此从自己的生活中切除，就像截肢手术一般决绝。可现在的她却切切实实地有了截肢感。而福格斯成了一个合格的假肢。

五

吕克远远地看着母亲的西雅特600——岩石旅社的车子，一般情况下，所有人都可以开它——沿着码头朝游艇驶来。阳光洒在挡风玻璃上反射出耀眼的光芒，他完全看不清谁在里面。

把母亲一个人丢在早餐桌旁后，吕克就怒气冲冲地驾着摩托车离开海边，沿着小路朝内陆驶去，一直开到罗伯茨村。村子位于整座岛的正中央，记忆中一条弯弯曲曲的道路和外面相连。他过去曾多次来这里探望一个住在这里的朋友。这里足够远，远到他赶不及回游艇上吃午餐。他不想亲口告诉萨博自己的母亲不会来。

当他再次登上"海豚号"时已接近一点。只有福格斯一个客人，他正坐在巨大的桌子旁和萨博、维罗妮卡和米蕾耶聊天。

"啊，吕克！"看到他，萨博似乎非常高兴。

不用怀疑，吕克心想，他一定是被福格斯那无休止的温和攻势折磨得疲惫不堪，不过那两个女人似乎很喜欢伊琴娜的丈夫，都被逗得哈哈大笑，尤其是萨博的小姨子米蕾耶。她身材娇小，却有一身结实的肌肉。身形很像猴子，不过长着一张扑克脸。每次见到吕克时她总是紧绷着脸。她很少活动，只是晒晒日光浴、看书和吃东西。"维罗妮卡的妹妹会和我们一起。"在向吕克介绍整个航程时萨博意有所指地挑了挑眉毛,"她非常有魅力,维罗妮卡和她说过关于你的一切。"可惜事态的发展事与愿违。吕克发现米蕾耶对自己完全不感兴趣,甚至是有点讨厌。她不理睬吕克,完全无视他为了和她搭话所做的一切努力,最多只是客套地敷衍几句。可现在,她的表现却出乎意料的友善和幽默,倾听着福格斯说的每一句话,然后在椅子上笑地前俯后仰。就像重病患者神奇地康复了一般。

神奇的福格斯。过去的几个夏天吕克经常在岩石旅社看到他。吕克觉得他是那种聒噪吵闹的上流社会年轻人。虽然生意做得不错,但依然掩饰不了他的大嗓门和肤浅愚蠢。他只懂得钱,不过仅凭这一点就能吸引大多数女人。即便如此,吕克还是不能把他和伊琴娜联系在一起。他不明白她怎么能忍受得下去。她和福格斯的结合比眼前这个突然改变的米蕾耶更令人意外。

"你好!"吕克故意用法语打招呼,他想给福格斯一个难堪。

"你母亲和岩石旅社的其他人在哪里?"萨博失落地用英语问道。

"我想他们很快就会到了。"吕克避开他的目光,低头朝码头望去,然后就看到了那辆西雅特600,"实际上,他们已经到了。"

车子停在了游艇旁边。陆陆续续下来了几个人,莎拉、大长腿多米尼克,最后露面的是他的母亲露露。她抬头望了一眼,正好看到了吕克,她对着他笑了笑。这一次吕克感受到自己对她那种不寻常的爱。

"谢谢你,妈妈。"当她踏上甲板时,他立刻拥住她低声说道。

"纯粹是为了你。"露露平静地说。

站在吕克身后的萨博赶忙让到一边,像个贵族一般扶胸鞠躬以示欢迎。

"亲爱的夫人,"萨博欣喜地对着露露连鞠了两次躬,然后噘着大嘴亲了亲她的脸颊。他回过身,彬彬有礼地对着莎拉说:"你好。"然后敷衍地亲了一边脸颊,"还有……"

"多米尼克。"多米尼克自我介绍道。

萨博握着他的手说:"感谢光临。还有其他人吗?"

"就我们几个。"莎拉说。

"真是令人难以置信,"萨博说。他对着站在甲板另一端的福格斯、维罗妮卡和米蕾耶挥手示意了一下。"你们的朋友福格斯也在,大家来杯香槟怎么样?"

皮肤晒得黝黑、扎着马尾辫的船员罗杰穿着白色 T 恤短裤和帆布鞋朝他们走来,他手里托着一盘嘶嘶冒泡的金色香槟。萨博接过来递给了客人们。

"真是一艘奇妙的游艇!"莎拉感叹道。

萨博只是耸耸肩,说:"她确实不可思议。"

"我们能到舱内看看吗?"多米尼克问道。

于是,萨博带着大家参观整个游艇。在船上待得无聊至极的米蕾耶也立刻冲到了福格斯前面。

"哦,太美了!午饭之后我能在这里洗个澡吗,求你了,盖博尔?"刚踏进宽敞的主浴室,莎拉就惊呆了。巨大的浴缸足够两个人一起共浴,两侧向内弯曲的柚木板由钢环连接起来,颇像一个被切掉一半的椭圆形浅桶。估计是过去那些海盗和女人们在罗亚尔港的晚上寻欢作乐的地方。

"当然,"萨博说,"你们都可以来洗澡。"

浴室外就是船尾主舱,多米尼克盯着床看了半天。床很大,几乎有整艘船那么宽,床头堆着很多白色的枕头,从下至上,呈金字塔状,一直摆到巨大的不对称的直棂窗下。看起来像极了 18 世纪的加利恩帆船。

"真他妈的太霸气了。"多米尼克悄悄地对着露露说。

"看起来蠢透了。"露露轻声回应道,"据我所了解的一些航海知识,躺在床上睡觉会不停地翻来翻去,然后可能就从这个窗子滚出去了。"

"没错，不过这种船大都不出海的。它们常年待在码头上。"

露露不喜欢这种幽闭的环境。"我要回到甲板上了。"她朝楼梯走去。

萨博赶紧问道："大家准备好吃午餐了吗？我给你们准备了一点儿小惊喜。"

等他们回到甲板上，一张巨大的铺着亚麻布的桌子已经摆在那里了。面包篮、放着白葡萄酒和玫瑰红葡萄酒的冰桶、圣培露矿泉水。大家围着桌子坐在铺着皇家蓝垫子的柚木板凳和甲板躺椅上。头顶正上方是一块绷得紧紧的梯形皇家蓝帆布遮阳篷，给大家营造了一个舒适凉爽的就餐环境。

两名年轻船员端来了沙拉碗，然后又给每个人倒了一杯葡萄酒。他们穿梭于餐厅和甲板之间，送来一盘盘装满食物的托盘。不一会儿，加斯帕德也过来了。维罗妮卡把主厨介绍给大家，主厨先生开始向大家一一介绍端上来的美食：少量无花果酱配冷烤鹌鹑、温热的新土豆仔、装着石榴籽的鳄梨、鹅肝酱配面包。

菜上齐之后，露露突然感觉脚下的地板和周围的船在移动。

她立刻转向萨博："你已经把引擎打开了，不会是带我们出海吧？"

"是发动机，亲爱的夫人，"萨博解释道，"它一天到晚都处于启动状态。现在，亲爱的露露，请你跟我说说你经营这个神奇的旅馆有多久了，你是什么时候来马略卡岛的？"

"我是一九四七年从伦敦过来的，当时是给一个在这里租房子的朋友帮忙做饭，现在那个房子就是我们旅社的主楼。后来我买下了它——"

萨博那张闪闪发亮的大脸正好挡在露露眼前，遮住了她的大部分视线。她把目光移到长长的防波堤上，堤坝的另一端闪烁着白色的亮光。它相对于游艇不停地移动着。她又望向船头，长长的白色船首斜桅杆和前桅支索也在港口另一侧的岩石海岸映衬下晃动个不停。

"为什么我们在动？"露露立刻尖声问道。

萨博的脸上露出神秘的微笑。他转过身朝那个梳着马尾辫的船员点头示意了一下，对方已经站在了前方二十英尺左右的主桅杆下面。罗杰立刻解开绕在夹板上的绳子。几乎是同时，另外两名站在甲板另一侧的船员开始牵引绳索，放开游艇。

不，吕克暗想。他立刻把头转向船尾巨大的辐条木质船舵，他知道，只要有重要的行动，船长托尼一定会在那里。果然，托尼正在那里掌舵。

头顶先是一阵船帆滑动的嗖嗖声，接着变成了轰隆隆的声音，半透明的白色船帆从宽横梁一直落到桅杆中间。船身一阵战栗。船帆渐渐鼓起，盾牌徽章和跃起的海豚图案随风波动，最后终于恢复了平静，底部的几个角都被固定住了。伴着徐徐微风，游艇开始扬帆起航，从码头驶向浩瀚的大海。

露露突然站了起来："把我放回岸上。我哪里也不去。"

"亲爱的露露，"萨博双手紧扣在胸前，"我只带你们出去玩一个小时，我们一边吃饭一边在海上遨游。这是我的想法和心愿，请容许我放纵一回。"

他一边说一边微笑，坚信对方会喜欢这个惊喜。

"太棒了！"莎拉兴奋地说。

多米尼克的目光则落在了露露身上。

"盖博尔，"吕克也站了起来，"我们必须把她送到岸上，她不会——"

"吕克，这是我送给你母亲和她朋友们的礼物。"萨博边说边朝大家张开手臂，"这是我的荣幸。"（即便有些惊慌，吕克还是听出了他的话的出处，他模仿的是安东尼·奎恩那在《阿拉伯的劳伦斯》里扮演的哈维塔特部落酋长乌达塔耶那庄严而有权威的口气，当时劳伦斯和他的阿拉伯队伍奇迹般地出现在沙漠里,他们想争取哈维塔特人和他们一起攻击阿喀巴。"这是我的荣幸。"酋长在瓦地伦设宴招待他们时说。)

露露转身离开,踩着甲板迅速走到和岸边最为接近的船尾。她先是用力一甩,手里的挎包飞离水面大概二十英尺,稳稳地落在了码头上。接着她又脱掉凉鞋,一把扔到挎包旁边。最后她像一名芭蕾舞者般走到船舷上纵身一跃。

吕克跟着她走下甲板,看着她光着双脚跳进潺潺流动的水中。不一会儿,她的头露出了水面,朝着通向码头的台阶奋力游去。

所有人都离开桌子站到栏杆旁静静地看着露露。最后,她游到岸边,从水中优雅地站起身,就像每天都会这样穿着衣服来港湾里游泳一般。她头也不回地走到挎包前,捡起包和鞋子,大步朝车子走去。连身上的水都滴得那么优雅美丽。

"天啊。"福格斯感叹道。

"啊,"多米尼克钦佩地笑着说,"这就是露露。"

一头雾水的萨博转向吕克:"到底怎么了,吕克?发生了什么事?"

"她从不上船的,盖博尔。今天她愿意来是因为她以为船会一直待在码头。"

"露露,"莎拉大喊道,"你还好吗?"

走到车子旁边的露露回过头笑了笑,说:"我很好,谢谢你。"她的声音听起来既清晰又愉快。她歪着头,拧了拧辫子上的水。

"回头见,亲爱的。"莎拉挥着手说,"我们很快就回去。"

然后,大家目送着露露坐进车里,沿着码头绝尘而去。

萨博竭力掩饰住自己的失望,大笑了几声。"真的很漂亮!"他说,"你母亲真是个不同寻常的女人,吕克。"

"是的。"吕克说。还有,你可不是哈维塔特的部落酋长乌达塔耶。他突然很想念母亲。他多希望自己刚才也能跟着跳到水里,离开萨博和这帮笨蛋，陪她过一个下午。他甚至有些后悔把自己拍电影的希望寄托在萨博的好心情上。

"这个女人真是疯了。"维罗妮卡蔑视地耸了耸肩，低声对米蕾耶咕哝着。

萨博回过身对着剩下的客人笑着说："好吧，让我们重新回到美味的餐桌旁。"

"海豚号"扬起巨大的风帆驶出港口，沿着柔和的海浪前行，浪花飞溅。三角帆和后帆也升了起来。风帆虽然炫目而迷人，但游艇前行真正依靠的是笨重的气缸推动机，通用671柴油发动机。

六

杰拉德跪在储藏室的地板上一下接一下地按着活塞,他正把橄榄油从坛子抽到一升装的瓶子里。

他突然停了下来。墙壁上面的通风砖里传来阵阵链锯作业的声音,就像是昆虫的鸣叫声。杰拉德把手里的瓶子和活塞放到摊在地砖上的报纸上。

他走到厨房外面,发现声音是从角豆树下传来的,就在靠近路的某个地方——毫无疑问,肯定在他的地盘上。不一会儿,高昂的鸣叫声变成了低沉的嗡嗡声,中间还掺杂着呼哧呼哧的声音,应该是柴油发动机在断断续续地研磨着什么。他立刻循着声音朝山下走去。

声音越来越大,越来越连贯。杰拉德感觉那机器仿佛要把他也吞噬下去。他开始跑起来,穿过树林,前方不远处有一个大怪物在不停地颤动着,如同发狂的犀牛一般对着木头和树林一顿猛咬,好像是黄色的。

树林不见了。在通往小路的斜坡上,躺着一排排被砍下的树木和枝条,旁边大约五十码的山坡上已经被扫荡一空,只剩下一片红褐色的废墟。底部沿路边原有一堵二十英尺长的米色石墙,现在也被推倒了,石头散落一地。抬头望去,一台黄色的推土机在废墟上方的山坡上突突地响个不停。坐在驾驶座上的正是戈麦斯,他戴着一顶布满划痕的白色安全帽,两只粗壮的手臂紧紧握着长长的操控杆,推土机的履带慢慢地向前碾压着脚下的土地。

还有一个戴着安全帽的年轻人——长得很像戈麦斯,不过看起来更强壮,可能是他的儿子——拿着电锯顺着山坡一路切割而上,树木如同被屠杀般纷纷倒下,枝干四下散落。推土机紧随其后,把残留的树桩连根拔起,然后连同其他东西一起推到路边连绵不断的垃圾墙前。人和机器前行的速度并不快,空气中弥漫着毒性的柴油机尾气和电锯后面冒出的蓝色浓烟。

戈麦斯一边工作一边四下张望,他看到杰拉德正紧盯着他们。戈麦斯扬了扬头以示问候,杰拉德直视着他的眼睛。这个英国人看起来一脸茫然,似乎完全不懂眼前这两个人在做什么。戈麦斯停下了手里的工作。

"这是路!"他大喊了一声。他把手伸到前面,指着山上,然后又伸向右边,意思是这将是通往橄榄林项目的道路。最后双手回到操纵杆上,推土机又开始摇晃着前行。

杰拉德这才想起了那条路。它以主路为起点,绕着他房子上面的山坡蜿蜒而上,这样的话就不在他的视线范围内,也不会吵到他。这是福格斯的原话。所以这里肯定要开一条路,不光是为了那些别墅的主人,还有混凝土搅拌车、载着各种建筑材料的大货车。它们的隆隆声会持续几个月,甚至几年。

终于来了——已经来了。杰拉德只想到福格斯之前给他看的那些别墅,那些平面的油墨文字和彩色插图,虽然有所不足但不失为一个成熟的景观设计。橘色的西班牙式房屋、瓦屋顶、露台、错落有致的窗户,每一栋都有自己的独特之处。美观典雅,可以放在任何地方。杰拉德——太蠢了,他这才意识到——之前没有想到这个现代伊甸园所带来的巨大破坏力，还有这些无休止的噪声。他被这突如其来的一切震惊了——他本以为夏天之后才会开工——为了六千英镑而同意的一切，生动鲜活的场景已然开始了。

他就这样观察了好一会儿，再次被戈麦斯父子残酷的速度和效率震惊到了——只需一两天他们就能开辟出一条环绕着山坡直通橄榄树林的道路。

杰拉德凝望着那些被锯下来的树干、树枝和连根拔起的树桩。它们静静地躺在地上，就像一个个被屠杀的士兵。他木然地转过身，穿过角豆树朝房子走去。

我犯了这辈子最严重的错误。

七

吕克已经厌烦了出海。这是他遇到过的最折磨人的娱乐活动。在海上漫无目的地荡来荡去,缓慢、沉闷而痛苦。他就像一个囚犯,不得不在这里忍受萨博传授如何编造情节与故事以取悦发行商,还有他那只会跟着起哄的老婆及呆板迟钝(仅限今天之前)的小姨子。午餐开始之后,游艇摇摇晃晃着调头驶向大海,眼看离陆地越来越远,可吕克眼前还不停地浮现出母亲从船上向下跳的场景,随着时间一分一秒地过去,吕克觉得自己越来越钦佩,甚至嫉妒她那敢于挑战世俗的壮举。他幻想自己也跳到海里,慢慢地向前游啊游,把这喧闹无知的游艇甩到波涛里。

整个午餐期间,他都把自己隐形起来,很少说话,到最后完全不作声。没人注意到他。对于游艇和岩石旅社的人来说,他太过熟悉了。而其他人显然更有吸引力。午饭后,他独自回到下面的客舱里,躺在双层床上静静地看书。

醒来时吕克有些迷迷糊糊的。天还亮着,他一度以为到了第二天早晨。没多久他听到甲板上传来阵阵嘈杂声,这时他才完全清醒过来。

四周出奇地安静。过了好一会儿,他意识到发动机已经关了。游艇在大海的怀抱中温柔地摇晃着。透过旁边的舷窗,他看到外面的日光柔和了不少,斜斜地洒在水面上。蔚蓝的天空取代了正午炙热的白光。

他又躺了一会儿,享受着难得的风平浪静。他不想起来,不想去甲板上,不想和任何人说话。他只想离开这艘船,回去和母亲一起吃晚饭。他看了一下手表:快五点了。他们肯定是趁着顺风回到港口,应该快到了。于是,他坐了起来。

等他回到甲板上朝前看时,四周依然只有无边的大海。马略卡岛还在遥远的地平线外——大约有八英里,这是他根据巡航以来学到的航海知识估算的。他有些困惑:巨大的横帆像百叶窗般卷起,主帆则安静地躺在船中央,这时吕克终于明白刚才游艇并不是在前行,而是停在了大海深处。

这时,驾驶舱里传来了莎拉尖锐的叫声:"有什么消息吗,吕克?"

他转过身,一副奇怪的画面呈现在眼前:莎拉、多米尼克、福格斯和米蕾耶四个人拥挤地坐在驾驶舱内。除米蕾耶以外,其他人看起来都像是在等火车的乘客。坐在福格斯旁边的米蕾耶光着上身,一条腿搭着柚木板凳,另一条腿翘到桌子上。她身上的比基尼松松垮垮,胯部都露了出来。吕克从未见过她喝醉的样子,看来现在是见到了。

"我们什么时候回去?"吕克问道。

莎拉做了一个懊恼的表情后又把手伸向桌上的葡萄酒杯。

米蕾耶则咯咯笑个不停。

"好吧,这个问题现在值六万四千比塞塔。"多米尼克说。

"这是什么意思?"吕克问道。

"引擎抛锚了!"莎拉大喊一声,"你到哪里去了?"她的脸、肩膀还有那对高耸的大胸都被太阳晒得通红。

米蕾耶笑得更厉害了。

"这可不好玩!"莎拉厉声呵斥道,"我的孩子们还在等我,他们肯定在想我去哪里了。"

"是的，我也是。不过至少他们知道我们一切都好。"福格斯安慰道，"从岩石旅社那里能看到我们——"

"那他们肯定在绞尽脑汁地想为什么我们要待在这里一动不动！"莎拉还是很激动，"上帝啊，我真希望刚才和露露一起跳到水里！她知道！她什么都知道！"

"她不知道，"吕克说，"她只是不愿意坐船出海。"

"好了，现在我知道原因了！我的上帝啊——"

吕克走到下面的船舱里，轮机舱的门敞开着。狭小的隔间里布满了各式各样的线管、水管、电线、表盘和阀门，托尼正坐在发动机旁边的小牛奶箱上，打开闩子，松开橡胶软管，脚边的红色塑料桶里放着很多油乎乎的小零件。他拿着一个套筒棘轮扳手不停地拧开或旋上。那个扎着马尾辫的船员罗杰蹲在一边，像外科医生旁边的护士般不停地递着工具。

"嗨！"吕克打了声招呼。

"你好！"托尼的声音听起来很愉快，他没有抬头看吕克，而是朝门边瞥了一眼，他在看吕克脑袋旁边的一根管子。

"我想我错过了所有的好戏。我睡着了。发生什么事了？"

"没什么好戏，"托尼说，"发动机过热，不得不把它关掉。我们要用袋子或其他东西堵住海水换热器，穿过船体滤板，堵住水流，防止水流到叶轮，因为叶轮已经被烧成了碎片。当然，还要换个新叶轮，不过我要先把系统清理干净，把那些障碍、碎片等等全部清理掉。"

"你觉得多久能修理好？"

"我不知道。"托尼的口气就像是发现了一个有趣的哲学难题，值得好好玩味一番。他露出若有所思的神色，"等它结束了就修好了，我只能这样说。"他笑着给出了这样的结论，然后继续低头盯着发动机，仿佛看着一个淘气的孩子。没过多久他又转向罗杰，给他递出了一个会意的眼神，"至少这不是沃尔沃发动机。"罗杰立刻大笑起来，看来他听懂了其中的寓意，托尼也露出了得意的微笑。

吕克注意到整个航行过程中托尼一直都带着一种佛教徒般的超然和淡定。也许是见惯了变化无常的承租人和变幻莫测的海洋和机械问题，突然变动的计划、前后矛盾的指令，还有各种令人沮丧的事情，比如在泊陀菲诺湾没有停靠码头，等等。无论遇到何种紧张的情势和逆境，他都能保持沉着冷静，行进时站到船尾甲板的舵前，或悄无声息地处理各种杂事，收听天气预报，操纵导航，一点点地收紧或调整传动装备，言简意赅地指导船员。他不是那种喜欢抛头露面的船长，也不是擅长用海上冒险故事取悦于宾客的健谈家。他只是站在一边，眼睛紧盯着地平线或船身，脸上挂着淡淡的微笑，一副没有时间闲聊的表情。

"好吧。"吕克说。

正要转身离开时福格斯也过来了，他弯着腰把头伸到轮机舱内。

"进展如何？"福格斯硬挤出了一丝笑容。

"正在进行中。"托尼抬起头笑了笑。

"哦，太好了！"福格斯终于松了一口气，"很快就能出发了，是不是？"

"啊，这个我不好说。"托尼仍是一脸亲切。

"哦，好。好吧……听我说，我们能不能和岸上的人取得联系？我想让他们知道我们一切安好，还有回去的大概时间。你这里有没有那种类似无线电之类的设备以便我们和岩石旅社联系？"

"有，当然有，"托尼说，"可以让罗杰去导航控制台。罗杰，你试一下2182海上俱乐部，他们可以帮你和岸上取得联系，这样行不行？"

"那真是太好了！"福格斯说。

罗杰放下工具，把手放在衣服上擦了擦，然后走出轮机舱。福格斯紧跟在后面。

吕克走到厨房里拿了瓶啤酒。维罗妮卡和加斯帕德正把冰箱和冰柜里冒着凉气的存货拿出来整理好。他们边忙边激烈地争辩着，难闻的气味熏得他们不停地抽着鼻子。不过在丹麦黄油对欧洲经济共同体造成的威胁方面他们达成了难得的共识。即使吕克走到他们中间，又从冰箱里拿走了一瓶啤酒他们也没有理会。

"盖博尔在哪里？"他问道。

"别去打扰他。"维罗妮卡说，"他刚躺下，他已经被这些人的问题弄得紧张死了。"

"什么问题？"

"他们都想回家！他能做什么呢？"

"我想没人会觉得这是他的错。"

"当然不是他的错！"维罗妮卡依然很激动。

吕克拿着啤酒走出厨房，经过导航操控间时听到罗杰正对着无线电呼叫："海上俱乐部，我是'海豚号'游艇，完毕……海上俱乐部……"福格斯则在一旁紧盯不放。

吕克刚回到甲板上就撞到了两个闷闷不乐的海囚投来的期待目光，米蕾耶则不知去向。

"发动机现在怎样了？"多米尼克问道。一贯向后梳的头发从额头两侧一缕缕地垂了下来，弄得衬衫上全是印渍。虽然之前午餐带来的愉悦早已消逝，但那些半满的酒杯还在餐桌上未收走。已经融化的冰桶里还有一瓶酒随着船的摇晃咕嘟咕嘟地冒着气泡。

"我不知道，"吕克说，"他们还在修理。"

"这也太不像话了，吕克！"莎拉愤怒地说，"我的意思是，我们还要在这里坐多久，看着船就这样在海上漂来漂去？你看，都已经好几英里了！杰西卡和其他人肯定要疯了！"

"福格斯正在联系岩石旅社！"

"吕克，用救生艇怎么样？"多米尼克指着挂在船尾吊架上带着舷外发动机的橡胶救生艇说，"我们能不能坐着它回到岸上？"

"我不知道，"吕克说。他们说的是游艇的联络船，一般在港口或下锚时接送客人，前行时又快又稳，很像行驶在风暴中的特种船。吕克朝前望了望，船员蒂姆和伊恩正在船头抽烟。

"你能去帮我们问一下吗，吕克？"莎拉恳求道。

"好的，当然。"

"谢谢你！"

吕克没有去轮机舱找托尼，而是径直走到那两个坐在船头的英国小伙子身旁，估计这是他俩毕业之前的清闲时光。

"嗨！"吕克走近打了声招呼。

"哦，嗨，吕克。"蒂姆和伊恩回应道。

吕克笑意盈盈地说："你们能用救生艇把其中一部分人送回岸上吗？"他歪着头朝海囚们示意了一下："他们得回去照顾孩子。"

"哦……"蒂姆皱着眉头，似乎在做激烈的思想斗争，"我不知道，那确实是个办法。我的意思是，我们离岸边至少有六英里，我觉得你最好去问一下托尼。"

"我来让他们准备，你能不能去问一下托尼？我们真的要走了。"

"没问题。"蒂姆边说边把手里的烟头扔向大海，然后迈着大步走上甲板。

"太好了，谢谢你。"吕克跟着走在了后面。

驾驶舱里的莎拉和多米尼克依然是一脸的期待。

"蒂姆已经去问了。"他语调轻快地说。

"太棒了！太感谢你了，吕克！"莎拉欢呼道，她和多米尼克都站了起来，好像火车已经到站了。

福格斯也来到了甲板上："不知怎么回事他们好像穿不过通风机。"

"没关系,"莎拉说,"我们马上坐橡皮艇回去,吕克正在安排。"

"哦,太好了,"福格斯朝吕克点点头以示感谢,"做得好!"

蒂姆回来了:"托尼说距离太远了,不能用救生艇。"

"什么?"莎拉脱口而出,她转向吕克,"我以为你说我们可以走。"

"好吧,我以为可以。我只是问蒂姆能否去问一下船长。"

"对于救生艇来说确实是太远了,"蒂姆同情地皱起了眉头,"距离太远的话实在危险。"

福格斯对着蒂姆说:"为什么我们现在不能回去?至少你们还有帆。为什么只能漂在这里?你们不能在返程的路上修理发动机吗?或者把我们送回去,明天再修。我们都要回岸上办事,你知道的。我们并不关心引擎。你能把这些话转告给船长吗?"

"好,我会的,绝对会的。"蒂姆说,不过他没有立刻离开,而是露出犹豫的神情,"问题是,如果可以的话我们肯定会回去的,但现在风力不足,并且是从岸上吹来的,一旦升帆,我们只会离马略卡越来越远。还有,游艇很重,光靠帆的力量是无法到达任何一个地方的。我们把帆降下来就是以防偏离方向太远。所以,除非风向有变化或修好发动机,否则我们无法回到岸上。"

"可是这也太荒谬了!"莎拉大声嚷嚷着,"我们不能傻坐在这里,不能就这样在该死的地中海上漂流。我们都有自己的事情。我的孩子们还在等我回去!我知道,对盖博尔来说这没什么,他可以安心地去睡觉或怎样,可我们不是来参加这该死的巡航的,是不是?我们是来吃午餐的!我的意思是,午餐已经结束了!"

"当然,"蒂姆说,他再次深感同情,"听我说,我去把托尼叫来,行不行?你们来跟他说。"这一次他毫不犹豫地消失在大厅里。

多米尼克拎起了还在滴水的酒瓶:"谁要添一些酒?"

莎拉一把抓起一个玻璃杯:"我要!"

八

洗去在海水里沾上的黏糊糊、油腻腻的污垢之后,露露换上了棉质白短裤和超大的白色亚麻衬衫,随后又让克莱尔准备一份沙拉送到前面露台外郁郁葱葱的花棚下,从那里可以俯瞰岩石海岸和大海,而且不会有客人出入。

她一边吃沙拉一边看着"海豚号"慢慢地驶离港口,在离岸大概一英里的时候,扬起的船帆随风翻滚。画面真美——愚货!——不过看到游艇开得这么远,她非常庆幸自己及时离开了。

不过她的身体还在不由自主地颤抖。

她完全是看在吕克的份上才这样做的,他根本不知道她做了多大的让步,可这却是一个错误。她违背了自己的原则,看看都发生了什么。以后无论任何原因,她都不会再踏上船一步。

午饭后,露露小憩了一会儿。四点钟,她醒过来,又到游泳池里慢游了五十圈。然后再去冲澡。原本热气腾腾的房间终于凉爽下来。她光着身子套了一件连帽风衣走进厨房。克莱尔正在准备晚餐:鳕鱼煲,这是一道地道的地中海美食,里面有腌制鳕鱼、西红柿、胡椒和茄子;水果馅饼配朱迪·普拉穆里从英国带来的鹅莓;还有克莱尔自制的桃子冰淇淋。

"太完美了，克莱尔。"露露感叹道。

"露露？"

卡西安站在厨房门口，一手端着还滴着水的银制调酒器，一手握着两个水晶杯，里面装着半满的橄榄："来点马提尼？"

"你是自不量力。"

两个人来到外面的露台上，露露走到白色的宽沙发旁坐下，卡西安则一屁股坐上了巨大的柳条椅子。卡西安把酒杯斟满，递给露露一杯。然后把脚伸到搭着旧花毯的搁脚凳上。"看来你没有和其他人一起出去。"他说。

"不是。我是逃回来的。"

"我猜也是。"

"还要感谢上帝。"她凝望着不远处的大海说，"他们不见了。估计已经在某个拐角处沉没或消失了。天知道什么人能在海上漂荡那么久，眼看着你想去的地方就在附近却怎么也到不了。这需要极大的热情才行，就像莫里斯舞一样。在我看来这就是一种折磨。"

"那是因为你需要做自己的船长，露露。"

"上帝保佑，亲爱的，终于有人理解了。"露露抿了一口马提尼，"真是太完美了。看来你那德高望重的父亲把你教得很好。对于大部分英国人来说，他们只会去酒吧喝酒。"

卡西安笑了笑："你最后一次去酒吧是什么时候，露露？"

"我从不去酒吧，亲爱的。"

"我可不这样认为。"

"战争期间我去过一次，太可怕了，"她的口气依然充满着对那段宁可遗忘的痛苦岁月的愤恨，"干杯！"

两个人都端起来抿了一口。

"你知不知道杰拉德·拉特里奇家里没有装电话？"卡西安问道。

"我一点儿也不觉得奇怪。你为什么要问这个?"

"因为福格斯·梅特兰留下的联络电话是你这里的。"

"是的,亲爱的。大家都是这样,我无所谓。"

"是,确实是。"

说完,两个人又品了一口。

卡西安又问道:"你听说过厄尔尼诺吗?"

"没有,他是干吗的,斗牛士?"

"可能吧。我说的这个是发生在太平洋上的一种异常气候现象。它给南美洲西海岸带来了极不寻常的暖流,陆地上的降雨量激增。去年冬天就出现了。在巴拉圭就发生了好多次灾难性的水灾。"

"可怜的巴拉圭。"

"实际上,整个世界的气候都受到了巨大的影响。澳大利亚的雨水比之前少了很多,取而代之的是更多的火灾。非洲则遇到了前所未有的干旱。"

"可怜的澳大利亚。非洲一直生活在水深火热中。"

"问题在于,去年冬天的厄尔尼诺给巴拉圭、巴西、澳大利亚和其他地区造成了数十亿英镑的损失。

"真倒霉!"露露又抿了一口马提尼。

"是的。倒霉的不光是那些地区和数以百万计的愚昧的本地人,还有保险公司。如果你是劳埃德保险公司的保险业务员——需要对所有的保险承担个人责任——现在你只能祈求自己不是。"

"我明白了,你是想引出一个惊人的结论。"

"没错,"卡西安笑着说,"如果你是劳埃德的保险业务员,那这个星期绝对难熬。你不得不面对去年冬天的厄尔尼诺给全球带来的灾难性损失和由此产生的赔偿责任。"

"好了,亲爱的,我对每个人都感到十分抱歉,包括劳埃德,还有整个世界。我能做些什么呢?"

"确实。我有个朋友你也认识,约翰尼·巴顿。"

"我听你说过他。"

"今天约翰尼一直往这里打电话找福格斯·梅特兰。他们合作开发那块刚从杰拉德·拉特里奇那里买来的土地。"

"哦。"露露把杯子放回咖啡桌上,重新整理了一下风衣,盖在交叉的腿上。

"你知道这件事吗?"卡西安问道。

"只是偶尔听到过一些,"露露说,"度假别墅,是不是?"

"没错。约翰尼代表的是杰拉德的大多数合作者,而他们中绝大多数都是劳埃德的保险人。现在他们不想干了。"

"他想要新搭档?"

"不,完全不是。他们想把地卖掉。他们购买的条件非常优惠。可今天他们却打算把它丢掉。如果处理不掉的话很可能会重新还给杰拉德。"

"真是不可思议!整个世界的灾难都报应到我们的后花园了。你有什么主意?"

"我在考虑从约翰尼手里接过来,不过我有其他用途。按福格斯的计划,别墅要和花园分开,但这样一来那块地就无法得到充分利用。上面本可以盖更多的房子,获得更多利润。就像克里斯托港的那些公寓。你想和我一起吗?"

"你的意思是盖一个全是那种半独立式茅舍的村子?太难看了。"

"但可以让开发商赚一大笔钱。"

卡西安点了一支超大的登喜路。

露露知道那两片厚厚的黄色眼镜下面的小眼睛想的是什么:"看来你已经想好了。"

"是的。"卡西安说。

"需要多少钱?"

"大概十万英镑。我也会出同样多的钱。我们还需要你的律师贝尔特伦起草一份合作协议。先建造几个模版,然后再依照合约把剩下的卖掉。"

"我可没有十万英镑,亲爱的。"

"老实说,我觉得你有。不仅如此,还有妈妈留给你的遗产。"

"哦,我们能挣很多钱吗?"

"我估计两年后能挣到整个投入的三到四倍。之后的两年还会获利更多。所有的销售都通过离岸公司来运营,可以使用我在百慕大巴特菲尔德开设的银行账户。"

"你还问过其他人吗?"

"没有。只有你和我。如果你不感兴趣的话也没关系,那就把地还给杰拉德。"

露露再次端起酒杯。

"那福格斯呢?他也会参与吗?"

"不会。他只是约翰尼团队的一个股东。他无法阻止这笔买卖。他也要出局。"

"那杰拉德会阻拦我们的计划吗?"

"绝对不可能。不过我们要尽快采取行动。我打算今天或明天去和约翰尼谈,最好在福格斯从那艘船上回来前,先联系约翰尼,然后再去和杰拉德谈。"

露露扭过头望着远处的大海。

九

查理醒来时已经是晚上七点了。在伦敦他通常一点或一点半开始午睡,但到了马略卡,他总要待到三四点钟才肯睡觉。不是在沙滩上和比安卡没完没了地嬉戏玩闹,就是帮着祖父照顾那些柠檬树和橄榄树,睡的时间也更久。

他知道已经到了晚上。房间里一片昏暗,所有的色彩都变得灰蒙蒙的。透过敞开的窗户,他看到柠檬树绿叶上方原本蔚蓝的天空已变成灰白。

他知道走出房间就能找到其他人。外公会在客厅里边听收音机边抽着呛人的雪茄,他收听的是英国广播公司国际频道,那里有全世界发生的新闻。总有地方发生灾难,每当这个时候,外公就会抬头朝天花板上吐一口烟,感慨道:"一切都变了。"爸爸和妈妈会在露台上喝东西。查理喜欢这种感觉,虽然躺在床上,但只要自己愿意就可以起床走到他们身边。

*我马上就起来。*他想。

他又等了一会儿,大约有七秒钟。然后起床走到门口。

他听到了收音机的声音。

"啊,查理,你来啦,"看到他走进客厅,外公站了起来,"你好吗？"

"很好。"查理回答说。他迈着坚毅的脚步穿过房间，走向露台。没有人。他转过身，外公就跟在后面。

"爸爸妈妈在哪儿？"

"他们现在不在这儿。"外公故意表现出一副高兴的样子，"你爸爸去坐船了，你妈妈去镇上看他什么时候回来。她应该马上就回来了。"

查理从外公身旁走过，进到厨房，也没有人。

"你想吃三明治吗，查理？橙汁？"外公给了他一个大大的微笑。

"爸爸妈妈在哪儿？"查理大声尖叫，然后开始哭起来。

"哦，别担心，"外公抱起查理，"他们很快就会回来了。没关系的，我的宝贝查理。"外公亲了亲他的额头。

他大哭着躲开了外公身上的烟臭味。

外公把他带到客厅的沙发上坐下。"我们玩游戏好吗，查理？拼字游戏怎么样？"最近他们一直在玩这个游戏，每次都是查理获胜。"或者让我来给你读个故事？"

查理跳到地上朝露台跑去。他抓住栏杆，对着下面的车道哭喊着："妈——妈！"

外公一把抓住他，然后把他从栏杆旁拎回客厅。"他们很快就会回来的，查理，你不要担心。"外公上上下下地举起他，还不停地假装大笑。可查理根本不想听到这些。他把双手撑在外公胸前，用力地向外推。然后继续号啕大哭。

"你听我说，"外公把他带到外面，望着他的脸说，"那我们出去找他们，怎么样？"

"好。"查理终于停止了哭泣，慢慢平静下来。

"那行。我带你去镇上，我知道他们在哪里。就那一两个地方，我们都去找一找，好吗？"

139

查理点点头。这个行得通。

"那就行。好了,先找个鞋子给你穿上。"

外公带着查理回到他自己的房间,找到了一双蓝色小帆布鞋,外公一边帮他穿鞋一边说:"妈妈开的是我的车,爸爸开的是他的车,现在我们只能骑助力车,行不行?"

"好的,外公。"查理说。

外面几乎全黑了。外公走到车道上发动助力车后就坐了上去,查理突然害怕外公把自己扔在这里一个人离开,吓得小脸都皱到了一起。不过外公很快就把他抱起来放在前面的座位上,其实等于坐在了外公的膝盖上,两条小腿也被外公用腿紧紧夹住。不一会儿,屁股下的助力车剧烈地颤动起来。

"你要抓紧,两只手抓着我的胳膊,就像这样。使劲抓住我的胳膊或衬衫,明白吗?就这样。抓紧了,查理。这样你就不会摔下去,也不会向前冲,我就在你后面。可以了吗?我们出发了。"

车子沿着陡峭的山路摇摇晃晃地向前冲去。看起来就像快跌下去了,查理不停地尖叫着。不过他们并没有摔倒,而是像小鸟一样沿着山路俯冲而下。

到了山脚下车道和公路交会处,外公停下来环顾了一下四周,"我们走吧。抓紧!"助力车发出巨大的轰鸣声,然后在查理的腿下颤抖着向前冲去。查理兴奋地尖声大笑。公路两边的石墙已经变得模糊不清。靛蓝的天空下只有车前两束微弱的黄光撕开眼前的黑暗。温暖的风扑面而来,查理浓密的黑发被吹得四处飞舞。

"真好玩!"他大喊道。

"很好玩,是不是?"外公说。

到了镇上黑暗顿时消失了。商店里的照明灯倾洒在他们身上,还不时地有汽车灯从身边划过。助力车时快时慢,查理一会儿被甩在外公胸前，一会儿又向前冲去，他只好用双手紧紧抓着外公的手臂。他们在车辆之间穿梭疾驰，然后是尘土飞扬的巷道、拐弯、减速、加速。虽然看起来很危险，但查理知道自己是安全的，所以他才觉得好玩。助力车的速度更快了，轰鸣声也越来越大。他们伴着洒在旁边水面上的点点灯光朝港口疾驰而去。查理突然听到旁边还有一辆助力车，可在通往闪烁着白光的码头的路上只有长长的防波堤壁陪伴着他们。他们放慢速度停了下来，身下的助力车轻轻地摇晃着。

"那是爸爸的车子，你看到了没？"外公说。长长的码头上孤零零地停着一辆熟悉的路虎。"好吧，他还没回来。他乘船出海了，看来要迟了。"

查理又开始担心起来，直到外公说："我想他们很快就会回来了。那我们先去找妈妈吧，好吗？"

查理点点头："好的。"

屁股下的发动机再次突突起来，外公掉过头原路返回。车子在港口呼啸而过，最后查理终于知道外公要去哪里了。

"岩石旅社，外公！"他大叫道。爸爸曾带他来过几次，每次爸爸和朋友喝酒时他都会吃这里的三明治。查理喜欢岩石旅社。

"没错。"外公说。

车子减速后停在了海边的一栋大房子外。外公把助力车熄了火，带着查理穿过大门走到一片开阔的地方，很多人都聚在那里喝酒。大家都回过头盯着他俩。

"游艇那边有消息吗？"外公问道。

"没有。"几个人回答说。

一个一头红发，戴着黄色眼镜的男人走到他们面前。他压低声音对外公说："杰拉德，我觉得你最好还是回家去吧。现在什么消息都没有。如果有消息，我们会派人告诉你的。"

查理看到外公还在环顾四周寻找爸爸妈妈,但那个红头发的男人用手臂拥着外公的肩膀,把他们带到外面。"我们会告诉你的。"他再次说道。

"可妈妈在哪儿?"查理问正在发动车子的外公。然后开始大哭起来。"妈妈在哪儿?"他哭着喊道。

"她可能已经回家了,我的宝贝查理。"外公安慰道。

助力车在崎岖不平的道路上向前飞奔着。没多久就开始攀爬长长的山道。等他们到达山顶时,最幸福的事情终于来了,妈妈的车子在那里。她听到了他们回来的声音,于是在台阶上等着。

"妈妈!"查理大喊着。

她一把把他拥入怀里。越过查理的头顶,她望着父亲。

"你去哪里了?"她问道。

十

当最后一抹暮光消失时,大海和天空陷入了深不可测的黑暗中。没有月亮,只有星星闪着微弱的光芒,浓郁潮湿的空气弥漫在四周。马略卡岛静静地躺在北面的地平线下,它的上方是成片成片的黄绿色。模糊中,亮着点点渔火的渔船似乎更近了。一盏盏白炽灯用来吸引鱼儿,耀眼的光芒洒在漆黑的海面上。紧挨着水面的渔船像萤火虫般时隐时现。

游艇上鸦雀无声。福格斯和莎拉坐在电铜灯下,这是船员蒂姆和伊恩特意为他们安在驾驶室内的。莎拉一直咕哝个不停,有的是自言自语,有的是对着福格斯说的。福格斯只是靠礼貌地回答几句"不好意思?"或"你说什么?"来回应她。多米尼克躺在大厅长椅上翻阅着《巴黎竞赛》《时尚》《快报》等杂志,只要有人经过,他的眼睛就立刻盯过去。维罗妮卡不时地光着脚从大厅地毯上咚咚地走过,往返于厨房和主客舱间。发动机抛锚后不久大家纷纷抱怨诉苦,之后萨博就逃到了主客舱,并躲在那里一直没有出来。

维罗妮卡丝毫不关心客人们的处境和情况,他们——她也不在乎到底是谁的错——已经待得太久了。经过多米尼克身旁时她厌恶地瞥了他一眼,对方却报之以平静的微笑。当甲板上的气氛变得越发无聊和敌对时,米蕾耶也消失在了甲板下面。

鉴于萨博和维罗妮卡的避而不见，吕克觉得自己有必要站出来招待这些岩石旅社的客人，他妈妈的朋友，而且毕竟是因为他他们才会接受萨博的邀请登上这艘游艇。他端来酒水和橄榄，讲了很多离奇有趣的故事，比如载着岩石旅社客人的轮船迟迟不出现，所有人都以为它们已经消失或沉入大海，但最后客人们都毫发无伤地回来了，除了有的人出现了晒斑和莫名的怀孕之外——

"你觉得这些故事对我们会有帮助吗？"莎拉冲着吕克嚷嚷道。

"我不知道，"吕克说，"我想应该可以。我的意思是，那算是不幸中的万幸。还有很多糟糕的船——"

"你的意思是这种事时有发生？"

"好吧，也不完全是，不过确实发生过。人们在船上常常会遇到各种麻烦——"

"露露一定知道！她应该告诉我们的！"

"你不能说她没有给我们提示。"多米尼克冷笑道。

"哦，闭嘴！"莎拉朝多米尼克扔了一个橄榄，他已经回到大厅继续读杂志了。

晚上九点，萨博出现在了机舱房门口。他洗了个澡，看起来比之前清爽许多。一身纯白的着装和旁边被大卸八块、满是油渍的发动机以及托尼和罗杰污迹斑斑的双手和衣服形成了鲜明的对比，那两个人还在笑个不停。

"你们看起来很高兴，是不是，托尼？"萨博问道。

"哦，是的。我工作的时候一向都很高兴。"

"好吧。我们要去吃晚餐了。如果你想吃的话让他们给你送点儿过来。"

"谢谢你，先生。我们会的。"托尼说。

"发动机修得怎样了？"

"非常好。我已经把热交换器去掉了，这些线——"

"不，不，不，"萨博摆了摆肥乎乎的手，"我完全不懂这些发动机。你只需告诉我还要等多久。"

"晚餐前就能返回岸边，萨博先生。"

"很好。"

萨博踩着台阶走上大厅，躺在靠背椅上的多米尼克对着他愉快地笑了笑。

"你还好吗？"萨博问道。

"棒极了。非常感谢。我都不想去其他地方了。"多米尼克说。

"那就好。我们马上吃晚餐，你愿意来吗？"

"哦，当然。你真是太好了，把我们照顾得这么好。"

"当然，你们是我的客人。"

萨博走上甲板。

米蕾耶也再次出现了。她穿着一件已经褪色的超大蓝色T恤，背后印着"去大峡谷远足"几个白色大字。她和福格斯帮着蒂姆和伊恩把桌子摆好。吕克正在和莎拉聊天，不过她却无精打采地盯着桌子。

"晚上好！"萨博招呼道，"大家都好吗？"

"很好，谢谢你！"福格斯说，"关于发动机有什么消息吗？"

"正在修。"萨博说，"吕克，我们俩聊聊吧？"

萨博迈开腿沿着略微摇晃的甲板大步向前走去，吕克跟在后面。他从这句"我们俩聊聊吧"中听出了不好的意味。

萨博走到他们之前经常工作的前甲板上停了下来。椅子已经不在那里了。他抓住紧绷的前桅支索，望着黑蒙蒙的大海中几盏摇摆的灯火。然后转过身面向吕克。

"我们在一起合作得非常好，吕克。"

看来果真很糟。

"你很正直，吕克，"萨博把手搭在吕克肩上继续说道，"你教会了我不少东西。我一直在看那个罗伊·施奈德的电影，罗伊这，罗伊那。直到最后我意识到——"他一脸真诚地顿悟道，"你写的压根儿不是罗伊·施奈德的电影！"

"好吧，我的意思是，它可能——"

"不，不，确实不是。它可能是阿尔伯特·芬尼的电影，我不知道，但肯定是一部艺术片。和心理学有关，有更深层次的含义。我喜欢。当我第一次看到时就立刻喜欢上了。你的故事，你的故事。这个男人，这个不知名的男人——这个坐公共巴士的男人！你什么时候见过？然后他走进了这个疯狂的世界，找到了自己，这个不知名的小家伙，这个人物啊！太棒了！他不是罗伊·施奈德。现在我看他——"

"好吧，他可以是——"

"不，不，不——你是对的。阿尔伯特·芬尼，阿兰·贝茨，汤姆·考特尼。一个演员，一个会让人忘记他身上明星光环的演员，你只能从他身上看到你笔下的那个男人。他发现了自己的世界，这不是惊悚片。"

"好吧，算是一部黑色小说——"

"我拍不了这部电影，吕克。我很想去看，去电影院观看它，非常想，这部电影里有很多真正的演员，但我的发行商不会给我钱来制作它。同时，我们也会破坏这部电影的美好。"

"那……你打算放弃使用权？"

"不，不，不，我还会拥有使用权直至期限届满。这对我们俩都有好处。我想做一个改变。等我回巴黎之后，就去找一个愿意拍这部电影的人——你的故事。我认识几个英国制片人，尤其是一个来自苏格兰的，他就属于那种独立制片人。他们拍小成本的英语电影。我把剧本卖给他们。我做执行制片人。他们拍电影。质量肯定没问题。这样对大家都好。你会得到英国电影学院奖。然后大家都会来找你写剧本。这对你很有好处。"

"你的意思是，你要把使用权卖给别人？"

"没错。对你来说这样更好。"

"如果他们想做成别的东西呢？比如，拍成一部浪漫喜剧或引入另一个编剧？"

"不会，不会，不会。我只会把它卖给合适的人。好的制作商。那种希望拍摄这种类型影片的人，会尊重你的人。说不定他们会让你当导演。就像比尔·复赛斯那样。编剧兼导演。对你来说就更好了。"

"你能这样为我着想真是太好了，盖博尔。"吕克说。

萨博拍了拍吕克的肩膀，"你是我的朋友，吕克。走，我们去吃晚饭。喝点儿好酒，聊聊一些趣事。"这让吕克想起了保罗·斯科菲尔德在电影《蝎子》里面扮演的克格勃军官的一番话，当时他对自己即将要暗杀的中情局特工波特·兰卡斯特说：走，我们去喝点儿伏特加，聊聊过去，大哭一场。

其他人都已就座。加斯帕德端上来一大盘紫黑色的意大利面，"先来点儿意大利墨鱼汁面，"他说，"还有，"他对着蒂姆和伊恩摆到桌上的餐盘示意道，"料理鼠王、香草煎蛋卷、沙拉。"他耸耸肩，"只有这些食材了，我只能做到这样。"

"太棒了！"维罗妮卡一边鼓掌一边说，"太棒了！太棒了！"

"谢谢你。"加斯帕德还是感到很遗憾，他转身退下了。

维罗妮卡说："加斯帕德已经尽力把我们船上所有的食材都利用上了，我们根本没准备，你们知道的。"

"你们真是太好了，把我们照顾得那么周到。"多米尼克说，坐在他旁边的莎拉差点滑下去。

"好吧，我们又不能把你们送离游艇。"维罗妮卡耸耸肩，一脸严肃，显然在思索着什么。

"看起来真不错。"福格斯说，"那个黑色的玩意儿，是什么东西？"

"意大利面。"维罗妮卡回答说。

"墨鱼汁的？"

"是的。"

"太好了。"

维罗妮卡给丈夫和自己盛了一些，然后把盘子递给妹妹。米蕾耶盛了一些放到身旁福格斯的盘子上。

"哦，谢谢你。"福格斯说。趁着她向前伸手臂，他的眼睛朝那敞开的领口瞄去。

晚餐时，萨博讲了很多竞选故事，还有和他的铁杆哥们儿，已故演员史蒂夫·博伊德在南斯拉夫拍电影的冒险经历："史蒂夫！多么有意思的人！他最喜欢恶作剧，一个漂亮的男人。"

就在他们边吃边听的时候，一阵微风拂过海面，不过大家都没注意到。最开始是断断续续的，头顶的主帆嘎嘎作响，慢慢地风持续不断，摇摆的帆布也逐渐平静下来。罗杰出现在甲板上，无声地指挥着蒂姆和伊恩，他们在调整主帆操纵索以使整面帆都鼓起来，然后拉升支索帆。客人们听到了绳子滑动的沙沙声和绞车爪快速转动发出的嗒嗒声。不一会儿，游艇不再摇晃，甲板比刚才平和稳定得多，耳边只有游艇滑过水面时发出的嗖嗖声，整个游艇在轻柔而有力的波浪中前行。

"我们在动。"多米尼克说。

罗杰走到船尾，在驾驶仪上重新设置了一条新航线。现在游艇正朝着地平线上若隐若现的马略卡岛靠近。

晚餐后，萨博以工作太忙为由告退了。

吕克帮着维罗妮卡、蒂姆和伊恩清理餐桌，把碗和盘子送到下面的厨房。

桌子旁的莎拉还在向多米尼克抱怨自己身上可怕的晒斑。他把乳液轻轻地涂到她身上。莎拉发出阵阵痛苦、欣慰和绝望的低吟。

福格斯点着了萨博送给自己的烟，站在甲板边的栏杆前。米蕾耶走到他身旁，不时发出阵阵笑声。

回到客舱里的吕克想静下来看看书，可他脑子里却不停地想着什么人会买下他的剧本。他不知道这样到底是好是坏。有可能到一个有品位的人手里。或者萨博拒绝卖掉它除非达到他的要求。

也可能什么都不会发生。

他把这段时间全都浪费在了罗伊·谢德身上。钻进他的内心，赋予他一颗敏感而同情的心，使其能与疾速驾驶、激发出的暴力和沉默寡言相协调。

吕克看不下去书，也睡不着觉。他光着脚下了床走出客舱。

站在甲板上能感受到脚下的船在平稳而缓慢地前进。本来平静的海面泛起阵阵涟漪。风是从南面刮来的，很温暖——可能来自摩洛哥。吕克迎风向前走着，船很平稳，他不需要抓住什么。

他在船首的最前端停了下来，旁边就是长长的斜桅，离水面大概有十二英尺。这里没有任何遮挡：甲板边缘的金属扶手只延伸到他身后六英尺左右的地方，这样做有利于船的操控；为了安全起见，他紧紧抓住甲板和桅顶横杆之间的前支索。他最喜欢这个地方。站在这块小小的三角形柚木板上，脚下是激荡的海水，他觉得自己就像小鸟一般翱翔在大海上。他几乎要飞离游艇了。萨博和他那些愚蠢的观点，还有他那粗俗的妻子和小姨子都被抛在了脑后，一个崭新的世界在他面前打开，什么唯我论的争吵，什么度假都通通封存起来了。他在徐徐微风中昂首于船头，如同船首雕饰一般。

耳边是游艇滑过水面的声音——澎湃的波涛，翻滚的漩涡；风从船桅数不清的线缆和绳索间穿过时发出时高时低的呼啸声；机械齿轮相互摩擦的嘎吱声；人类的听觉灵敏度是不断变化的，所有这些都是航行时的正常噪音，习以为常的人在短时间根本不会在意或听到——不过，此刻吕克却听到了其他声音。

很有节奏感，但没什么规律，声音越来越响，不是来自船体或大海——是人……咕哝声。吕克俯身向前，伸着头朝前支索望去，朦胧中看到一个人影，"去大峡谷远足"几个字在风中摇曳，还有两条又长又白的腿在抽搐——

吕克立刻缩了回来。为了不发出声音，他的身子都扭变形了。他用脚趾紧扣住桅杆下的甲板，长开嘴巴大口喘着气，然后弯曲膝盖半蹲着寻找方向，慢慢向后退，直到他们听到了他的声音，他以为自己撞到了栏杆或甲板，实际上他什么都没有碰到。他吓了一跳，然后就被甩出游艇，跌落到无边无际的大海里。

张开的嘴巴里立刻灌满了温暖而咸腥的海水，他喘着粗气，咳嗽个不停，最后只好把嘴巴紧闭起来。他在水中挣扎着，四肢乱舞，完全迷失了方向。他不知道该怎么浮上去。他睁开眼睛，朦胧中看到几点微光。他撞到了一个硬东西，是船壳。他用手摸了摸，很滑，移动速度很快。他赶紧躲到一旁，生怕碰到螺旋桨。不过他又立刻想起这船的动力是发动机。他浮出水面，深吸了一口气，又潜到水下。现在他已经知道水面和船的位置了。他双手向上抓着，尽力避开螺旋桨，虽然不会动，但也要防止被铲下去，或者撞到头。他必须呼救。他再次浮出水面。他还在游艇尾部的前方。

"救命！"他大喊着，可声音不够大。他深吸一口气，又呛了不少水，他吐了几口水，不停地咳嗽。"救命！"他又喊了一声。

船还在向前行进。虽然不算快，但他已经落到后面了。这真是个绝好的电影镜头。从落水人的视角来看帆船从水面滑过，把他远远地甩在后面。

"救命啊！快停下！我掉到水里了！救——命！"

可船已经开走了，离他越来越远。从这个角度望去，"海豚号"非常壮丽，船身稍有些倾斜，船帆构成了一道优美的白色抛物线——终于和说明书上的图片一致了。不过依然没人到船尾的栏杆旁。

机舱尾部的舱房灯亮着，那是萨博的房间。他看不清窗子有没有打开。

"救命！盖博尔！救——命！"

这次听起来够响了。

"救——"

一个浪花拍到他的脸上，嘴里立刻灌满了海水。

他还在继续呼叫。栏杆旁还是没人。他拼命地踢腿，竭力把头抬高一些，双手合拢在嘴边大声尖叫道：

"救——"

再次沉到水下。他用力甩着胳膊浮出水面。心脏跳得厉害，他必须不断地浮出水面换气。吕克不得不把所有的注意力都集中到漂浮在水面和屏住呼吸上。他一度看不到游艇了，不过过了一会儿又找到了。从技术的角度看——吕克的眼睛一直与海平线保持平行，地平线似乎只在十到二十英尺远的地方——"海豚号"的速度很快，从他这里望过去远得只能看到桅杆，船体慢慢地消失在海浪下。不到一分钟船就消失得无影无踪，灯光也渐渐变淡直至完全看不到了。

"救——命！"

游艇彻底不见了。

吕克用狗刨式在水中慢慢旋转着，他想看看周围还有什么东西。只有起伏不定的小波浪。没有光，不过在某个方向，他觉得应该是北边，马略卡岛若隐若现地出现在遥远的天空下。他似乎变成了两个人。其中一个有些发蒙，无法思考，也无法想象，拒绝去理解刚才发生的一切。

但另一个他的内心很清楚："你已经死了，伙计。"

吕克人生中的一半时间都是在水中度过的。在远离海岸岩石的轮船周围游泳。他经常浮潜——他可以憋气两分钟——在水里无比自在和放松。但他游得并不多。从船上游到岸边，或者滑水到岩石上，大概有几百码的距离。他总能做到。但从未试过游得更远。

现在他大概在马略卡岛东南方向八到十公里的位置。周围没有岩石也没有陆地。

除非"海豚号"上很快有人发现他失踪并回来寻找——不过即使那样，吕克知道只有一个办法可行。那是克拉特巴克斯夫妇马尔科姆和潘西想到的办法，他们是他母亲的朋友，还有他们十五岁的女儿科比娜。数年前，他们乘坐"流浪号"游艇从西班牙南部海岸到直布罗陀，结果在夜间遇到了黎凡特风。潘西进入驾驶舱，端了两杯热咖啡，打算下到船舱依靠石蜡燃烧器度过这传奇般的灾难，为了马尔科姆，也是为了她自己。当她朝船尾掌舵的马尔科姆走去时，整艘船已经开始颠簸。而潘西，据她后来说，当时她的注意力都在那杯热巧克力上了，她一下子被甩到了大海里，而她的手依然紧抓着杯子不松。游艇在船帆的助力下依然前行，很快就从她身边驶离。到处都是泡沫，潘西什么都看不到。

"好吧，亲爱的，如果你是马尔科姆，坐在船舵旁等着热气腾腾的巧克力，突然间，巧克力不见了，我也不见了，就像马戏团里的大炮一般被甩进无边的黑暗中，瞬间被巨浪淹没，你会怎么做？"潘西喜欢这样问，"好吧，感谢上帝，他做了当时唯一明智的事情。他先是坐下来仔细考虑了几分钟。没有转动船舵，也没有检查游艇的进程。当时船已经越过了地平线，他还在努力思考。而我已经落了他们四分之一英里。最后他按响放在驾驶舱的警铃，叫醒了科比娜。你知道的，无论任何情况下叫醒一个十几岁的孩子都不是件容易的事。马尔科姆不停地按呀按呀，最后科比娜终于在舱口出现了。'妈妈落到海里了，就在后面不远的地方。'他告诉她，'到下面穿好你的雨衣，然后回到这里扶着舵。'然后她就下去了。几分钟之后回到驾驶舱里。游艇还在沿原先的路线行进。'抓好船舵，不要让她偏离正确方向。'马尔科姆告诉她。科比娜接过手之后马尔科姆就下去了。"

站到海图桌前，他终于知道该如何做了：游艇的路线设计得非常好，当然在天气、水流等情况的影响下存在允许范围内的偏差。我的路线也没问题，也是在允许范围内漂移。他绘制了两个位置，我落水的位置及四分钟之后的所在位置——那时我已经在水里十五分钟了。游艇在什么地方，我又在什么地方。真是太聪明了。马尔科姆在游艇和我之间绘制了一个时点路线图，后来又根据风向和水流对返程路线进行了调整。然后用铅笔画在罗盘表上。回到驾驶舱后，马尔科姆从科比娜手里接过船舵——她一脸迷惑，当时她还处于半梦半醒的状态——开始计数直至四分钟过去。然后启动游艇——在大风中改变航道——开始返回，沿着他刚绘制的新航线在暴风雨中前行。

"好吧，我非常平静和满足。我知道只能这样了。我已经无能为力，没有可能——一点儿可能都没有，亲爱的——在那样的夜晚，在狂风暴雨的海上能被发现和救起。我完全接受了。虽然很遗憾，但没办法。我想了很多：我的成长，在康沃尔郡度过的夏天，我读过的博耐顿寄宿学校，甚至我想不通为什么，我所爱的一切，我和马尔科姆一起度过的美好时光，我引以为傲的科比娜，她长大后一定是个非常好的女人。诸如此类的念头。我并不急于结束这些想象。我也没想游到任何地方。只是在波浪里一上一下，开心地思考着。然后我知道自己该如何做了：就这样在水里上下浮动，思考着奇妙的一切。直到慢慢睡着，或者其他可能发生的事情。我觉得还不如从没有降落伞的飞机上直接摔到地上来得痛快,这是我想到的最扯的念头。当时真的平静极了。

"后来,大概,我也说不好,二十分钟之后,我看到了一点儿亮光。我就想,喂,那是什么?我压根儿没想过会是'流浪号'。我不知道那是什么,离我有多远,什么都不知道。当时我的第一念头是肯定是几英里以外的渔船或渡轮。我看到它在海浪中上下颠簸,这时候才意识到是'流浪号'。它越来越近了。那一刻,我告诉你,我开始害怕死亡——要是他们找不到我怎么办?我满脑子全是这个。我甚至希望他们离开!过了一会儿,游艇开到了我旁边,甲板上的马尔科姆拿着一个巨大的手电筒照在我的脸上,'啊,你在这儿,'好像我只是一只丢失的袜子。好了,他把我救上船,我走到舱里喝了热巧克力。"

可此刻那是不可能发生的。"海豚号"上没有马尔科姆·克拉特巴克斯,也没人看到吕克走到甲板上,更别提做标注,调整航程并返航找到他。没人听到他落水——米蕾耶和她的情人也不会听到。

吕克尽力回忆之前看到的一切。只有那件宽松的印着"去大峡谷远足"字样的T恤和下面一双又白又长的腿。可能是多米尼克,他一直都是好色之徒。但他一直着迷于莎拉那如同碳烤一般的乳房,他的精力不在米蕾耶身上。多米尼克总是可以凭借本能探测和扑倒最不可能到手的猎物。自从引擎发生故障后吕克就发现多米尼克一直在密切关注莎拉。毫无疑问,即使事先没有准备,他也能很快找到一间客舱,以便在游艇修好前好好照顾她。

肯定也不是蒂姆、伊恩或罗杰。米蕾耶对他们的态度和对吕克一样,毫不理睬。

那只能是福格斯。

在中午上船时吕克就应该看出来那个福格斯,无论故意与否,在米蕾耶面前卖弄自己的机智和男人魅力——

竟然欺骗伊琴娜，这个浑蛋。吕克一直都觉得他配不上她。现在证实了他的看法是正确的，他非常生气。但他不能告诉她。好吧，他不会告诉她的；如果现在她不知道，那以后也会慢慢发现。总有一天她会把福格斯甩掉。他一直坚信这一点。

可等到那个时候——好吧，可能是明天早上——他，吕克，已经死了。他们再也不能在一起了。他想知道她是不是和他一样一直挂念在心。并不是说他一定要怎样，而是她在他心里一直居于最重要的位置。他总是把别的女人和伊琴娜进行比较，结果是他根本忘不掉她。她如同烙印一般深深刻在了他心里。

她真的能把他忘掉吗？在未来若无其事地拥抱福格斯？

她将会在没有他的陪伴下度过剩下的漫长人生，这个想法真是太可笑了；十年，二十年，三十年，她还记得（希望如此）最后一次见他的场景：卖香烟的小店外面，他骑在摩托车上，三十三岁。她会记得哪些——好的还是坏的？他一直以为他们之间还会有续曲。

海水不再温暖。他伸直手臂，向前挥了挥，来了一个小小的蛙泳，可他的双脚却慢吞吞地动不起来，哪里都去不了——这次尝试毫无意义——不过这种踩水动作可以让他保持漂浮状态。

他能做的只有这些。他觉得自己的人生还没有真正开始。他还没成功，没有赚很多钱，没有爱上——其他人。完成手里的工作后就会有下一个工作。他每次都把希望寄托在下一个工作上。

他在水里打着转，朝四周随意地看了看，这只是在一个地方待了太久的寻常表现而已。

人是怎么淹死的？因为太过疲惫而无法再浮在水面上？他没有游泳，所以他还没有感到倦意。他觉得自己还能这样漂浮十到二十分钟，也许能更久……他不知道。说不定能这样一直熬到天亮，然后就会有游艇看到他。不是没有这种可能。保存热量和能量——或许应该简单地游几下来维持身体的热量？不过那样的话就会消耗卡路里，不用多久他的能量就会被耗光。

无所谓了。没有人能找到他。就这样吧。

你要死了，伙计。

他没戴手表。已经过去多久了？十分钟？不可能吧？半小时？他抬头看了看星星。天空越发朦胧，星星却更加清晰。寒冷而遥远。

他希望能看看书，毛姆的，或者内维尔·舒特的。他本打算看完《一张棋盘》《精神病人》和《像爱丽丝的小镇》后多看些他的书——他非常喜欢内维尔·舒特。每晚都是伴着他的书入睡。这些书让走进那些比吕克现在的生活更有挑战和意义的世界里。

海水又一次灌进嘴里。他吐了出来，身子晃动了一下，他突然害怕起来。在水里又踢又拍，就像有什么东西咬了他一口。是因为那朵小浪花，还是因为他自己沉下去了一会儿？

天啊，迎接他的是不是一场可怕的斗争，充满了恐惧和疼痛？满天星斗下，他就像一只被撞死后踢到路边的兔子一样做着无谓的挣扎，而那辆肇事的车子早已消失得无影无踪。

他应该放弃吗？彻底沉到水里？到底该如何做？

他没有希望了——希望并不是永恒的，潘西·克拉特巴克斯比谁都清楚——但他并不打算停止思考。他还有很多事要想。

那个贱人，福格斯。最终她一定会离开他——但那又能怎样呢？她会找到其他人——爱上其他人吗？

这就是吕克的问题——他只爱伊琴娜。他知道自己永远不会再爱其他人，不会像爱她那般——好吧，他再也不用担心这一点了。

吕克想到了母亲。看到她再次跳到水里游上岸，他无比钦佩。

她会怎么想？她会怎么做？

然后他知道她会做什么了。

十一

从港口到岩石旅社只有三分钟的车程。在海上无所事事地漂流几个小时后，他们都觉得抵达得太突然了。

坐在副驾驶座的萨博率先跳下车子。他站在一旁等待船长托尼和面色憔悴、浑身晒斑的客人福格斯、多米尼克和莎拉从车里下来。大家一头钻进热气腾腾的空气中。没有人说话。萨博转过身，如同败军之将般神色肃穆地领着他们穿过大门。

坐在吧台角桌旁的卡西安第一个看到他们的到来。他放下手里的书，威廉·夏伊勒的《第三帝国的兴亡》。哈喽，他心想，恶风来了。萨博立刻看到了他。

"早上好，"萨博的声音和神色都非常僵硬，"露露在吗？"

"我看一下。"卡西安说，他站起身穿过院子朝主屋走去。

不一会儿，露露走出来迎接他们，卡西安站在她身后一侧，好像在托着她的胳膊。她朝他们瞥了一眼后问道："吕克在哪里？"

"很抱歉地告诉你我们不知道，"萨博说，"今天早上他没有在船上。我们不知道他是什么时候以及如何离开的。这是科雷蒙特船长，他可以告诉你现在的情况。"

托尼简单地介绍道："我已经通知了海运救援，他们正在实施搜寻。

我把位置的精确坐标给了他们。但问题是由于不知道他是什么时候掉下船的,所以位置不太确定。我们只知道早饭时他已经不在船上了。我们对附近区域进行了搜查——"

"我不明白,"露露说,"你们今天早上才发现他不在了?那昨天你们都干什么了?"

"发动机坏了,"托尼解释道,"我们修了整整一个晚上。半夜时起了点儿小风,朝岛这边吹。凌晨四点左右发动机修好了。大概早上八点的时候我们发现吕克不见了。我们掉头沿着之前的路线进行搜寻,不过他可能在任何地方——"

"你的意思是你们就这样把他丢在那里了?"

莎拉开始抽泣起来。

"我们找了一上午,露露,"多米尼克说,"不过我们不知道他是什么时候掉下去的。等我们发现时都已经快到这里了。"

托尼接着说:"海岸警卫队应该很快就能赶到那里。"

"亲爱的夫人——"萨博关切地说。

"哦,闭嘴,你这个蠢货!"露露怒斥道,她对着萨博和托尼鄙夷地挥了挥手,"走开!"然后抓住卡西安的胳膊,望着他和多米尼克,"我需要你们和我一起,拜托了!"说完就转身绕过主屋快步朝车库走去。卡西安和多米尼克紧跟在她后面。

"我觉得我们需要报警。"托尼对着剩下的人说。

"好,当然。"萨博说,"不过你是船长,应该由你来上报。现在我要回游艇了。"

"好吧,警察可能需要知道你们的名字,"托尼说,"你们把名字都告诉我吧。"

"好的,"福格斯若有所思地说,"不过,这事和我们没有任何关系吧?如果乘坐的是渡轮或其他交通工具,我们都只是乘客,对不对?"

"我们乘坐的并不是渡轮，"托尼说，"我需要你们所有人的名字。"

露露驾着西雅特沿着岩石海岸一路飞奔，车后扬起阵阵尘土。不一会儿他们就到了港口。车子并没有停下来，而是继续朝海边驶去，一直开到渔船、摩托艇和小游艇停泊的驳船边缘。她立刻从车上跳下来，快步朝驳船码头走去，卡西安和多米尼克紧紧地跟在后面。

码头上有不少人，有的在船上趴着，有的躺在甲板上享受阳光浴，还有拎着小冰箱、带着孩子和公公婆婆登船的。摩托艇陆陆续续地离开驳船，朝着燃料码头的方向突突前进。

"你打算怎么办，露露？"卡西安问道。

"我们需要一条船，当然要跑得很快的那种，多米尼克，你负责搞定这个。"

"露露，海岸警卫队，救援——"他刚张口。

"他们和市民联防队一样没用，"露露打断了他的话，"不能指望他们。我们必须自己去救他，别人不行。"

多米尼克迅速朝卡西安瞥了一眼，对方回复了一个肯定的眼神。

"好。"多米尼克说。他对游艇和轮船一直没什么兴趣，他喜欢租快艇带女孩子玩滑水。他能分辨出快船和慢船，还能把它们开走。"呃，短时间内——"

"只需找艘船来，多米尼克，"露露不容分说地打断他的话，"找艘有人的船。那个怎么样？"她指着一艘矮墩墩、看起来非常笨重的白船，前尖后宽，形状很像箭头，船尾黑色的排气孔四周绘着橙色的火焰。两个金发碧眼的男女正坐在靠近码头的驾驶舱上晒着太阳，古铜色的皮肤，苗条的身材，紧绷的肌肉。

"看起来很快。"多米尼克说。

露露走到码头边，离那对情侣大概只有几英尺的距离。"你们会说英语吗?"她问道。

"当然会。"男子带着几分德国口音微笑着回答道。

"我儿子从船上落水了,我想租用你们的船去找他。"

"哦,"德国人说,他和妻子交换了一下眼神,然后又望着露露说,"我很抱歉,不过不行,我们正在等朋友,你应该报警,他们可以帮助你——"

"每小时五百比塞塔,或者随你们开口。"露露说。

"我们不要钱。"德国人的笑容消失了。

就在这时,多米尼克在码头那边喊道,"快来!"他挥舞着双手。露露和卡西安立刻向他跑去。奔跑中一阵低沉的咆哮声淹没了周围所有的声音,接着多米尼克被一股从水中升起的蓝色浓烟围住了。一个穿着泳裤、个头矮小却精瘦结实的男人已经把绳索从一条又长又窄的烟灰色船上抛过来,船身还画了一个头朝上的弯刀刀片。这时咆哮声变成了隆隆的轰鸣声。

"这是豪尔赫,"多米尼克介绍说,"他认识我。我已经从船主曼纽尔手里租好船了,他将带我们出海。"

"来吧,来吧。"豪尔赫催促道,看来他完全明白事态的急迫性。他拉住露露的手,带着她越过玻璃平板来到又小又深的驾驶舱。卡西安紧跟在后。多米尼克抛开绳子,慢慢朝驾驶舱走去。豪尔赫握住油门。又一声咆哮从下面的深洞中冲出。

冲出防波堤后,豪尔赫的手再次紧握油门,平稳地向前推去,整条船就像离弦的箭一般飞起。直接飞过海面去到他们计划的地方。

露露对着多米尼克大喊了一句。

"你说什么?"多米尼克刚想张嘴,迎面吹来的大风立刻灌满了他的整个嘴巴。

露露抓住他的手臂,凑到他耳边。"做得好!"她大喊道。

十二

把萨博和托尼送回港口后,福格斯立刻驾车赶回茨安卡弗雷尔。由于杰拉德一直拒绝安装电话——荒谬至极——他还没通知伊琴娜自己一切都好。不过,她和杰拉德在阳台上应该已经看到游艇驶回港口了。她一定非常担心。估计他们会用讲故事来安抚小查理。可怜的小家伙。

除了被米蕾耶勾引到甲板上打了一炮之外,这趟游艇之旅可以说是乏味至极。当然最糟糕的莫过于当你想离开时却无法动身。福格斯想不出比这更可怕的事情了。谢天谢地,我总算是回来了。乘飞机,这是他能想到的唯一可以与之匹敌的情形,想下下不来。坐出租车、火车,不管是否必要,无论多少钱,都是可以把你送回家的。现在他真真切切地理解了露露对于乘船的抗拒。他们很可能在那里飘荡很多天。

他拐上车道,猛踩油门,四驱车载着他飞快地向山上冲去——他们听到了车的声音。

房子在柠檬树丛间若隐若现。他觉得伊琴娜可能会为吕克的事情感到难过。他们之间也许发生过什么。据他所知,他们从不和对方见面。显然关系不再亲密了。也许会有点小震惊。不过她看到自己的老公福格斯安然无恙时一定会长舒一口气。

没错，他们都在阳台上，小查理也在，不停地挥舞着小手，而他正做最后的冲刺。他按了按喇叭，转弯拐上房子下面平坦的停车场。最后车子停了下来。

"你们——好！"福格斯一边从车里出来一边轻快地打招呼。

"爸爸——"查理大声喊道。

"你好，我的小男子汉，你还好吗？"

"很好！"

走到屋子里，福格斯一把举起奔向自己的查理。

"我们找了你一整夜！"查理还没有完全从昨天的意外中走出来。

"对不起，我的宝贝。那艘又蠢又破的船坏了。我们坐在那里干等了好几个小时。太无聊了！"

"感谢上帝你没事。"伊琴娜的声音很低沉，"我们都很担心。"

"我知道。"

"昨晚我去岩石旅社了，可没人知道发生了什么。到底怎么回事？"

"发动机坏了。整整修了一夜。没有了它，那艘该死的船根本寸步难行。至少不能朝正确的方向行驶。"

"大家都没事吧？"伊琴娜问道。

"吕克不见了。"

"你说什么？他还好吗？"

"我们都不知道。老实说，可能不太好。我们回来的时候他不在船上。"

福格斯还在抱着小查理。伊琴娜把他接过来放到了地上。她看了看父亲说："查理，和外公一起去你房间里，把你搭的乐高积木拿出来给他看看。"

"可我——"

"查理，我要去果园里修剪树枝，"杰拉德说，"你愿意来帮我吗？"

"好的，外公。"

杰拉德拉着查理的手离开了屋子。

伊琴娜这才问道："那他在什么地方？"

"我们觉得他落到海里了，只是不知道具体什么时候。我们只知道今天早上他不在船上。"

是的，没错：显然很震惊。她的脸色突然变得苍白。

"你们没有找到他？"

"好吧，我们搜寻了一两个小时，可问题是，我们不知道他是什么时候不见的，所以他可能在任何地方。船长联系了海岸警卫队或其他什么——"

"你的意思是你们就这样把他丢在那里了？"

"好吧，我没有。这不是我的责任，亲爱的。船长觉得——"

伊琴娜突然转过身冲到台阶下的车子里。不一会儿，车子就一溜烟地消失在车道上。

看来这个震惊不小。他转身朝厨房走去。他要找点儿东西吃，他已经饿得饥肠辘辘了。

晚些时候，伊琴娜从镇上回来了，杰拉德正在工具房里，对着古老的修剪刀喷洒润滑剂。

伊琴娜在门口站着，眼里噙着晶莹的泪花。

杰拉德问道："有什么发现吗？"

她摇了摇头，"游艇旁停了一辆警卫队的车。海警还在搜寻。没人知晓任何情况。你怎么看，爸爸？人能在海上漂浮多久？"

"这个……"他不愿意说出真相，"这取决于很多方面……海况。现在的海面非常平静，昨晚也是。还有这个人的身体状况。战争期间好多船被鱼雷炸毁后，幸免于难的士兵能在海上漂流很长一段时间"——只要他们找到可以抓握的东西——"什么事都是有可能的。"

可杰拉德几乎没见到过如此幸运的人。他知道更多人的命运是溺水而死。他脑海里突然涌现出多年前看过的《牛津英语诗歌》中的一页,每当听说有人溺水而死或幸免于难时,他总会想到这一页:

黝黑暗淡的夜空
大西洋的波涛翻滚咆哮
我却注定
从船上跌落
离开朋友,希望和所有的亲人,
就这样永远离开了家。

这是库珀的《被抛弃的人》,他能记住的不算太多——只是那几行他认为对落水人最真实的描述:

他又幸存下来,一个小时,
在大海里,自给自足……

杰拉德放下工具,擦了擦手,然后把伊琴娜拥入怀中。他用长满老茧的手掌轻抚着她的头,还有那一头浓密的长发:"只能再等等看。"
她的身体依然僵硬而紧张。他们心里很清楚,什么话都抚慰不了这突如其来的死亡。

十三

"我说不好……确切地说,"多米尼克非常焦虑,他望着远在地平线那端的陆地,又看了看无边无际的大海,根本没什么区别,该死的大海,不是吗?一片连着一片,看起来都一样——到了白天一切都不同了。海岸后一度隐藏在夜色中的绿色山丘此刻看起来清晰无比,昨晚一排排的沿海灯光实际上是来自远处的小岛。"就在这附近……我觉得。"

他们已经在海上待了好几个小时,皮肤都被晒伤了,眼睛也疼得厉害。海面依然很平静。正午灼热的日光洒在海面上,泛起点点白光。船几乎在原地打转,隆隆的轰鸣声非但不再刺激肾上腺素的分泌,反而把人折磨得头痛欲裂,恨不得跳到海里或大声尖叫,或者钻进下面狭小的舱内,一头撞到泡沫垫上。当然,没人会这么做。

"你们当时就在这里,"露露笃定地说,"我看到船往这个方向航行,然后越变越小,整个下午都是这样。当时我就纳闷为什么你们不去其他地方,也不回来。"

小船蜿蜒前行。露露转过身望着在船尾掌舵的豪尔赫。他已经头晕目眩,忘记依照露露的指示来回导航。"嘿,"她大喊道,"我们还要继续前前后后搜寻。"

"好,夫人。"豪尔赫答应道。他开始转动方向盘,长船的船头转了一个四十五度角。

"你还好吗,露露?"卡西安问道。他扶住了她的手臂。

"那帮人真是太可恨了,那个匈牙利人,还有那些愚蠢的船员,竟然如此大意。竟然把他一个人丢在这里。如果他们半道去了意大利或其他地方怎么办?那样的话谁会来搜寻?你看,这里连救援队的半个影子都没有。没有直升机,也没有飞机。只能靠我们。"

卡西安轻声说道:"我们会尽最大力量的,露露。这也是我们唯一能做的。"

多米尼克说:"从他落水到现在已经过去很长时间了——"

"我知道!"露露恼怒地说,"你以为我不知道吗?别跟我说那些显而易见的事。"

她看着辽阔而无情的蓝色大海,没有边际,没有高低起伏,没有海湾,没有任何不同寻常的地方和标记。没有停下来休息的地方。只有一望无垠的蓝色陷阱以接纳那些挣扎不休直至死亡的人。她甚至能听到那些轻柔的恳求声中隐藏着的绝望。她不会放弃。没有人能找到他。没有人会在意他。这是她的责任。一切都要靠她。任何事都是如此。你不能指望别人。但是她了解自己,所以她知道该怎么做。大多数人都会没头绪。他们只是等着看会发生什么,然后在事情发生后抱怨不休。

"吕克知道我会来找他,他会坚持住的。所以我们还要继续寻找。"

多米尼克硬忍着没有说出下面的话,露露,为什么吕克会想到你从那艘该死的船上跳下去后,竟然还会亲自登上另一艘船出海来找他?

她说:"他当然知道!"她回答得如此干脆以至于多米尼克以为自己把刚才的想法说出来了。

豪尔赫和多米尼克相互看了一眼。豪尔赫的意思是,那有多长时间了?我不愿意这样说,伙计,不过……多米尼克用表情告诉他,没关系，就继续按照她说的去做。

过了一会儿，露露说："看，他在那里。"她边说边用手指着。

两百码之外，一只手在向他们挥舞着。他们立刻认出来那就是吕克。

"哦，我的上帝，"豪尔赫脱口而出。他立刻转动方向盘，整艘船就像刚放出笼子的藏獒般向前猛冲。快靠近吕克时，豪尔赫再次转动方向盘，船尾对着吕克慢慢后退，就像倒车一般。接着他又将油门向前推了几下防止船漂来漂去，最后终于平稳下来。他跳到船尾，把狭窄的跳台上的铰链梯子缓缓降到与水面齐平。然后慢慢地向吕克身边靠近。他们都站到平台上，豪尔赫顺着梯子下到水里，伸出胳膊拉住吕克的手，然后把他拽到梯子上。

"你好，妈妈。"吕克说，他的声音嘶哑得厉害，"能再看到你真是太好了。"

"快拉，快拉！"豪尔赫对着船上的人喊道。

卡西安和多米尼克紧紧抓住吕克的手臂，豪尔赫扣住他的腰。吕克的胳膊和腿还能稍稍活动一些。大家一起连推带拉地把他拽到船上。

露露一把抱住了他，过了一会儿她松开手。"你现在没事了。"她说。

他被拥着穿过甲板来到驾驶舱内，坐在一把软椅上。他的嘴唇已经裂开，两眼发红。

"有水吗？"他声音嘶哑地问道。

"有，有，有。"豪尔赫说，他赶紧下到船舱内。

"真是不敢相信。"多米尼克一脸惊愕地望着大家。

"你在水里待了多久？"卡西安问道。

"我大概是半夜掉到海里的，现在几点了？"

"快两点了。十四个小时。"

豪尔赫拿着几小瓶依云水回来了。他拧开其中一瓶的盖子，递给吕克。吕克接过来，缓缓地喝了下去。然后又滴了几滴在嘴唇上，慢慢舔掉。最后把剩下的水全倒在了脸上。

"太舒服了。"他说。

"真是令人难以置信。吕克，你是怎么一直漂浮在水面上的？"多米尼克问道。

"我也不知道。"他又舔了舔嘴唇上的水珠，"就是这样荡着。我还躺着漂了一会儿。"他又喝了一大口水，不过没有咽下，而是在嘴里反复漱了几下。"一开始我觉得只能这样了。我知道他们不会回来的，因为他们没有看到我落水。但过了一会儿，我知道你会来找我的，妈妈。"

"我当然会来的。"露露愤愤地说，"不然你还能指望谁？"

"没有了。"他笑了笑，一阵刺痛，他立刻用手抚摸了一下干裂的嘴唇，"我只想到了你。然后我就在这里晃来晃去。"

他们把他带到下面的客舱里用毛巾裹起来。

握着方向盘的豪尔赫慢慢地拐了一个大圈，然后把油门向前推去，以巡航速度朝岸上驶去。他仍然不时地摇摇头，看着空无一人的大海喃喃自语道："不可思议，太不可思议了。"

十四

八月底，伊琴娜、查理和福格斯驾着路虎回到了伦敦。游客和夏候鸟们也陆陆续续地离开了小岛。别墅关闭，轮船起航，所有的街道都变得静悄悄。只有助力车的阵阵轰鸣声打破了这里的平静。

九月的阳光和八月的一样炙热和明媚，蔚蓝的大海也丝毫不减自己的魅力。热辣的正午空气里只有蝉的鸣叫声。沿着北海岸吹来的清凉海风越过塞拉德土穆特那一路南下，其间夹杂着燃烧的木材气味和潮湿的山云。接着，秋天便不约而至，空气也变得不一样了。茨安卡弗雷尔旁边的大海，前一天还在阳光的照耀下蔚蓝发亮，第二天却变成战舰般的灰色，如熔融的锡一般翻滚波动。所有的这些迹象都让杰拉德兴奋不已。到了九月底，真正的雨季就会到来。不久之后，秋分时节的狂风将彻底宣告夏天的结束。

杰拉德最爱这个季节的马略卡岛，它就像一汪肥沃而平静的死水，和他第一次看到时一样。他已经在这里生活了三十五年，周围的很多东西都发生了变化；伊琴娜已经长大成人，离开小岛，现在又带回来一个小查理。茨安卡弗雷尔也变了很多（近年来的明显变化都是基于伊琴娜的钱和想法），从一个圈养着山羊和绵羊的光秃秃房子变成了相当漂亮的地中海风格的房屋。而四季的变换，就像现在这样，让一切都重新开始。他总是想起歌德的那句话:"人什么都可以忍受,唯有一天天无所作为的日子难以消受。"

现在,伊琴娜他们也走了,整栋房子重新归于平静。杰拉德要好好照料照料自己的工具了。他把工具房里的小刀、镰刀、锯子、修枝剪拿出来——摆到凳子上,准备打磨和清理。然后又把根德短波收音机放到身边,一边工作一边收听英国广播公司的节目。永恒的安慰曲《利利布利罗》——这个由英国皇家海军乐队演奏的曲子几乎陪伴他度过了整个战争期间和之后的每一天——代表着整点的到来,接着就是格林尼治时间报时和大本钟的钟声。每个周日的上午,他都会收听阿里斯太尔·库克的《美国来鸿》。九月的第三个周日,库克谈到康奈迪克州迈瑞特公园两旁的橡树和枫树叶子都换上了秋天的色彩,整个公园都被强悍的城市设计师罗伯特·摩西改造了一番,纽约就是他的杰作,正如豪斯曼之于巴黎。接着,库克又说到当前存在于罗纳德政府和国会之间的困难导致这个新工程比摩西之前完成的任何一个都要逊色不少。无数的讨论都被民主党人用来作为在一年之后的下一届总统选举中击败里根政府的理由。杰拉德很喜欢《美国来鸿》,也可能是《火星来鸿》,他想象着那是优雅的英国人派发出来的,虽然只有短短的十五分钟。接着又是《利利布利罗》和大本钟的钟声。

有时候,杰拉德也会惊异于自己竟然在这里度过了大半生。这儿和古代典籍没有任何交汇——在航海地图上看到它之前,他从未听说过马略卡岛——但这里却蕴藏着荷马在阿尔卡诺俄斯花园中描述的很多植物:橄榄树、葡萄藤、梨子、石榴、苹果和无花果。所有的一切,包括他的两任妻子和女儿——都与这个便利的港口紧紧相连——一次意外的大风——正如《奥德赛》中反复无常的狂风所决定的很多事情一样,或者说是上帝。他已经在这里居住了几十年,大部分时候都是独身一人,距离那个让他留在这里的女人不过一公里之遥,他却几乎没怎么见过她，三十五年里可能只见过两次。一次是在街上，非常突然和震惊；第二次的场景更是怪异。(不过一切不都是吗？)那是一个早晨，在西班牙某个遥远的地方。杰拉德曾被他们之间发生的一切掏空了，但慢慢地，那些空出来的地方又长出了组织。他的人生也因那次欺骗事件而得到了进化。他再也不是那个初到这里的杰拉德了。可是现在……茨安卡弗雷尔变成了他的家，孩子的诞生地。这里的一切都是他创造的。

九月的最后一个周日，在大本钟敲响八点之前，杰拉德听到柠檬树丛中传来一阵机械操作声——不会是戈麦斯吧？第一天结束之后他就再也没有出现过。福格斯所谓的美好愿景变成了一场空，正如杰拉德所期盼的那样，虽然自己目前的经济状况需要它的成功。"别担心，你不用归还那六千英镑，"福格斯向他保证，"协议已经达成，钱理所当然归你了，老伙计。""那土地归谁所有呢？"杰拉德问道。"好吧，目前还是属于我的团队。他们可能会以半价归还给你，那样的话你就可以再次出售。"杰拉德知道自己不会再卖掉它们了。他现在可以靠那仿佛从天上掉下来的六千英镑生活。

他来不及去关收音机就快步穿过树林朝山下走去。他听到不止一台重型柴油机的转动声，树枝折断发出的啪啪声和接连不断的掘土声。等再靠近时，还有链锯转动的响声。

戈麦斯的成果——在儿子的链锯协助下，他用推土机在丛林中开辟出一条大约五十码长的小道——却被一台橙色的小松牌铲斗机和卡特彼勒装载机毁掉了。每一台都有戈麦斯的机器两倍大。上面的山坡上零零散散地站着不少拿着链锯、铁铲和丁字镐的人，他们正在清理出一条公路宽的山道。机器上都不见戈麦斯的身影。

"喂！"杰拉德仰起头对着铲斗车驾驶室里的人大喊。可对方根本听不到。直到杰拉德冲到铲斗旁边时他才注意到。他立刻从驾驶室里跳出来，怒气冲冲地对着杰拉德大吼，挥舞着让他走开。杰拉德走到他身旁。

"你在干什么？"他向操控手问道。

"我在工作！你在干什么？你疯了吗？"

"你是替戈麦斯工作的吗？"

"谁？不，是杰米·塞拉。你赶紧走开！"说完，操控手就爬回驾驶室里。在他关门之前，杰拉德又喊了一句："他是谁？那个塞拉？"

操控手大声回答说："一个建筑工。"说完就关上了驾驶室的门。他握住座位前一排操控杆，铲斗先是高高扬起，然后慢慢落下，尖利的钢齿狠狠地挖向一棵原始雪松树桩旁的泥土，落下的铲斗疯狂地撕扯着根部。杰拉德在一旁紧盯着，先是树根被震抖，不一会儿整个树桩都被连根拔起。紧接着，战栗的铲斗快速把树桩推到一边。旁边两个拿着链锯的男人冲上前，迅速把根部卷须之类的东西切割干净。最后，铲斗颠簸着前行，整个机器也在向前突进。

杰拉德看了好一会儿，两台大机器负责挖地，如蚂蚁一般的工人把那些树枝、树桩一一搬走。他们齐头并进地朝山上进发。

杰拉德转过身怒气冲冲地朝家里跑去，他脑海里已经起草好了质问福格斯的话。很明显，他们把土地卖掉了。他们应该先卖给他的。

到底卖给谁了？那他们，无论是谁，会建造同样的房子吗？

这时，杰拉德多么希望自己能有一部电话。

一九七〇

腓尼基人

一

在寒冷的穆罕默迪耶南部平原上，他们离开了大西洋海岸和里夫山脉，沿着双向车道的九号公路向内陆进发。雷诺车的进风口没有暖风吹出。吕克觉得可能是进风口被树叶堵住了。这个问题已经困扰他一年多。不过只有在天气寒冷，而他又在开车不愿意停下时才能想起。他多希望在离开巴黎前能想起这件事，当然他也完全没想到七月的摩洛哥竟然冷到需要用暖气——在法国和西班牙度过的前三个夜晚要暖和得多——他并不想半夜三更在这种荒僻的地方将车子停下来。除了松动的车窗和其他一点儿小缝隙之外，整个车子就像一顶密封的帐篷。吕克快要冻僵了。盖着毛毯躺在车后座的伊琴娜似乎毫不在意，此刻她睡得又香又沉。

车灯照亮的暗黄色半径内出现了一个标志牌：阿拉伯语的象形文字，下面写着"坦西夫特—豪兹大区"。吕克希望这是一个城镇。他们在拉巴特以西吃的晚饭，美味的皇家锅配里夫山玫瑰水。不过已经几个小时过去了，吕克又饿了。不仅饿，还困得厉害，也许食物能让他清醒一些。又过了半个小时。依然没碰到城镇。路上的风景——除了车灯外只有零零散散的房子，如同蜡烛一般在寒夜的星空下忽隐忽现——像散落着一块块苍白珊瑚的贫瘠海床一般向黑暗中延伸。公路几近笔直平坦，只有一些小小的上下坡和弯道，吕克感觉自己就像驾车穿过无尽头的黑暗的房间，虽然没有墙壁，但大小和形状还是在不断地变化着。

"伊琴娜。"

几声之后，她才意识到是在喊自己，她慢慢清醒过来睁开眼睛。车子在减速，没错，现在已经是深夜了。她一动不动地躺在那里，看着外面的光照在车顶和吕克脸上，越来越亮。

"伊琴娜，"他回头看了一眼，两个人的目光短暂地交汇一下，他又转向前，车子慢慢停了下来。他再次回过身望着她问道，"饿不饿？"

她坐了起来。前方，有一辆巴士——那种古老的冒着烟的摩洛哥巴士，车里坐着一家人，孩子们在车顶——停了下来，没有熄火，明亮的车灯穿透了烟雾缭绕的黑暗。

车旁的路边蹲着两个男人和一个男孩，他们围着一个烧得通红的火盆，手里拿着不少短鱼竿似的小棍，周围没有房子或棚屋，也没有卡车或动物。只有一盏煤气灯、火盆，男人和男孩蹲在这个偏僻的路边。车上的乘客们不时地从炭火上取走一根根棍子。伊琴娜闻到了烤肉香味。

"我快饿死了，"伊琴娜说，"是吃的吗？"

"闻起来像。"

"我们现在在哪儿？"

"我不知道，"吕克说，"我想，可能走了一半。在马拉喀什和海岸中间。估计中午能赶到。我可能需要找时间睡上几个小时。"

"吃过饭后我来开。"

他们下了车，朝那块有食物和亮光的绿洲走去。那些小棍子上面串的都是羊肉，伊琴娜还闻到了迷迭香和香菜的味道。等他们走到火盆旁边时，其中一个男人正把从黑暗中拿出的一个小小的又圆又扁的面包切成一片一片。他举起手指：一个？两个？三个？

"请给我们来两串。"伊琴娜说。

他拿起两串肉放在面包片上，又撒了一些盐和香料，然后再盖上一片面包，轻轻一扭，棍子就抽掉了。吕克的面包里夹了三根羊肉串。

"二十五拉姆。"一口浓浓的法国腔。

吕克从钱包里抽出了几张破破烂烂的钞票。

巴士开走了，三个摩洛哥人依然围在炭火周围。繁星下的平原上只剩下了这个孤独的红点。

吕克和伊琴娜回到雷诺车旁，靠着余温犹存的车子享受这份摩洛哥式三明治。伊琴娜津津有味地品尝着：烫嘴的羊肉、盐、香料、渗到面包里的热乎乎的油脂。

"这是我有生以来吃过的最美味的东西，"她看了看挤在火盆旁的三个人，又环顾了一下黑漆漆的四周，最后，她看着吕克说，"吕克——你能相信我们已经到这儿了吗？"

"更神奇的是，"吕克边嚼边看着她说，"还是和你一起。"

"是的，真有意思。"她笑了笑——她嘴巴里塞得满满的，腮帮子鼓鼓的，嘴唇根本遮不住牙齿和三明治——她的笑容意味深长，"我来开车，我想开。"

他很想去亲吻她那油腻腻的嘴唇，不过还在犹豫时伊琴娜已经坐上了驾驶座。吕克只好到后座上躺下，把毛毯盖在腿上。不一会儿，车子就跌跌撞撞地朝前奔去。

"你还好吗？"吕克问道。

"棒极了。"伊琴娜回答道。

他抬头看了看，她的头警惕地微微前倾，双手扶着方向盘，就着微弱的灯光从侧面望过去，那张嘴巴依然在大口嚼着肉。

他觉得幸福极了。

二

一九六六年母亲去世时，伊琴娜才十四岁，从那之后她就去了英国寄宿学校读书。每到周末或学期始末，她都会和比莉姑姑待在一起。比莉是杰拉德的姐姐，一直没有结婚，住在一栋由鸡舍改建而成的房子里。那房子就叫"鸡舍"，位于赛文欧克斯的诺尔公园旁，距伦敦南大概一个小时的火车车程。对他们三个人来说这是一种救命般的安排。不过来伦敦的第一年，伊琴娜和父亲都很想念彼此。比莉则不得不接受这种安排——她是那种特立独行的女子，不习惯受任何羁绊的约束——而这需要她把随性的生活变得有规律起来。比莉依靠翻译法国学术文章赚取微薄的生活费，偶尔也会卖一点儿中土世界模样的陶瓷，或者在花园里种些水果、蔬菜以换取自己平日不种的东西来弥补收入的不足。她没买汽车，但有一辆古董级三枪挎斗摩托车。伊琴娜到伦敦之后，每到学期始末都要带着行李箱和食品盒往返于十一公里之外的圣希拉里女子学校，这时摩托车的不足就体现出来了。不过她们还是顺利地用绳子完成了三轮车载物大挑战。

在圣希拉里学校的最后一个夏季学期末，伊琴娜和好友佩妮在伦敦度过了假期的前几天。之后她们又去了巴黎，伊琴娜买了几件带去摩洛哥的衣服。最后又登上了返回赛文欧克斯的火车。当伊琴娜走出车站时，比莉已经在摩托车上等着了。

"在城里过得高兴吗，我的小南瓜？佩妮怎样？"

"很好，谢谢你，比莉。佩妮让我代她向你问好。"伊琴娜戴上了头盔和护目镜。无论天气如何，她们总是这样穿好防护装备和衣服并排坐着。两个人一路边骑边聊，虽然音量要比平时高上许多。比莉开始朝哈利山路进发，排气管后升起了浓浓黑烟。这时，伊琴娜大声说："你猜怎么着？我打算去摩洛哥，比莉。"

"真的吗？"比莉尖声问道。

"我在国王大街的商店里找到一件衬衫，它来自摩洛哥的马拉喀什。我敢肯定那样的衣服在马略卡一定畅销——在伦敦也一样。我不想再做拖鞋生意了。所以我想去那里买些衬衫回来。我需要为上艺术学校赚钱。你觉得怎样？"

"这个想法很有趣，亲爱的。"比莉没有表态。

回家之后，比莉把及腰的灰色长发绑起来盘到头顶，然后摆好午餐——荨麻叶汤、自制麸皮面包、各种各样的奶酪、必备的配菜、布蓝斯顿泡菜，外加一瓶为自己准备的烈性啤酒和为伊琴娜准备的低度兰姆酒——伊琴娜则一边展示在国王大道上一家名叫"旅行的奶奶"的店里购买的黑色摩洛哥风格衬衫，一边滔滔不绝地谈起自己的计划。

在过去的两年里，为了支付她的学费和开销，父亲不得不卖掉路边的两小块土地。可是他再也没钱供她继续攻读艺术学校。虽然已经申请了奖学金，但即使申请成功，她也必须寻找工作以赚取更多的钱。在过去的几个暑假里，她靠着向卡拉马索帕的商店和岩石旅社的客人出售金色的麻质拖鞋挣了一些钱。不过现在这东西已经不再新奇，她也厌倦了。到目前为止，她的存款大约有一百英镑。去摩洛哥的机票不到三十英镑。如果她飞过去购买六十到七十件衬衫——店里那个女孩的男朋友在马拉喀什买过一件，她认为这衣服的成本不会超过一磅——每件卖五磅,这样她就能赚两百磅;加上奖学金,差不多能在艺术学校撑过一年。如果可行的话,明年的假期她会继续这样做。

"但是你不想自己一个人过去,是不是,亲爱的?"比莉问道。

"我就知道你会这样说。我一直在想可以找谁。问题是,大家都有安排了。你觉得我是不是应该问问丹尼斯?"

丹尼斯是伊琴娜名义上的男朋友。他是七橡树中学的学生,成绩非常优秀,就等着上大学了。他们是在去年圣诞节圣希拉里和七橡树的联谊舞会上认识的——两所学校都不是男女同校——联谊是为了让孩子们更好地拓展社交能力。在那之后每到学期始末,丹尼斯都会和她约会。他非常贴心,还略有些音乐天赋:他会弹奏五弦琴,和几个校友组成了一支名叫"艾德希尔"的蓝草[1]乐队。伊琴娜曾在汤布里奇的羽毛剧场看过他们的演出。丹尼斯站在提琴手和曼陀林琴手的后面,龇牙咧嘴,看起来十分卖力,就像在公路赛中一直跑在后面,但还是尽力追赶。最后几次约会他们接吻了。伊琴娜觉得这样还不错——她发现丹尼斯的吸引力确实不小,身材高挑修长,一头黑色卷发,睫毛长得令人惊叹——不过她并不想再进一步。她感觉丹尼斯有点无趣。

"你想和丹尼斯一起去吗?"比莉问。

"不想。他很好,可到时候我还得照顾他。"

"也许吧。不过有人陪着总是好事。我敢肯定你爸爸和我想的一样。我的意思是,我完全不了解摩洛哥——你呢?那里安全吗?"

"可是我已经满十八岁了。我可以去任何想去的地方,不是吗?"

"好吧,你刚满十八岁,不过这并不是我们担心的地方。我和你爸爸担心的是你,伊琴娜。而且我们的担心不无道理。你要去非洲?我觉得最好找个人陪你一起。最好是个男孩。佩妮呢?"

"她确实想去,不过她要去苏格兰,剩下的假期报名参加一个叫什

---

[1] 蓝草音乐是乡村音乐的一个分支。——编者注

么燕子和鹦鹉的航海课程。"伊琴娜感到这个理由像只湿漉漉的手一样扼杀了她那绝妙的主意。她已经下定决心要去，但不愿意为此和比莉争吵。一是因为她对自己的爱，还有就是一旦她觉得自己是正确的就会变得非常固执。赢家总会是比莉。

其实比莉也很犹豫。虽然她有决定权但伊琴娜一直都非常独立——她的野性特征，比莉觉得，源于她的母亲——一旦认准就会变得异常任性。

比莉把酒拿到桌子上，坐下来喝了一大口。"好了，这是一个很好的主意，亲爱的——相当有胆识。别放弃。我们只需要找个人陪你一起。你那些在巴黎的朋友们呢？"

"我觉得他们都要去马略卡岛。"

"好吧，你也是。不过也许他们希望先来个小旅行。何不等午饭后打电话问问呢？"

三

在巴黎的第二天早上,伊琴娜飞快地穿好衣服,留了张便条给弗洛伦丝后便出门了。她不喜欢帕西,这里过于安静,到处都充斥着资本家和金钱,典型的右岸特色。这让她觉得自己又穷又寒酸。相比较来说,她更喜欢左岸,前几次来巴黎她都是和希尔维住在那里。不过现在希尔维和她的家人已经在马略卡了。

"摩洛哥!当然,我和你一起去!"两天前弗洛伦丝对着话筒尖叫道。"我马上就来!"不过当伊琴娜赶到巴黎时,情况却发生了变化。弗洛伦丝的父母坚决不同意。两个女孩只身前往摩洛哥?你们是疯了吗?绝对不行——除非有个男生陪她们一起。

"没问题。"弗洛伦丝说。她打电话联系了纳塔莉、艾玛尔和弗朗索瓦——都是她们在卡拉马索帕的朋友——大家相约在黄花咖啡馆见面。艾玛尔第二天就要到布列塔尼的小水手海事学校学习两个星期。瘦骨嶙峋、头发邋遢的弗朗索瓦要去沃克吕兹参加环法自行车赛旺度山段的比赛,他希望获得入选明年乐芝牛队的资格。谢尔盖和阿兰则已经到了马略卡。

"和吕克一起如何?"伊琴娜故作漫不经心地问道。在去多佛的火车上,在跨越英吉利海峡的渡船上,还有在来巴黎北站的火车上,她发现自己这一路都在想着吕克。她已经有四年没有见到他了。自从那个可怕的暑假后。

"吕克？"弗洛伦丝很惊讶。她耸耸肩，看了看其他几个人。他们都没有见过他，即便大家都在巴黎，她说。塞尔维认为他去了纽约。不，艾马尔否认了这个说法。几个星期前他曾见过吕克：他觉得暑假他会去罗马拍一部电影。

别担心，弗洛伦丝安慰道，我们一定能找到人。她要等到大门乐队演唱会结束后才能走；她已经买好了下个星期的入场券。

伊琴娜搭乘的是地铁，车厢里挤满了上班的人群。她在索邦大学站下车，沿着圣米歇尔大街向前。她先到埃德蒙罗斯坦德的咖啡馆里买了羊角面包，然后走进卢森堡公园。如果她坚持独身前去，比莉一定会非常生气，父亲也会很害怕，然后无声地谴责她，到时候她会发现自己如同站在撒哈拉沙漠中间一样孤立无援。再说了，他们也许并没有错：有人陪同的话肯定更好。

她感到了失败的威胁。梦想、欲望和现实之间总是有一道难以逾越的鸿沟。如果不去摩洛哥，她又该怎么办？去马略卡，尽力兜售更多的拖鞋，等着艺术学校的来信——等待，等待，一直等下去。

她在果园旁吃完了羊角面包和黄油切片面包。这片小小的封闭式果园与奥古斯特伯爵街相邻。透过围栏可以看到不少穿着黑色外套的行人，他们都行色匆匆地走在上班路上。不过草地之间的沙道和波德莱尔与圣伯夫的半身像周围却十分安静。穿着制服的园丁正在修剪那排长长的梨树和苹果树，以使它们的枝干像芭蕾舞者一般伸展。

她低头看着自己的旧帆布包，想找到那张写着吕克电话号码的餐巾纸，是艾马尔给她的。实际上，那是他父亲的公寓电话，不过吕克也住在那里，艾马尔说。

也许他已经走了，就像他们说的那样，去了纽约或罗马。

她想知道他还会不会和自己说话。

在阿萨斯街，伊琴娜找到了一部公用电话。"你好？"她立刻听出了他的声音。

他们在第五大街的圣奥美尔咖啡店见了面，那里正好位于拉丁区的圣梅广场，也是穆福塔街和其他街道的交会处。

吕克确实去了罗马。在巴黎美国大学的同学兼好友法比奥的介绍下，他得到了一个非常棒的暑期工作机会，在罗马的电影城参与费里尼的电影拍摄。可最后工作落空了。他们在法比奥父母位于普拉蒂的公寓里待了一段时间，每天都去演播室碰运气，可惜好运并没有眷顾他们。他在法比奥家里也感受到了同样的氛围，于是返回了巴黎。他打算回马略卡，不过还要等一段时间。露露正在家里大兴土木，她要在院子后面、泳池另一边建造一栋兵营式的房子——在建造过程中，吕克住了十年的家，那个工具房要被推倒——目前仍然是一团糟。吕克可以想象到母亲对着工人和自己大呼小叫的场景，在某种程度上说也算是一种笼络。他决定最早也要等到八月中旬才会回去。目前正好无事可做。恰巧，伊琴娜带着她的衬衫计划出现了。

他一直对他们父母之间的关系感到好奇，因为他们曾短暂结合过，所以他和伊琴娜之间一直存在着某种微妙而亲密的关系，好像他俩差点变成继兄妹一样。虽然见面不多，但吕克却很喜欢杰拉德；他对吕克也很不错。不过母亲从没有提起过他。他们的婚姻存续时间很短，后来她又有了一次时间稍长一点儿的婚姻，也就是和吕克的父亲。每当吕克想听点杰拉德的事情时，她总是用轻蔑的口吻说那是一个极大的错误，其他的绝口不提。他想知道伊琴娜了解多少。

她看起来真是美极了。乌黑发亮的秀发，橄榄色的皮肤。蓝色紧身牛仔裤，科恰班巴式红边宽松衬衫。他们已经好几年没见面了（他一直不在，而她却总是躲着他），最后一次见面还是在卡拉马索帕，那年夏天她才十四岁。她还记得多少？他却不曾忘记一丝一毫。

"我的钱不多。"他的目光有些躲闪。

"我也是，"伊琴娜说，"我的钱只够买衬衫，我打算住那种最廉价的旅店，我们可以买学生票，应该不用太多。"

她看起来十足英伦范。

"实际上，"吕克说，"可以开我的车去。虽然有些老旧，但并不是很耗油。"

"你说什么？从这里去摩洛哥？然后再回来？"

"是的。我觉得肯定行。我们可以在车里睡觉。"

两个人的眼前立刻浮现出了一个画面。

"我的意思是，我们可以轮流开车，"吕克赶紧解释道，"一个人开车，另一个人睡觉。这样的话花费很低，而且不会耽搁时间。"

"不，是的。行，应该可以。"

"是的。你知道，我不是……"该怎么说呢，"我没有其他意思，我已经有，算是有，女朋友了。"

"哦，好！"伊琴娜说，"我也有男朋友了。这样就没问题了。"

"太好了。"吕克说。

两个人都低头抿了口咖啡。

"他怎么不陪你一起去？"吕克问道。

"哦，他很忙。他是个音乐家。他要——他要办音乐会。"

"啊。"

"你女朋友呢？"

"哦，她是个演员。不过只演过几部戏。"

"太棒了。她叫什么名字？"

"苏菲。你男朋友叫什么？"

伊琴娜端起咖啡杯，又抿了一口，"丹尼斯。"她边喝边说。
"他演奏什么乐器？"
"五弦琴。"

吕克的父亲带他们去自己最爱的雷内餐厅吃晚饭。他询问了整个旅行的线路和计划。听起来是个非常棒的探险之旅，他说。他认识几个丹吉尔的记者，如果需要的话可以向他们求助。他又问了伊琴娜对英国学校的看法。他一直没有提及她的父亲。最后他还给吕克五千法郎以备不时之需。

四

当第一缕晨光照到车里时吕克再次起来开车了。前方依然是大片大片的深蓝与黑色。但从远处的地平线已经可以看到微微亮光。最后，阿特拉斯山脉终于出现在眼前。

灰色的道路如同童话书中描述的一般在波浪状的平原上延伸。随着马拉喀什的临近，路面渐渐向上攀升，不久就进入了阿特拉斯山脉高地。土地更加翠绿，也更加起伏不平，道路两旁有不少农场和葡萄园，看起来很像是西班牙南部安达卢西亚的偏僻小山村。在到达阿尔赫西拉斯之前，一路上都是这样的风景。他们使用的是米其林版摩洛哥地图。吕克在一个街头剧院的书商那里找到一本马拉喀什地区的旅行指南，是波尔指南的一九六二年版本，迄今已有八年之久。指南由三十一页文字和一幅小镇地图构成。据它介绍，镇中心最吸引人的莫过于德玛吉中央广场，那是非洲最为繁忙的广场之一，也是整个摩洛哥最大的市场。广场旁边是错综复杂的街道和巨大的露天市场。麦地那或旧城内有很多小旅馆和由老房子改造而成的中间带庭院的客房，去德玛吉广场和露天市场都十分便利。

穿过麦地那的城墙，街道立刻变得狭窄起来，到处都挤满了人。吕克沿着指向德玛吉广场的路标前行，直到最后路标不见了，街道蜿蜒曲折，路两边是向外倾斜的波浪形褐色围墙，墙上镶嵌了许多不规则的门和小窗，最后绕到一侧，就像一个没有尽头的迷宫。他也随着转弯，竭力依照着越来越弱的方向感前行，可惜没多久就迷失了方向。

"你看，"伊琴娜把指南摊开放在膝盖上，"酒店，阿尔哈姆恩，指南上有。要不要试试？"

"啊，是，好的。"留着胡子的门房兼管家腼腆地笑着说。

他领着他们走上了二楼，那里有个环绕庭院花园和喷泉的阳台。房间很大，雪白的墙壁，又长又窄的法式落地窗，四周镶着深蓝色的宽框。一张巨大的双人床上铺着薄薄的床垫，中间有些下陷，上面罩着一条干净的白色床单。伊琴娜走到窗边，把窗户朝里打开，又拉开了百叶帘，从这里可以看到小巷、屋顶和墙外的绿植。

伊琴娜转身看着吕克，兴奋地笑着说："我可不想休息。我想现在就去探险。"

狭窄的街道两旁是连绵不断的浅黄褐色房屋，参差不齐的泥砖墙壁向内倾斜。前方就是体育场般大小的德吉玛露天市场。一排接着一排的布匹摊位，四处溜达的毛驴，手推车，摆满珠子、项链、宝石、化石、红枣和开心果的桌子，卖橘汁的小摊，耍蛇人，拴着链子的无尾猴，敲打铙的苦行僧舞者，鼓手，乞丐，双手伸向半空、瘦削而流着鼻涕的驼背盲人，挑着山羊皮水桶、拿着铜罐和舀子、穿的像是伦敦塔的守卫兵的卖水人。

一群衣衫褴褛的男孩发现了他们，立刻像飞虫般涌来，拽住他们的胳膊。

"嬉皮士！嬉皮士！你们想要什么？"

"过来，嬉皮士！来看看！"

"要麻醉药吗?"

这群咧嘴大笑的孩子都是青光眼,牙齿带着豁口,坏血病牙龈,还有典型的糙皮病症状。

"柏柏尔包!"

"琥珀项链!银的!"

"我来给你们带路!我来给你们带路!嬉皮士!"

透过人缝,他们看到了通往露天市场的入口处。再往前走就是一条坑坑洼洼的小路穿行在房屋之间,然后变成了Z字形小道,一块块耷拉下来的帆布遮住了头顶的烈日。一间又一间排挡大小的商店挤在粉刷墙之间的窄巷两旁,屋里都挂着光秃秃的灯泡。有的卖地毯,有的卖风衣、皮包、马鞍和腰带,还有脚趾处向上翻起的冰沙色柏柏尔拖鞋。几乎每间店铺的货架或地板上都放着一个晶体收音机,粗粗的天线指向低矮的天花板。收音机里传来感伤的摩洛哥情歌:一波又一波的女高音。

"衬衫!"伊琴娜拉住吕克的胳膊说道。

他们来到了卖衬衫的窄巷。一家挨着一家的店铺里摆满了放着棉衬衫的货架,还有不少衬衫挂到衣架上来招揽顾客。衬衫的颜色和款式多种多样,但大部分都是白色的,没有衣领,圆形的领口一直开到胸前,上面钉着很多小纽扣。

伊琴娜指了指一件挂在巷口的白衬衫,店主是一个身材矮胖、胡子刮得干干净净的男子,穿着白色的风衣和黄色拖鞋,他立刻把衬衫挑下来,搭在手臂上给伊琴娜看。

"这是最好的。"他边说边抬头用清澈的眼睛打量着吕克和伊琴娜,就好像在把自己孩子的作品呈现给音乐学院的评审们以获得奖学金。

"这就是你想要的,是吗?"吕克说,"像不像你要找的那种?"

"有点像,"她说,"但这件领口的布料是绕着边缘缝上去的——"

"非常精致，"店主夸耀道，"缝得非常好。"

"是的，"伊琴娜冲他笑了笑。她从包里掏出那件黑色的衬衫，"我想要这样的，你看到没？领子周围带这种刺绣，也可能叫其他什么，直接绣在衬衫上，而不是缝上去的。"

"是，是，是，我懂了，"店主把衬衫挂好，说，"跟我来。"他不停地摆着手，示意他们跟过来，"来，我拿给你们看。"

"有黑色的吗？"伊琴娜问道。

店主喘了一口气，回答道："当然，有很多黑色的。"

他们跟着来到店铺后面，成捆的衬衫从地面一直堆到天花板。店主在衣服堆里熟练地翻寻了一番，然后从底下抽出一个纸箱。他回过身，一件黑色的衬衫展示在伊琴娜面前。"很独特，"店主一边说一边用肥乎乎的手指指着衣领周围、袖口和下摆的刺绣，"全是手工，不是机器制的。很独特。质量非常好。花费的时间更多。"

"没错，这件更像。"伊琴娜说，"看到没，吕克？"

"是的。"

"我想买一百件，"伊琴娜对店主说，"买一百件的话，每件多少钱？"

"一百件？"店主大吃一惊，"你想要一百件？"

"是的。"

"这种衬衫要五十迪拉姆。"

"五十迪拉姆？"这次轮到伊琴娜吃惊了。

"当然，它需要一个工人全手工制作，必须认认真真地忙上一整天。有时候还需要两天。"

她看了看吕克："那就需要六英镑，不行。"

"一百件衬衫的话我最多能给你让到每件三十迪拉姆，一百件的话就是三千迪拉姆。"店主说。

"非常抱歉,可我买不起。"

"你能出多少钱?"

"我想找那种不超过十个迪拉姆的衬衫。"伊琴娜说。

店主把这件昂贵的黑衬衫仔细地折起来,低头盯着衣服笑着说:"我有你要的那种十迪拉姆的衬衫。"他把衬衫放好,径直走到店铺前面。然后从一堆衣服里掏出了一件黑衬衫,举到伊琴娜面前,"质量很好,每件十个迪拉姆。一百件的话,我可以让到六百迪拉姆。"

伊琴娜看了看衣服,又望着吕克说:"你看,这更像那件白衬衫,所有的边都是缝上去的。"

"但这个用的是黑线。"店主指出了不同之处。

"黑线?"吕克不解地问道。

"当然,"他使劲拽了拽那个缝边,以表明它已经牢牢地钉在了衬衫上,完全不会脱落,"非常结实。"

"黑线很结实?"

"更结实。"

直到太阳落山他们才头昏脑涨、筋疲力尽地从市场里走出来,就像是刚从马戏团的帐篷里出来似的。他们来到了德吉玛广场,还没走近就听到巷子里传来阵阵喧闹声,像是海水冲过缓冲沙丘一般。此时广场上的人比下午又多了好几倍。数不清的男人们用鼓和铙敲打出统一而单调的节奏。火盆、油桶冒出的烟夹杂着香料和可口的香味漂浮在半空中油腻腻的蓝色花环之间。一瘸一拐的小狗不停地斜穿过广场。

"我要坐一会儿。"伊琴娜说。

"你饿不饿?"

"饿了。"

"我也是。"

他们沿着楼梯走到二楼棕榈树咖啡馆的露台上,那里正好可以俯瞰整个广场。沐浴在暮光下的桌子都被人占了。

这时,一片喧嚣中一个带着浓重口音的人操着英语对着他们喊道:"你们两个开小雷诺的。"

说话的那个人旁边还坐了一位女士,他站起来,拉开旁边的两个空椅子说:"和我们一起吃吧。"

他大概三十多岁,中等身材,算上脚上那双西班牙靴子的高度也不到六英尺,一副巴巴里海盗打扮:蓝色的柏柏尔绣花背心,奶油色的亚麻风衣在夕阳的映射下中泛着粉色的光泽,胸前搭着一个货真价实的古董流苏皮包,一头金色长发被黑布罩住,那黑布裹了一层又一层。又浓又密的红色海象胡把嘴巴都遮住了。

那女士也嫣然一笑,站起来迎接他们。她看起来比那个海盗模样的男人年轻十来岁,即便穿着平跟鞋也比那男人稍高一些。她也戴了一块头巾,铁锈红,丝质面料,丝巾的颜色和她的发色十分相近。她穿着一件普通的长款白色衬衫和一条白色灯笼裤。

"你们好!"待他们走近时她热情地打了声招呼,然后抱了抱伊琴娜,亲了亲她的脸颊。紧接着是吕克。她的头发上应该是抹了某种头油,辛辣的味道刺激到了他的脸和嘴巴。

他们是在从阿尔赫西拉斯到丹吉尔的渡船上认识的,四个人在一起喝了不少啤酒。那个男人叫罗尔夫,德国人,他来这里是给自己在慕尼黑的精品店采购摩洛哥商品。女士叫敏卡,是他的南斯拉夫女友。他们说的是英语,这也是罗尔夫和敏卡之间的通用语言,敏卡似乎不太会说德语。

后来大家都回到停在渡轮上的汽车旁。吕克和伊琴娜走到如同被沙石洗礼过的雷诺旁边,罗尔夫和敏卡回到泥泞不堪的黑色捷豹汽车前。罗尔夫非常钦佩他们敢于开车走进非洲腹地的勇气。"开着这辆小雷诺就敢过来,你的确比我勇敢。"说话时,连他那神秘的胡子都忍不住欢快起来。罗尔夫说的每一句话都像是从贝利兹翻译磁带里学来的。

此刻他又问道:"那么说你们一直开着这辆雷诺?"

"是的,它很棒。"吕克说。

"那你们找到衬衫了吗?"敏卡问道。

"没有,"伊琴娜说,"我们刚才在露天市场里逛了几个小时,明天再去看看。情况并不太理想。"

"当然,"罗尔夫说,"他们拿的都是专门卖给游客的衣服,价格也是卖给游客的价格。你们必须直接找到厂家。"

"我们明天就是这样打算的。"吕克有些恼怒,听出了罗尔夫的话外之音:他们是无知的乡巴佬,会被骗走所有的钱。吕克已经了解到这些了。

"真是令人难以置信,马拉喀什,不是吗?"敏卡甩了甩头发,笑盈盈地望着吕克和伊琴娜,"你们是昨天晚上到的吗?"

"不是,是今天早上。"伊琴娜说。

"看!"她对着露台挥了挥手,"德吉玛广场!真是太棒了,不是吗?真像是童话世界!"

"你们开了整整一夜?"罗尔夫问道。

"没错。我们轮换着开,一个开车,另一个睡觉。"吕克说。

罗尔夫说:"我们昨晚在得土安[1]。今天开车来这里,用了四个小时。然后在酒店订了一间很棒的房间,是温斯顿·丘吉尔住过的。他经常来这里。"

"很高兴认识你们,"敏卡说,她碰了碰伊琴娜的手臂,又望着吕克说,"离开丹吉尔后我一直在想念你们俩。"

晚餐是蒸粗麦粉、塔吉锅和厚厚的原色摩洛哥面包,他们还喝了

---

[1] 摩洛哥西北部城市。——译者注

两瓶摩洛哥冰白葡萄酒。

由于开车太过劳累,他们很快就昏昏欲睡,精神恍惚般地咯咯笑个不停。

"我们要走了。"当伊琴娜的头挨到吕克的肩膀时,他说。

"明天来酒店和我们一起吃晚餐吧。"敏卡说。

回到旅馆后他们表现得像继兄妹一般随意。可到目前为止他们只在雷诺车上共度过一夜。

他们轮流去楼下大厅拐角的浴室冲澡。散发着牙膏清香味的伊琴娜回来了,她穿着T恤和内裤躺到了床的一侧。房间里的灯光很暗,吕克走过去把它关上了。他脱得只剩内裤,然后爬到了床的另一侧。外面的路灯透过百叶窗照进来,周围一片昏暗。

"吕克?"

"什么事?"

"谢谢你陪我来这里。"

"哦,这个……"他在思考如何回答更合适,既不太过随便,又不会显得太过热情。他不会告诉她,这是他有生以来做过的最开心的事情。"很好玩。"他这样回答。

他试探性地把手搭到她的肩膀上,她也动了一下。接着,他听到了均匀的呼吸声:她睡着了。

过了许久他才睡着。

五

"衬衫?"在问过他们要到露天市场买什么后,旅馆的门房惊讶地问道。

"没错。"伊琴娜拉开挎包拿出那件黑衬衫,举起来问道,"我想买这种衬衫,你知道在哪里能找到吗?"

他把头向后仰了仰,发出一连串高亢的音符,就像一阵傻笑声般:"你打算买多少件?"

"可能要一百件吧。这要取决于价格。"伊琴娜说。

"一百件衬衫?"

"是的。"

门房用手示意他们坐到庭院里喷泉边的桌子旁:"二十分钟后,我找人带你们过去看衬衫,先坐一会儿,我给你们倒茶。"

"我们已经去过露天市场,看过那里的大部分衬衫了。"伊琴娜说。

门房摆了摆手指,用舌头弹了个响嚆:"不是露天市场。到时候你们就知道了。"

十五分钟后,他领来了一个十二岁左右的男孩。不是他们之前见到的那种街头小混混,而是一个健康干净的孩子,穿着平整的蓝色短裤和白色短袖衬衫,看起来像是学校制服。"这是我儿子约瑟夫,他会带你们去看衬衫。"

"非常感谢。"伊琴娜说。

约瑟夫很害羞，但充满了强烈的使命感。他点了点头，他们跟着他朝外面走去。

约瑟夫带着他们走过一条条看起来没什么不同的街道，朝着和德吉玛广场相反的方向走去。他步伐稳健，透过肩膀就能感受到那份责任感紧紧伴随着他。当吕克和伊琴娜试图和他并排走时，他总会加快脚步。最后他们来到了一个地方，不是露天市场，也不是什么景区：垃圾遍地，到处都是货车、油桶，还有摇摇欲坠、由木板拼凑成的简陋棚屋，一堆堆皱巴巴的剩菜；木工车间上堆满了木屑；家具店的院子里散落着棉花废料；加工铁器的棚子里尽是一堆堆生锈的盘子。

"吕克，"伊琴娜拽着他的袖子说，"这里就是多边形区。"这个西班牙词语特指那些在大城市边缘的工业区。孩提时，伊琴娜经常和父亲一起去马纳科尔的多边形区，杰拉德总是带着一块块破碎的机械装置去那里焊接，或者买上好多袋钉子或镀锌螺丝回家。

"我想是吧。"吕克说，他几乎没来过这种地方。

约瑟夫用鼻子闻了闻，就像小狗总是能嗅到好吃的东西一般，又带着他们穿过了拥挤的小胡同。他们经过一排长长的棚屋，里面摆放着布匹，布都挂在竿子上，由于刚刚用植物染料染过色，还在向下滴水。吕克和伊琴娜一路小跑跟在后面，好几次都因为左顾右盼而差点摔倒。

男孩放慢了脚步，走进一家没有门楣的店铺。他们随着他走进一间屋子，过去可能是间小旅行社的办公室。墙上依旧挂着已经晒得发黑的环球航空公司海报：其中一张是自由之钟，上面写着"费城"，下面写着"环球航空"；另一张海报上的卡通牛仔靴里喷出一个卡通树形仙人掌和一根高尔夫球杆，上面的文字是"亚利桑那州——环球航空"。整个房间只有一张孤零零的桌子,上面放着许多法航飞机和摩洛哥皇家航空公司双引擎客机的模型。

约瑟夫对着坐在桌子后面的女人说了几句话,她裹着头巾,身上的灰色长袍扣得紧紧的。她瞥了吕克和伊琴娜一眼,然后站起来朝后门走去。

没多久她就回来了,身后还跟了一个男子。吕克觉得他长得很像欧内斯特·海明威的弟弟:身材高大,胡子花白,白发,平头,一张睿智的面孔看起来很安详。他和约瑟夫握了握手,约瑟夫又对他说了几句话。然后,他和吕克握握手,随后把手放在胸前。他没有去握伊琴娜的手,只是点点头以示问好。

"我叫拉希德。"他自我介绍说。

吕克和伊琴娜也自我介绍了一番。

拉希德和约瑟夫用阿拉伯语交谈了几分钟,其间拉希德只是偶尔礼貌地瞥了吕克和伊琴娜几眼。他饶有兴趣地问了约瑟夫不少问题,男孩说了一大堆保证的话。最后拉希德又点了点头。

"他们到底在说些什么?"伊琴娜低声问道。

拉希德转过身问道:"你们想找什么?"

伊琴娜拿出了那件黑衬衫。拉希德接过去仔细看了看布料、下摆和领口的刺绣,然后面无表情地还给伊琴娜。"你只要黑色?"他问道。

"我也想看看白色。"

"来吧。"

他们跟着他穿过后门,先是走过一间堆满捆好的布匹和纸箱的闷热的屋子,最后又穿过一道门。

他们来到一间长形棚屋里,其上是低矮的瓦楞屋顶。窗户里透进来的光和挂在天花板上的日光灯把屋子照得透亮。屋子里大约有二十个工人,从小孩到老人——可能是一个大家庭的四代人——有的坐在桌子旁，有的坐在铺着毛毯的地板上。大部分人都在缝纫。四个男人站在一个闪闪发亮的长条桌子旁，手里举着又大又重的剪子把布裁开。房间里很热，角落里和重要的位置放着几台电风扇。

"这是我的工厂。"拉希德说。他带着他们走到一张堆着白衬衫的桌子旁，拿起其中一件。这和之前在露天市场里见到的差不多，一条条花边都是缝上去的。不过这件衣服的布料更为精细，手工也更为整齐。

"很不错，"伊琴娜说，"不过我想要那种领口一圈有刺绣的衬衫。"她再次举起自己那件黑衬衫，"就像这件。"

"当然有。"拉希德说。他又带着他们走到棚屋的另一端，四个戴着面具大小的潜水镜的中年妇女坐在地板上。她们身上的长袍和坐的垫子十分相像，看上去就像是几个走样的沙包上长了张戴着眼镜的脸。对面是一台超大电风扇，徐徐的微风中夹杂着湿漉漉的汗臭味和廉价香水味。女人们朝吕克和伊琴娜害羞地笑了笑。他俩也用微笑回应。拉希德拿起一件淡紫色的衣服递给伊琴娜。那是一件长款衬衫，袖子和下摆上都绣着深紫色的刺绣，工艺相当复杂，是那种环环相扣的织法，就像蕾丝一样。

"好漂亮。"伊琴娜不禁感叹道。

拉希德只是挑了挑眉毛说："是的。"

"你们能在领口的这一圈绣上花吗？"她又一次举起那件黑衬衫，"就像这样？"

"可以，"拉希德说，接着他又亲切地补充一句，"不过我们做的肯定比这件好。请把这件衬衫留给我，你明天再来。"

六

皎洁的月光下,雷诺车正在朝酒店旁的停车场靠近,那里停了很多辆黑色和白色的标致、雪铁龙和梅赛德斯。

"我没有看到他们的捷豹,"吕克说,"说不定他们已经忘了。"

"才过了三个小时?"

他们在露天市场里又碰到了罗尔夫和敏卡,敏卡再次邀请他们一起到宾馆吃晚饭。

"我觉得他们都是瘾君子,就他俩。穿的都跟克劳德·勒鲁什的电影似的。"

停好车后,两个人朝泛着柔光的宾馆入口走去。高大的赭色外墙,整个宾馆如同被棕榈树环绕、带着炮栏的城堡,入口是摩尔式建筑风格。这里风格典雅,和喧闹的露天市场完全不同,在这座千疮百孔、饱经风霜的古老旧城中显得十分不真实,仿佛是迪士尼动画里的阿尔罕布拉宫。

快到门口时,伊琴娜停了下来,转向吕克问道:"我看起来还好吗?"

她用蘸着橄榄油的手指理了理头发,丝滑的黑发从中间一分为二,搭在肩膀和后背上。一对大眼睛和雪白的牙齿闪闪发亮。她没有穿文胸,在宾馆灯光的映射下可以看到挺立在衣服下的小小的胸。

"伊琴娜,你看起来美极了。"

"谢谢你,"她也仔细端详了他一番,白色的李维斯修身棉布T恤,"你也一样。"

"丹尼斯和索菲没在这里真是太不幸了。"

伊琴娜隔着T恤拧了他一下。

我们今晚会做爱的。他心想。

然后,两个人走进了大堂。

罗尔夫和敏卡正坐在吧台前,拿着酒杯,吸着香烟,眼睛紧盯着远方,两个人都没有说话。敏卡先看到了他们;她笑着对他们挥了挥手。罗尔夫转过头,看着正在走过来的吕克和伊琴娜,又对敏卡说了一句话。她似乎没有听到。她站起来倾身向前,和他们一一拥抱和亲吻。

"你们能一起来吃晚餐真是太好了!"敏卡说。

"你们找到衬衫了吗?"他们落座时,罗尔夫问道。

"差不多吧,"伊琴娜说,"我们遇到了一个男人,大概是衬衫工厂的老板,他正在赶制样品,明天拿给我们看。"

"那价格呢?"罗尔夫又问道。

"他说等我们看到样品后再谈价格。"

"哈,哈,到时候他就会罢工。一旦你喜欢上那个样品,他就会这样抓住你。"他的手突然向上一抓,就像抓着一只想要逃跑的鸡的脖子一般。

"然后,如果你喜欢的话,会怎样呢?"敏卡不理会罗尔夫的话。

"好吧,如果能在价格上达成一致,我们就看他能给我们提供什么,还有就是需要多久。"

罗尔夫和敏卡聊了聊他们为慕尼黑的精品店购买了哪些东西。皮质柏柏尔包、柏柏尔拖鞋、地毯、水烟、衬衫和背心,还有他们付了多少钱,怎么运回德国,等等。九点钟,一个穿着制服的侍者走过来,告诉他们餐桌已经备好。大家都站起身跟在侍者后面。

餐厅里清一色的欧洲人,长相俊美、晒得黝黑,身上佩戴着摩洛哥饰品。有人进来时,他们只是漠不关心地抬头看一眼。

几个服务员走过来拉开椅子,安排他们入座。

"我们在外面没有看到你的车。"吕克说。

罗尔夫似乎很高兴他这样问:"哈,我们租了一辆车。标致就像一坨屎。来马拉喀什我一般都会开捷豹。从德国到这里真他妈的远。这里有一个很棒的机修师,我把车子在他那里放几天,他会把速度调好。"

"从德国到这里一定会耗掉不少汽油。"

"哈,非常耗油。"罗尔夫说,"要好几千法郎、比塞塔和迪拉姆。不过很值得。"他又聊到了自己的旅行经历,穿过摩洛哥去里夫、阿特拉斯山脉、地中海沿岸的胡塞马群岛,还有一切是如何被嬉皮士旅行给破坏殆尽的。"晚饭后你愿意到桌子上玩两圈吗?"他问吕克。

"哦,"敏卡语带厌恶地说,"他就喜欢赌博!你们会把所有的钱输光的!"

"不,我不想去。"吕克说。

"我的运气一向很好,"罗尔夫说,"因为我是叙尔特人,一个来自叙尔特岛的男人!"

"哦,不,拜托了!"敏卡说。

"哈,我是叙尔特人。"

敏卡劝阻道:"不要开始。"

"你不喜欢我那首动人的歌曲?"罗尔夫说。

"什么歌?"伊琴娜问道。

"不!他要开始唱了。"敏卡不高兴地说,不知道是真的还是装出来的。

"《我是叙尔特人》，"罗尔夫说，"这是叙尔特岛最受欢迎的流行歌曲。你们不知道？"

敏卡试图用手捂住伊琴娜的嘴巴。"我可不这样认为。"伊琴娜笑着躲开了。

"它是一九六四年欧洲歌曲大赛德国区的第二名，在叙尔特，整整一年它都是排名第一。"

敏卡对着吕克和伊琴娜翻了翻白眼。

罗尔夫向后靠在血红色的沙发靠背上，眼睛望着远方，开始毫无畏惧地用低沉优美的嗓音唱起来："我是叙尔特人，我是叙尔特人，我的家在海边……"

敏卡把头依偎在伊琴娜的肩膀上，撇着嘴巴，就像被打了一顿似的。伊琴娜一边笑一边看着罗尔夫的表演。

"我的父亲和他的父亲，他们和他们的父亲……"罗尔夫缓缓闭上眼睛，"都是水手。"

吕克头晕得厉害。他们喝了很多酒，又到酒店花园里吸了不少烟。黑暗中，他躺在床上，等待伊琴娜从浴室回来。

昨天晚上，她躺在他旁边睡着了。他们打算将这种礼貌的继兄妹关系持续多久？她表现得如此轻松，难道是真的因为丹尼斯和苏菲的关系，或者她真的爱上了那个五弦琴手丹尼斯？难道她觉得以一个妹妹的身份和他在一起也很好？她不再喜欢他了？曾经有一次——也许不是：也许那个夏天对她的影响要远远大于对他的影响。要是换成其他人，他早就下手了。可是面对她，他本能地觉得不能冲动行事。这是伊琴娜——毕竟——不是什么一夜情。最后他决定顺其自然，无论这个"自然"会持续多久。

演奏五弦琴能挣到钱吗？

他一定睡着了。她爬上床。伊琴娜没有用香水，但她身上散发着阵阵香味——他不知道那是什么，也不知道是什么味道，他只知道这香味是她的，他不停地呼吸着。他闭着眼睛，歪了歪头，深吸一口气，就像从未呼吸过一般。她身上散发着一股潮乎乎的麝香味……

当她醒来时，已有微光从百叶窗的缝隙中透出。她知道他们要……她很想，她知道他一定也很想。第一个晚上她先睡着了。第二个晚上他又睡着了。他能这样尊重她真的很贴心。不过他很快就要醒了，她要赶紧行动起来。她悄悄溜下床，冲向浴室。

在浴室里她仔细检查了一番——她的例假就快来了，不过还差几天。她已经为他准备好了。

等她回到房间里，吕克已经穿好衣服站在了窗前。百叶窗已经打开，他望着外面的街道。

他转过身来。"嗨，"他说，"你还好吗？"

"我很好。"伊琴娜说。

"我到楼下喝点儿咖啡，你慢慢来，可以吗？"

"很好，谢谢。"

七

拉希德带着他们走到那个长长的棚屋的最后一间房子里。那里似乎没怎么用过，布置得相当正式，地毯上放着几个垫子。墙上孤零零地挂着一幅已经褪色的镶框彩色照片：巨大的广场上，一群穿着白色长袍、留着胡子的男人在大口喝酒。

"请坐。"拉希德指着坐垫说。

吕克和伊琴娜正要坐下，一个端着铜盘的女孩走了进来，托盘上放着一个银色的茶壶和三只小杯子。她把托盘放到地板上后就离开了。拉希德也坐了下来："你们喝点儿茶吧？"

"谢谢你。"吕克说，他又回过身对着伊琴娜笑了笑。

拉希德高高举起茶壶，离地板大约有十八英寸，然后上上下下地摇了几次，热气腾腾的绿色液体顺着壶嘴流进了玻璃杯里。他把两只杯子分别放到吕克和伊琴娜面前，然后端起了自己的那只，"请。"他说。等他们俩抿了一口甜甜的薄荷茶之后，他才开始喝。

"稍等一下。"说完，他就站起来离开了房间。

"最好把它一口气喝完，"吕克说，"这是礼仪。"他很喜欢这种在摩洛哥无处不在的薄荷茶。不过伊琴娜却觉得这茶太甜了，一点儿也不好喝。

"那样的话他还会给我倒。"

拉希德回来了,手里拿着两件挂在铁丝衣架上的衬衫,一件白色的,一件黑色的。他把它们放到吕克和伊琴娜面前的垫子上,坐了下来。"请看。"拉希德说。

伊琴娜拿起了那件黑衬衫。领口、下摆和袖口都有严密的锁边,不是那种简单的裁剪。她仔细端详着领边的刺绣和缝在胸前的小纽扣。黑色的棉布非常精细,轻薄柔滑,但不算很透,折叠的地方有着天鹅绒般的光泽。稠密而精致的黑色刺绣就像蕾丝一般。

"真漂亮。"伊琴娜低声赞叹道,一双褐色的大眼睛转向吕克,"真的很漂亮,就是这样的。"

"你喜欢那件白色的吗?"拉希德问道。

伊琴娜把手里的黑衬衫递给吕克,然后拿起了自己面前那件白衬衫,布料很精致,同样十分柔软。领口的刺绣虽不如黑色那件显眼,但面积更大。整件衣服就像是一团柔和的锦缎。

"这件真精美。"伊琴娜再次用英语赞叹道。她又用法语对吕克说:"它们都很精致,太漂亮了。"

他点点头。"这是不是你想找的那种?"他问道。

"哦,是的,但比我想象中的还漂亮。"

"好。"拉希德微笑着点了点头,"你买这些衬衫打算做什么?不会只是穿吧?"

"不,我打算把它们卖掉。"

"我猜也是这样。"拉希德说。他拿掉眼镜,长长地啜了一口茶,这样的话水到嘴里也不会很烫了。他放下眼镜,舔了舔嘴唇说:"你打算在哪里出售它们?"

"西班牙,也可能在伦敦。"伊琴娜说,"我认识一些开服装店的人。我会问问他们愿不愿意买这些衬衫,或者替我销售。我还不太确定。"

"那你现在还打算买一百件衬衫吗?"拉希德问。

"这要看衣服的价格。不过这些衬衫——你的衬衫——非常漂亮。这是我见过的最好的衬衫。没错,如果价格合适的话我想买一百件。"

"如果所有的衬衫都卖掉了,这一百件都卖掉了,"拉希德说,"你打算怎么办?"

"如果我能把它们卖到一个好价格——足够,你知道的,值得我的马拉喀什之行——我会回来,找你买更多的衣服。说不定会多得多。"

拉希德严肃地点了点头。他啜了口茶,舔了舔嘴唇。他望着墙上的那幅画,又看了看伊琴娜。"一百件衬衫的话我会卖给你——"他抬起手,手指一根根地举起,"一件四迪拉姆。一百件衬衫,四百迪拉姆。"说这话时,他的眼睛紧盯着吕克和伊琴娜。

伊琴娜迅速瞥了一眼吕克,虽然她面无表情,但他还是看到了她眼睛里进出的亮光。她又看了看衬衫,最后把目光落到拉希德身上。"一件四个迪拉姆?"她问道。

"没错,"拉希德说,"这个价格非常便宜,我想你应该知道。但也只有这一次。我愿意协助你在伦敦开拓你的衬衫生意,我觉得你一定能赚到更多的钱。"

"是的,我也是这样想的。"伊琴娜谨慎地说。

"如果你还要回到马拉喀什买衣服——"他把头向左右各摇了一次,"我会给你一个稍微高一些的价格。估计一件衣服五个或六个迪拉姆。到时候再说。不过,现在,这次,你可以以这个价格买一百件衬衫,看看你能不能赚到钱。"拉希德再次抬起头,啧啧地喝了一口茶。

他们像做贼般快步穿过多边形区破破烂烂的街道。

"我简直不敢相信!"伊琴娜兴奋极了,她一会儿扯着吕克的衣袖,一会儿跑到前面,一会儿又回过头来拉着他,"一件衬衫只要十个先令！它们比我买的那件要好上太多！我肯定能卖掉它们。赚到钱后再回到这里买更多的。真是太棒了！这个拉希德为什么这么好？我们甚至都没有和他讨价还价。"

"也许你应该还一下。"

"我觉得他会立刻开出更高的价格。你还记得露天市场里的价格吗？这真的是批发价。四个迪拉姆的话他赚不到多少钱。"

"好吧，我觉得他肯定不会亏本给你，不过，他显然对你要做的事情很感兴趣。他是在对你投资。"

"是的，是的。但是为什么呢？"

"因为那样也等于给他自己开拓了一个新的市场。谁知道以后会怎么样？他看好你，还有你要做的事情。他是一个很好的生意人。他相信你。"

伊琴娜高兴地跳起来大喊了一声。她不停地转圈，搂住吕克的脖子，慢慢朝他靠近。然后抬起脸，轻轻地吻住了他的嘴。突然，她又一下子跳开了，使劲地拽着他的胳膊。

"走，我们去大吃一顿。"

"开小雷诺的年轻人。"

一辆大而雅致的银色标致车里传来了罗尔夫那单调的声音，车子缓缓停在了他们即将走近的十字路口中央。

"嗨！"坐在乘客座位上的敏卡探出头来。她跳下车，完全不顾周围的小货车、自行车和行人。"来和我们一起吃午饭！"她大声喊道，"我们要去海边吃午饭！那里非常漂亮！你们一定和我们一起去！"

透过太阳镜，吕克和伊琴娜相互看了一眼，伊琴娜笑了。"很漂亮的地方？当然去！"

敏卡拽着他们的胳膊朝标致车走去。

八

罗尔夫带着他们穿过雾蒙蒙的米色平原。吕克端坐在副驾驶上,尽量不去在意敏卡的腿正抵在自己的座位后面。她正和伊琴娜一起手舞足蹈地大笑不已。

"我觉得从马拉喀什到海边有一段很长的路。"他说。

"哈,那是开你的小雷诺。"罗尔夫说,"不用的,哥们儿,一个小时就能到了。"

测速指针在一百八上面颤动着。

"晚饭前回到马拉喀什,是不是?"吕克问。看着公里数的攀升,他有种被绑架的感觉。

"是的,不过你们一定要看一看索维拉海滩,"敏卡说,"那里美得不可思议。你们肯定不敢相信。它向远方无限蔓延着。"

"不像马拉喀什的那些小海滩,"罗尔夫说,"我不相信你们竟会喜欢那里。那里糟透了,不是吗?"

"这要看你去哪儿了。"吕克说。

"曾有一个游艇上的家伙,他可是一名真正的海员,横渡过大西洋,他告诉我亚索尔岛非常酷,哥们儿,"罗尔夫说,"不过,除了葡萄牙人,没人去过那里。当然去那里也不容易,就像马略卡一样。必须中途先飞到美国。对于假期旅游来说太远了。地中海彻底完蛋了，伙计。"

"南斯拉夫海岸线还没有受到破坏。"敏卡说。

"南斯拉夫，南斯拉夫，"罗尔夫念叨着，"现在所有人都去南斯拉夫。或者去土耳其，这个'新希腊'。等你听到这些信息时，已经晚了。那些地方都被破坏了，哥们儿。"

伊琴娜把头倚在靠近敞开的车窗的靠背上，阵阵疾风扑面而来。她转过头，背着风对前排座位上那个一头金发的日耳曼人说："现在去马略卡岛的游客半数都是德国人。"

"哈，我知道，去他妈的游客，哥们儿，包括德国人，"罗尔夫说，"现在到处都是游客。我希望他们没有来亚索尔。说不定他们正在去南斯拉夫的路上。你们也会厌烦马略卡的，哥们儿。还有更好的地方。"

"我母亲就是马略卡人，"伊琴娜说，"在德国人没去之前我家就在那里了。在德国人占领各个地方之前。"

"哈，但你是个英国女孩。我能听出来，你不是西班牙人。我特别善于辨别口音。你不是个乡下人。"

伊琴娜突然冒出一大串马略卡方言，吕克也只能听懂其中的一部分。令人惊讶的是，说这话时的伊琴娜似乎变成了真正的地中海乡下女孩，高高仰起头，下巴对着罗尔夫。

"是的，这个叙尔特人就是头猪猡。"敏卡一脸严肃地说。

一个半小时后，时间已近正午，他们即将抵达海岸。罗尔夫一个左转弯，经过一排壮观的索维拉古麦地那防御城墙。右边是海滩和海水，向南绵延数公里。微微晃动的茫茫热浪如同跑道般消失在薄雾中。矮小的木堡酒店和公寓楼坐落在公路对面。沿着海岸行驶了五分钟后，车子慢慢减速，路旁种了很多低矮的植被，叶子上落满了灰尘。又一个转弯，车子顺着沙石路来到了一栋低矮的混凝土建筑前。从覆盖着茅草的大露台能眺望到沙滩和大海。白灰粉刷的墙上写着几个蓝色大字：邦戈酒吧。

"邦戈酒吧，"罗尔夫一脸满足地说，"这里有摩洛哥最好的海鲜，哥们儿。都是从大西洋里现捞的。"

他把车停在一个遍地沙石的停车场上，虽然很不像样，但已经停了不少辆车。他们走下车，在强烈的日光下不禁眯起了眼睛。

罗尔夫在酒吧门口停下了脚步，他站在那里，面向大海："只有叙尔特人——或腓尼基人——能告诉你为什么自史前时代索维尔就在这里了。这个小镇比罗马帝国还要古老。你为什么这么认为？"

"我放弃。"吕克说，他觉得口渴极了。

"防御，哥们儿。"他朝小镇北边长长的地峡挥了挥手，那地峡一直延伸至大西洋的岩石码头，"这里经常刮北风，总会带来一阵阵巨浪。"他又转过身伸出一根手指，"除非刮南风。"然后又像魔术师一般挥了挥手，大家只好顺着他手指的方向望去，最后落在一座离海岸大约一英里的棕色小岛上。"那是莫加多尔岛，拦住了南边的海流，所以才有了这个大西洋沿岸最好的锚地和最古老的非洲小镇。"

"真是太棒了，"吕克说，"我们去喝一杯吧。"说完，他便拉着伊琴娜的胳膊从罗尔夫身旁走进酒吧里。

餐桌上的罗尔夫还在继续自己的演讲："那些腓尼基人，哥们儿，他们来到这里。他们是世界上最伟大的商人。三千年前，他们驾船驶出地中海，在北面遭遇狂风，他们只好向南航行到索维拉。就停在了这里。后来他们又向南行驶，因为无法抵挡北风。他们走啊走啊，直到有一天，他们回头一看，太阳不再是从左边升起，落到右边，那可是他们之前一直看到的场景。现在的太阳是从右边升起，也就是他们的北面，然后在左边落下。他们完全不知道自己在什么地方了，哥们儿。所以只能继续前行，不过视线范围内一直都有陆地，这样他们就不会失去这个世界。最后,终于再次看到太阳从左边升起,在右边落下,他们回到了迦太基。他们觉得自己环游了整个世界。但实际上,他们只是环游了整个非洲。"

"那个时候有苏伊士运河了吗?"吕克问道。

"他妈的,哥们儿,腓尼基人才不需要什么该死的苏伊士运河呢。"

一个摩洛哥人走到桌子旁。罗尔夫站起来给了他一个拥抱,"穆斯塔法!我的朋友!"他说。他似乎很珍视过去的温暖记忆。穆斯塔法是个身材矮小的中年人,穿着侍者一般的白衬衫和黑裤子,他接受了罗尔夫的拥抱,却保持着不温不火的态度。

"鱼!鳕鱼!金枪鱼、鱿鱼炸薯条!都要最好的!"罗尔夫说。

穆斯塔法抬了抬下巴,舌头打了几个响嘣说:"没有鱼。有烤羊肉串、牛排和蒸粗麦粉。"

"没有鱼?"罗尔夫有些不敢相信。

穆斯塔法叽里咕噜地说了一通,眼睛不时地朝吧台后面望去,一个摩洛哥男人正在那里斥责一个女人。"烤羊肉串、牛排和蒸粗麦粉。"穆斯塔法再次把目光落到罗尔夫身上,重复道。

"没关系,"他对同伴说,"都是索维拉最好的。"他看着旁边一桌晒得黝黑的荷兰游客,完全听不懂他们的语言。吕克觉得很像是口吃的人在说英语,除了长期生活在一起的家人外,没人能理解。

"很好,是不是?"罗尔夫问道。

"是的,是的,"荷兰人说,"很好,很好。"

五点钟,酒足饭饱的他们站了起来,罗尔夫说:"我们在这里过夜吧,好吗?现在开车回去太晚了。"

"绝对不行,"伊琴娜说,"我们必须回到马拉喀什。"

"哦,哥们儿,太远了。我不想开车了,我想休息一会儿。"

"不行,罗尔夫!"敏卡也不同意,"我不要在索维拉过夜。所有的东西都还在宾馆里。我们必须回去。"

"罗尔夫,"吕克开了口,"你说过来这里吃午饭的,这里确实很不错,海滩很美。但我们都是来工作的,所以必须回去。我愿意开车。"

"我开,哥们儿。"

他们终于回到车子里。罗尔夫朝小镇方向一路向北行驶。突然,他放慢了速度,拐进莫加多尔宾馆的院子里,那是一栋毫不起眼、死气沉沉的新楼房,有着桃心拱门。

"我要大便,哥们儿。"罗尔夫说。

然后他突然把车停在了门口的斜坡上,匆忙冲到车外。三个笑容可掬的服务生从阴凉的树荫下走了出来。

"我要大便。"他一边挥手让他们离开,一边朝宾馆内走去。

二十分钟后,敏卡回到了车里。

"对不起,他已经在房间里了。他不会出来了。他说自己很不舒服。真的真的很抱歉!我也不想留在这里。"

宾馆大厅里——墙上挂着阿里巴巴式的匕首和假柏柏尔来复枪——吕克只好去问迎宾什么时候会有回马拉喀什的车子。

"六点钟。"

"什么?今晚没有了?"

"啊,是的。"训练有素的服务生微笑且同情地说出了这个不可改变的事实,"每天去马拉喀什的车子只有两趟,早上六点和下午三点。"

伊琴娜醒过来,跌跌撞撞地走进浴室。几次呕吐之后,吕克才彻底清醒。短促的咔咔声,就像打嗝一般,然后是一长串痛苦的抽搐音。昨晚睡觉时,他们都觉得很不舒服,因此只是相拥而眠。

吕克走进浴室,跪在伊琴娜身后,双手轻轻搭在她的肩膀和屁股上。她那垂落的长发有几缕掉进了马桶里,他帮着撩起来。她还在不停地呕吐和痉挛,就像生病的小猫一般。

他突然站起来,冲到水池旁,把昨天在邦戈酒吧吃的羊肉和蒸粗麦粉的残渣全部吐了出来。这时他回想起来,伊琴娜只吃了沙拉。

吐完之后,吕克拧开了水龙头。伊琴娜蜷缩着躺在地上,衣服湿透,面色苍白,眼睛紧闭,脸上全是一粒粒汗珠。

"我扶你回床上。"吕克一边说,一边竭力扶她起来。

"不要。"她有气无力地说。她突然站起来,身子前倾,手臂压住膝盖,接着一股液体从嗓子里冒出,直接喷到便池里。

"亲爱的。"吕克跪在地上。她的头依然抵在手臂上。吕克用手搂住了她的背。

"你也吐了?"伊琴娜声音嘶哑得问道。

"是的,不过我吃的是羊肉。"

"你也吃沙拉了,是沙拉的问题。"

"你现在能站起来吗?"

"不行。"

吕克觉得自己的五脏六腑都在绞痛。他迅速蹲下,两条大腿支撑着坐在浴缸边,然后,所有的废物都冲到了浴缸里。

"你想回到床上吗?"他问伊琴娜,她依然软绵绵地趴在自己膝盖上。

"不。"她拿了几张厕纸,冲了冲马桶,最后还是躺在了地板上。

吕克拿了块毛巾铺在地上:"躺到这个上面。"

他想把她挪到毛巾上,可她说:"我不行。"他把一块小毛巾放在水龙头下洗了洗拧干。然后坐到她身边,慢慢地把她身上的汗水擦干,然后又拿了一块大毛巾盖在她身上,隔着毛巾不停用手轻抚她。

"伊琴娜。"他轻轻喊道。

"嗯……"

"我真的很爱你。"

"哦,当然,"她的声音很小,像是从身体里发出的,"尤其是在这种情况下。"

"这种情况下最爱。"

她的手在湿漉漉的瓷砖上摸索到了吕克的脚。她的手指是那么冰冷,吕克把自己的手覆在了上面。

九

他睁开了眼睛。窗外太阳已经高高升起。昨晚半夜的某个时候,他们终于起身回到床上。他望着伊琴娜,黑色长发环绕着脸庞,橄榄色的皮肤变得蜡黄发灰,看起来就像昏迷了一样。他又躺下来,静静地听着她那缓慢而低沉的呼吸声。

他睡不着,起床走进浴室,轻轻关上门。他冲了个澡。回到床边时她还没醒。他穿上牛仔裤、T恤和运动鞋。走到门口时,他回头看了一眼伊琴娜,然后离开了房间。

她正在靠近海水的沙滩上散步,身上穿着一件风衣。她招了招手,两个人慢慢地向对方走去。

敏卡像遇到老朋友般地和他拥抱了一下。"伊琴娜在哪里?她也病了吗?"她问道。

"是的,我俩都病了。你呢?"

"我没有,感谢上帝,不过罗尔夫病了。又拉又吐,一晚上都是,恶心死了。我都要没法呼吸了,只好来这里。你好了吗?"

"好一些了。"

"伊琴娜呢?"

"她还在睡觉。"

"真是对不住！罗尔夫就是头猪，害的我们大家不得不待在这里。但是他病得确实很重。"敏卡望着清澈的大海，"好美，不是吗？非洲的边缘。"

波光粼粼的海面在阳光下向南北两边无限延伸，蔚蓝而平静。

"大海，是的。"吕克说。

"哦，我非常喜欢。真是不可思议，现在这里竟然一个人也没有。可能他们都生病了。"她仰着身子大笑起来，"我们去游泳吧？"

"你先去。我没有带毛巾和其他东西。"

"没关系！"

"我刚冲完澡。"

"哦，来吧，真的很棒。很快就能吹干了。看看这大海，快来吧！"她开始把他朝水里拉去。

"不，你去吧，我坐在这里就行了。"

"啊，没危险的！"

她脱掉风衣，一把甩到吕克头上。当然，里面什么衣服也没穿。她纵身一跃跳进海中。他看着她如同海豹一般在海浪中畅游。过了一会儿她上了岸，快速朝他奔来，然后紧紧拥住他——"拜托，我好冷！"——直到他也浑身湿透。

"现在你也得下来！"她拽掉他的衬衫，又把手伸向他的牛仔裤。

"行了，行了，我自己来。"吕克赶紧说。但她依然不松手，紧紧拉着他的牛仔裤。她拉着他朝大海跑去。

海水中，她终于松开了手，在阳光下自由地畅游，他慢吞吞地跟在后面。她仰面朝上漂浮着，像一片柔软的长叶子般在柔和的波涛中上下起伏。

吕克先从水里走了出来。他走到干爽的沙滩上，抱着膝盖坐了下来。

敏卡也从海水中慢慢走上岸。她仰起头，头发向后一甩，无数滴明亮的小水珠散落在空中。她微笑着向他走来。"你真苗条，罗尔夫就像一头熊，你看起来真是帅极了。"她走到他旁边躺了下来，把胳膊垫在头后，深深地呼吸了几次，"经历过臭气烘烘的宾馆后还能这样真不错。"

她的身上还挂着一串串水珠，沙子盖住了她的脚趾和大腿，阳光下的皮肤就像粉嫩的珍珠一般散发着迷人的光泽。

她睁开眼睛，眯着眼望着他："哦，躺下来晒晒太阳，感觉真不错。"

他躺了下来，但靠近她的那条腿依然蜷着，他闭上了眼睛。

"感觉很好，是不是？"敏卡问道。

"是的。"吕克说。随着身上的海水一点点蒸发，他的皮肤开始慢慢收紧。

敏卡抬起头，扭着肩膀面向他，然后伸出一条腿，把那温暖而潮湿的脑袋靠在了吕克的肚子上。她慢慢地低过头，直到脸颊贴到他温温的小腹上。她头微微抬起，望着他的脸。然后继续扭动，直到另一边脸颊也贴上了他的小腹。

"不，不要。"吕克说，但他的身子动也未动。

敏卡抬起头，又慢慢地朝他身上压去。冷热终于交汇在一起。

"请你停下来。"吕克说。他望着头顶一朵朵缓缓飘浮的云彩，它们覆盖着大海，渐渐地与非洲大陆融为一体。此刻，他和敏卡，还有天空下那么多烦躁不安的动物们看起来是那么渺小和微不足道。他想抬起手推开她，却触碰到了她的腰，于是，那手便顺着凹凸的臀部慢慢向上探索。"停下来，"他平静地说，"停……"

她顿了一下。"你真的想让我停下来？"

"我爱伊琴娜。"

"当然，"敏卡说，"她非常可爱。我也爱她。"她坐起来，朝四周看了看，然后岔开双腿坐到了吕克身上，身子慢慢向下伏去。

十

　　一头奶牛晃晃悠悠地穿过前面的右车道，而雷诺车正从拐弯处驶来。

　　"老天！"为了躲避那头牛，吕克只好拐向左道。

　　奶牛看到了他们的车子，停顿了一下，然后掉过头，朝左边飞奔而来。

　　"该死！"吕克只好把方向盘朝空出的右车道转去。可那头牛看到他们改变了线路，前蹄立刻来了个急转弯，朝着最初觉得安全的地方奔去。雷诺车的左前灯和前挡板猝不及防地撞到了右边的牛角，车子在摇晃中停了下来。

　　"妈的！"吕克大吼一声——只有这个词才能准确表达他此刻的心情——还有就是因为他手中的方向盘已经僵住，他们根本躲不开眼前的一切。他朝伊琴娜看了一眼，她已经爬出车厢，大喊着："哦，我的天啊，我的天啊，可怜的小东西！"

　　"别碰它！"吕克立刻冲到车外阻止她，"它可能会伤害你。"

　　"不，它不会的。可怜的小东西。"

　　"是头公奶牛——它有角。"

　　"你看！"她激动地指着某处说。

这个可怜的小家伙身下的乳房颤巍巍地摆动着，它还站在路中间，浑身颤抖，脑袋快要耷拉到地上。右边的牛角齐根削断，一滴血都没有。显然，这小家伙已经完全蒙了。

吕克看了看车子，前挡板被撞瘪了，垂落在左前轮上。黄色的车灯玻璃散落一地。

这时，一声叫喊——没有任何语言的单纯叫喊，不是愤怒，不是谴责，只是充满着悲伤的叫喊声从路边传来。一个头戴草帽，看起来很像是稻草人的男人朝他们走来。他的旁边还站着好几头奶牛。他一边走一边紧盯着那头受伤的奶牛。

"不好意思，先生……"吕克说，"我实在是没办法了。这头奶牛站在路中间，我想尽力避开它……"

牧牛人只是痛心地喃喃自语："呃……呃……"那声音越来越悲伤。不过并没有任何要责骂车子或开车人的意思。只有悲伤。"呃……呃……呃……"

那头受伤的奶牛缓缓走开了，朝着最初来的公路右边走去，朝着它的伙伴们走去。伙伴们还一脸茫然地望着眼前的事故。

牧牛人看了看雷诺车，然后走上前，用力拉着什么东西——牛的右角，它深深地嵌在皱巴巴的灯罩里。他把它拉出来——现在看起来就像一个未完工的牛角工件，介于长獠牙和小鹿角之间——悲恸地看着它。

"对不起！"吕克再次道歉。那个男人，个子比普通的小男孩高不了多少，满脸皱纹，大概是个中年人。他抬头看了看吕克，又低头看了看牛角，然后转过身，跟在牛群后面离开了。

"你还好吗？"吕克问伊琴娜。

"还好，"伊琴娜说，"只是那头可怜的小家伙……"

"好吧，那头可怜的牛已经在吃东西了。你看。"在路旁一块尘土飞扬的灌木丛里，那头顶着孤零零的一只角的奶牛正大口地咀嚼着小树叶。吕克转过身来："它已经没事了。我们才是真正的倒霉蛋。"

他走到车子旁边，试图把已经皱皱巴巴的前挡板从前轮上拽下来，可惜收效甚微。他只好回到驾驶座，尝试着转动方向盘，车轮不动。

"我们要不要把车弄到路边？"伊琴娜问道。

吕克启动了引擎，车子立刻发动起来。由于前轮被卡死，车子只能转着圈子行驶，还好是驶离路中央。前车轴的某处发出嘎吱嘎吱的摩擦声。吕克没有停下，一直把车开到了脏兮兮的路边，然后熄灭引擎："只能这样了。"

"你觉得我们不能把它修好？"

"好吧，即使能修好，修理费比车子本身的价格还高。而且需要花很长时间。我们不管它了。"

"好吧。"伊琴娜说。她打开驾驶座一侧的后门，把装满衬衫的大箱子，还有她和吕克的行李袋拖了出来。"你觉得我们应该搭个便车吗？"

"不管怎样，我觉得最先做的应该尽快离开这里。说不定会有人因为那头牛而恼怒。"

"那不是你的错。"

"我们必须拦下从这里经过的第一辆巴士，无论是去哪里的。如果是去北边，那就能到丹吉尔、拉巴特、卡萨布兰卡，或其他可以坐巴士去丹吉尔的地方。如果是去南边，我们就能回到马拉喀什，然后搭乘下一趟去丹吉尔的巴士或火车，行吗？"

"那样肯定会很贵。"

"我有钱。"

头一天，他们从索维拉回到马拉喀什，拿衬衫，打包，然后离开。疲惫的他们把车停在加油站，沉沉地睡了一觉。

伊琴娜望着尘土飞扬的草地上渐行渐远的牛群和牧牛人："可怜的

奶牛。"

"嗨，去他妈的奶牛，还有那个该死的摩洛哥放牧人，他任由那些牛在公路上溜达。那甚至不算是受伤，也许不久之后还会再长出一个牛角。我们却被困在这个偏僻的地方，身上还带着一百件衬衫。说不定很快会有一伙愤怒的贝都因人从沙漠里奔来，找我们索要赔偿。"

"吕克，车子弄成了这样，我感到很抱歉，但至少我们都没受伤，而且这一切真的不是你的错。我知道这确实很不幸。自从离开索维拉之后你的情绪一直都不好，可我知道这样对你没有任何帮助。"

"能不能不要再谈论他们了，拜托了？"

"我们不是在谈论他们，"她说，"我也不想。"

他们在马拉喀什与罗尔夫和敏卡告了别，气氛并不算友好。伊琴娜觉得他俩并不是真正的情侣，而是某种更为神秘的关系。

她坐到行李箱上，摘掉太阳镜，在棉衬衫上蹭了蹭，又重新戴上。她开始来回注视着公路两端。

公路是南北走向，两端朝远方无限延伸，似乎慢慢地融到了海里。行驶在路上的车子如同一块块由沸腾的原子组成的金砖一般模糊不清。渐渐地，黑色的轮廓变大，也越发清晰——吕克想起了奥玛·沙里夫《阿拉伯的劳伦斯》中令人难忘的首次亮相。但这些车子像低空飞行的飞机般，坐在里面的摩洛哥人如同看到火星人一样瞪大眼睛盯着这对带着超大行李箱的情侣，然后呼啸着离去。只剩下吕克和伊琴娜在扬起的尘土中安静地等待着下一辆车子的到来。

没错，他就是心情不好，他想赶紧离开摩洛哥，回到西班牙。回到那里，他才会安心一些，他们之间的关系才会回到来索维拉之前的状态。在撞到这头牛之前，他加速朝西班牙驶去，随着路程的一点点缩短，他的心情也慢慢地变好。

公路的南端又出现了一个小点，然后逐渐清晰，最后终于看到了光滑而闪亮的黑色车身。

"他妈的,"吕克小声咕哝着,"真是难以置信。"

伊琴娜站了起来,望着渐行渐近的车子,又看了看吕克说:"我不想和他们一起。"

"相信我,我也不想,但他们的方向和我们一样,还有,我觉得我们必须尽快离开这里。"

车子越来越近,慢慢减速,最后停了下来。

"他妈的,哥们儿,你的小雷诺怎么了?"罗尔夫透过敏卡那侧的车窗问道。他和敏卡从车上下来,先看了看车子,又看了看伊琴娜和吕克。"你们还好吗?"敏卡问道。

"我们撞到了奶牛。"伊琴娜指着远处那群还在晃晃荡荡的牛群说,"就是它们中的一头。"

罗尔夫和敏卡顺着她指的方向望了过去,然后看了看已经变形的车子说:"是的,哥们儿,你真是太倒霉了。看来这辆小雷诺也是走到尽头了。"

他转向他们:"好吧,那我们载你们一程,你们还是要去阿尔赫西拉斯,是不是?"

"谢谢,可是你们车子空间不够了。"伊琴娜说。

他们已经把标致车还回去了。现在开的是调试过的捷豹,车顶的行李架上已经放了两个行李箱,车里也塞了很多行李,车子底盘很低,几近贴着地面。

"没关系的,哥们儿,可以把你的行李箱放到我们的上面。你们带着那些衬衫都上来吧。"

这一次,罗尔夫的车速要比回索维尔的路上开着标致车慢很多。他谨慎小心地穿过一座座小镇。捷豹车似乎也感受到了新乘客的重量。

坐在后排的吕克佯装睡觉,旁边的伊琴娜和敏卡一路上聊个不停,最后吕克真的睡着了。

到了丹吉尔，在船员的指挥下罗尔夫把车子开上了渡轮。他们从车上下来，顺着楼梯走到乘客甲板上。

"我们在酒吧见，行吗？"敏卡问道。

伊琴娜没有吭声，直冲冲地穿过通往甲板的大门。

吕克紧跟在她身后。她走得很快，专注着寻找自己的目的地，就像要迫不及待地走到外面，完全没有注意吕克跟在自己身后。走到甲板边缘时，她停下了脚步，双手紧抓着面前的栏杆，似乎要敞开双臂拥抱海浪。她凝视着港口外的城市。

"你还好吗？"吕克靠在旁边的栏杆上问道。

她深吸了一口气，没有回答。

过了一会儿，他又问道："你怎么了？"

她转过身，太阳镜后是一双深不可测的眼睛。她问道："那么，你是什么时候操她的？我在房间里睡觉的时候？"

"什么？"

"你是什么时候操她的？"

"你在说什么？"

"我能看出来。"

"你能看出来什么？"现在连他都能看出来了。

"在车上那么长的时间，她连看都没有看你一眼。你们两个都在刻意回避对方——我就是能看出来！我知道！"

他张开嘴巴大口呼吸着，就像离开了水的鱼一般。伊琴娜转过身，沿着甲板向前走去。

吕克紧跟在后面："伊琴娜——"

她回过头，尖叫道："离我远点儿！"

他们的声音引得甲板上的人纷纷侧目。伊琴娜转过身，继续向前跑去。吕克停了一下，慢慢跟在了后面。他找不到她了。

罗尔夫和敏卡先回到了车旁。找遍整艘船都没有找到伊琴娜的吕克只好和其他乘客一起返回车子旁边。然后，他就看到了捷豹车旁的怪异组合。一脸阴沉的伊琴娜站在远离车子的地方，旁边还有三个船员，紧紧地把她围在中间。其中一个叉着腿坐在那个装满衬衫的行李箱上。看来他们已经把箱子从捷豹上卸下来了。快走近时，他听到船员问道："这是你的箱子吗？"

"没关系，"罗尔夫说，一脸警觉地盯着那三个船员，"她是和我们一起的。这是我的车。"

吕克用流利的西班牙语问那三个船员："有什么问题吗？"

"问题是，这位乘客——"

伊琴娜突然用英语打断了他的话，她对吕克说："我下来拿我的箱子。我要自己走了。"然后她又快速而愤怒地把这话用西班牙语重复给那几个船员听。

其中的一个船员冷冷地看了吕克一眼说："所有乘车上轮渡的乘客都要乘车下轮渡，所有的行李也都要放在车上。她不能步行离开轮渡。"

"好的，"罗尔夫对船员说。他又转向吕克和伊琴娜："我们现在都回到这该死的车上。不要再和这帮该死的船员扯淡了。"他打开车锁，一把抓过行李箱，用力甩到上面的行李架上。"回到他妈的车子上。"他平静地说。然后拉开防护网罩在箱子上，让它和其他箱子一起牢牢地趴在行李架上。

"伊琴娜——"吕克喊了一声。

她沉默着拉开后门坐了进去。

"一切都好了吗？"还是刚才那个船员。

"完全好了，哥们儿，没事了，没事了。"罗尔夫说。

船员们终于离开了。

回到车上，罗尔夫发动了引擎。伊琴娜说："一上岸我就下车。"

罗尔夫——一个与之前完全不同、满脸震怒的罗尔夫——转过身望着她："除非过了港口到达阿尔赫西拉斯，否则你不能下车。到那时候，不要担心，我会把你，还有他妈的行李，你们所有人，扔到车外——"

"嘿——"吕克坐不住了。

"去你妈的，哥们儿。"罗尔夫用食指指着吕克的脸，又指了指伊琴娜，"你们不要动。坐在这里，不要说话。"

这么久以来，吕克第一次瞥了敏卡一眼。她直视着前方，面色灰白。

罗尔夫转过身，发动了车子。捷豹和其他车子一起陆陆续续地通过了入境检验和海关。

二十分钟后，四个人一言不发地站在车子旁，海关工作人员打开车门内板拉出了第一包塑料包裹的麻醉剂。

"哦，哥们儿，"罗尔夫说，"在马拉喀什时，我的车子送去维修过。妈的，真是不敢相信，我的机修工竟敢这样对我。我可什么都不知道。"

敏卡突然弯下腰，对着脏兮兮的停机坪呕吐不止，然后瘫坐下来，双手趴在地上，全身都在痉挛。她的嘴角挂着长长的黏液，她试图把它抹去，却弄得满脸都是。最后她忍不住抽泣起来。

吕克看了一眼伊琴娜，她却一直回避他的目光。他又看了看罗尔夫，他正一脸厌恶和愤怒地望着敏卡。

工作人员赶紧向后退了退，生怕溅到自己身上，然后走到一旁看着。

吕克走到敏卡身旁，跪在地上，把自己身上蓝白色棉衬衫的下摆撕下，帮敏卡擦去嘴巴的污垢。他不忍看着她这样，一只手拥住了她的肩膀。

十一

杰拉德压根儿没考虑过不去,他放下电报后就开始想自己该带些什么。

他拿出一个古老的蓝色帆袋,最里头放上换洗衣服和内衣,然后是西装和一件料子好的衬衫,还有领结。

还有什么?他把茨安卡弗雷尔的相关财产证明、护照和西班牙的居住证放进了他的帆布背包里,还有伊琴娜的出生证明及一些照片。

一阵突来的冲动下,他又从储物室里拿出来两瓶橄榄油。杰拉德把帆袋和背包塞到自己的车子里,那是一辆一九五五年产的西姆卡小旅行车。

他把车子开到镇里,在桑坦德银行门口停住了。他冲到里面,对着一脸震惊的出纳员芭芭拉说自己要取两千比塞塔现金,这几乎是他的全部存款。芭芭拉惊诧地望着杰拉德。一头被风吹得乱蓬蓬的灰色金发,黝黑的面庞,一对蓝色眼睛焦急地看着手表。他似乎要赶飞机。

"先生,你怎么了?"

"没事,一切都很好。"杰拉德勉强地笑了笑,一双长满老茧的手正把捆好的钱塞进背包里,"没事,没事。"

"确定没事?"

"确定。谢谢你,芭芭拉。"

他驾车穿过小岛抵达帕尔马。下午六点四十五,一名水手招呼他的车开上阿里坎特渡船。八点,渡船驶离码头。第二天早上六点抵达阿里坎特。他将在明天赶到阿尔赫西拉斯。

他看着塞乌维拉大教堂巨大的彩色玻璃窗,里面灯火通明。渡船开始起航,巨大的蒸汽冲到半空,波涛翻滚,船身战栗,在古老的小镇映衬下,教堂显得巨大无比。随着渡船的离开,教堂变得越来越远,也显得越发黯淡和破旧。渡船终于奔向暗紫色的大海。

他终于再次起航了。过去的二十二年里,他很少航海。现在终于又回到这里。他低头看着船身下面起伏的海浪泡沫,刹那间,他觉得自己正在驶向曾经到过的地方:绕过意大利的东面和南面,穿过爱奥尼亚海,在塞西拉岛和马来亚风暴角折返进入爱琴海——

一个颠簸,杰拉德这才抬起头环顾了一下四周,其他乘客都站在栏杆边。露露应该也收到了通知。她可能也在这艘渡船上。

他睡得很不安稳,他知道自己在海上,于是一晚上都在做令人不安的噩梦,像船尾一般不停地翻滚着。他甚至一度离开舱房走到甲板上,看着汹涌的波涛,听着海浪拍打船身。环顾四周,星星点点的火光在黑暗中闪烁。

当左舷船尾上方的星星渐渐暗淡,天空越发蔚蓝时,他又登上了甲板。在前方黑色地平线的映衬下,整个西班牙大陆就像一行参差不齐的镭射线。再次身处大海深处望着海岸线,他感到十分惊奇。他曾两次航海经过这里:一次是一九四二年春天,他乘坐皇家海军舰艇"暴怒号"去马耳他,当时海上雷韦切风肆虐,他们在直布罗陀停泊加油。还有一次是战后,一九四七年,那一次他驾驶的是不带发动机的"涅瑞伊德斯号",航行速度比上次慢了不少。当时,最明显的地标就是圆圆的岩石海岸瞭望塔。小小的瞭望塔通常不到二十英尺，很多都是摩尔人占领西班牙时建造的，还有一部分是16世纪和17世纪光复运动后兴建的，用以抵抗摩尔人。天空逐渐变亮，杰拉德看到了在阿里坎特城上方若隐若现的蒙特贝纳坎蒂尔山。再靠近些时，山上的圣巴巴拉城堡在霞光的映衬下变成了粉红色。城堡下方的阿里坎特已然变成了一个城镇。狭窄的沿海平地上坐落着一排排密集的公寓楼，就像树丛一般。最后他在一堆堆集装箱间找到了港岸边隐藏的小塔。

十一个小时后，他终于抵达七百公里之外的阿里坎特。这一路就是坐轮船看大海。

他在莫特里尔停了一下，买了面包、奶酪和水当午餐，然后一边开车一边吃。海面很平静，海风还是他记忆中夏天的海风——过于轻柔，不利于帆船航行——不过到了岸上，一切都变了。他还记得那个小渔村，德尼亚，看起来很像是他看过的美国城市风景画。还有马贝拉另一边的马拉加的西岸，在他记忆中还是一个尘土飞扬的沿海丘陵，如同棕黄色的狮背一般，现在是连绵不绝的别墅区和高尔夫球场。

等他看到伊琴娜时，她估计已经被关在监狱的挡风玻璃后。

去摩洛哥买衬衫的主意听起来很不现实，甚至是危险重重——他脑海里浮现出的全是骑在骆驼上的强盗和强奸犯——但他知道摩尔人确实很有吸引力和诱惑力，再加上吕克的陪同让他的担心减轻了不少。她希望赚到的钱其实并不多，完全不够支付未来几年读艺术学校的费用。而他对此早有自己的计划——他已经把另一小块靠近车道底部的土地出售给了一对西班牙夫妇——不过她想尝试自己去赚钱，这一点很令人钦佩，所以他最后点了点头。

天黑之后，他抵达了阿尔赫西拉斯。这里和帕尔马差不多大小，但没有帕尔马美丽，是个重工业城市。他不知道伊琴娜在什么地方。他只好不停地朝前开，没多久就迷失了方向，也找不到任何停车的地方。一块块令人惊叹的直布罗陀巨石散落在街道尽头,杰拉德知道它们在经过阿尔赫西拉斯海湾的城南。他沿着巨石的方向继续直行,就像小天鹅寻找水源一般。没多久就到了一个商业渔港,街道两旁全是破旧的寄宿房屋,这正是他想找的地方。房价合理,也没人会在意他那辆停在街上的西姆卡。

一天一夜的奔波让他感到疲惫无比,他很快就睡着了。可没过多久他就醒了。他决定尽一切力量找到和帮助伊琴娜。

十二

伊琴娜正在床上紧靠着墙角看书。即使在角落里也躲避不开监视器,这里没有一点儿私密空间。不过她喜欢这种背靠着两堵墙的感觉。她已经在看第二本有关詹姆斯·邦德的书了。这本是《爱在俄罗斯》。

没有人告诉她任何事情。她试过询问警卫他们觉得她做了什么事,到底发生了什么事——还有什么时候——可对方只是耸耸肩。

一天之内她被带到一个混凝土墙壁的房间里两次。一次半小时。在那里她碰到了其他被关押的女人,比她要老,面容憔悴,不停地抽着烟。"为什么你会在这里?"她们问她。她告诉她们自己真的不知道。她坐在一辆从渡轮下来的车里——

"就是了,"她们一边摆手一边说,"毒品。"

"不,"伊琴娜说,"我只带了衬衫。"

"衬衫?"其中一个女人捧腹大笑,其他人也跟着笑起来。

当海关人员开始搜查车子时,她看到了罗尔夫和敏卡的表情。接着警卫就把他们带到办公室,然后迅速地将他们隔离。

一个女人给了她一根烟。伊琴娜说了句谢谢,但她并不抽烟,她解释道。她问那些女人为何会来这里。"哎哟,就是这个!"她们笑得更厉害了。

小牢房里只有她一个人。虽然里面有两张床，还有一个没有坐垫的马桶放在隔墙后，以防暴露在视线中。她听到旁边牢房里女人们的说笑声。有时她们能静静地说上很久，但她一个字也听不清。

第二天早上，她询问一个正在擦地、瘦骨嶙峋的守卫是否有供阅读的书，西班牙语或英语的都可以。他转身离开了，没多久便拿着两本西班牙小说和三本英文书回来了。其中一本小说的封面上是一个衬衫被撕破的女人正在逃离一个骑着马的男人，另一本封面上则是蒸汽机。英文书有《你们都有三白症》，这本书赞美的是长期饮食糙米的优点，还有两本詹姆斯·邦德系列的平装本。在学校时，伊琴娜听到过其他女孩议论过詹姆斯·邦德系列。它们和她想象的完全不同，几乎没有涉及性，大部分内容都是关于旅行、杀戮，对手表、汽车以及火车之旅的描述，还有巴哈马和伊斯坦布尔。她的心随着它们飞到了牢房之外。

可她还是忍不住去想吕克。她相信他。她生病时，又吐又拉，无助地躺在地板上，那算得上是她人生最糟糕的时刻，他说："我是那么爱你……一直都是这样。"她相信他。那个时候，她也爱他。

然后她又回想起当敏卡在海关外的车子旁呕吐时，他是如何跪在地上，从自己衬衫上撕下一块布给她擦嘴。和之前对伊琴娜一样——那只是对病人的贴心——没什么特殊意义。即使是一只嗅觉灵敏的狗也会这样做。

十三

挂掉吕克的电话后,露露从阿尔赫西拉斯的国民警卫队那里几乎没有得到更多的信息。没有人知道任何消息,当然,除了知道这件事很严重之外,非常严重,夫人,那口气听起来像是在说一件谋杀案。

她相信吕克。他和伊琴娜不会蠢到去走私毒品,但他们的确会蠢到搭乘一辆藏着大麻的汽车。这个时候因为毒品被拦截下来真不好办。西班牙报纸上刊登了不少有关国民警卫队和海关在逮捕嬉皮士方面取得令人瞩目的成绩的报道,那些毒贩们随身带着成斤的大麻。哪个毒贩不会想到拉两个倒霉孩子以便伪装成一家人出来度假的样子?愚蠢的傻瓜。

出于本能和偏好,露露觉得自己不会和阿尔赫西拉斯当局做交易,也不会在当地或马略卡找律师。她要直接找高层人士,找到那个有影响力的人,只要找对人,这件事就能迅速解决。

她正好认识一个这样的人。于是,她拨通了一个号码。

"你好,巴蒂。最近怎么样?"

"我很好,露露。"电话那头传来一个深沉的声音,一听就是长期抽雪茄喝威士忌造成的,他似乎很高兴接到这个电话,"你的声音真是太迷人了,你最近还好吗?"他操着一口流利的英语,几乎听不出其中的马德里口音。

"恐怕我给你打电话不是什么高兴的事情,巴蒂。我遇到了一个麻烦。"

"听你这样说我很难过,亲爱的。"巴托洛梅·廖贝特的声音充满了同情,"我能做些什么?"

露露把情况简单介绍了一下。吕克和一个女孩从渡船上的一辆车上下来,而那辆车里藏有毒品——

"什么毒品,亲爱的?"

"你知道的,大麻、麻醉剂之类的。反正是会被抓的那种东西。"

"没有其他的吗?海洛因?"

"我的老天,没有。据我听说绝对没有。那些毒品不是他们的,他们只是搭乘了毒贩的汽车。"

"当然。这是什么时候的事情,露露?"

"昨天下午,到目前为止我只接到一个吕克的电话。"

巴蒂念叨着:"阿尔赫西拉斯……"感谢他,露露听到了他把细节都记在了纸上,"那艘渡船是来自丹吉尔还是休达?"

"是丹吉尔,巴蒂。"

"好的,我会尽最大努力的,亲爱的。如果不涉及其他毒品的话应该不会太严重。当然,这也取决于不同的情况,比如其他的都是些什么人,带了哪些东西等。"

"巴蒂,听起来你好像很了解这种事情。"

"当然,我也有孩子,不是吗?"

"他们没有遇到过这种麻烦吧,对不对?我没听你说过。"

听筒里传来叹气声——一声有趣的叹气:"没错。好的,等我下午给你回电话。"

"你真是太好了,巴蒂。"

"是的,好吧,我曾经很好,不是吗?"

"当然,你现在也很好。"

他挂掉了电话。

应该可以了,露露想。

"当然,你绝对要过去的,露露。"米莉说,"我和汤姆会安排好一切的。"

说这话时,他们正在客厅外的阳台上吃早餐。米莉是个大块头——身高六英尺,强壮得像个信箱——她穿着典型的英式度假便服:网眼衬衫,棉布裙,超大的橡胶底帆布鞋。汤姆坐在一份旧报纸旁边,看起来很像童子军队长。让他俩照料岩石旅社几天肯定没问题。要知道,印度已经被他们这样的人统治一百年了。现在即使不再是帝国,他们也能做得很好。依靠米莉继承的一笔财产,汤姆制作了一台能生产出成千上万塑料扁篮的机器,扁篮可以用来打包和包装蔬菜水果。现在他公司销售的机器和篮子彻底改变了英国超市农产品的运输和销售模式,他也因此变得很富有。不过,他们总能抽出时间来马略卡。除了他们,露露找不到其他更合适的人来照料这里。

"我们会照顾好大家的胃,还有小动物们的。"汤姆说。

"上帝保佑,"露露说,"不过我暂时还不走。巴蒂没办好之前去那里没有任何意义。等他办好了我就过去带吕克回家。"

十四

"我们还在调查中,"鲁易斯中校告诉这个英国人,那语气听起来就像是在办理一桩国际刑警最高级别的案件,"不能告诉你你女儿将会如何,先生——"他低头看了看面前的那张纸片……上面是一长串英国名字——"拉特里奇先生,目前她还要被拘留一段时间,直到调查结束。到时候她可能面临审判或者被释放,也可能被罚款,这些都取决于具体的指控。"

"我理解,中校先生。"拉特里奇说,"那么说她还没有被指控犯有任何罪行?"

真是令人吃惊,这个英国人竟能从他肩上的徽章判断出军衔。"不,正如我所说,一切都取决于调查结果。不过,我能告诉你的是,"鲁易斯中校隔着桌子紧盯着拉特里奇说,"一个星期前,她和她的朋友,美国的富兰克林,乘坐的是从阿尔赫西拉斯到丹吉尔的渡船,而那个车主,德国人赞夫也在那艘渡船上。这个你知道吗?"

"不知道。"拉特里奇看起来有些慌乱。

鲁易斯耸了耸肩:"也许只是巧合,但也可能是设计和计划好的。"他要说的就是这些——通常情况下他很喜欢讲大道理——可今天出于某种原因他觉得自己变得平和起来——"不过,目前来看你女儿、富兰克林似乎和那个德国人及他的同伴，那个黑山女人之间没什么联系，那个女人，"——他又低头看了看名单，又是一个晦涩难写的名字——"卡瓦艾维克，他们在一起旅行有一段时间了。从表面上看，由于车子出了事故，他们只好搭乘其他车辆——我们正和摩洛哥警方核实这起事故的真实性——这听起来不是太合理。一切都取决于他们在一起是偶然的还是有预谋的。也许会有更多的证据出现来证实他们是否牵连，否则他们必须去证明自己没有涉及。"

"我理解。我能见见我女儿吗？"

这位拉特里奇先生甚至还系了领带。通过上衣的布料和剪裁，鲁易斯判断出应该是在周末市场上买的，价值几百比塞塔。真是谦逊的人，鲁易斯打心底里感觉到。"当然可以。普利米罗下士。"鲁易斯让下士带着这个英国人去牢房里探望女儿。

非常有礼貌，还很恭敬。不像那个廖贝特，既苛刻又语带胁迫，他又打电话来询问那个美国人富兰克林，这一次他提出如果鲁易斯不提供案件进展的更多细节，他将利用参议员安达·卢西亚的名字和影响。那个廖贝特似乎不知道拉特里奇的女儿也牵涉其中，还有那个德国人赞夫和另一个女人，以及这个案子的基本情况。他只要富兰克林的结果。鲁易斯，和其他与他级别相当的官员一样，都是装糊涂的高手。他向廖贝特承诺自己会尽最大努力来促成这个美国人富兰克林案件的解决。

第三天下午，拉特里奇走进来了。他对鲁易斯点头示意，"下午好。"他似乎不经意地使用了加泰罗尼亚语问好，而不是常用的西班牙语。

"下午好，拉特里奇先生，"鲁易斯说，"我们收到了摩洛哥警方的回复。他们找到了一辆雷诺汽车，法国牌照，损坏严重，不能再开了。这证明你女儿和那个美国人富兰克林说的话没错。那个德国人和黑山女人也是那样说的。这也证实了你女儿和她朋友都是无辜的。"

"太好了,"拉特里奇说,"我可以见见我女儿吗?"

"当然。普利米罗下士。"

下士通常会站在隔壁房间的桌子旁,不过此刻没人应声。鲁易斯伸头朝门外看了看,然后站了起来。"我亲自带你过去,拉特里奇先生。"

他们沿着楼梯上了二楼,走向铺着油毡、通往牢房的走廊。鲁易斯指示值班的下士把女囚犯拉特里奇带到会客室。他陪着这个英国人等了一会儿。

"你女儿是不是给你添了很多麻烦?"鲁易斯问道。

"我女儿?不,从没有。从没出过像现在这样的事。她是个画家,她喜欢画画。"

下士带着囚犯回来了。鲁易斯看了对赞夫的审问,不过没有见过案子里的其他人。令他惊异的是,这个英国人的女儿一头棕发,标准的西班牙人长相。皮肤也和当地人一样是棕色的。看到父亲时,她问候了一声:"你好,爸爸。"

"这是你女儿?"鲁易斯忍不住问道。

"是的,"拉特里奇说,"伊琴娜"——他说的依然是西班牙语,"这是鲁易斯中校,他非常好心地带我来看你。"

她向鲁易斯道了谢。他努力辨认着她的口音——还有这个英国人的,之前他注意了很多次,但真的很难辨别出。元鼻音有点压扁:巴利阿里群岛的加泰罗尼亚语。

"嗯,下午好。"鲁易斯对着他们父女俩说。

"下午好。"女孩欢快地说,也立刻转到用加泰罗尼亚语。

一个小时后,当杰拉德走下楼梯时,鲁易斯说:"你女儿是地道的西班牙人。"他举起伊琴娜的护照,仔细看了看上面的照片,"她出生在马略卡岛。她真的是你女儿?"

"哦,当然。"杰拉德说。他把背包放到地上,拿出了装着文件的信封。根据经验，他知道一些说拉丁语的中级官员对文件档案有种病态的好奇。在这种权威的震慑下，最好能够提供正确的材料，详细地对他们的关系进行说明。他把伊琴娜的出生证明递给鲁易斯，后者立刻接过去，专注地研究着：伊琴娜·玛利亚·拉特里奇·普奇；母亲：帕洛玛·特蕾莎·普奇·弗洛克斯；父亲：杰拉德·德斯蒙德·安东尼·拉特里奇；出生日期：一九五二年五月十三日；出生地点：西班牙，马略卡岛，卡拉马索帕。

杰拉德又把几张照片摊到桌子上。鲁易斯毫不掩饰自己的好奇心，低头翻了一遍。这些都是带着锯齿边的黑白照片，大部分是女儿小时候和妈妈一起拍的，妈妈很漂亮，鲁易斯从她身上看到了女儿的样子。还有几张是他们一家三口的合影：那时候这个英国人比现在年轻，身材瘦削，和妻子女儿一起在餐厅里。大概是五六年前。他们的脸和桌子都因为过度曝光而发亮，背景是一个黑暗的酒窖。另一张照片中，他们坐在海里的岩石上，旁边放着瓶子和面包，看起来非常快乐。

"我们一家人。"杰拉德说。

"很迷人，"鲁易斯说，"妈妈是马略卡本地人？"

"是的。她已经去世了。"

鲁易斯的脸立刻暗了下去，他望着杰拉德说："真是不幸。"

"谢谢。"

"你还住在马略卡岛？"

"是的，"杰拉德又蹲下去，从背包里拿了一瓶没有标记的橄榄油。他把瓶子放到桌上，"我有一个小农场，自己做橄榄油。不介意的话，我想把这瓶油送给你。"

"不需要这样，拉特里奇先生。"

"我知道，但我很想把它送给你。你很有同情心。还有，这个很好。你肯定会喜欢的。"

十五

"你看起来真是邋遢极了,杰拉德。"露露坐到附近的桌子旁说,"外套和领带都没用,你知道的。它们只会让你看起来像是在排队领取施舍。你来这里多久了?"

"一个星期。他们被逮捕的第二天我就来了。"

这是国民警卫站旁唯一一家咖啡厅;虽然才九点,但头顶的遮阳棚已经在起作用了。每天探望前,杰拉德都会来这里坐坐,边喝咖啡边看悲惨又刺激的《普韦布洛公告》。

杰拉德刚要开口,露露却把注意力转向站在她旁边的侍者。

"请给我一杯咖啡。"

"好的,还有呢——"

"其他不用了。"

侍者点点头,转身离开了。

今天一早,当杰拉德赶到国民警卫站时,露露已经在那里了,这让他非常吃惊——伊琴娜和吕克十一点释放,上午不再会客——他尴尬地离开了,而露露正为延迟释放她儿子的事情大声训斥鲁易斯中校。

此刻,她就坐在距离他五英尺的地方,沉静地盯着周围矮胖的西班牙女人,那都是一代代遗传基因进化的结果。她们像骡子般顶着筐子冷漠地从市场里出来，穿过广场朝远方走去。杰拉德的目光一直没有从她身上移开。除了几年前无意间在食品店外见她一次，这二十年来他从没有这么近距离地看过她。

她的秀发，他过去曾深深迷恋过的那头秀发，上一次见到时已经有些灰白，而现在已然全白，高高地用发簪束起在纤细的脖颈后，只有几缕隐隐的黑色。她和他一样大，四十五岁。可她的脸和下巴上的皮肤依然紧绷光洁。而身材，透过宽松的亚麻裤和衬衫，他感到比过去还要纤细。肌肉和筋腱也依然柔软。他还记得她没穿衣服的样子。

然后他看到了她下巴上的那道疤痕：很小，已经变成了一道细细的白色弧线。除非刻意去看，否则都不会注意到。

"你有没有拿到胶片——一卷胶片——我让米莉带给你的？"杰拉德问道，"你应该已经冲洗出来了。"

她没有理他，也可能是没听到他的话，侍者已经端着咖啡回来了。她抿了一口。

"我把他们引走了，你知道——"

她打断了他的话："我在为他们的释放来回奔走时你在阿尔赫西拉斯干什么呢？"

"不好意思……你说你在干什么？"

"你知道他们今天早上释放？"

"是的，我知道。"

"你有没有想过为什么？"

"我想我知道原因。"

"好吧，你看起来并不惊讶，也没有表示出感激。"

"说实话，我很感谢鲁易斯中校，他很有同情心。也许比你知道的更多。他放下身段关注他们的案子看——"

"杰拉德，你真是个无知的人。难道你真的觉得这些人会好心到放他们离开？做一名好警察该做的事情？我找人了，杰拉德，找的是你不可能认识或想象的人，他纯粹是帮我的忙，直接在最高层进行斡旋，然后顺便帮你女儿一下。你都做了些什么？像只无头苍蝇一般坐在这里等着窗户自己打开？难道这就是你的计划吗？"

杰拉德把露露的话仔细想了一番。也许她说得没错，一切都是她做的。"说实话，我没有计划。除了来这里为伊琴娜做我力所能及的一切。不过，还是很感谢你，谢谢你在中间做的调解，还有为了让他们出来做的所有的一切，很好，谢谢你。"杰拉德端起咖啡喝了一口，"我把他们引走了，你知道的。那些——"

一个男人向他们走来。他走到桌子中间，朝他们两个人看了看。

露露突然站了起来。她看了看那个男人，又看了看杰拉德。"真是荒唐。"说完，她就疾步离开了。

杰拉德望着那个男人，他穿了一件深灰色外套，似乎有点苍老，头发灰白——和同龄人相比——不过杰拉德还是认出了他。当年他带着孩子在路边……十八九年前了。

男人伸出了手："我是伯尼·富兰克林，吕克的爸爸。你一定是杰拉德。我们应该没有见过。"

"是的。"

"谢谢你赶到这里。直到昨天我才知道这件事。不过今天他们就会被释放了，是不是？"

"是的。"

"我能和你一起吗？"伯尼问道。

"当然可以。"

两个人坐了下来。服务生走过来，他们又点了咖啡。然后谈论起各自的孩子。

十点钟，露露、杰拉德和伯尼已经坐在办公室的椅子上了。杰拉德本想找机会和露露再说几句话，可伯尼的出现打乱了他的计划。大家都没有说话。没多久，卫兵带着吕克和伊琴娜出来了。

露露站起来大步走向吕克。"你还好吗？"她急切地问道。

"我很好，妈妈。"吕克说，"不好意思给你添麻烦了。"

伯尼走上前拉住吕克的胳膊。伊琴娜快步走到办公室另一边抱住了杰拉德，她的眼睛一直紧盯着父亲。

这时，鲁易斯中校开了口："不好意思耽误了一会儿。"他从杰拉德一直看到露露，"他们俩的事情很简单，我们认为他们和毒品走私活动没有关系。不过负责本案的参议院和他的朋友，还有官方审查让释放耽误了几天。"鲁易斯指着桌子前面地上的行李说："这些都是你们的东西吗？"

"是的。"吕克和伊琴娜说。

"那请你把箱子收拾好。"

吕克和伊琴娜走了出来，拿起自己的小袋子。伊琴娜又抓住了那个装满衬衫的大箱子。吕克跪下来打开自己的背包，仔细翻寻着："我拿了最早的那件衣服，就是那件黑色的衬衫。"

"你留着吧。"伊琴娜说。

杰拉德注意到她的口气有点怪，还有，她完全不看吕克一眼。

"伊琴娜，这是你的——"

"留着吧。"露露说，"你开自己的车带她来这里。你为她做的够多了。走吧，我们还要去赶火车。"

"你们什么时候走？"伯尼问道，但露露头也不回地向外走去。吕克紧盯着伊琴娜，但她仍然不愿意看他，只是紧紧地抓着那个大行李箱。杰拉德走过去把箱子接了过来。

"快走，吕克！"露露站在外面喊道，"出租车在等我们！"

十六

一个星期后,吕克骑摩托车沿着尘土飞扬的石子路来到茨安卡弗雷尔农庄。他知道轰隆隆的引擎声会提醒人们他的到来。

终于到了车道尽头,他把车子向左一甩,正好停在西姆卡的后面。他熄了火。刚才被引擎声惊到陷入沉寂的蝉继续无休无止地鸣叫。

杰拉德出现在上面的阳台上。

"早上好,杰拉德,伊琴娜在吗?"难道她真的不愿意出来和他说话?

"你好,吕克。不好意思,她在伦敦呢。"

"哦。"

杰拉德看到男孩低下了头。

"我不知道她什么时候回来。我觉得可能要取决于那些衬衫的销售情况。"

吕克再次抬起头:"好。还有,如果你能和她通话——你没装电话,是不是?"

"是的。"

"好吧。如果你联系到她,能不能拜托你告诉她……我来过这里?"

刹那间,过去的二十二年消失了。他仿佛看到了下面站着的自己,一个不知所措的乞求者，受到了驱赶，他有很多话想说，却因消息不灵通甚至是不友好的看门人的阻挠而无法表达。他很可怜这个男孩，但他也无可奈何。"我会的，"他说，"我一定会告诉她的。"

"谢谢你。"吕克说。他站起来跳到摩托车上，启动了车子，引擎声很快就把蝉鸣声淹没了。吕克脚踩离合器沿着车道盘旋而下。

突然，杰拉德就像发疯般地跳起，他发出圣韦斯特一般的吼声："别放弃！"

可摩托车已经驶离了这里，吕克根本听不到他的喊声。他没有停下，也没有减速，或者环顾四周。

杰拉德被自己给吓到了。他浑身都在颤抖。山下的摩托车噪声渐渐消失。没多久，周围只剩下松林间的风声和没完没了的蝉鸣声。

一九六六

帕夫迪亚

一

杰拉德和伊琴娜满脸沮丧地相拥站着,眼睛紧盯着从海关大厅那扇不透明玻璃门里进出的乘客。

杰拉德看起来憔悴得厉害,就像连续几个星期没有睡觉或一直在外面奔波。他右眼的下眼睑一直跳个不停。他似乎无意识地从衬衫胸前的口袋里掏出烟盒,晃出一根点着,然后重复着把烟送到嘴边吸一口和吸过后把手垂下去的动作。先是吸进去,接着吐出一缕缕灰蓝色的轻烟,最后把烟灰抖落在自己的脚边——动作娴熟从容,这似乎让他在漫长而乏味的等待中舒了一口气。同时也让他有事可做,比如手的肢体动作可以在一定程度上掩饰身体的颤抖,虽然这只是一个平常到不能再平常的动作。

伊琴娜戴着一副超大太阳镜,穿着宽松的白T恤和紧身牛仔短裤。脚上那双人字拖已经被灰尘弄得黑乎乎的。她紧紧抓住父亲的手臂,就像担心重力突然消失,只有父亲才能保护她不跌到太空中一样。

"她来了。"杰拉德说。

他说的是他的姐姐,伊琴娜的姑妈比莉。她戴着草帽,身穿连衣裙,脚蹬着卡拉克凉鞋,还挎着一个小小的蓝色帆布包。她一眼就看到了他们,然后立刻把微张的嘴紧紧闭起,大步朝他们走来。

她放下帆布包，一把拥住了他们。她搂得很紧很紧。

"谢谢你赶过来，比莉。"杰拉德在她耳边说。

她不屑地摇了摇头："我当然要来。"她松开手，望着伊琴娜，再次把她紧紧地拥到怀中。越过伊琴娜的肩膀，她的目光落在杰拉德身上。

"我去拿车，"他说，"然后到那里等你们。"他对着出口处示意了一下。

"好的。"比莉说。当杰拉德吞吐着烟雾离开后，她搂着伊琴娜的肩膀，走出了航站楼。比莉不时地留意着周围的人群，似乎担心伊琴娜受到更多伤害。

航站楼外，一个三十岁左右、留着黑色长发的瘦高男人在路边朝着经过的出租车大喊："嘿……嘿！"他的穿着非常醒目，外套的颜色是知更鸟蛋蓝，白色条纹的瘦腿裤和白色休闲鞋。因为他没有站在排队等候出租车的队伍中，所以没有车子停下来。

杰拉德小心地绕过他停下了车。

高个子男人看了他们一眼，然后仔细地打量了他们一番。

"伊——琴——娜？"他拖着腔调喊道。

她转过身，用那张带着超大太阳镜的脸对着他。

"没错。"他向前走了几步，对他们笑了笑，然后又转向伊琴娜，"老天，你看起来已经是大人了。你今年多大了，十六？"

"十四。"她没好气地回答说。

"哦，好吧，真的是长大了，不是吗？你们一定是伊琴娜的父母。我想我们还没有见过。我是多米尼克·克莱兰德。每个夏天我都会来岩石旅社。伊琴娜和我是老朋友了，是不是？我从你那里买过很多穿在脚上的东西，对不对？"他笑嘻嘻地望着他们。

不过话刚出口，他就知道自己说错话了。他们的礼貌和疏远刺痛了他。英国人特有的半微笑半避开对视的方式呈现在他面前的几张面孔上。他们像一家人一般相互拉着手,不过这种相互依偎的行为却很没有英国范。现在的她,比之前在岩石旅社的时候长大了一些,实际上,当时的伊琴娜很像是当地的小顽童。

"我是伊琴娜的父亲,"杰拉德解释道,"这是我姐姐——"

"比莉·拉特里奇,"比莉自我介绍道,说实话她的态度不算冷淡。不过当多米尼克握住她那只不情愿抬起的手时还是不自觉地打了个冷战。他又和伊琴娜父亲握了握手,无趣且简单。最后他把目光落到那辆老旧的西姆卡车上。

"我想,你们是不是要去卡拉马索帕?我能不能搭个顺风车?露露说有人会在机场等我,可没人在这里。想打到出租车的话估计还要很久。"

比莉和伊琴娜没有说话,她们不约而同地望着杰拉德。

"我们——"杰拉德终于开了口。

"我只有一个包,还有一台打字机……"多米尼克觉得他们似乎被一层阴影笼罩住了,"不过我肯定能找到出租车……"

"我们只到马纳科尔,"杰拉德说,"你可以在那里的出租车站台下车。"

"那正好顺路,对不对?真是太好了,你确定吗?"

"当然,"杰拉德说。他打开后备厢,把多米尼克那个又大又重的箱子拎起来塞到里面,它几乎占据了后备厢的全部空间。多米尼克又把那台扁扁的好利得打印机递给他。"在任何地方你都会喜欢用它的。"他愉快地说。

拉开车门时,多米尼克说:"不,我必须坚持,我坐在后面就行。"

"不,你坐前面。"比莉的口气非常坚决。

"你确定?"

比莉走到后排和伊琴娜坐一起。

"真是感激不尽。"多米尼克感动地说。车子慢慢驶离了机场。"出租车数量有限啊。乘客实在太多了。我本来想在酒会开始前赶到岩石旅社洗个澡,现在我相信一定可以了。"他转过头对着已经戴上太阳镜的比莉咧嘴一笑,"我们坐的一定是同一班飞机。你是来这里度假的吗?"

"是的。"比莉说。看了他一眼后她就打开车窗,一阵风扑面吹来,也打断了进一步的对话。她望着外面一台台由石灰石塔和帆布搭成的大风车。

多米尼克伸长脑袋看着伊琴娜,她依然面无表情。隔着太阳镜,他无法看到她的眼睛。她只是径直向前看,可能是在看他,也可能是前方:"你是放假了,还是依然在上学?"

"我放假了。"伊琴娜说。

"整整一个夏天在前面等着你,真是棒极了!当你年轻时好像一切都没个尽头,是不是?"

"是的。"伊琴娜说。

去马纳科尔有一个小时的车程。多米尼克感觉一年又一年的变化越来越明显。虽然还是塞尚笔下的风景,但和他一九六二年第一次见到时截然不同,每年都会有很多房子建起来。一栋栋毫无特色的方方正正的公寓楼在内陆城镇拔地而起,以打造沿海度假胜地。连桉树和杏仁树都变得城市化。车子也变多了。到处都是德国人,人们似乎忘记了他们曾把许许多多可怜的人塞进火炉里。路上几乎看不到骑驴子的。不过炎热的夏天、黝黑的当地农民、聪明的非英国裔,还有古老的风景并没有被那些车子和房屋破坏掉。他再次感受到每次来这里时都会有的心情:他到了香格里拉!

"我很担心那些房地产开发项目,"他看着杰拉德,又回头看了看后排的两个人,"不过这里依然有种难以言喻的美丽,不是吗?"

他们都在看前面挡风玻璃上乱窜的苍蝇。

"是的,没错。"杰拉德十分赞同他的话。

他们把多米尼克放在马纳科尔公共汽车站旁的出租车站台上。

"真是太感谢了。"多米尼克对从车上走下来、拉开后备厢的杰拉德说。

一辆亮灯的出租车已经等在一旁,司机从杰拉德手里接过箱子。"你们到时候都来岩石旅社玩一玩,我请大家喝杯酒,怎么样?"多米尼克问。他又弯下腰,隔着后车窗对伊琴娜挥了挥手:"一定要来看我啊。"

车子一直开到医院才停了下来。走向病房时,比莉注意到医护人员对杰拉德和伊琴娜的微笑不太寻常。

病床上躺着一个人,几乎认不出是帕洛玛了。她的头上缠着绷带,嘴上插的管子连接着呼吸机。这样一来,她每次呼吸听起来就像拉风箱一般。她双眼紧闭,眼皮发黑,就像涂了眼影似的。

杰拉德走到床边,对着帕洛玛说:"你好,亲爱的。比莉过来了。她会和我们住一段时间。伊琴娜也在这里。"

"你好,帕洛玛。"比莉强作高兴地打了声招呼。她拉起薄毯子上帕洛玛的左手,弯下腰轻轻吻了一下。她望着病床上的帕洛玛,声音变得不那么确定了:"你好。"

伊琴娜坐在床的另一侧,拉着妈妈的右手。杰拉德把草编包里的东西一一掏出——面包、小袋的杏仁和橄榄、一块麦彻格芝士;半瓶塞了软木塞的红酒;一本破旧的平装书,芬利的《奥德修斯的世界》——然后把所有的东西放在铺着软垫的访客椅和帕洛玛的床上。

"如果你愿意的话,我可以留在这里。"比莉说。

"不用,我可以。"杰拉德坚持道,"为什么不回家休息一会儿?晚些时候再回来。或随便什么时候都可以。我很高兴你能来这里。你和伊琴娜可以现在就回去,我自己一个人在这里就可以了。"

"好的。要我们带什么东西过来吗?"

"不用。我都准备好了,谢谢。"

"伊琴娜,"比莉说,"你想多待一会儿吗?我没关系的。我不着急走,只要你愿意,我们待多久都可以。"

"不用,没关系的。"伊琴娜说,"去机场之前我们已经来过这里了。"说完,她就站了起来。

比莉看着正要坐下的杰拉德说:"那七点或八点行不行?"

"好,可以。不要等我吃晚饭。吃完饭后你自己决定。"

回到车里,伊琴娜依然一声不吭。

"亲爱的,"比莉说,"你必须告诉我,我能为你做什么,还有你爸爸。你想买什么都可以。你们需要我做什么都可以。这就是我来这里的原因。明白吗?"

"好。"伊琴娜凝望着窗外,她柔弱的身体像个废弃的木偶一般随着车子的颠簸不停地晃动着,"谢谢你。"

比莉看了看伊琴娜。那个可恶的男人说得没错:她已经长大了。和她妈妈一样,虽然不高,但很有女性的曲线美。她依然戴着那副超大的太阳镜望着窗外。比莉不知道该说些什么安慰的话——亲爱的,妈妈可能已经脑死亡,但毕竟没有痛苦了。这些都没什么用。

到了马纳科尔的东面,房地产开发项目少了许多。路旁绵延的石灰岩墙内是橄榄和柑橘种植园。上面的山坡上则是漫山遍野的松树和矮橡树。

"这里很漂亮,是不是?"刚说完,比莉就后悔了。这话听起来既像陈词滥调又显得她似乎很高兴。"我的意思是,亲爱的,你妈妈就来自这片美丽的土地,而它也是属于你的一部分。"

伊琴娜把脸转向比莉。"谢谢你。"她说。

二

吕克骑着摩托车朝镇上驶去。他把车子停在米拉维斯塔外面的街道上。杰克逊·拉莱柔和的电吉他声如同烟雾一般越过围墙在空中萦绕。他穿过拱形入口，走过狭短的小路，在台阶最高处停下了脚步。那里可以俯瞰到松树下的开放舞池，他仔细扫过每一个舞者和坐着的人。几乎有一半人他都认识。伊琴娜不在这里，除非她到洗手间去了。

杰克逊·拉莱是一名美国黑人吉他手，年龄不详，大概四十岁左右。他正在弹奏《无尽的吻》。趁着他停下来抿口酒，吕克走到他旁边。

"嗨，杰克逊。"这是美国人打招呼的方式。吕克也学了过来。

"嗨，哥们儿，"杰克逊说，"在忙什么呢？"

"哦，没什么特别的。"吕克回答道，他知道杰克逊并不是真的在询问，还有杰克逊也不在意别人在忙些什么，哪怕外面发生了严重的石油油轮火灾他也无所谓。杰克逊对所有的人和事都抱着一种浓重而冷漠的礼貌，除了吉他和自由古巴[1]。米拉维斯塔的老板马特奥·皮若尔通过帕尔马的演出经纪人购买了他七月和八月的演出服务。杰克逊个子很高，不胖，看起来很像壮硕的不修边幅的美国橄榄球运动员。他坐在露天舞池旁的松树下，用电吉他演奏着一首首短曲。他的技艺不属于那种招摇

---

[1] 一种鸡尾酒。——译者注

的类型。他不玩摇滚，也不喜欢弹奏花哨的乐曲。他总会选取那种适合在酒吧演奏的轻柔曲目，时新而流行，人们喜欢伴着这样的曲子跳舞。杰克逊的手指就像猪肉香肠一般，比一般吉他手修长的手指粗得多。但这并不妨碍他流畅而稳健地演奏。吕克非常喜欢其中的一首歌曲，他之前听过一次，可能是某部电影的插曲，不过他不知道歌名。两个星期前，当杰克逊再次演奏时，他向他打听了一下。

"是《帕夫迪亚》。"杰克逊说。

"我喜欢这首曲子。"吕克说。

"是的，确实很好听，"杰克逊说话的语气慢吞吞的，"每次都很受欢迎。"

"帕……"

"《帕夫迪亚》，"杰克逊重复道，"是一首墨西哥老歌。"

"那是一个女人的名字吗？"吕克问道。

听到这话，杰克逊·拉莱忍不住笑起来，他的笑声柔和中带着韵律，似乎对吕克的反应十分满意。他坐在扬声器旁的高脚凳上拨着吉他。深红色的格瑞奇吉他，琴弦下的部分磨损得厉害。"应该是，"他说，"呵呵。"他望着吕克，那张黑色的面孔看起来神秘莫测而又无所不知。"那代表的是某些女人对男人做的事情。"

杰克逊转过头望着别处，再次把自由古巴举到嘴边。

吕克立刻明白了他的意思。"哦，是的。"他很感激杰克逊给予自己这种男人之间的信任。帕夫迪亚：口交的墨西哥人？用这个当一首歌的名字？噢，这些墨西哥人。

"杰克逊，你有没有看到我朋友伊琴娜？她比我小一点儿——"

"我知道你说的是谁。你那个西班牙小女友——"

"好吧，她并不是我的女朋友，我们只是朋友。"

"你最好再想一想，"杰克逊说，"不过我没有见过她，哥们儿。她不在这里,至少今晚不在。"

"好,谢谢你,"犹豫不决的吕克又环顾了一下四周,然后他决定离开,"那回头见,杰克逊。"

"好。"杰克逊的口气就像热情的邮递员在确认第二天的到访一样。他放下酒杯,双手再次抚弄着吉他。粗壮的手指轻轻颤抖,动听的《拥抱你》从旁边的扬声器中传出。

吕克回到街道上,再次启动了自己的摩托车。

三

每天晚上七点总会有一个叫索普·瑞奥莎的修女来到帕洛玛的病房。她每次只是对杰拉德微微一笑，却什么话也不说。除了第一次见面时，她走进来问了句："可以吗？"杰拉德有一瞬间的惊恐，但很快充满了感激，他点点头说可以。索普·瑞奥莎总是坐在床边，轻轻握着帕洛玛的手，全神贯注地默默祈祷着："上帝，求求你，我以耶稣基督的名义……"结束之后，她把帕洛玛那柔软的手放回胸前，然后对杰拉德点点头离开。

等她离开之后，杰拉德就关掉喧嚣的电扇，打开帕洛玛病床对面的窗户。日落后，被松树覆盖的特拉蒙塔纳的山风穿过肥沃的小岛徐徐吹来，风中夹杂着柑橘花粉和来自农家的炊烟与粪便气味。不一会儿，带着泥土气息的凉风填满了整间病房，吹走了之前弥漫在空气中的病房的气味。医院外面充满了生机勃勃的声音——汽车从只适合驴子穿行的街道上跑过，咖啡馆里的服务员在摆放和收拾桌子上的玻璃杯，妈妈们在呼喊远处玩耍的孩子，轻便摩托和滑板车发出的此起彼伏的轰鸣声——它们钻到病房里，掩盖了呼吸机持续不断的嘶嘶声。每当关上窗户时，那嘶嘶声似乎大到让杰拉德以为换了一个档位，以更强劲的动力把氧气输送到帕洛玛的身体里。最后他才发现一切只不过是他的错觉,于是站起来走到外面点燃一支烟。

晚上八点,药袋里的药水顺着静脉滴管一滴滴地流进帕洛玛的手臂里。杰拉德把手里的书放到一边,拿出有些发粉的椭圆形面包片、硬邦邦的奶酪、橄榄和无花果,打开酒瓶,开始吃晚饭。这两天,他试图坐在她旁边看看书,可根本无法集中精神。他常常对着帕洛玛说话,希望她能听到。可面对着躺在床上、神色空洞、戴着呼吸机的妻子,他说不出任何有激情或创造性的话。他非常清楚她很快就会离开自己,所以只能陷入烦躁而可怕的沉默中。现在他一门心思地专注在食物上。就像吸烟一样,可以短暂地分散他的注意力,让他有事可做。那些寻常而细微的动作,甚至是咀嚼与吞咽,都能给他带来些许慰藉。他在BBC广播电台听到了这样一个故事:当陈旧的石块和腐烂的树枝被挪开时,突然暴露在外的蚂蚁会立刻停下来擦洗自己的脸,这是他们面对突如其来的恐惧和压力所形成的一种本能动作。虽然不知道这是不是真的,但他现在很理解这种行为。正如抽烟、吃饭和其他日常机械动作都能让他感觉好受些。

九点,比莉过来了。她看起来有些不安。

"她走了,到现在还没有回来。杰拉德,你真的觉得给她买助力车是个好主意?"

杰拉德望着帕洛玛:"是帕洛玛的主意。她给她买的。她觉得这可以让伊琴娜变得更独立。能够离开家去看看她的朋友们。"

"可她才十四岁。我的意思是,这甚至不合法吧?她都没有戴头盔。难道你不担心她的安全吗?"

"不,我当然担心她了。她在别的房间睡觉我都会很担心。我会半夜起来去看看她还有没有呼吸——"

"我现在说的是那辆助力车。"

"我知道。那是合法的,这里的人骑车都不戴头盔。如果我坚持的话她也不会买。可这里是西班牙，他们的生活方式比我们糙得多。在伊琴娜还很小的时候，大概七八岁，帕洛玛就让她自己在镇上溜达。她觉得这对她有好处。我眼前经常会出现灾难性的一幕——我总能想象出最可怕的场景。可她妈妈"——他又低头朝床上看了看——"总是觉得一切都没问题。"

比莉坐下来望着帕洛玛："你觉得，她能听到我们说话吗？"

"他们说听不到。不过，"——杰拉德转过头凝视着帕洛玛——"我不知道。"

比莉看着弟弟："再跟我说一遍到底发生了什么。"

两天前，杰拉德到邮局给姐姐打电话，当时他只是简单地说："帕洛玛在医院里，脑出血。她可能醒不过来了。"他就是这样说的。现在他详细解释道："当时她正在厨房里熨衣服。我在煮茶。突然，她觉得头很疼，说必须要坐一会儿。她站在熨衣板旁边，摇晃着快要摔倒。我把她扶到房间里躺好。她闭上了眼睛。我又回到厨房继续煮茶。我把煮好的茶放在托盘上端到卧室，她睡着了。我以为没事了。后来我发现她的呼吸不太正常。我想把她叫醒，可她已经醒不了了。我把她抱到车上来到这里。当时伊琴娜不在家，那样最好。"

"那他们都对她做了什么，杰拉德？"比莉怯怯地看着缠在帕洛玛头上的绷带。

杰拉德也在盯着那些绷带。"他们打开了她的头颅，想找到出血点。后来找到了，他们做了能做的一切。出血点太大，他们说。后来他们说我们必须等等看，不过其中的一个医生跟我说她很可能醒不过来了。"说这话时，他看着比莉，"他觉得她其实已经死了。"

"杰拉德……杰拉德，我很……哦，我知道这个时候说我很遗憾有点荒谬。伊琴娜知道吗？"

"嗯，我告诉她了，差不多吧，不过她完全不想听到这些。"

"是的，肯定不想。"比莉说，她望着杰拉德，他也正抬头看着她，"那现在该怎么办？"

"我觉得他们都在等我告诉他们什么时候关掉呼吸机。"

比莉站起来走到窗户旁，她凝望着外面的街道、房子、路灯，还有漆黑的天空。她的思绪如同俄罗斯套娃般地层层剥开，只是她想得越来越多。

"上帝啊，杰拉德。"

四

吕克骑着摩托车朝远离大海的山上驶去。一路经过了一栋栋小别墅，漫山遍野的松树和橄榄树梯田。在穿过泊黎甘纳狭窄的街道时，车子的引擎声在高大的石头建筑间回响，比原来的轰鸣声高了不少。出城后的道路绕过长满黑色矮冬青、松树和仙人掌的图落山，然后朝东南方向弯曲，最后又是海岸边。

通向度哈梅尔家房子的入口是一个没有任何标志的松林缺口，顺着坑坑洼洼的小路一直到山顶。虽然一片黑暗，但吕克记得大部分地洞和岩石的位置，不过在微弱而摇晃的车灯照射下，本就模糊的地洞和岩石似乎都变形了。这栋房子没有通电。吕克很少在白天的时候来这里，因此每次看到它，似乎都在闪烁着点点亮光，透过树丛朝里看，就像是燃烧未尽的小火苗。

弗朗索瓦的父亲埃米尔·度哈梅尔，在一九五九年亲手设计，并和几个工人一起建造了这栋没有一丝缝隙的石灰岩房屋。他说，这是他对雅克·塔蒂的电影《我的叔叔》中的别墅的致敬。别墅内的房间奇形怪状，错综复杂。点着石蜡灯和蜡烛的过道弯弯曲曲。所有的窗户要么是不规则的梯形，要么是没有玻璃的椭圆形，只挂着遮挡阳光和风雨的百叶窗帘。厨房里放着煤气炉和石蜡恒温箱。浴室装有开放式淋浴和浴缸，所有的水都是用大型海用舱底泵从蓄水池内手动泵出的。热水则是从漆成黑色的屋顶水箱内流下来的。厕所搭在外面岩石下的石灰坑上。一小排带孔的木板当作隔板，四周砌着石头墙，里面还放着一本本破破烂烂的平装书。

埃米尔是个当之无愧的建筑师。他和弗朗索瓦的母亲，画家莎莎一起度过了很多年，不过他并没有和妻子比阿特丽丝离婚。每到夏天，他和比阿特丽丝的两个年长的孩子就来马略卡岛住上一两个星期。大部分夜晚，这里都在举办各种沙龙，免费招待客人吃喝，阅读，演奏吉他、长笛，或布祖基琴，或者播放以电池作为动力的电唱机，如果愿意的话还可以在简陋的房间里睡觉，不过那里只有小床、粗布床单、蜡烛和各种书籍：蒙田的《随笔录》、奥古斯丁的《忏悔录》，还有残缺不全的亚历山大四部曲或哈罗德·罗宾森的作品。

所有到这里的客人都和度哈梅尔夫妇的情况差不多：他们在这个非西班牙人聚集的欧洲社区快乐地生活。虽然个人生活时常充满痛苦，但他们大都拥有修葺一新的小庄园。有些人一年到头住在岛上，有些人则年复一年地来这里度夏。他们通常在丁香花开的春天过来。他们的孩子和朋友以及朋友的孩子可能也会跟过来住上几个星期。这些人一般都是自由职业者、画家、作家、脾气温和的非暴力罪犯，神秘的自养者或贫穷的旧贵族，他们主要靠微薄的年金或兜售继承而来的绘画、家具甚至房子度日。他们偶尔也会睡在一起，不过不会去影响别人。一切都尽在不言中。大家彼此认识，对一切也都心中有数。外面的世界等级分明，他们可能是被遗弃者，但这座小岛上却有沉着、宽容而不带任何偏见的朋友和爱人抚慰他们。

虽然已经过了十一点，但吕克的到来并不算晚。度哈梅尔夫妇正躺在主厅的枕头上吸着旱烟，旁边还有六十多岁的斯库那·特里劳尼，他经常穿的瓜亚贝拉衬衣[1]里总是装着老霍本[2]和火柴。十七岁的娜塔莉·维利克斯溜到他们中间,肚皮紧贴在地板上的棉毯上,双手托着下巴,两只脚翘得高高的,光溜溜的大腿晃个不停。吕克走进时,她正一脸高深莫测地凝视着他。

"卢卡斯!"斯库那大喊一声,虽然他知道这不是吕克的真实名字,"泰迪刚刚坐汽车离开去找你。你们一定是在泊黎甘纳的单行线上错过了。"泰迪是斯库那十六岁的儿子,他和父亲一道来马略卡度夏。

"哦,"吕克说,"伊琴娜在这里吗?"

"她在弗朗索瓦的房间,他们在一块儿。"埃米尔说。

"谢谢你。"

吕克穿过迷宫一般的走廊朝弗朗索瓦的房间走去。虽然大部分时间弗朗索瓦都住在巴黎,但他们几乎没在那里碰过面。在马略卡,弗朗索瓦可能是他最好的朋友。

他们并排躺在地板上,头靠着床,实际上那只是个床垫。伊琴娜闭着眼睛。一台装着电池、蓝白相间的录音机里传来妮娜·西蒙的《密西西比天谴》。

"嗨,哥们儿。"弗朗索瓦朝他打了个招呼。

"嗨。"吕克回应了他一句,他坐在床和窗户之间的地板上。

弗朗索瓦递给他一根烟:"要不要?"

吕克接过来,然后朝伊琴娜躺的地方示意道:"她来很久了?"

"几个小时了。"

他拿了一块面包,然后把烟递回去,不过弗朗索瓦摆摆手表示不要了。

"我正在考虑扎个耳洞,"弗朗索瓦说,"就扎一个。然后戴一个黄

---

[1] 宽松、舒适、胸前打褶的四兜衬衣,在拉美和加勒比地区随处可见。——译者注
[2] 烟名。——译者注

金耳环。就像海盗一样。"

"那样看起来像同性恋。"

"不,很多直男也戴耳环。看起来很酷的。"

"去他妈的,"吕克说,"我才不要呢,肯定疼死了。"

他深深地吸了一口烟,他也快要崩溃了。

五

星期日，小雨断断续续下个不停，这在夏天并不常见。到了下午，太阳终于露出头来，不一会儿就把岩石旅社庭院里的石砖、花坛和九重葛晒干了。困在房间里的客人们陆续走了出来。下雨时他们只能待在屋里看书或在旧报纸上翻寻着还有什么新鲜事，以躲避和另一半做爱的义务，当然还是有人屈从了。

整个下午，伴着屋檐下的雨滴声，卡西安和多米尼克就坐在吧台旁的角桌前下西洋陆军棋。暮色渐起，穿了一天海滩装的客人们陆续来到了酒吧。

身材丰满的金发女郎苏茜·布瑞德汉姆走过来一屁股坐到他们旁边的高脚凳上："天啊，你们两个不会是整整下了一天吧？"

"是的，没错。"卡西安说。

"亲爱的苏茜，"多米尼克说，"你都去干什么去了，甜心？"

"睡觉、看书、喝酒。真是他妈的太无聊了。"

"如果你需要的话我很乐意陪你。"

"你真是太好了，多米尼克。我可不想打扰你。"

"一点儿也不打扰。"

"那等我需要的时候一定告诉你。"

"必须的。"

理查德·斯奎布也走到了他们旁边，啤酒肚下面依然是那条小小的比基尼泳裤。他双手叉腰，嘴里叼着雪茄："谁赢了，谁输了？"

"这还需要问吗，"多米尼克说，"他已经从我这里拿走了四十镑。"

"好吧，那你为什么还非要跟他玩？"理查德问道。

卡西安抬起头，一双眼睛透过黄色的镜片紧盯着理查德，他扬起一边的嘴角，露出一丝笑容。"他喜欢扮演输家。"他又低下头看着对面的多米尼克，"这是他的策略。"

"是的。不过他一直在输。"理查德说，"我真是无法理解。"

"理查德，你能把这根雪茄从我耳边移走吗？"苏茜问道。

"不好意思，"理查德赶紧走到吧台另一边。露露正从车库朝这边走来。"露露，你是刚刚从自己的南美草原之旅回来吗？"

"是的，理查德，没错。"

互吻脸颊时她突然停顿了一下。

"这种天气是不是让人有些郁闷？"

"完全没有，我喜欢这样的天，"露露说，"不过我还是很高兴雨停了，这样的话我们就可以观看现场演出了。"

"是的。我也是。"理查德说，"老杰克逊，他很棒，不是吗？"

"没错，他非常棒。"报以灿烂的微笑之后，露露继续向前走，"亲爱的。"和大家打了个招呼后她又消失在房间里。

几个星期前，她在米拉维斯塔那里看到了杰克逊·拉莱那略带神经质、如同苏打水加威士忌式的表演。马特奥不反对杰克逊在合同约定的休息之夜到别处演奏，因此最后三个周日的晚上，他来到了岩石旅社。他像佛陀般坐在游泳池旁的树荫下，一根电线顺着台阶接到他的扬声器上。他的演出引起了很大的轰动，征服了当地的英国人、欧洲人，还有岩石旅社的客人们。对于露露来说，这几个周日夜晚让她收入颇丰，如果下雨就糟糕了。

露露穿过卧室，走到浴室里洗个了澡。她才驾车从阿尔塔的另一边回来，她去那里的小庄园找巴托洛梅·廖贝特。这个备用居所有一间小厨房，一个壁炉，很多书籍和写作材料，一张大床和一部电话。廖贝特经常给露露打电话，柔声细语地说出自己的恳求。露露对他的日程安排了如指掌。他可能会打电话的那些下午，她都要指示手下告诉这个西班牙绅士自己在或者不在——她说，他是她的律师——随着夏天的过去，他总会打电话过来建议她加快进度。

"亲爱的。"他这样称呼她。耳机里那低沉而洪亮的马德里口音总让她想到退潮后的海滩上相互摩擦的石块，于是她用英语回答道："我在这里。"

露露很享受廖贝特的陪伴。他聪明、风趣，但却不是那种直觉灵敏的情人。露露不喜欢明示。当她说出一点之后，他只会集中在那一点上，单调乏味得很。于是她不得不说："这样很好，巴蒂。不过你还可以说点儿其他的。"然后他又一次听从了她的指挥。

没人知道她和卡拉马索帕最臭名昭著的一家，老海盗、民族主义者胡安·廖贝特最小的儿子之间的"友谊"。巴托洛梅·廖贝特是一个有钱的马德里海事律师。每年夏天，他都会带着完美的一大家人漂洋过海来到这里；作为本地贵族，同时也是廖贝特银行的行长，他负责八月份圣劳伦克节的开幕。他和露露从未在正式场合见过面。去年春天，在帕尔马机场，一个身材修长、西装革履的银发男子走到她面前问路，不过他怎么知道她来自哪里？他边说边笑着，最后他们终于达成了一致：卡拉马索帕的一座别墅。之前驱车行驶在海岸边的道路上，还有在镇上时他都见过她。他很高兴自己终于遇见了她。

不过今天露露打算结束他们之间的肉体关系。

"亲爱的巴蒂，这样对我们更好。我们可以成为真正的朋友。我可以更频繁地见你。性总会有变淡的一天，我不希望这发生在我们之间。这样会非常有趣，所以就保持这种方式吧。"

他们是用英语交流的。露露会说西班牙语。几十年过去了，由于只掌握了基本的规则和要领，她的西班牙语只能算一般，而廖贝特的英语，经过国际海事领域内各色人等的磨炼，已经变得非常完美。

他目瞪口呆地望着她："可是，亲爱的，我不明白。在这里我们相处得无比完美和理想。你我都拥有绝对的自由。我们满足彼此的渴望，拥有令人陶醉的亲密和友爱——除非我完全误解了你的意思。你想和我结婚？你知道那是不可能——"

"天啊，不，巴蒂。我从来没有想过和你或者其他人结婚。不，不，你明白的，真的，我实在太喜欢你了。我希望我们能成为真正的好朋友。"

"我们是真正的朋友，"他反驳道，"我们有最美好、最完美的感情——"

"没错，可它只能被藏匿在这里。我们无法成为我想要的那种真正的朋友。"

廖贝特紧盯着她。他站起来朝通往小花园的门口走去。花园里有一个被橘子树环绕的喷泉。不一会儿，他转过身，悲伤地看着她，"露露，我最亲爱的。你的意思是我们以后不会再做爱了？"

"是的，巴蒂。那样确实很甜蜜。不过我们必须往前看，不是吗？"她望着他，脸上挂着那种对真正的朋友才有的神情。

六

一群人正在海港边的马里迪莫酒吧餐厅吃章鱼、烤鱿鱼、汉堡和炸薯条。他们是弗洛伦丝、艾玛、西维尔、弗朗索瓦、泰迪、希尔盖、阿兰、娜塔莉、伊琴娜和吕克。一大帮只在夏天聚在一起的人。他们坐在阳台边的桌子旁,远离房间里的灯光。弗朗西斯卡,拉斐尔·索莱尔的妻子只给他们端上了可乐。不过伊琴娜把钱给娜塔莉让她去买些酒装到泰迪·特里劳尼的山羊皮酒囊里。然后在桌子下面一个接一个地传着,把酒倒进他们的杯子里。比莉给了伊琴娜一千比塞塔并且告诉她,"买什么都可以,亲爱的。好好款待一下自己。"于是,伊琴娜把这笔钱用来买酒,以及远离那个家。既然比莉来了,她就可以少去几次医院了。

"不过这是我们想要的吗?什么狗屁鱿鱼啊!"当一小碟撒着橘黄色粉料的鱿鱼端上来时,弗朗索瓦扭过头说。他的嘴里塞满了蘸着番茄酱的薯条。

"你怎么知道不好吃?"伊琴娜说,"你连尝都没尝过呢。"

"不需要尝。味道好难闻。"

"我喜欢。"伊琴娜说。

"你也会变臭的。"弗朗索瓦说。

"我倒希望!"

用过晚餐之后,他们来到黑漆漆的码头,沿着岩石台阶一直走到防波堤的顶部。防波堤庇护着一艘艘即将驶入卡拉马索帕的渔船和外国的木质帆船。他们一前一后走到城墙尽头,然后在闪烁的白色灯塔下面坐下。他们隐匿在灯塔脚下巨石的影子里,没有触碰到一丝光亮。于是就能看到灯塔庞大的黑影在上方时隐时现。

伊琴娜坐在吕克和弗朗索瓦中间,背靠着塔壁,双腿叉开,膝盖摆来摆去。她知道他们两个都很迷恋自己。弗朗索瓦和她在一起时更放松些。一头法式短发让他看起来很像让-皮埃尔·里奥,也更为帅气。今年夏天,吕克变得有些喜怒无常。他总是呈现出很多面目:当他和她聊天时,聊有关食物、船、人或计划时,他那双大眼睛似乎属于站在他身后的某个人,透过他的肩膀紧盯着她。

娜塔莉坐在吕克旁边,她的另一边是泰迪。泰迪的酒囊在他们手里传来传去,大家都还在喝着。没有人说话,所有人都沉浸在海浪拍打岩石的声音和自己的思绪里。

虽然娜塔莉只比泰迪、吕克和弗朗索瓦大一岁,但她已经和那些成年人没什么两样了。去年夏天她还把男朋友马克从巴黎带过来住了两个星期。她和马克一起住在她的房间里,就像那些已婚的客人们一样。马克离开之后,她又和在马拉维斯塔遇到的一个开保时捷的德国商人出去约会了。今年夏天,她是一个人过来的。马克没有来,他们已经分手了。

泰迪一直围着她转,假装在寻找酒囊,实际上在嗅着她身上的香皂和汗水味,一双眼睛不断地朝她衣服领口瞄去。他觉得今天娜塔莉愿意和他们待在一起是因为他们彼此认识了很多年,在她眼里,他们就像是自己的兄弟姐妹、小伙伴。而她还在等待一个成熟、毛发浓密、叼着香烟、开着轿车、经济独立的爱人出现。

伊琴娜摇晃的膝盖碰到了弗朗索瓦和吕克。这惹恼了吕克。他突然站起来:"我要走了,你们待会儿去看杰克逊的演出吗?"

"是的,我会过去。"泰迪说,"什么时候开始?"

"十点。"吕克开始沿着防波堤往回走。

"你为什么离开?"伊琴娜发脾气似的对他喊道。

"我有事要做。"

其实他什么事都没有,但他不喜欢这样一声不响地夹在伊琴娜和弗朗索瓦中间,默默等待着什么发生,尽管三个人这样在一块儿,什么都不会发生。

将近十点,游泳池旁的杰克逊·拉莱已经准备就绪了。虽然个头很大,但他动作敏捷得很。一转眼的工夫,高脚凳已经在台阶上摆好,电线也从酒吧接到了扬声器上。他让那个女孩——萨利——吧台上的女孩给他调制了一杯自由古巴。他把酒杯放到扬声器上,然后坐在高脚凳上拨起了吉他。柔和的音符瞬间飘荡在庭院、酒吧和户外用餐区上空,就像肥皂泡般不经意地钻进灌木丛和你的耳朵里。那些熟悉的旋律如同海浪轻拍岩石一般自然柔和。《蒙娜丽莎》《烟雾迷住你的眼睛》《水乡鹈鹕》《当日光变热》《帕夫迪亚》。

晚饭后,客人们转到酒吧里。他们端着酒杯走到庭院边的桌子旁。杰克逊开始演奏动感曲目:《伴我双飞》《爱你爱到心坎里》《我为你快乐》《我可爱的情人》。很多熟悉这些节奏的情侣按捺不住地舞动起来。这时,杰克逊调高音量,一首首文雅动听的节奏蓝调开始了:《我有一个女人》《蓝色羊皮鞋》《梅贝林》。更多的人加入进来,他们扭摆,抖动,挥舞着双手。这些白人跳舞的姿势总是让杰克逊想起九年前在纽黑文的场景。当时他和另外一支乐队一起做开场,亲眼见到了演奏《水果冰淇淋》时抖动摇摆的帕特·布恩,这让他毕生难忘。

多米尼克走到露露、汤姆和米莉坐的桌子前。"露露，"他穿着一件鱼先生牌花衬衫和一条轻薄的白色潮人喇叭裤，脚上趿拉着一双丑陋的白色古奇懒人拖鞋。他打了个响指，然后轻轻弯下腰问："我有这个荣幸吗？"

"当然了，多米尼克。"露露微笑着站起来，看起来就像是被他迷住了。

多米尼克殷勤地轻托她的手来到庭院中央，似乎准备加入方阵舞的队列。他刚一松开手，露露就立刻轻松地舞动起来。多米尼克挥舞着手臂，像求偶的极乐鸟一般围着她。他缩起身子，摇晃着站直，然后再蹲下。

露露大笑起来："你真是太有意思了，多米尼克。"

一曲结束，她说："谢谢你，多米尼克。你真的很有趣。我要坐一会儿了，来跟我们一起吧。"

她回到桌子旁。汤姆友善地望着多米尼克说："喝点儿酒吧，多米尼克。"说完，他咧嘴一笑，露出了洁白的牙齿，看起来无比自信。汤姆从未有过牙齿缝里露出菠菜叶的窘相，这是因为十九岁那年他骑摩托车出了一次交通事故，所有的牙齿都被敲掉了，取而代之的是一口漂亮的假牙。

"谢谢，"多米尼克说，"好的。不过还是算了，让我来请你们。你要喝什么，露露？"露露的酒水当然是免费的，不过客人们可以通过给她买酒的方式来表达自己特别的关注。

"你真是太好了，亲爱的。我喜欢雪利酒。麻烦给我一杯菲诺。"

吕克走上泳池台阶，靠在杰克逊旁边观看表演。杰克逊朝他微微点了点头，然后两个人又交换了一下眼神。一曲结束后，杰克逊端起"自由古巴"抿了一口。吕克问道："可以演奏《帕夫迪亚》吗？"

"刚才已经弹奏过了，等晚些时候我一定弹。"

"谢谢你,杰克逊。"

"应该的,哥们儿。"

当杰克逊开始弹奏《皇家夜未眠》时,吕克转过身看到伊琴娜向他奔来。就在他满怀期望时,狂奔的伊琴娜一把把他推到游泳池里。杰克逊又继续弹奏起来。伊琴娜跳下台阶,在舞者中间奔跑。

吕克爬出泳池,一边拧着衣服上的水一边追在她身后。

吕克跑出大门四下张望,左手边是通往海岸边的公路,在灯塔灯光的照射下一直延伸至看不见的地方。右手边则是桑摩尔海滩旁的小旅馆。这时,他看到她就在自己正前方的岩石边上。她站在黑漆漆的大海旁,她的头发、后背还有双腿被岸边房子里透出的灯光照得发亮。他穿着拖鞋走到了马路对面。

"伊琴娜。"他喊了一声。脚下海浪阵阵,如沸腾般大声咆哮着。

"伊琴娜——"

他的声音大得快要把她推倒。

吕克冲到海水上方的岩礁上。"天啊,伊琴娜!"看到伊琴娜低下头面向大海时,他不禁大叫起来,"你在干什么?"

她没有看他。她的头已经开始向下冲。

"伊琴娜!回来!"

她没有回来。刹那间,她飞身跳进了墨汁一般的海里。

吕克赶紧甩掉拖鞋跟着跳了下去。

海水出乎意料得温暖,他浮出水面却找不到伊琴娜。过了一会儿,在小镇灯光的映衬下,他看到了她的脑袋。他立刻上去抓住她。

"伊琴娜。"

她还在朝大海深处游去,不过速度不快。吕克跟在她旁边。

"你为什么要那样做?"

她没有回答。

"你为什么把我推到泳池里？"

"因为我想推。"

"为什么？"

她不理会继续向前游着。

"今晚确实很适合游泳。"吕克说。

又过了几分钟，他说："如果继续向前的话，我不知道自己能否救得了你。"

"那你就回去。"

"我不会那样做的……"吕克发现这样和她对话很不容易。不是喘不上气，而是面对伊琴娜这样的行为，还有她对自己毫不掩饰的关注，他的心忍不住怦怦直跳，他其实很高兴，却又不知道这到底意味着什么。"伊琴娜……如果你还要向前的话我不会阻止你……好吧，我可以……不过到时候我们会走投无路地四下挣扎……我还没强壮到可以把你拖回岸边……如果你反抗的话……即使你不反抗我也觉得不能把你拖回去——"

"滚开！"

"好，但……如果我回去……你被淹了……到时候我就说：'好吧，当时我也在那里，可是……伊琴娜让我不要管她——'"

"哎呀，哎呀！"她对着天空喊道。

他只好和她保持几英尺的距离，不过依然能够闻到带着酒气的温暖气息。

伊琴娜环顾了一下四周，她不是在看吕克，而是在确认自己的大概位置。她绕过他，朝岸边游去。

游到固定在岩石上的梯子旁时，两个人都紧抓着扶梯大口喘着粗气。

"你先上。"吕克说。

伊琴娜攀上梯子，消失在他头顶。吕克赶紧追上去，发现她侧躺在岩石上。吕克躺到她旁边。过了一会儿，他缓过气来，这才注意到海面吹来的阵阵微风，他觉得有点凉。于是坐了起来。

"伊琴娜。"

她睡着了，嘴巴半张，快速地呼吸着。黑色长发粘在她的脸上。

"伊琴娜，"吕克把她扶起来，"我们要进去了。快点儿，醒一醒。"

她咕哝了一声。

吕克像祈祷般跪到地上，低头向前，直至头碰到了石头上。他把伊琴娜拉到了自己的肩膀上。

他跟跟跄跄地沿着路边向前走，穿过车库旁的大门，然后顺着台阶回到自己的工具房里。他跪下来把伊琴娜放到床上。下面泳池和院子里的灯光从墙壁上方舷窗大小的方形小洞里透进来。这时，他感觉口渴极了。于是悄悄地走到屋里，在厨房的冰箱里找到一瓶水。他狼吞虎咽地喝了几口，然后把瓶子拿在手里。

等他回到房间时，伊琴娜已经裹在被单里，两团衣服扔在一旁的地板上。

"伊琴娜？你醒了吗？你想喝水吗？"

"好。"她支着胳膊肘坐起来，他把水递过去，然后坐在床边看着她喝水。"

吕克从在岩石旅社做清洁工的弗朗西斯卡那里听说了帕洛玛的事情。弗朗西斯卡只知道帕洛玛还在马纳科尔的医院里，情况很糟糕。关于你妈妈的事情，我感到很抱歉。几天前，他这样跟伊琴娜说，可她根本不愿意讨论这件事。

"我送你回家。"吕克说。

"我要骑我的摩托车。"

"你现在不能骑车。"

"看你怎么拦住我?"

"我肯定能拦住你,别担心。"

"去他妈的!"伊琴娜像泼妇般大骂了一句。她低下头看着地板上湿漉漉的衣服说:"我不想再穿上它们。"

"你可以穿这个。"吕克把自己的短裤和T恤放到床上,然后转身离开了。

"伊琴娜,停下来!"他对她嘘声说。

他们骑着他的摩托车驶出了小镇。伊琴娜坐在后面,她一只手搂住吕克的胸,另一只手不停地抚摸他。"快停下!我们会撞车的!"

"你开你的。"她说。

他停止了挣扎。他开始默不作声,伊琴娜还在继续轻柔地探索着。两个人都不再说话。

杰拉德和比莉站在阳台上,他们听到了车子轰隆隆的爬坡声。

"快走!"伊琴娜下车时对吕克喊道。

他掉过头朝山下驶去,可满脑子全是刚才她握住自己的情形。

"伊琴娜,你去哪里了?"杰拉德问道,"你还好吗?你的助力车呢?你出车祸了吗?"

"没有,我很好,爸爸。我只是不想骑回来了。"伊琴娜说,"晚安!"她立刻跳上台阶跑回自己位于一楼水箱旁边的屋子里。

阳台上,比莉问道:"你知道她到哪里去了吗?"

"他们可能在米拉维斯塔跳舞。刚才那个是吕克——露露的儿子。他是个不错的小伙子。"

"她穿的不是自己的衣服,杰拉德。"

"难道他们?"

"杰拉德……你必须阻止这一切。"

七

不过，生活还在继续。杰拉德必须把油卖掉。一大清早他就出发了，先去阿尔塔取五十瓶一升装的自制橄榄油，然后送到卡里斯食品店、卡斯蒂略酒店、方达酒店和卡拉马索帕的其他几家餐厅。

十一月的时候，他加入了阿尔塔合作社，这样的话他的产品就能贴上"巴利阿里群岛品质"的标识。去年秋天雨水充沛，橄榄树的产量比过去高了不少，他也因此获得了一笔不菲的收入。合作社特意安排了两个人来帮助他。他们开车把成缸成缸的绿色和紫色橄榄运送到榨油坊。参加合作社的费用和付给雇工的工钱抵掉了大丰收的部分收入，他只好把印有"巴利阿里群岛品质"标识的橄榄油的价格提高一些。被尊称为"橄榄爷爷"的榨油坊的老爷爷总是把粗糙的食指放在一股股新油下面，然后拿到嘴边舔一舔来确定品质。他建议杰拉德提前两个星期采摘橄榄。这批油是他有史以来榨出的最好的，夹杂着水果和树木的清香。刚听到这话时，杰拉德感到很难过，他觉得这是他把橄榄树和精品水果树混在一起种植的结果。不过老爷爷向他保证这是提前采摘的缘故。他的油全部都是由他的橄榄榨的，质量非常好。榨出的油很多，茨安卡弗雷尔都放不下了。他只好把其中的一半，几百瓶略显浑浊的绿色油瓶存放到合作社。然后在需要的时候驾车去阿尔塔取回来。

他先驱车五十分钟赶到了马纳科尔的医院。帕洛玛还是老样子。虽然她佩戴着呼吸器，但她的脸色看起来还不错。随着时间的过去，脑部手术后出现在眼睛周围的瘀伤渐渐消退。杰拉德用西班牙语告诉她自己马上要去阿尔塔的合作社取一些油，下午晚些时候就回来。

从医院到阿尔塔只需要半个小时。到了榨油坊，老爷爷正咧开没剩几颗牙齿的嘴巴冲着他微笑，他朝老爷爷问候了一句"今天天气真不错"，然后把用板条箱装好的油瓶搬到后备厢里，驾车回到卡拉马索帕。

马特奥·皮若尔为杰克逊·拉莱在港口外的山上租了一套小公寓。这套公寓是他的一个朋友为自己的岳母买的。六月份的时候，岳母去世了，他很乐意把它租出去一季。

这里很适合杰克逊居住。它坐落在后街，周围是电器维修店、修鞋铺、杂货店和水管建材中心。这些商铺发出的噪声少且短暂，不像宾馆和民宿聚集地总是充斥着醉醺醺的游客持续不断的歌唱声。

杰克逊总是睡到很晚才起床。狭小的厨房里放了不少从杂货店里买回来的食材：面包、咖啡、牛奶、糖，这是他的早餐；还有奶酪、冰淇淋、瓶装水、啤酒和珍宝威士忌。每天中午他都会去位于广场的一家咖啡馆吃午餐。那里游客不多。他喜欢带上速描本和铅笔描绘广场上的游客和建筑。每次描绘时，他的头脑会惬意到一片空白。他的想法不多——他不喜欢思考太多。他觉得速描就像是在度假。等所有的思绪和想法重新回来时，他就知道自己的假期结束了。

到了下午三点，他就回到自己的公寓里。他的新女伴一般会在下午过来。所以他特意没有把门锁上。

不一会儿，她就到了。窗帘已经按照她的喜好拉上了，而杰克逊也光溜溜地躺到床上，像极了一只正在晒太阳的公狗。

"我喜欢你这个样子！"她说。她迅速脱掉衣服，像只猫一般顺着他的腿向上探索。

她透过发隙紧盯着他的皮肤，然后伸出雪白的手掌抚摸他的全身，就好像在雕琢一件艺术品。

她气喘吁吁地望着他："你不知道你都对我做了什么，杰克逊。"他说："我倒觉得这是非常棒。"她又问道："你觉得怎么样？"他戏谑道："也许下次你可以更猛一些。"她忍不住笑起来，那笑容真是千娇百媚。她真的很漂亮，他们在一起就像是一幅黑白照片。

但她不打算逗留下去。她起身穿好衣服，迅速离开了。

由于位置的关系，卡里斯食品店里的游客并不多。这里出售的东西更适合那些口味挑剔的客人——季节性居住的外国人和本地的西班牙专业阶层——他们会在家里准备食物，渴望买到比那些西班牙、葡萄牙罐装食品更优质的材料。在卡里斯，你能找到玻璃瓶装的法国鹅肝，南特产区的拉菲葡萄酒，萨摩赛特的切达奶酪，来自芬兰的散发着臭味的发酵鲱鱼，意大利和希腊的橄榄油，绿色的当地橄榄油，一篮篮柠檬，一盒盒橄榄和杏仁。早期的时候，卡里斯就从杰拉德那里购买他自产的产品。

他把车子停到不远处。然后小心翼翼地把十二瓶橄榄油放到篮子里，拎到门口，撩开晃动的珠帘，走进店里。

"你好。"他向站在柜台后面的约瑟·卡里斯和卡特琳娜·卡里斯打了声招呼。

"你好，杰尔。"卡特琳娜的表情立刻变得复杂起来：充满同情、悲伤的神情中透着乐观和不安。约瑟是加泰罗尼亚人，原来的满头红发已然变得灰白。他正把火腿塞到电动切片机中，他对杰拉德点了点头，脸上带着那种同一战壕里的战士分享最后一支烟的关爱之情。

"帕洛玛现在怎么样？"卡特琳娜问道。

杰拉德耸耸肩望向别处:"还要再等等看。"目前能说的只有这些。他把油瓶放到柜台上。卡特琳娜从抽屉里拿出一沓钞票,仔细地数了数,接着又加了几枚比塞塔币递给了杰拉德,然后直直地望着他。她强装出的镇静彻底败给了悲伤。

"哦,我的上帝啊,杰尔。"

她走到柜台外给了杰拉德一个拥抱。不过她很快平复下来,回到柜台里。

"是的,谢谢你们,卡特琳娜,约瑟。"

杰拉德朝街上走去,门口的珠帘挡住了他的部分视线,他径直朝停车的地方走去,没想到迎面撞到了露露。

她向前踉跄了几步差点摔倒,杰拉德赶紧拉住了她的手臂。

"露露。"他直勾勾地望着她。

她满头大汗,几缕头发在额前飘舞着,剩下的头发盘在了脑后。她看起来像是从岩石旅社一路奔跑而来。她回望着他,似乎很不高兴被他打扰,当然还有难掩的惊奇和困惑。

他的目光落到她下巴上的那道疤上,青灰色,就像被——

露露回过神来,甩了甩胳膊,挣脱开他的手。"你在这里做什么?"她厉声问道。

杰拉德也甩了甩手,说:"卡里斯,我——"

突然间,她疾步从他身旁走开,沿着小山坡朝港口走去。杰拉德凝望着她的背影,直至她最后消失在街角。

他茫然地回到车里。坐到驾驶座上后,他依然透过挡风玻璃紧盯着她离开的方向。

他们一度近在咫尺。她身上散发着如同古老的电暖炉般的热气。他触摸到了她手臂上的温热和汗珠。杰拉德的脑海里突然迸出一个画面,他已经看不到前面的街道,脑子里只有露露扭动的身躯,灸热、湿润,她就坐在他身上,他们躺在"涅瑞伊德斯号"狭窄的床铺上,凌乱的头发黏在她那流着汗水的面庞、脖子和乳房上。客舱里热得令人窒息,可他们对彼此的欲望却达到前所未有的高潮,于是依旧沉浸于欢愉之中。

　　杰拉德的视线渐渐回归清晰。他终于又看到了街上来来往往的行人和摩托车。最后,他发动了车子。

八

比莉正在厨房里忙着做加泰罗尼亚鲜汤。早先到茨安卡弗雷尔拜访弟弟时，她带了一本美食家伊丽莎白·大卫写的《地中海美食》。她总是一边做饭一边翻阅食谱，塞文欧思科家里的那本已经沾染了不少污渍。她喜欢把食谱和肯特本地的蔬菜和水果结合起来。在她看来，因地制宜地利用这本书才是最大的乐趣。马略卡岛被浩瀚碧蓝的地中海包围着。她要使用当地的食材做汤的原材料。除了芹菜之外，整个卡拉马索帕都找不到书上提供的其他任何食材。她选择用青椒切块来替代。帕洛玛是个非常能干的女人，只是不是太热情。她很会做饭，总能拿出很多肉（她喜欢用公猪肉）、鱼和蔬菜，她不喜欢口味清淡的沙拉、汤水、鱿鱼和章鱼。而比莉却钟爱简单有趣的什锦拼盘，她很享受和伊琴娜一起寻觅食材，准备食物的过程。不过这次过来，伊琴娜吃得不多，也不愿意陪她待在厨房里。

"她还没起来吗？"杰拉德一走进厨房就问道。他手里又拿了不少油瓶。

"是的，还没有。"比莉正专心致志地切着洋葱。不一会儿，她停下来，用面包片擦了擦被熏得流泪的眼睛。然后转过身，看着刚从储物室里出来的杰拉德："杰拉德，坐下来，我要和你认真谈一谈。"

"好，可以。"杰拉德似乎松了口气。她是他的姐姐，通常来说她的话就等于是圣谕。他坐下来，拿起旁边桌子上的红酒瓶给自己倒了一杯酒，又咬了一口面包。

比莉平静地望着他。

伊琴娜觉得自己睡了很久很久，就像在有着蜘蛛网和花粉的童话世界里沉沉地睡着了。

桌子上放了很多金黄色的纱，这些都是做罗马式拖鞋的材料：一根纱带大约一英寸宽，直接系在脚踝处，绕着脚背缠到第二个脚趾上，这就是所有的材料，不需要其他东西了。在过去的两年里，这种鞋子在岩石旅社的女客中颇为流行。她们喜欢悄无声息地穿过庭院，光着脚跳舞。鞋子就放在酒吧里出售，伊琴娜也因此赚到了不少零花钱。她告诉父亲，因为这些拖鞋，岩石旅社还特意举办了一次罗马之夜派对。不过自从母亲生病之后，她就再也没做过了。

杰拉德坐到床边。他伸出手轻轻地把粘在她脸上的头发拨到一边。我的漂亮的，最漂亮的小女孩。他很怀念她孩提时的样子——十八个月时，三岁时，五岁时，小小的模样，睡着时趴在他的肩上——时间一天天过去，他愿意忍受这些逝去是因为她变得更加珍贵、更加特别，她已经是他人生的一部分。她睡得很安宁，嘴巴微微张开，和小时候一模一样。就好像前一晚讲完《小猪布兰德的故事》之后，他哄她慢慢入睡一般。现在他要叫醒她回到这个残酷的世界，童年的快乐将会永远离她而去。

她睁开眼睛，看到了杰拉德："是妈妈吗？出什么事了？"

"没事。"杰拉德说，"什么都没有。不过我必须和你谈谈妈妈的事情。"

伊琴娜一动不动地盯着父亲，看起来非常清醒："我知道你要说什么,爸爸。"

他假装没有听到:"我最亲爱的,亲爱的伊琴娜——"

"她已经死了,我们要把她的呼吸器拔掉,我知道。"

他望着女儿,她躺在那里,镇静的外表掩饰着心里的一道道伤痕。

"好吧……我觉得这也是医生想告诉我们的。"

"医生已经说过了,爸爸。西门尼斯医生说她的大脑功能已经受损,不会再恢复了。那台机器只是保持她的呼吸,我们必须做好让她离开的准备。这是他的原话。我们必须做好让她离开的准备。"

"是的,"听到她这样说,杰拉德感到很震惊。原来没有准备好的是他。现在他才明白,伊琴娜早已做好准备,每天晚上都在准备。"我想我记得。"

"好,难道你觉得我们不应该这样做吗,爸爸?让机器停下来,让她离去?我不想再看到她这个样子。她已经走了。"

伊琴娜伸出手,握住了父亲布满老茧的手。

"你和你妈妈确实很像。"他说。

下午,他们三个人驾车去了马纳科尔。

一路上,杰拉德的心绪如同第一次看见这一切般。橄榄树林,古老的石灰岩墙壁。他一直在想伊琴娜。他想告诉帕洛玛他们的女儿有多棒,马略卡的风景有多美。他还想告诉她自己内心的感激。他不确定她知道这些。你不可能到处张扬自己的感激。

她为他做的一切。

他不停地从后视镜里看着伊琴娜——为此他不得不把头稍偏一点,但又不能偏得太过。她一直望着窗外,一张脸在蛙人面具大小的太阳镜下显得神秘莫测。她看起来比他感觉到的还要平静。

"还好吗?"比莉轻声问道。

他看到她正看着自己。"还好。"他回答道。

西门尼斯医生不在医院。正在值班的是年轻的姆尼奥斯医生。

"哦，亲爱的，"杰拉德说，"做决定前我们应该和西门尼斯医生谈一下。"

不过姆尼奥斯医生也可以帮助他们。他们可以在帕洛玛的病房里等着，他这样说，等护士请来当班的牧师。

伊琴娜坐到床边拉起妈妈的右手。杰拉德坐在床的另一侧。他望着女儿，她看起来依然平静而坚定。他拉着帕洛玛的左手，她的手依旧暖暖的。比莉坐在伊琴娜旁边。

"嗨，亲爱的，"杰拉德像过去那样跟帕洛玛说着话，就像她能听到般，"我们都很爱你。"

牧师来了，姆尼奥斯医生和护士跟在他后面。

"下午好。"牧师先打了声招呼。他那苍白的皮肤把下午五点的阴影映衬得如同木炭般。身上的黑色法袍肩部散落着几片头皮屑。杰拉德从他的口气里闻出了大蒜和香肠味。看来被召唤时他还正在吃午饭。

"你们想说些什么？"牧师问道。

"你说我们？"杰拉德朝伊琴娜看了看，她摇了摇头。"没有。"他说。

比画十字之后牧师开始轻声祈祷："主啊，我们恳请你，在死亡的时刻，把所有的罪责接收到你慈悲的怀抱……"

结束之后，牧师吻了吻脖子上的红色圣带，然后把它解开，走上前放到帕洛玛的脸颊上，靠近插着管子的嘴唇。

"我还能为你们做些什么吗？"

"不用了，谢谢你，神父。"

牧师点点头，又念叨了几句拉丁语后离开了。他还要继续吃午餐。

"准备好了吗？"姆尼奥斯医生问道。

"好了。"杰拉德说。

姆尼奥斯朝护士点了点头,在胸前快速地画一个十字,然后就关掉了呼吸器。病房突然陷入一片沉寂,就像冰箱只有在被拔掉电源时才让人意识到它的存在。姆尼奥斯医生熟练地移开了呼吸机管子和设备,护士立刻用白毛巾把帕洛玛的嘴角擦拭干净。然后是手上的静脉注射器。最后,他和护士都离开了病房。

剩下的三个人目不转睛地盯着帕洛玛。杰拉德想看看她的胸腔会不会起伏,没有。伊琴娜弯下腰亲吻着妈妈的脸颊。整个房间只剩下他们烦躁的呼吸声。

"她看起来美极了,"比莉说,"还很安宁。"

就在这时,帕洛玛的嘴唇微微张了张,似乎要说些什么。她张开嘴——

"妈妈!"伊琴娜哭喊道。

帕洛玛张开嘴巴,直到下巴重新回到之前插着管子时的位置。慢慢地,嘴唇开始变蓝,脸颊的红色渐渐消退,先是土黄色,然后是灰色,最后像白纸般惨白。

伊琴娜站在那里忍不住尖叫起来,她不停地尖叫着,最后冲出了病房。

比莉站起来说:"我去追她。"可她的目光无法从帕洛玛不断变化的躯体上移开。"上帝啊,太快了。"她抚摸着杰拉德的肩膀,"要我离开吗?"

"好,我再待一会儿。"他抬头看了看比莉,努力挤出一丝微笑。

可他没有待太久。他盯着那具尸体,过去他曾看过许多。

然后他站起来离开了病房。

九

"我不是个好父亲。"杰拉德十分沮丧。

"你当然是,杰拉德。"比莉安慰道。

他们坐在厨房的桌子旁,现在是下午三点。伊琴娜自从昨晚半夜回来之后就没有再露面,不过这个点她应该骑车回来了。

"你是我见过的最好的爸爸。比我们老爸强多了。"

"他也挺好的。"

"他对我们根本没兴趣,杰拉德。那个时候你太小,看不出来。他确实不错,但他的兴趣真的不在我们身上。我很抱歉,不过看到他无视你的样子我真的很难过。你是个男孩,你需要父亲。他很少和你一起看书或做其他事情。每学期开学帮你打包送你回学校是他最高兴的事情。"

"我觉得他对我挺好的,他有他自己的方式。他是一个体面和气——"

"图书管理员当然要体面和气。我很抱歉。"

"他没有学会表达自己的情感。"

"你也一样。可看看你是怎么对伊琴娜的。你们俩的感情那么好。你们会亲吻和拥抱彼此。一起大笑。那么,这些又是谁教你的呢?不是桃乐茜!"桃乐茜是他们父亲的第二任妻子。

"这只是我们相处的方式。自然形成的。"

"没错,一个顺其自然的父亲,一个优秀的父亲。"

比莉站起来去烧煮茶的水,然后转向杰拉德。她抱着胳膊执拗地站在火炉旁。"不过,"她说,"你有没有考虑过回英国?"

杰拉德一脸惊讶。"没有。"过了好一会儿,他才问,"我去那里能做什么?"

"我不知道。你可以再写些东西,人们喜欢你的书。你也可以去教书。"

"我觉得没那么容易。你说的这些,我觉得必须要一直待在那里,而且一直从事那些工作才行。而我都不知道该从哪里开始。再说了,我也没钱。"

"你可以把这个地方卖掉。"

杰拉德一脸不解的样子:"好吧,可这里值不了多少钱。这里连小别墅都算不上,不过它确实养活了我。我真的不知道我在伦敦能做些什么。"

"伊琴娜是英国人,杰拉德。"

"没错。但她也是西班牙人。"

"是的。那她将来做什么呢?"

"这个——"

"那我就直说吧:难道说她长大后就在本地的旅馆里打扫卫生?"

"她会去上学。"

"学校很好吗?"

"还不错,她很喜欢。"

比莉转过身去冲水。

"我知道你要说什么,"杰拉德说,"你有什么好建议吗?"

比莉没有说话。她把水倒进茶壶，然后连带着杯子、牛奶和糖罐一起端到桌子上。她坐下来，先朝杯子里倒了些牛奶，然后是茶叶。她把杯子递给弟弟："你不能让她荒废了，杰拉德。"

杰拉德接过杯子，一动不动地看着它。

比莉继续说着，这一次她的口气变得柔和起来："如果你不打算搬走，那她应该和我一起去伦敦。在肯特郡的七橡树附近有很多很好的学校。并不是所有的都很昂贵。她太聪明了，不应该待在这里，杰拉德。并不是说任何——"

"不，我知道。我一直都在想现在什么对她才是最好的。"

"不光是教育方面。我相信这里非常好——好吧，其实我也不知道。但问题是伊琴娜能看到多少世界，可以为自己的未来做多少想象。她可以站在马略卡看世界，也可以站在伦敦看世界。"

"是的。"杰拉德把糖放到杯子里搅了搅，"可能有点难。"

"我不知道，"比莉说，"是的，对你们俩来说都不易。"

"还有钱的问题。"

"是的，没错，也许这个确实有些困难。还有其他选择吗？"

杰拉德抿了口茶，竭力只去盯着杯子。

"会解决的，杰拉德，你和我，还有伊琴娜。"

"你会很难的，难道你不这样认为吗？"

"不，"比莉抬起头，"我喜欢这样。"

当吕克骑着轰轰作响的摩托车行驶在通往茨安卡弗雷尔的山道上时，天色已经渐渐昏暗。像往常一样，他们老远就听到了声音。等他停下时，杰拉德正站在阳台上，他立刻熄了火。

"你好，杰拉德。"

"晚上好，吕克。伊琴娜不在家。她还在镇上的某个地方吃汉堡包。和约瑟菲娜一起,你认识她吗?"

"哦,认识。"不过不是很熟。约瑟菲娜是伊琴娜的朋友,也是校友。马略卡当地人。吕克曾见过她。不过伊琴娜的那些本地朋友很少和他们这帮人一块儿玩,比如弗朗索瓦、泰迪·特里劳尼等人,他们也不把他们当成游客。只是因为约瑟菲娜不会说法语和英语。她从来没有去过岩石旅社;她生活在马略卡的另一个世界里。虽然每年都会来这里待很长时间,认识很多一直生活在马略卡的人,但吕克知道自己不属于他们。而伊琴娜不一样,因为她的母亲是他们中的一员。那部分的伊琴娜他一无所知。

"你应该知道在哪里能找到她们。"杰拉德热心地说。

"是的,可能吧。谢谢你。帕洛玛的事我感到很遗憾。"

"谢谢你,吕克。"

吕克打开引擎,正要踩到踏板上时,杰拉德又问了一句。

"你还好吗,吕克?"

"哦,很好。谢谢你。"

"你大部分时间都在巴黎,是不是?你是在那里上的学吗?"

"是的。"

"那你喜欢在那里上学吗?"

"喜欢。"

"和这里相比,你更愿意在那里上学,是不是?"

"哦……"他似乎从没有想过这个问题,"是的,肯定是。"

"好,祝你有个愉快的夜晚。"杰拉德说。

"谢谢,你也一样。"

吕克跨上车,一脚踩住油门,车子瞬间启动了。离开前,他很有礼貌地回头看了杰拉德一眼,而杰拉德也在望着他,那神情好似他穿着某种奇装异服。吕克身子向右倾斜,车子立刻疾驰而下。

沿着崎岖的山路回到镇上——穿过镇子时，他想起几年前，他和弗朗索瓦把泡泡糖扯成一条长长的粉色绊网，结果遇到的第一辆车是国民警卫队的摩托车，警卫兵不停地大吼，并将他们驱赶到野外。由于天色太暗，虽然能听到他们放肆的笑声，却始终没能抓到他们。

他慢慢地穿过广场，经过人行道旁的咖啡馆、花哨的汉堡店、墨西哥美食店，在这里用餐的本地人要远远多过游客。然后是山坡上的小街道。这里远离海边，两边有不少脏兮兮的小酒吧，老板喜欢支起一张桌子、几把椅子，出售一碗碗马略卡特色汤。这些本地人，还有这个不可思议的小镇——看来他对卡拉马索帕的了解只不过是冰山一角。

马略卡深不可测，他父亲曾经这样说过，只不过那时候的他完全不理解，经过这么多年，他终于领悟到了。虽然这里就像他的家一样，可他永远都只是个外人。巴黎也是如此，他一直居住在那里，虽然是断断续续的，但从五岁、六岁还是七岁时就开始了——可他不确定在哪个地方待的时间更长。

伊琴娜可以很容易地把自己隐藏起来，而他永远找不到她。

他来到了港口，在马里迪莫用餐客人中搜寻了一番，然后沿着码头寻找，一路避开蹲在地上的渔夫和妻子们，最后到达防波堤尽头闪烁的灯塔下。没有人，一个人都没有。他回头望着明亮的小镇，这些年，小镇变得越发陌生，每到夜晚总会有越来越多的陌生人聚集在小镇的街道上。

十

在去机场的路上,车内的气氛有些悲伤。杰拉德实在忍受不了这令人窒息的沉默,他开口说希望她们能就写信一事提几个建设性的意见。比莉必须买一些巴西尔登·邦德的信笺。他说,把自己的想法书写在精美的纸张上,那种感觉是不一样的。

"我们会买巴西尔登·邦德信纸的。"比莉答应他。

伊琴娜什么也没说。

他先把她们送到候机厅旁边,然后去停车。

回到候机厅,杰拉德给比莉点了一杯加牛奶的咖啡,给伊琴娜点了一份提那拉加斯,他自己也要了一杯咖啡。他们都低下头闷闷不乐地喝了几口。杰拉德猛吸了一口烟,周围顿时腾起阵阵浓浓的蓝色烟雾。他不知道该说些什么。这次的分离只有几个月——他们这代人经历过战争,习惯了不知道归期的分离,此刻的告别应该算是微不足道的。实际上,伊琴娜一如既往的镇定:没有悲伤,也没有哀怨。感谢上帝。他们就这样边喝咖啡边等待,然后沉默不语地望着机场外如同《堂吉诃德》里描绘的那种摇摇欲坠的古老石墙、褐色田野和风车。

比莉起身去了洗手间。

杰拉德透过烟雾看着女儿。他觉得她表现得太镇定了。他一直都不愿意打开情感的闸门,可此刻他伸出胳膊搂住女儿:"伊琴娜,你还好吗?"

"我很好。"

"只有几个月而已。圣诞节的时候你就可以回来了。到时候我们——"当然,这将是她妈妈不在的第一个圣诞节。他真是个白痴。

"是的,我没事。别担心,爸爸,我很好。"

她真是不可思议。她的坚强源自她的妈妈。

"好吧,你在想什么?"他问道。

"我在想我的童年结束了。刚刚结束了。"

"没有,没有,完全没有。你才十四岁——我的意思是,你还是个小女孩,伊琴娜。别担心,我并不是打发你去伦敦,你知道的。你只是去那里上学。你会交到新朋友的。真的,你还是个小女孩,你还有很多时间——"

"我相信那肯定会很棒的,爸爸。不过我的童年就是结束了。"

一九五六

海浪

妈妈和女儿率先抵达了海滩。

"看那海浪,妈妈!"四岁的女儿兴奋极了。

"是的,海浪好美。你爸爸刚才说了什么?"

"他让我们要小心点儿。"

"好的,当然了。"

她们穿过沙滩来到平时玩的地方。

"他们都在哪儿呢?"女孩大喊道。

"他们就来了。"

北面某个地方有暴风雨,爸爸说,他对大海了如指掌。今天的海浪一定会又大又急。他说得没错。海浪气势汹汹地翻滚着,一浪接一浪地快速朝岸边涌来。刚把毛巾铺好,女孩就拖着妈妈朝水里走去。泡沫状的海浪里不时发出爆裂般的响声。女孩甩开妈妈的手,朝更深处走去。一波浪花袭来,她尖叫着摔到了水里。妈妈并没有动。不一会儿,海浪退去,女孩躺在湿漉漉的沙滩上大笑不已。

"看,妈妈,他们在那里!"她大喊着,站起来向朝他们走来的一个女人和小男孩不停地挥手:"这里!"

那个小男孩大概有六岁。两个女人站在浅滩上看着玩耍嬉戏的孩子们。

"好吧,"普瑞奥莎说,"我要坐下来了,吕克,你要离沙滩近一点儿,照顾好伊琴娜。明白我的意思吗?"

两个女人在离水不远的沙滩上坐下了。

"那真是个疯人院。"普瑞奥莎说。

"怎么了?"

"哦!所有的一切,天天如此。带吕克去沙滩,她说,又让我收拾餐桌,打扫房间,洗熨衣服。"

"她从来没有带吕克来过沙滩?"

"那个人?从来没有。她从来没有来过沙滩。她从来都不陪他。可怜的小家伙。"

"那他爸爸呢?他什么时候过来?"

"我觉得今年夏天他不会过来了。他在巴黎,他受不了她,这可不能怪他——小心!"普瑞奥莎对着孩子们大喊。

海水一浪接一浪地朝岸边打来,翻滚的速度越来越快,几乎不留一点儿喘息的机会。正当她们在一旁观看时,一个巨浪吞噬了还未来得及退下的波涛,然后朝孩子们扑来。他们摔倒在下一个浪花里,然后消失在大大的旋涡中。

两个女人立刻站起来朝海里走去。她们一把抓住那亮晶晶的棕色小脚丫、手、胳膊和腿,连拖带拽地把他们拉回到浅滩上。

"小心海浪!"普瑞奥莎说,"小心那些海浪,要不你们就会被冲到米诺卡岛,我们也来不及救你们。"

"不要再走远了。"帕洛玛说。

两个女人再次坐到岸边的毛巾上。坐下没多久,普瑞奥莎说:"前几天我看到杰拉德到那里去了。"

帕洛玛紧紧瞪着她问道:"他进去了吗?"

"没有。只是沿着洛斯罗克斯走了一圈。"

帕洛玛摇了摇头:"他还惦记着那个妖精。"

"但他爱的是你,不是吗?"普瑞奥莎说,"不是她。不是那个人?"

"这是一种病态。"帕洛玛说。

她望着孩子们。

他们正对着翻滚的巨浪大笑不已。

"这个!"吕克大叫道。

"不,下一个!"伊琴娜像只小鸟般尖叫着。

又一个巨浪吞噬了他们。那股力量强大得无法想象。他们被紧紧地卷在一起,手、脚、胳膊、腿,无法分出彼此,连脸都压在了一起。他们一起向前翻滚着。

等巨浪退去,他们四仰八叉地躺在沙滩上,片刻难得的安静后是无休止的尖叫和大笑。直到下一个巨浪的到来。

一九五一

伊萨卡之路

一

在岛上待了三年之后,杰拉德不再去洛斯罗克斯前的小路散步了。第一年的时候,他会时不时地停下来敲敲门,可那扇门从来没有为他打开过。每次经过那里时,总会有气枪的铅弹射过来(当弹头落到地上时,他就把它捡起来,当成露露送给自己的移情纪念品。)他的大腿疼痛不已,过不了多久就会出现一片瘀青。现在他会以凯瑞罗杰斯为界,绝不多跨出一步。偶尔还是会听到高墙里传来的各种声音——听得出是米莉在说话——但从未听到过露露的声音。还有其他人的,男男女女,有时候也有小男孩的,他猜测是来自米莉的儿子卡西安。往前再走几步是一条通往海边的脏兮兮的小道,在那里就完全看不到露露的房子了。他会沿着那条小道走到桑摩尔海滩,然后再顺着山路回到靠近车道旁的主路上。

今天他又看到了那个男人和小男孩。之前他在路边见过他们一次。虽然不确定,但他觉得他们应该是露露的丈夫和孩子。他们经常去马里迪莫酒吧餐厅吃晚餐,那时杰拉德已不在镇上——这些都是拉斐尔告诉他的。露露、她的美国丈夫、那个小男孩,还有房子里的那帮朋友。

他们正从岸边朝他走来。那个美国佬把孩子抱在怀里。走近时,他还礼貌地向杰拉德点头问好,就像是遇到了不常见的熟人,从表情上看不出其他深意。看来他不知道我是谁,杰拉德暗想。想到自己戴着草帽,穿着破破烂烂的衬衫和裤子,杰拉德觉得他一定不会把自己当成游客,估计想成了游艇上的船员或工人。

孩子趴在父亲的肩膀上睡着了。杰拉德紧盯着他,希望从他脸上看出露露的样子,可那只是张小小的熟睡的面孔——杰拉德甚至看不出他有多大,但肯定不会超过两岁,绝对没错。那是一张纯净的熟睡面孔,完全没有受到外界的打扰。

当他们从身旁经过时,杰拉德也点了点头以示回应。

二

"伯纳德！好男人！"伯尼扛着草编包走进大门时，汤姆喊道。他似乎刚刚睡醒，仰面躺在躺椅上，身上穿着米莉的黄色旧晨衣，上面有一道道霉斑。他在阳光下不停地眨着眼睛环顾四周——铺着瓷砖的庭院，通往主屋的门敞开着——就像刚刚摘下头罩一般。

和往常一样，伯尼最先起床，然后沿着坑坑洼洼的海滨小道步行到镇上的面包店。

"早上好，汤姆。"他回应道。

然后伯尼就走进了主屋。露露和米莉已经穿好衣服坐在了厨房餐桌前，桌子上放了一个茶壶。米莉比露露年长十几岁，一身平常的夏日装扮：短袖网眼T恤、宽松的及膝裙，如同加大版的女生校服，脚上穿着帆布鞋。身材像女学生的露露的衣着却截然不同：印花短裤、无袖棉T恤，露出了柔软的手臂和修长的双腿，这也是伯尼最迷恋的部位。她们正议论着什么"客人"的话题，他的出现让她们暂停了谈话。露露站了起来。"我刚把你的咖啡壶放上去。"她边说边朝炉子走去。

"谢谢。"最近几天，伯尼都有这样一种感觉：露露和米莉正谋划着什么。他把肩袋放到桌子上，然后拿出了里面的东西：一堆圆面包和一个两头拧紧的纸包。

"哦，太好了。"米莉伸手拿起那个纸包，拆开后露出了一个软螺旋状的圆酥饼，"我要趁热把甜面包吃掉。谢谢你，伯尼，你真是太好了。"

"是的，的确是。"露露的话似乎是考虑之后的褒奖。

"你太客气了。"伯尼说。

在这里，没有人叫他伯尼，其实他更喜欢这个名字。虽然已经结婚两年了，但露露还是不愿意叫他伯尼。

"吕克睡着了？"伯尼问道。

"是的，亲爱的。"露露边说边从摩卡壶里倒出一杯咖啡递给他。

"斯库那在不在外面的阳台上？"米莉问道。

"没有。"

"好，"米莉说，"他需要好好睡一觉。好了，如果你要过去找汤姆，我和露露就帮你们把早饭端过去。"

伯尼顺从地走到外面的阳台上。他坐在树荫下，真希望自己手里能有一份报纸。

"可怜的老斯库那，呃？"汤姆眯着眼睛望向他。

"他看起来很乐意待在这里。"

"我也是这样想的，尤其是在刚经历过史诗般的地中海之旅后。还有其他一些事情。可怜的老家伙。"他满怀同情地说。

四天前，心情抑郁的斯库那·特里劳尼离开了伦敦，决定投奔密友米莉和汤姆疗伤。当然，他知道这些年他们一直都是去一个叫"岩石旅社"的地方——他们经常邀请他。他直接乘火车到了摩纳哥，可那里和他们照片中的完全不一样。到处都找不到他们。一个男人建议他去洛克酒店看看，虽然那家酒店根本不在摩纳哥，但他还是赶过去了。洛克酒店坐落在法国的一个海岸边上。在尼斯一家破烂的旅馆待了几天后，斯库那和英格兰那边通过电报联络了一番，最后不情愿地赶往巴塞罗那，登上渡轮——去马略卡岛（一个他从未听说过的地方），不是摩纳哥——然后乘坐了令人胆战心惊的跨岛巴士。他在一个靠近海边的小村庄下了车，这肯定不会是他们数年来一直光顾的地方。他被引到一栋土路旁的房子前，跌跌绊绊地走进去，奇迹般地看到了汤姆、米莉和其他人。斯库那立刻瘫倒在地，老泪纵流，就着汤和威士忌道出了自己的事情。随后，米莉和露露把他送到了床上。

"好吧，自作自受。"在院子里吃早餐时米莉悄声说道。

"我知道，"汤姆说，"不过他真是太倒霉了。还有，可怜的泰迪怎么办？他会怎么样？他还只是个孩子。如果薇薇安不罢休的话，他一定不会好过。你们觉得她会吗？"

"这不是倒霉——这是下流可耻的荒淫之举，如果你非让我说的话。"米莉说，"不过没错，还有泰迪，我觉得她不会把他送到警察局。"

"希望不会，"汤姆说，"不过以后她就能以此来威胁他，让他听从于她，不是吗？如果她想的话，可以把他赶出门。"

"出什么事了？"伯尼问道。虽然大部分时间他都在房间里写作，但他有一种感觉——应该是类似偷腥之类的事情——前一天晚上。不过现在他完全蒙了："他有外遇了，是不是？"

"不完全是，"米莉说，"薇薇安是斯库那的妻子，她当场逮到他和一个学生在家里……抓了个现行。一个男孩，当然，可能更适合薇薇安。她把他踢出门外，声称要报警。"说完，米莉开始倒茶。

"可怜的老家伙。"汤姆转过身恳切地看着伯尼。

"听起来确实很糟糕。"伯尼表示赞同。也许在别人眼里，斯库那还值得爱和同情，但伯尼觉得斯库那就是个在逃的恋童癖，被他妻子的朋友藏匿在这栋房子里，而他熟睡的儿子也在这里。

他看了看露露，她一脸平静，似乎在想着其他事情。她抬头看了看他，然后微笑着说："亲爱的，我再去给你倒杯咖啡。"说完就站起来转身进了屋子。

卡西安来到了阳台上。一看就知道是米莉的儿子，一头和她一样的浓密红发、网眼衬衫、短裤、拖鞋——标准的学生装扮——他看起来不超过十五岁。他坐下来往面包片上涂了一层厚厚的果酱，米莉给他倒了一杯茶。

"你错过了昨晚的精彩，"汤姆说，"斯库那来了。"

"我知道，妈妈告诉我了。"卡西安说，一张长满雀斑的胖胖的脸上毫无表情。

"你告诉他了？"汤姆看着妻子。

"是的。"米莉说。

"我敢肯定他死不了。"卡西安边说边端起了茶杯。

"亲爱的，"汤姆略带责备地说，"你这样说真是太冷血了。我觉得你并不明白到底发生了什么。还牵扯到一个孩子，斯库那的儿子。"

"还有另外一个小男孩牵涉在内，不是吗？"卡西安反问道。

这时米莉插嘴问道："今天你打算做什么，亲爱的？"

"我和平常一样去游泳吧。"卡西安冷淡地说。他咬了一口面包，虽然嘴巴紧闭，但面包在齿间发出的喳喳声依然响亮。

"我去看看吕克。"伯尼站起来离开了桌子。

吕克睡在父母卧室旁的小房间里。窗户正好面对着大海。伯尼做了很多纸飞机，然后用屋子里的艺术彩笔涂上颜色，粘到白色的墙壁上。十五个月大的吕克睡在一张普通的小床上，周围没什么遮挡。不过他一直睡得很安稳，从未掉下来过。此刻他正醒着躺在床上，眼睛盯着刚走进来的伯尼，好像在一直等他似的。看到爸爸时，他的脸上露出了灿烂的笑容："爸爸！"

"早上好，我的小宝贝！"伯尼把吕克抱起来亲了一番，他们紧紧拥在一起，"你好吗？"

"爸爸，我们去海滩吗？"吕克问道。

"爸爸要去镇上寄信，"伯尼说，"不过下午就能回来，然后我们一起去海滩。"

"去海滩喽！"吕克兴奋地叫起来。

卡西安在吕克的房间外面问道："伯纳德，听说今天早上你要开车去帕尔马。"

"是的。"

"我能和你一起去吗？"

"可以，不过我待的时间不长。"

"够喝一杯咖啡的吗？"

"当然，我经常停下来喝咖啡。"

"你很快就要出发了吗？"

"我打算换好衣服就走。"

"那我在车子旁边等你。"卡西安说。

伯尼沿着宽阔的台阶跑到位于安道尔大楼内的邮局大厅，大厅很宽敞，里面铺满了大理石，阴凉阴凉的。他把整理得整整齐齐的稿件寄到位于巴黎的《先驱论坛报》报社。数天前，参加完博杜安国王的加冕仪式后，他没有飞回巴黎继续写作，而是直接飞到了帕尔马。其他人都在报道利奥波德三世的退位和他儿子的即位；伯尼的文章却聚焦于战后欧洲君主制与古典传统之间的对抗。时间并不太紧急，但他想尽快赶回去和露露、吕克一起度假，于是在洛斯罗克斯不太安宁的节日氛围中撰写了自己的稿子。

卡西安跟着伯尼进来后打了一个电话，然后又回到外面等着。他戴了一个时髦的太阳镜，和他的衬衫、短裤、拖鞋和袜子形成了鲜明的对比。

伯尼开着小西亚特来到福蒙特酒吧。他之前答应过卡西安来这里喝咖啡。伯尼喜欢这里一眼就能看到林荫广场的开阔视野、浓厚的怀旧氛围，还有来来往往的人群。埃罗尔·弗林，只要他的游轮在港口（目前不在港口），每天都会上岸来这里喝上一杯咖啡或其他饮料，据说他已经把这里标到地图上了。还有波菲里奥·鲁维罗萨，他被拍到带着自己的第三任老婆，四十多岁的桃瑞斯·杜克来马略卡参加胡安·廖贝特举办的派对，以及坐在福蒙特酒吧里痛饮啤酒的照片。来自英国、法国、美国的游客——游艇上的客人、作家，或拍电影的——似乎都带着某种追踪设备，如同那些迁徙至中央公园的北美候鸟般蜂拥而来：他们就是知道这个地方。

伯尼第一次来马略卡和福蒙特酒吧是在一九四九年。当时他和法国电影导演朱丽安·杜威维尔、演员乔治·桑德斯与赫伯特·马歇尔来这里拍摄《黑杰克》。这部电影讲述的是一个移居海外的美国走私犯驾驶着巨大的桃心木游艇游历地中海的各个港口间，遭遇一连串麻烦的故事。《生活》杂志被电影中的又一个"卡萨布兰卡"所震撼，特意把伯尼从《先驱论坛报》借调过来，派遣他到帕尔马寻找相应的故事以配合第二年的电影上映。于是他和《生活》杂志的一个摄影师来到岛上的拍摄地，和导演及演员度过了一段时间，那里靠近卡拉马索帕海域。他们碰巧遇到了一群非常有意思的英国人，这些人正在港口附近别墅举办派对。工作结束之后，伯尼回到了卡拉马索帕。露露是他见过的最漂亮的女人之一。她和她的朋友汤姆、米莉·奥伦肖都是那种具有尖刻幽默感的英国人，这正是他喜欢的。伯尼也能把他们逗得开怀大笑，他们似乎也很喜欢这种美式幽默。他邀请露露到巴黎去做客。过去她只从那里路过一次。一切都浪漫到了极致：她喜欢那里的食物，喜欢他在雅各街的公寓；他们散步，喝酒，四处搜寻美食。她喜欢伯尼的生活：去旅行，和各种政要、电影人见面。最重要的是，他住在巴黎。"一个住在巴黎的作家，真是浪漫至极，你知道的。"露露这样对他说。他就像一颗拯救她的灵丹妙药。他们在美国大使馆举行了婚礼。一开始,她陪伴他一起工作,很享受乘坐火车去世界各地,罗马、布拉格、布加勒斯特。但后来她厌倦了四处奔波。每个星期伯尼都要撰写关于欧洲各地的各类新闻。她不希望他离开自己。她说他不在的时候总是有种不安全感。但伯尼告诉她没有比巴黎更安全的地方了,她在巴黎最安全。她又说,她觉得缺乏安全感是因为独自一人的缘故。伯尼不知道该如何回答:四处旅行收集故事,为写作调研,这是他的工作——她曾说过她喜欢的正是这一点。

他从没有看过《黑杰克》,甚至都没有听说过它上映。《生活》杂志也没有刊登他的文章。

"可以走了吗?"伯尼问卡西安。他已经喝光了手里的牛奶咖啡,还把三天前的伦敦《每日快报》看完了,这是他在酒吧附近的报摊上发现的唯一一份英语报纸。整整半个小时,卡西安都没怎么说话,他边啜饮着可口可乐边望着广场。虽然戴着太阳镜,佯装成一副若无其事的样子,但伯尼还是看出了他的焦躁。

"你介不介意再等几分钟?"他有点不好意思,"我在等一个朋友,他迟到了。他应该很快就到了。"

"没问题。"伯尼竭力掩饰自己的好奇,他抖抖手腕,再次翻开报纸。

卡西安突然站起来,把椅子向后一推,对着一个朝他们桌子走来的高个子男人打了声招呼。男人立刻按住他的手腕示意他坐下,然后坐到了他旁边。他大概三十多岁,皮肤很黑——像是阿拉伯人或土耳其人,伯尼暗想,不太像西班牙人——打扮得像服务生:白色开领衬衫、黑色的裤子和鞋子。看到伯尼后他变得很不安,一双疑惑的眼睛不时地扫过他和卡西安。

"没关系,他是我父母的朋友。"

"你应该告诉我的，"男人带着浓浓的东欧或黎凡特口音，"看到他在，我差点就不想进来了。没关系吗？你要去见你的朋友吗？"

"哦，是的，一切都没问题。"卡西安娴熟地回答道。

男人手里拿了一个类似去市场买东西用的草编包，然后从里面掏出一个用绳子紧紧捆好的小牛皮纸包，从桌子下面递给卡西安。他瞥了伯尼一眼，又迟疑地看了看卡西安，一双眼睛闪烁不安。"好了。"然后他就站起来朝广场走去。

"我很喜欢你这个朋友。"伯尼说。

"确切地说，是个熟人而已。我只见过他几次。他是我一个朋友的朋友。"

"可以走了吗？"伯尼把钱塞到盘子下面。

"可以了。"卡西安站起来，把那个牛皮纸包紧紧地揣在胸前。

回到车里，卡西安问道："回去的路上能不能在航海俱乐部停一下？"

"当然可以，"伯尼说，"有朋友在那儿？"

"是的，实际上，是一个伦敦的朋友。"

"那纸包里是什么？毒品吗？"

"老天，不，就是钱而已。"

伯尼把车子拐到航海俱乐部的入口处，然后在主码头前端附近停下。

"我一定快去快回。"卡西安边说边拉开车门。他沿着停着一排外国游艇的码头向前走去：蓝红色的英国棋，法国的三色旗，还有荷兰、瑞典、挪威的旗帜在船尾随风飞舞。

伯尼苦笑了一下。《黑杰克》的主角，邪恶的走私犯马克·亚历山大的扮演者乔治·桑德斯戴着印有锚徽章的白色黑檐船长帽，一般是在角色登船时佩戴，穿着法国渔民条纹衫、白裤子，脖子上系着红方巾，腰间扎着宽宽的皮带，上面挂着带鞘的刀，脚上穿着旅游鞋；这套衣服和乔治·桑德斯身上那种放荡不羁的气质共同暗示了他所扮演的角色从事的营生,这要比直接在他身上挂一个"走私犯"的牌子效果好得多。而卡西安完全不同:穿着短裤的校园男孩,沿着码头越走越快,身体摇晃个不停。走到T字路口时他向右转,消失在伯尼的视线中。

八分钟后,他两手空空地回来了。

"如果不介意的话,我想问一下那是哪种钱?"驶出帕尔马时伯尼问道。

"捷克斯洛伐克克朗——比较老了,一九三九年之前的。"卡西安说。

"谁要它们?"

"我不知道。战争前人们把它们带了出来,现在想要回去,换取新货币。我想,他们可以按照面值换取新货币。否则,它们就毫无用处了。"

"这么说,你在放假的时候,就变成了一个货币走私犯?"

"我不经常干。只是在帮朋友。我的意思是,大家都这样做,不是吗?每次离开伦敦前,爸爸妈妈都会这样做。你不能仅带五十英镑来度假,不是吗?你知道的,英国只允许携带五十英镑出境。"

"是的,我知道。登上横跨英吉利海峡的渡船时,你就把它们全塞到了裤子里?"

"哎呀,不。大部分都是放在游艇里。至少我认识的人都这么做。我爸妈也是这样干的。你以为他们是怎么把给露露买房子的钱带进西班牙的?"

"什么?"

"买别墅的钱。这种钱又不能通过银行汇款。"

几分钟之后,伯尼说:"是的,肯定不行。"

卡西安正望着窗外。听到这话他回头看了看伯尼。"什么?"他问。

三

年初的时候，约翰·莫里出版社的一位编辑——这家出版社曾出版过拜伦、达尔文、利文斯敦、柯南·道尔、简·奥斯汀、赫尔曼·麦克维尔等人的作品，同时现在依然推出了很多有文化内涵的旅行书籍——通过《游艇月刊》的格里菲斯转交给杰拉德一封信：

亲爱的拉特里奇：

在过去的几年里，您在《游艇月刊》《康希尔》《听众》发表的有关奥德修斯的回家之路的文章给我带来了极大的愉悦。我有一个想法，现在也得到了其他人的认同，那就是可以将这些作品收录到一本特别的书里。

我本身就是一个狂热的帆船爱好者，读过不少有关航行的当代文学书。大部分都很糟糕：都是对锚、仪器和泥泞的海底的冗长描述。您的文章却截然不同。您把游记和自己以海员的视角对奥德赛之路的洞察融合在一起，博学而不失趣味。我们相信这一定非常独特，不仅会吸引那些热爱经典和航海的读者，也会获得很多对学术没那么感兴趣的人士的关注。实际上，您的文章是对奥德赛之路的一种全新演绎，一定会成为旅游文学的经典之作。

您是不是已经和其他出版商有了相关计划？如果还没有，我们愿意预支给您七百五十英镑的版税。我们相信这笔钱很快就会赚回来，这本书一定会大卖。如果您感兴趣的话，请让我知道您的想法。如果可以的话，麻烦您附一个具体的文章目录——不知道还有没有未发表的？它们在特洛伊到伊萨卡之路上占了多少分量？

希望尽快收到您的回复。

顺便问一下，您住在什么地方？如果距离伦敦不远的话，我很想和您去皇家泰晤士河游艇俱乐部喝一杯，聊一聊。

真诚的埃里克·波科克

一九五一年二月二十二日

在难得的休憩时间里——先是躺在皇家海军舰艇"暴怒号"充满鱼腥味的床铺上，然后是驱逐舰"埃文谷号"——杰拉德读完了剑桥大学出版社翻译的海因里希·施礼曼创作的《发现特洛伊》。一八六八年八月十四日，在骑马穿过土耳其西北部一片瓦砾遍地的高原后，施礼曼在一个叫希萨利克的地方发现了一堵圆形的城墙。"这和荷马描述的完全一样……只要踏上特洛伊平原，人们就会对美丽的希萨利克山惊叹不已。"那天下午，他爬到平原最北端一栋房子的屋顶上。

我坐在屋顶，手里捧着《伊利亚特》，环顾着四周。我在脑子里想象着下面可以看到的景象，舰队、营地、集合在一起的希腊人；希萨利克高原上的特洛伊和堡垒；相互征战的军队……整整两个小时，发生在《伊利亚特》的主要事件在我眼前一一浮现，直到天完全黑了，我饿得不得不爬下房顶。我非常确信这里就是古特洛伊。

最后，施礼曼发掘了一座被战争掩埋的古城。

战争结束之后，杰拉德在亚历山大港被遣散。他去了一趟伊斯坦布尔。然后靠着渡轮、游览车和双脚游览了西萨利卡和特洛伊挖掘地。再后来，他手里拿着《奥德赛》，乘坐各色船只前往周围的海岸。他觉得自己所看到的正是奥德修斯（不管他是真实存在还是虚构的）曾经看到的。既然这里是特洛伊，那么西南方向的地方应该是伊萨卡，它们之间就是那条耗时十年的神秘回家之路。杰拉德决定在荷马的指引下，驾驶自己的游艇从特洛伊驶向伊萨卡。他立刻行动起来，在苏塞克斯购买了"涅瑞伊德斯号"，然后启程。一九四六年至一九四七年，他到达了爱琴海。一九四八年，他向西航行，绕了意大利一圈驶入伊特鲁利亚海，对科西嘉岛和撒丁岛进行勘察，它们可能是吃人巨人莱斯克里戈尼安的家和独眼巨人波吕斐摩斯的洞穴。而墨西拿海峡一定是斯库拉和卡律布迪斯所在的地方。他相信自己会在西西里西海岸的某个地方找到那个洞穴。和奥德修斯一样，他向西走得太远，被岛上的仙女迷惑住了。

加上那些已发表的文章，杰拉德写完了奥德赛的大部分航线，并附带了不少照片，包括那张"涅瑞伊德斯号"停泊在某个港口的照片，他相信那里就是荷马笔下的英雄的栖身之地。只有《奥德赛》中最东部的特洛伊和伊司马罗斯他没有亲自驶往——这个行程因他和露露夭折的蜜月之旅而中断——不过这些地方都很出名，位置也很确定，他肯定乘船从那里经过过。

他和波科克开始相互通信。他把文稿都寄给了他，包括很多尚未发表的；还有一些照片和他画的原始地图。波科克寄给他一份合同，仅仅几周后，在满是灰尘的邮箱里，杰拉德拿到了一个装有七百五十英镑支票的褐色信封。这笔钱足以改变一个人的人生。他从没见过这么多钱，以后估计也不会再见到。该怎么用它呢？

他可以再买一艘船，至少能驶往爱琴海。那里是他自少年时就渴望去到的地方，深藏着他对古希腊的迷恋。他曾乘坐各种船只去过大部分他觉得出现在《奥德赛》中的地方。他一直相信自己可以用一生的时间去探索希腊和土耳其海域，或古代的小亚细亚，那里被认为是荷马的出生地。可定居马略卡岛却成了这个伟大计划的灾难性的阻碍。就像遭遇了一场可怕的车祸。

收到波科克来信的那个早晨，杰拉德像往常一样在农场上山坡的橄榄园中散步。他俯瞰着小镇和大海。

我可以买艘船。他想。

然后他回头望向橄榄树。

四

从帕尔马回来之后，伯尼和卡西安就坐在阴凉的藤架下俯瞰着大海和岸边的岩石，他们正等着吃午餐。

来到朋友身边的斯库那·特里劳尼终于安下心来，重新回到了最佳状态。午餐时，他讲述了自己在摩纳哥的悲惨经历。

"呃，你说那个地方不大，你认识那里的所有人，可当我踏出火车站，看到金碧辉煌的公国时就震惊了。"斯库那看了看汤姆，"我必须说，亲爱的，你在我心里的形象立刻变得高大起来。我想，天啊，汤姆真是太牛了。如果你真的认识所有人，那我应该先去皇宫打听你。"

汤姆和米莉坐在椅子上笑得摇晃个不停，卡西安也被逗地咯咯笑，比起斯库那的故事，爸爸妈妈的表现让他觉得更好笑。

"你们能想象到我的失望——经历过这样的旅行之后——皇宫里没有人认识你。好吧，他们都是卫兵，能认识谁呢？他们一脸冷漠，根本不理会我。甚至不让我进去询问公主或其他可能认识你们的人。奥伦肖夫妇！我开始越过卫兵对着窗户大喊大叫——我只知道，你们就在里面。"斯库那看了看其他人，挑起眉毛，一脸欢快的模样。

露露侧头看了一眼伯尼。吕克坐在他俩中间，对周围大人们的歇斯底里和吵闹完全无动于衷。而伯尼似乎专注于看着儿子舀起一勺勺米饭和沙丁鱼丁。

把吕克哄睡之后,露露在房子后面的松树下找到了伯尼。她走到旁边坐了下来。

"午饭时你阴沉着脸,我想你肯定是反感斯库那。不过和我的朋友在一起时,请尽量收敛一下。"

"我没有讨厌他,只是觉得不好笑而已。"

"不,肯定不是。你的幽默感不亚于劳莱与哈代。你到底是怎么了?"

"你打算什么时候告诉我这个房子是用汤姆的钱买的?"

"确切地说,是米莉的钱。"

"哦,米莉的钱。我搞错了。这点信息还是从卡西安那里得到的,他连银行转账这样的细节都知道。真是个聪明的孩子。那么,你打算何时告诉我?"

"等到不得不说时。"她说。她从短裤口袋里掏出烟盒和伯尼送给她的金色朗生打火机,点燃了一根烟,然后对着松树枝轻轻吐了一口。

"我可以帮你,"伯尼说,"如果你告诉我的话。虽然整个夏天你都待在这里,但为什么要买下这里呢?"他们相识三年后,甚至在结婚之后,露露每到夏天都会来这里和汤姆、米莉度假。战争过后,他们夫妇就租下了洛斯罗克斯别墅来度夏。露露从英国飞到这里,最开始她只负责做饭,后来逐渐变成了这个夏日旅行团的固定一员,成员还包括轮流使用这栋房子的其他朋友。和伯尼结婚搬到巴黎之后,她总会在六月初就带着吕克离开,一直到九月份才回来。只要有时间,伯尼就会来这里看望他们。

"因为我要把它做成一门生意。人们来这里度假,吃喝玩乐,然后付钱给我。这是米莉的主意。他们还有其他事情要做,想多去一些地方,但他们还想到这里来。"

"哦。"伯尼说，她的说法无可挑剔，"那意味着要做很多工作。"

"是的，没错。这也意味着要有很多改变。我将待在这里，不会再回巴黎。"

"可你知道我不能住在这里，"伯尼说，"我必须驻扎巴黎——那是我的工作。"

"我当然知道。你喜欢法国，喜欢法国人。好吧，我很抱歉，可我不喜欢那儿。"

"我以为你对那里的感觉变好了。最近几个月你看起来快乐多了。"

"那是因为我一直在计划这件事。"露露说。

"给我一根烟。"伯尼说。点燃之后，他说："那你想让吕克在这里长大？在这里上学？"

"当然不是。我和你一样，不希望他变成西班牙人。"

"那你的意思是？"

"在上好学校前他先和我住在这里。等他八岁、九岁或十岁，必须学习有用的知识时，他就去巴黎上学，和你住在一起。等放假时再来我这里。"

伯尼不知道该说些什么了。或者，更确切地说，他默默咽下了激荡在心里的反对意见——粗暴的反驳，愤怒的指责，法律上的威胁和合理的恳求。

他明白自己根本不了解露露。认识她的时间越久，他就越觉得她特别神秘。去年他慢慢地意识到自己爱上了一个幻想出来的人，而她也根本不知道他是谁。他们就像陌生人，彼此之间越来越疏远。

吕克出生后，他们之间的距离似乎越来越远。现在他虽然有些不知所措，但并不觉得惊讶。

他又抽了一口烟。在伯尼看来，巴黎不仅能提供优渥的医疗和教育服务，更是孩子将来成长和发展的理想之地。吕克出生没多久，伯尼就把他带去了卢森堡花园。从那之后他们就经常到那里散步——那里离伯尼的公寓很近————并发现了很多伯尼过去从未注意到的东西：在宫殿前的八角形水池里航行的布列塔尼渔船模型、木偶剧院、旋转木马，等等。他们一起观看国际象棋和滚球比赛，一起注视那些历经几个世纪风霜的石像和青铜人像。

他想和吕克一起去探索那个更为广阔的巴黎：书摊、碳烤栗子、卖首饰的旧货市场，各种各样的游行，还有形形色色的人物；艺术家、音乐家、电影人、作家、学者、白俄罗斯移民、吉卜赛人、沃尔特·本杰明、本·富兰克林、流浪者，他们都会出现在巴黎的街头。没有愤怒的暴徒，没有畸形的城市景观，只是一个由人组成的世界，一点儿也不拥挤。他们的故事十分感人，富有启发性，充满魅力和欢愉，无穷无尽——这些都是他希望展示给他儿子的。

可现在他知道自己为吕克设想的巴黎人生彻底破灭了。

"你觉得他在这里会很快乐？"

"当然，"露露说，"这里气候舒适，环境安静美好。他已经和普瑞奥莎很熟了。她会照顾他的。这里还有其他孩子，不是只有西班牙人。"

"你觉得他不会想念我？"

"他肯定会想你的，不过孩子更需要母亲。再说你有一半时间都不在巴黎。只要理由合理，随时欢迎你来这里看他。"

"你要我讲道理？"

"是的。为什么不？这样对吕克最好，不是吗？我们必须把他放在第一位。还有，我也不会不讲道理的。我不要你一分钱。你是要抚养吕克，但我也有钱，我自己能挣到钱。不用为我担心。"

"我明白了，你已经把一切都想好了。"

"哦，相信我，伯纳德，"这是她第一次称呼他的名字，"我确实想好了。"

五

"杰拉德先生！"看到杰拉德走进办公室，莱斯特拉德·普格立刻站起来大声招呼道。杰拉德刚从卡拉马索帕的市场过来。"真是太荣幸了，快请坐。"

他们隔着桌子坐下。由于相识已久，普格不再费力地把那拗口的、有复杂辅音的姓氏"拉特里奇"一块儿叫上——虽然现在他能准确地拼出"拉特里奇"。普格是茨安卡弗雷尔业主的代表，那里正是杰拉德居住了三年的小农庄，就在卡拉马索帕上面的山坡上。杰拉德每个月都会步行到镇上，把租金交给莱斯特拉德·普格，他再把这些钱寄给远在帕尔马的业主。

"我手头有点钱，"杰拉德说。他用西班牙语向对方解释自己早期的航海经历、发表过的文章和伦敦出版商寄来的信。

"真是太厉害了，"普格说，"你应该做一些投资。"

"我也是这样想的。"杰拉德说。

"你已经有想法了？"

"是的。"

六

成为茨安卡弗雷尔主人的第一个晚上,杰拉德躺到小房间里那张已经睡了三年的薄床垫上。半夜时分他醒了过来,绕着另外几间空荡荡的屋子走了好一会儿。他在想自己会在这里住多久。也许有一天他会再买一艘船,驶往希腊。也许书会很畅销。可现在他还要在这里生活……不管怎样。

夹杂着柑橘和草木气息的暖风从窗户吹进来。他在窗前站了一会儿,然后走到外面,爬到房子侧边的水箱上,低头望着下面的小山和大海。天空升起一轮弯月,倒影洒在地中海的东南边——正好悬挂在爱琴海的上空。这时,他突然意识到自己早已丧失了出海的激情。难道这个多年秉持的理想就这样不见了?它还会出现吗?这三年来,他一直觉得自己被困在了岸上,他想重新回到船上,穿越地中海向东南方驶去。可当他认真地考虑再买艘船离开时……

他走到水箱顶的最边缘。只要在这里装上围栏就能改造成俯瞰大海的露台。然后可以把窗户的下半截敲掉,做一个通往露台的门。坐在这里能看到大海和桑摩尔与港口之间的土路,还有位于岩石海岸前方、沿路而建的一栋栋别墅。

杰拉德在山脚下布满灰尘的邮箱里发现了两封信。一封来自他的姐姐比莉，她住在赛文欧克斯。"那么说你现在是有钱人了！干得好！你不再航海了？等葡萄收获时我一定过去！真是太高兴了！"

还有一封信来自约翰·莫里出版社的波科克。一阵恐惧紧紧攫住了杰拉德：他们是不是改变了想法，要把钱拿回去？好吧，一切都太迟了！

亲爱的杰拉德：

书的出版工作进展得非常顺利。等到初秋就能上市了。九月份我把书稿寄给您。

目前存在的唯一异议就是书名。大家都觉得《奥德修斯航线》这个名字太过平淡了。我也这么认为。虽然用词很准确，但未免有些局限，也很难调动读者的好奇心。这本书实际上讲述的是一个扣人心弦的旅行故事。一个好的书名不仅能吸引普通读者，也能得到周日版评论家的关注。对此我们展开了多次讨论。我觉得您可能不喜欢用"奥德修斯的什么"，比如《奥德修斯的旅行》《奥德修斯的航行》等。实际上，奥德修斯有点拗口。奥德赛比奥德修斯要好一些。但我要强调的是，这是基于学术上而非趣味上的考量。还有其他一些建议:《荷马航海记》《荷马的暴风雨》等。只是相对来说好一点儿，都不太合适。

能不能请您好好想想，给我们提供一个不那么生硬、富有诗意和荷马色彩的书名？我们也会再考虑考虑。

一切都预示着这个秋天将会开个好头，并一直热卖到圣诞节。

真挚的埃里克·波科克

可"航线"是这本书的关键所在，杰拉德有点不高兴。《奥德修斯的航行地》——更不好。他想不出来。该死的学者，让他们自己去想吧。

他在柠檬树林里听到毛驴鲁普的叫声:一连串熟悉的单音节号叫,代表了愚蠢的抱怨,没有其他意义。鲁普经常叫个不停,因此每当冈萨罗拉着她穿过马路离开时,杰拉德总是很高兴。冈萨罗就住在山下,一直在为农场主们干活儿。他经常让鲁普把装满橄榄、柠檬和杏仁的筐子驮下山。不过此刻鲁普的叫声让杰拉德感到有些奇怪,因为他已经让冈萨罗离开了。他打算以后农庄里所有的农活儿都由自己来做,收果实,运果实到市场出售——从某种程度上说,他也变成了载物的牲口。冈萨罗已经从其他人那里听说了农场被卖掉的消息,可能是普格告诉他的,也可能是其他业主。当杰拉德告诉他以后不再需要他的服务时,他看起来沮丧极了。

他听到了一个女孩的声音。穿过树林他看到了冈萨罗的女儿。她也在这里工作,是冈萨罗家的第三个劳动力。她站在房子旁,身边的毛驴一声不吭地盯着墙壁。

她对杰拉德笑了笑。很难判断出她到底有多大。冈萨罗看起来不超过三十五岁。而他女儿的容貌和身材总让杰拉德不由得想到意大利电影明星安娜·马格纳尼。她是战后不久他在希腊阿尔戈斯托利的一家酒吧里通过摇摇欲坠的投影仪看到的一部电影的女主角,她的尖叫声贯穿了整部电影。酒吧里的希腊人,男人们不停地呐喊:"安娜·马格纳尼!""安娜·马格纳尼!"一次次的尖叫和呐喊让杰拉德记住了她的名字。不过冈萨罗的女儿没有女明星那双摄人心魄的眼睛和让人惊心动魄的行为,也没有那股机灵劲儿——她似乎有点迟钝——但那双水汪汪的大眼睛和灿烂的微笑总让杰拉德觉得她对自己颇感兴趣。冈萨罗对这个女儿非常蛮横粗鲁。杰拉德有两次看到他打她的胳膊、后背和脑袋。第一次发生时,他们离得很远,杰拉德过了好久才敢相信自己看到了什么。第二次时,他就在一旁,操着瞥嘴的西班牙语大声喊道:"不能这样对待女孩子,这是不对的。"

"什么?"冈萨罗完全没听明白,杰拉德又把刚才的话重复了一遍。冈萨罗耸耸肩,咕哝着走开了。冈萨罗和他女儿的离开让已经成为茨安卡弗雷尔主人的杰拉德很高兴。而她的再次出现吓到了杰拉德,也让他颇为不安。他环顾了一下四周,没有看到冈萨罗。

"你好。"女孩穿着瘦小的棉裙,身子略微摇晃,站在不停地甩动尾巴的毛驴旁。

"你好。"杰拉德回应道。

"她是你的了。"

"你说什么?"

"鲁普。她现在属于你了。"

"不,她属于你父亲,是你们冈萨罗家的。"

"不,她属于茨安卡弗雷尔,现在就是你的了。"

"不,肯定不是。我也不想要她。请把她还给你父亲。"

"是他让我把她带到这里的。她是你的,真的。还有,她很饿,你要给她喂食了。"

"我都不知道她吃什么,我没法养她。"

"她什么都吃。这没关系。"

"不,拜托了,请把她还给你父亲。我回头会跟他说的。"

"不。"女孩说。

"必须。"杰拉德坚持道。

"不行。"她突然笑起来,看起来很高兴。

"求你把她带回家吧。"

"不行。不管怎样,你会需要她的,她能替你工作。如果你需要的话,我也可以为你工作。我可以每天过来帮你。"

"不用,谢谢了。我可以自己一个人干。"

"啊啊。"她微笑着转过身去。

"再见。"杰拉德也转过身朝山上走去。

毛驴又开始叫起来。等他下山回到家里时，女孩已经离开了。那头毛驴正啃着一旁的灌木丛。

下午的时候，杰拉德去镇上见了莱斯特拉德·普格，他确认农场里的一切东西都属于杰拉德，包括那头毛驴。杰拉德想知道在哪里可以把毛驴卖掉，普格说待他打听之后就告诉他。

半夜时分他又一次醒过来，躺在床上望着敞开的窗户。树丛间一丝风都没有——现在它们已经是他的树了——今晚不太适合在海上航行。

他脑海里萦绕的全是《奥德赛》里的名字和字句。拉斯忒吕戈涅斯……库克罗普斯、愤怒的波塞冬——不要惧怕他们……期待一次远航……

这些不是出自《奥德赛》，而是卡瓦菲斯的《伊萨卡岛》。

杰拉德坐起身子，他很想去书里翻一翻，但最后却一直保持着胳膊肘支在床上的状态……他没有那本诗集，所以最后又躺回到床上。他可以给波科克写封信，让他去查一查。他已经记不全那首诗了：

> 当你出发去伊萨卡
> 期待一次远航，
> 充满了冒险和探索。
> 拉斯忒吕戈涅斯和库克罗普斯……

> 期待一次远航……

> 接下来是什么呢……？

……始终把伊萨卡记在心头，

那里是你的目的地。

但不要太过匆促。

最好多持续几年，

等你登岛时已不再年轻，

一路上积累了无数财富，

用不着伊萨卡来让你暴富。

伊萨卡能给你最不可思议的旅行

没有她，你等于从没有出发……

就是这个，对不对？《心中的伊萨卡》？杰拉德·拉特里奇著。这是波科克和出版社的那帮专家们想要的吗？有没有诗意和荷马色彩？

他躺在床上，光秃秃的墙壁把黑夜围成一个灰蓝色的不透明的四边形。那墙壁和天花板似乎不停地靠近、飘远，像是在微光的映衬下不规律地呼吸着。

《伊萨卡的美妙旅程》。杰拉德·拉特里奇著。不过肯定不是这个，对不对？大部分行程都是充斥着暴风雨、致命弯路和怪物的悲惨之旅。还有讨厌的女人们。

七

远处的公路上传来摩托车的轰鸣声,过去这里能听到的只有蝉鸣声。摩托车响声越来越大,应该是在费力爬坡,有访客。

他走到房子旁边,一名年轻女子正在停摩托车。

"早上好。"她朝杰拉德打了声招呼。她穿着一件干净的白衬衫、蓝裙子,一双和衣服相搭的鞋子。一头黑发向后扎了个马尾。

"早上好。"杰拉德回应道。

"你好,我是普格的女儿。"她自我介绍道。

"哦,我是杰拉德·拉特里奇,很高兴见到你。"

"嗯,我知道。我们已经把驴子卖掉了。待会儿会有人过来把她拉走。这是支票。"她递给他一个信封。

"谢谢你。"

"不用谢。现在我带你去见卡里斯,他什么都要。所有的农产品都要。"

"你说什么?"

"卡里斯食品店。就在卡拉马索帕。他们愿意购买农场里产出的所有东西:橄榄、杏仁、柠檬,还有角豆荚果。价格也很合适。以前冈萨罗就是把东西卖到了那里。"

她转身朝摩托车走去，利落娴熟地踏到油门上。她蹬开支架，坐到前面的座位上，一条腿撑在地上。她看了看杰拉德，"上来吧。"

"我和你一起？"

"是的。"

"去哪里？"

"去见卡里斯。"

杰拉德犹豫了一下，她那么瘦小，他担心自己坐到后面车子会没法保持平衡。

"没关系的，"她说，"我经常带着父亲到处跑。他的块头比你大。"

杰拉德这才走上前。他把腿跨到车子另一边，慢慢地落到座位上。她把手伸到后面，指着绷得紧紧的裙子说："抓住这里，把你草帽摘掉。"杰拉德赶紧摘掉草帽，她又半转过身，把草帽塞到他的腋窝下。

车子快速地穿过小镇。每到转弯时，杰拉德都暗暗祈祷让身子保持平衡，可他的腿还是不由自主地压到她的大腿上。

她慢慢降下了速度，车子在一个小巷子里停了下来。"你可以下来了。"她说。

杰拉德松开手，跨下车子，可身体还是出于惯性抖个不停。她先关掉引擎，然后把脚架支好。

"请跟我来。"她说。

他们穿过一道珠帘门，走到昏暗凉爽的室内。那里放着不少货架，上面摆满了食品和篮子装的新鲜农产品。

"你好，帕洛玛。"一个戴着围裙的大块头女人和他们打招呼。

和卡里斯的会面结束之后，她提出把他送回茨安卡弗雷尔。他谢绝了她的好意，表示自己还要去镇上办些事情，随后步行回去。她和他握手告别，然后发动摩托车，像只蜂鸟般转瞬间就不见了。

这个女孩真是不寻常，他暗想道，普格的女儿。

八

午睡之后,伯尼和吕克沿着岩石旁边的土路慢慢走到一个叫桑摩尔的小海滩边。露露不喜欢海滩,从不和他们一起来,也不会在伯尼工作的时候带吕克过来。伯尼铺好毯子。他们不停地奔向海浪,还在水边堆砌城堡。

"爸爸,我们去看海盗吧!"

"好的,吕克,我的勇敢宝贝!我们去看看现在还有没有海盗。"

伯尼蹲下身子,抱起吕克朝海滩西边的岩石洞穴走去,那岩石巨大无比,就像搁浅在浅水中的巨鲸一般。为了通过那个狭小的裂口,他让吕克紧贴着自己的脸。两个巨大的蛤状岩石紧挨在一起,组成了巨鲸的外形,而它们中间的裂口就是小小的洞口。他们来到了洞穴内,伯尼告诉吕克,过去海盗就是躲在这里的,说不定哪一天还会重新露面。洞里凉飕飕的,几缕阳光从岩石缝隙间透进来。波浪相互拍打,发出巨大的回响。

"啊——伙计们,"伯尼大喊道,"停下来!瞎子皮尤[1]!"

"瞎子维尼!"吕克也跟着喊道。

---

1 《金银岛》中的人物,他是一个海盗。——译者注

"旁比莉！黑狗！朗·约翰·斯尔维尔！[1]现身！你们这些笨蛋！"

"你们这十五个人！[2]"

"啊——哈！""十五个海盗争夺死人箱，呦——吼，还有一瓶朗姆酒！"他们齐声唱道。

过了一会儿，伯尼说："好了，那么年轻的奥金斯，今天没有发现海盗，哥们儿。我们走吧。"

"奥金斯！"

伯尼把吕克紧紧搂在怀里，慢慢地蹚着海水朝外走去，在洞穴里微光的映衬下，脚下的海水变成了淡蓝色。儿子光滑湿润的皮肤贴在他身上和手心。这个小家伙蜷成一团，相信无论这里多么危险，无论出现什么可怕的东西，爸爸都会保护好自己的。

在回岩石旅社的路上，吕克在伯尼的臂弯中睡着了。

一个男人朝他走来，他曾在海滩与小镇之间的路上见过他几次。对方显然不是西班牙人：浅棕色头发，典型的北欧人长相，但不是游客。瘦削的身材，黝黑的皮肤，面容憔悴，衣衫褴褛。他总是戴着一顶破旧的草帽，应该是个体力劳动者。

伯尼向他点头问好，对方也点了点头以示回应。

---

1 以上均为《金银岛》中的海盗人物。——译者注
2 出自《金银岛》中的海盗之歌。——译者注

一九四八

八月

水手季

当"涅瑞伊德斯号"向岸边缓缓靠近时，拉斐尔·索莱尔正站在码头上。他将衬衫袖子高高卷起，有着浓密汗毛的粗壮手臂向前伸着，等待需要的时候帮忙拉谁一把。

"你好，杰拉德。"

"你好，拉斐尔。"

游轮沿着岸边慢慢漂过来，船上垂下的麻质挡板不时地蹭到岸堤。杰拉德抓着船首和船尾的系缆走到岸上。

"给我一条。"拉斐尔说。杰拉德把船首缆递给他，他先把绳子在船柱上绕几圈，然后打了两个结。杰拉德把船尾缆绑到钉在水泥里的铁环上。然后两个人握了握手。

"那么，杰拉德——"拉斐尔突然不知道接下来该说些什么。他有些尴尬地望着眼前的这个英国小伙子，"你还好吗？"

"我很好。"杰拉德抬头看了看他，问道，"你有没有看见我妻子？"

"看到了。"拉斐尔的目光立刻从他身上移到了船上，"她是一个星期前回来的。我看到她了，不过没和她说话。"

"她还在这里吗？"

拉斐尔抬头看了一眼杰拉德，然后抬起下巴朝港口对面岩石上方的房子示意了一下："可能在那里，我也不知道。"

杰拉德也抬头望过去，他半眯着眼睛，似乎想看得更清楚一些。过了片刻，他看着拉斐尔说："拉斐尔，出了一点儿小事故，我要去帕尔马把船修好。我能放些东西在你这儿吗？放到酒吧里？就几个袋子、几本书。等我回来的时候就取走。"

"可以，当然可以。你什么时候走？"

"今天。马上就走。"

拉斐尔有些吃惊："你今天要离开？"

"是的。"

"那我帮你搬点儿东西吧。"拉斐尔说。

"不用了，谢谢。我要先打包好。晚些时候送到酒吧里。谢谢。"

杰拉德绕过港口，沿着岸边的沙路向前走去。他路过一栋栋白色的瓦顶别墅，百叶窗都关得严严实实的，可能是因为这个季节，也可能是为了阻挡正午炙热的阳光。

他推开一扇铁门，里面是栋挂着灰绿色百叶窗的大房子。这里有庭院和喷泉，从内门就能一览无余。他拉了拉绿色前门旁的门铃。

没多久，一个小男孩开了门。"是你。"他说。他大概十二岁，顶着一头桀骜不驯的胡萝卜色的头发，一张光滑的脸上长满了雀斑，他用看着失败者的表情打量了杰拉德一番。这时，一个三十多岁，个子高高的女人走到他旁边。她怒视着杰拉德。

"卡西安，让我们单独说会儿话。"她的口气十分严厉。

男孩离开前又撇了杰拉德一眼。

"哦，杰拉德！"米莉·奥伦肖说，她来到门口，把身后的门半掩着。

"你好，米莉，她在这里吗？"

"她看到你驾船回来就离开了。她不想见你。"

"她还好吗?"

"正如我在电话中说的那样——她还活着,谢天谢地!"

"我必须和她谈一谈,米莉——"

"我不知道你还能说些什么。你怎么能抛下她不管呢?尤其是在发生那种事之后?你知道接到你从撒丁岛打来的电话询问有没有露露的消息时,我和汤姆怎么想吗?我们真快疯了!我不知道该跟你说些什么,杰拉德。我真不知道该怎么说你。"

他还在卡利亚打过一个电话。汤姆和米莉告诉他露露已经回到马略卡,她不想再和他说话。"米莉,我明白露露不知道我去哪里了,做了些什么。你们也一样。我为她做了一切。我必须把他们引开。我的确是那样做的。那耗费了一些时间,我知道。可当我回去时,她已经不再那里了。"

"你觉得她应该坐在那里给你织羊毛衫?"米莉大吼道。她愤怒极了,"她光着身子,杰拉德!她必须找衣服穿!我们必须寄钱给她!我不知道你做了什么,杰拉德。说得更确切一点儿,露露也不知道。她只知道你离开了,把她一个人扔在那里!"

"我知道。我尽可能快地赶回去了。我可以解释——"

"杰拉德!"她深吸了一口气,满脸悲伤地望着他,"无论你说什么都改变不了露露所经历的痛苦,也改变不了你离开的事实。你理解吗?任何解释都改变不了。"

杰拉德一声不吭,面色苍白。

米莉的声音变得柔和了一些:"一旦对一个人失去信任,就完了,杰拉德。一切都没了,破碎了。任何解释都弥补不了。再动听的话都无法让你重新取得信任。她永远都不会忘记你离开的事实。不管原因是什么……好吧,它们根本不重要,难道你还不明白吗?什么都不会改变。我很抱歉,杰拉德。你还记得我跟你说过什么吗?露露需要一个她能信任的人。这就是她所需要的——她是真的需要。"

杰拉德低下了头,他看着米莉那双穿着脏兮兮的帆布鞋的大脚。他又抬头问道:"她什么时候回来?"

"她和汤姆一起开车离开了。她不想见你,你可以走了。"

他从裤子口袋里掏出了一个东西递给米莉:"拜托你把这个交给她。"

一卷胶卷。

"给她这个干什么?"

"拜托你让她把胶卷冲洗出来。"

"为什么?"

"这个能告诉她我都做了些什么。我知道这改变不了她曾经经历的一切,但能告诉她我为什么离开——我把他们引走了,你知道的,否则我不知道会发生什么——还有……好吧,就是告诉她我到底做了些什么。"

米莉犹豫了一下,不过最后还是接过了胶卷。

"一定要让她把照片冲洗出来,拜托了。"

"我会把这个交给她,我能做的只有这个。"米莉说,"现在我必须让你离开了,杰拉德。我很抱歉,我们都很难过,你应该知道。"

满脸痛苦——天性慷慨大方,不习惯轻视别人——米莉转过身关上了门。

杰拉德穿过大门疾步朝港口走去。

他从游艇上搬下来四个撑得鼓鼓囊囊的帆袋和一个装着露露衣服的小袋子,然后穿过一直铺到渔民储备洞前的黑色渔网来到马里迪莫门口。袋子里全是书,非常重。他和拉斐尔一起把它们堆到狭窄的密室的后墙边,紧挨着一坛坛葡萄酒和一箱箱啤酒。他又回到船上带回来一个木质工具箱、一台打字机和一个装着六分仪的清漆盒子。

"你在帕尔马不需要用工具?"拉斐尔问道。

"我把大部分工作都交给木匠了。他们应该有自己的工具。"

"是的,那当然。"

拉斐尔站在岸边看着杰拉德把棕色的主帆升到木质桅杆上,船帆在空中悠闲地飘来飘去。

"我要走了,谢谢你,拉斐尔。"

拉斐尔解开绳索的扣结,绕着缆桩一圈圈散开,然后把它们盘成圈丢给杰拉德,杰拉德把绳子放到甲板上。游艇缓缓驶离码头。两个人离得依然很近,近到可以悄声说话。

"那么,你什么时候回来,一个星期左右?"拉斐尔问道。

"是的,这取决于维修进度。不过我们很快就能再见面了。谢谢你的帮助,拉斐尔。"

"没什么,愿上帝与你同行,杰拉德。"

游艇慢慢地转了个U形弯,拉斐尔看到船身另一侧有一条蓝色的油漆裂缝,还有几道脏痕和凹痕,甲板中间的两块木板也断开了,水正慢慢地渗进来。

"我看到了,"拉斐尔沿着码头与游艇并排前行,他大声说,"是得修一下。发生了什么事?"

杰拉德探出身子看着破损的地方,就像第一次看到一样,他耸耸肩:"出了点儿意外。撞到了一艘渔船。"

"涅瑞伊德斯号"渐渐加快速度,在一艘艘渔船中间穿梭,渐渐将防波堤和岩石上的一栋栋房子甩在了后面。杰拉德站在船尾的甲板上抬头望着那栋挂着绿色百叶窗的房子。

三天后,杰拉德走进了马里迪莫。

"杰拉德!"拉斐尔边打招呼边朝港口看了看。没有船进港,"这么快?你从帕尔马回来了?"

"是的,我坐巴士回来的。"杰拉德看起来十分沮丧,他走到一张小桌子旁坐下。

"巴士?"拉斐尔给杰拉德倒了一杯白兰地,"游艇呢?还在修吗,在帕尔马?"

"船没了。"杰拉德说。

"什么?"

"沉到海里了。"

"沉到海里了?'涅瑞伊德斯号'?"

"是的。"

拉斐尔瞪大眼睛望着杰拉德:"你的船——没了?"

"是的。"杰拉德端起酒杯喝了一口。

"在什么地方?"

"就在卡布雷拉附近。深海区。"

拉斐尔也给自己倒了一杯白兰地。他知道游艇的沉没对于这个朋友来说是个巨大的灾难,如同失去深爱的人一般。他在犹豫是否要进一步询问更多的细节。

"到底怎么回事,杰拉德?"最后他还是没忍住。

杰拉德眯着眼睛看着外面的港口:"游艇的损坏程度比我想象的严重。一波大浪之后,一块船板开始下沉到水平面下。我只能解下救生筏,然后在她沉没前跳到救生筏里。我设法回到岸上,但救生筏重重地撞到岸边的岩石上,它也沉下去了。"

"我的天啊,"拉斐尔惊叹道,他悄悄地看了看杰拉德,好像沉到水里的是他的妻子一般。没有了船和书,他该怎么办……"不过你把书和其他东西都留在这里真是太幸运了。"

"是的。"杰拉德说。

"那……你打算怎么办,杰拉德?你要去哪里?当然,这几天你可以住在这里,就在后面,不过以后……呢?"

"谢谢你,拉斐尔。"杰拉德一饮而尽后站了起来,"我会找到事情做的。"

杰拉德走到门口时,拉斐尔问:"你要去哪里?"

"我去散散步。"杰拉德笑着对拉斐尔说,似乎想让他安下心来。

杰拉德不愿接受拉斐尔的好意,他不想沦落到和葡萄酒酒坛啤酒箱一起待在马里迪莫后面的小屋里。不应该是这样的。

其中一个帆布袋里装着一张橡胶帆布防潮垫,那是用于陆地演习的装备。他又拿了一些必需品,在卡拉马索帕北边的卡拉艾斯帕沙岸边的松树下安顿了下来。他用松树和矮像树枝生火,虽然噼噼啪啪地响个不停,但很快把罐头里的豆子烧熟。到了晚上,他裹着防潮布沉沉地睡去。就当是又一次的演习。

早上醒来后,他就在松树下阅读马克·奥利里乌斯的小剑桥版本(总是能很快派上用场)和赫西奥德的一些残本。赫西奥德不是那种有强迫症的冒险家,他唯一一次航海之旅是从尤里普斯海峡的奥利斯到埃维厄岛,跨度都不到两百英尺。不过杰拉德十分钦佩这个希腊诗人海员般的直觉,他知道什么时候应该出海,什么时候必须老老实实地待在港口。

他很想知道,如果是赫西奥德,这个时候他会做些什么?

一九四八

八月——一个星期前

独眼巨人

杰拉德从未想过会经历如此销魂的欢爱。战争期间，那个亚历山大港的寡妇伊迪丝对他非常好，还会温柔地给他指导。牛津的费丽丝蒂身高六英尺两英寸，热情似火，总是满身大汗。露露和她们完全不同。她就像个活力满满的野丫头，如饥似渴地与他欢爱，把一切展示给他。

　　船舱内月光朦胧，她妖娆地跨坐在他身上，像刚跑完步一般娇喘吁吁。杰拉德看着她——借着舷窗透进来的微弱光芒——依然不敢相信竟会有这样的尤物。他们几乎夜夜如此：半夜时分醒来，继而狂热地拥抱在一起。

　　一种难以言喻的感觉涌向杰拉德心头，他竟然流泪了。不过只持续了几秒钟，就像胸口的痉挛一般，他挤了挤眼睛，把眼泪咽了回去。这种情况一般都发生在结束时——还好露露从未注意到，否则他都不知道该如何解释这突然的慌乱。除非说是因为她给自己带来了巨大的幸福感。

　　她从狭窄的沙发上下来，站直身子（她差不多五英尺三英寸，头紧挨着舱顶），擦了擦脸上和身上的汗水，就像涂抹润肤露一般。"跟我来。"她沿着舱梯向上走去，紧接着杰拉德听到水花声。他钦佩地紧跟在后面。不过对于她这种半夜从船上跳到水里的行为他一直都很担心。在认识露露之前他从未做过这种事。

他站在甲板上看到她像只小海豚般在船边游来游去。他朝四周望了望,又看了看她赤裸的身子,内心有些不安。不过特拉帕尼南面四公里的那个小海湾已经废弃很久了。每到傍晚时分,他们总会缠绵一番,然后吃些东西就睡觉。驶离法维尼亚纳岛后,他们一直在阳光和微风中前行,两个人都感觉十分疲惫。

"亲爱的,快来!"露露在水中喊道,"快来!水里暖得很,就像洗澡一样!"

这里的海水一整天都受到西西里岛阳光的暴晒。杰拉德再次环顾了一下四周:月光洒在海面上,蜿蜒的海岸上看不到一个人影。"我来了,亲爱的。"

他把登船软梯放到船尾的夹板上,然后垂到船身一侧——他对梯子一直都很谨慎,后来的事情证明这是明智的。然后,脱掉衣服,一跃而下。

他朝露露游去,可她钻到水里消失了。咸咸的海水像水银一般,他什么都看不到。大概在三十英尺外的海面上,露露像水鸟般露出了头。她开始朝岸边游去。

"露露,亲爱的,回来!"杰拉德大喊道,"已经半夜了!"

"不!我们去海滩——快点!"

一丝不挂地离游艇那么远,杰拉德深感不安。虽然已是半夜,但毕竟只有他们两个人。睡觉前,他把石蜡锚灯挂在船上以示这里有人。淡淡的月光下,这里的海岸线似乎从荷马时代到现在从未改变过——古老的地中海海岸,坑坑洼洼,连绵不断。一块块被海水冲刷得百孔千疮的石灰岩,就像被山羊啃过的草地一般;然而,在荷马时代,二十八世纪前,这里曾是一片茂密的森林——年轻的陆地,几乎没有人类居住，无数的历史等待开演。六年前，战争中的杰拉德乘坐"暴怒号"来过这里——他的回忆总离不开战争——不过此刻的大海看上去是那么平静和安宁。

他跟在妻子后面向前游去。

一个星期前，他们从卡拉马索帕出发，在和煦的微风中跨过西地中海最为空旷的海域；杰拉德温馨愉悦的新航海生活就此开启。现在是八月份。他一度打算到西西里岛停下，然后横跨爱奥尼亚海，去爱奥尼亚群岛探险——也就是伊萨卡——可他并未预料到会在马略卡停留两个月。他一直以为西班牙或巴利阿里群岛和《奥德赛》没有任何关系。荷马史诗中几乎未提及奥德修斯和水手们乘坐巨大缓慢的船只去过遥远的西方——除非有人想到那未知的"漂浮"的埃俄利亚岛，岛屿四周悬崖陡峭，要跑完一圈足足需要六天六夜——西边？南边？——从拉斯忒吕戈涅斯岛的角度来看。荷马本人并不是水手，四年的翻译工作让劳伦斯得出了这样的结论，不过诗句内容却符合实际的地理航向。它们和故事紧密结合在一起，在他脑海中勾勒的海景图中陆地和人们都彼此相连。因此，从第一手的资料来看，西地中海并不在《奥德赛》的版图内。杰拉德朝西南方向的西班牙岛屿进发，估计要两天时间才能抵达博尼法乔海峡。

汤姆·奥伦肖、米莉·奥伦肖夫妇在港口看到了他船上的红色英国商船旗帜。他们把他带到别墅里和客人们一起用晚餐。大家纷纷询问他要驾驶那艘小船去哪里，他讲述了自己尝试解开和探索《奥德赛》地理之谜的努力。多么奇妙的主意啊。大家都赞叹不已。

"我认识这里。"当汤姆和米莉的朋友露露第一次弯下身子，沿着扶梯走到狭小的船舱内时，她简直被震惊了：镶着柚木面板的松木舌槽，带着铝壶的小青铜炉，一排排书架，软沙发，石蜡灯，舷梁、舷窗。"这是彼得兔的小屋!我想住在这里!"她转过身,两人的头紧紧挨在了一起,他甚至能感受到她的呼吸吹在自己脸上,她一脸郑重地说:"你必须带着我一起,就现在。"

"好。"杰拉德佯装若无其事地说。

可从那一刻起,他展开了想象。

他带领大家航海。当游艇行进时,无论是站在甲板上还是舒服地坐在驾驶舱内,汤姆和米莉总是辨别不清方向,他们不停地被舵把、船帆和摆臂绊倒,或者抓错了位置,摔倒在地。他们笨手笨脚的样子真是让杰拉德大开眼界。"真是太刺激了!"当米莉小心翼翼地踏上岩石码头时,不由自主地感慨道,"我真高兴一切终于结束了!"

露露和他们完全不同,她央求他再一次带她出海。船上的她总是能找到平衡,就像只猫咪一般小巧而灵敏。没过多久,当杰拉德升帆时她就能帮忙拉帆了。航行时,她喜欢坐在船首斜桅上,脚下是湍急的流水。其他时间她总是坐在船舱的沙发上打量着四周。她躺在沙发上,抬起头看着杰拉德:"我喜欢这艘船。"

她让杰拉德给自己演示如何操作普里默斯炉具,她很快就学会用酒精预热炉口,给水箱加水,往灯里添加石蜡,还有煮茶。"太有意思了。"她说。

"为什么不装一个发动机呢?"她问道。杰拉德解释说像"涅瑞伊德斯号"这样的船没有足够的地方安放油箱,所以即使有引擎也无法运行很长时间,最多几个小时。这对长途航行来说没什么帮助。在游艇进出港口时,发动机可能会起到作用,不过这种小船就像救生艇一样,只要有点微风就能轻松操控。没有发动机,不仅节约出不少空间,还没有噪声,不会出现引擎故障,也没有弥漫在空气中的汽油味。

"所以你就这样前行,"露露惊叹道,"仅靠着解开绳索,离开岸边。你可以去任何有水的地方,是不是?"

"没错。"

"你可以从这里——从卡拉玛索帕——去到加勒比海?"

"是的。"

"那你吃什么?喝什么?"

"那个,可以到处停泊。就像在这里一样。世界并不是一个沙漠。"

"你要从这里去希腊?"

"是的。"

一天下午他们出海去卡拉盖特,那是位于马略卡岛最东端灯塔下的一个小海湾,那里的海滩比网球场还小。杰拉德抛锚停船,露露做午餐:面包、沙丁鱼、奶酪、葡萄酒、橄榄、桃子。饭后,她脱掉衣服,一头扎进海里。"下来!"她坚持道。杰拉德换上泳裤,放下悬梯后也跟着跳了下去。游过之后,他们顺着悬梯爬到船上。露露走在前面,杰拉德不由自主地朝在自己头上扭动的臀部望去,但最后还是逼着自己把头别到一边。他被她的信任所震惊和感动。"躺到这里来。"她摊开身体躺到阳光下的甲板上。

躺在旁边的他看到了她小腹上滚动的水珠,还有其他更多画面。

她坐起来看着他,把头发拨到一边。"天哪,杰拉德,看看你的生活,真是太棒了!"

"这并不适合所有人。"

"把他们骗过来。然后每个人都会这样生活了。"她笑着说。

"什么?"他不太明白。

她吻上了他,然后拉着他的手向下探索。虽然这是他们第一次做爱,但也完全超出了杰拉德的想象。

一切结束之后她问道:"我们可以在这里过夜吗?必须回港吗?"

"汤姆和米莉会担心你的。"

她温柔地笑了笑:"不,他们不会的,亲爱的。"

她做好了晚饭：杰拉德带的罐头牛肉和芦笋、面包、葡萄酒、奶酪和剩下的桃子。杰拉德望着她，惊叹于她的怡然自得。

吃饭时，她让他把要去的地方展示给她看看。

杰拉德开始清理小酒吧桌。在石蜡灯光下，他把有些皱皱巴巴的地中海小比例尺海图摊开。看，这里就是特洛伊，他说。什么，真的特洛伊？她问道。是的，就在伊斯坦布尔下面；七年前被一个德国人发现的。还有，这里是伊萨卡，奥德修斯的故乡；在它们之间大约六百海里的地方。一般两个星期就能到达，这要视情况而定。不过因为意想不到的绕道，奥德修斯花了整整十年的时间。他遇到了世人皆知的麻烦事。这座岛，就在这里，突尼斯的杰尔巴岛，我觉得，就是忘忧国——

"我们可以当食莲人吗？"她再次把他拉向自己。

第二天下午，他们返航回卡拉马索帕。露露问杰拉德能否把船停在洛斯罗克斯别墅下面，她想游回岸边的岩石上，然后向上攀爬，一直爬到别墅。海面很平静，没什么波澜。当然可以。杰拉德说。

"来吧。"杰拉德刚抛好锚，她就跳进了水里。

杰拉德放下悬梯，紧跟在她后面。

等他到岸边时，露露已经开始攀爬了。

"小心点儿。"他叮嘱道。

露露回过身向下看着还在水里的他，笑着说："亲爱的，我每天都这样做。"也许是因为她每天做的时候并没有回身向下看过，也可能是其他原因，她滑落下来。她想伸手抓个东西，却什么都没抓住。杰拉德眼睁睁地看着她掉了下来：她向前弓着身子，下巴撞到了一个锋利的石头尖上。她的头迅速向后仰起，然后她从石头上直接落到了他旁边的水中。

当他把她从水里拉起时，她的面孔朝下。他把她翻过来，一手托住她的头,让她的脸露出水面。她眼睛紧闭,但还有呼吸。鲜血从下巴上的伤口涌出,不一会儿就把周围的海水染得如同红墨汁一般。不过,她看起来很安详:如同熟睡一般,似乎随时都会醒来。杰拉德用另一只手抹去粘在她脸上的头发,发隙间隐隐露出一抹抹灰色。她是他见过的最美丽的女人。

可她依然不省人事。他向上看了看:没有可以带着她爬上去的路。他调整了一下手臂的位置,一只手把她紧紧拥在胸前,另一只手划着水朝游艇游去。

醒来时她看到了杰拉德的脸。

"我怎么了?"

"你摔下来了。下巴破了——不,别动它——"他把她的手攥到自己掌心里,"我打了一个绷带,已经没事了,不过还需要缝一两针。你的头向后甩得太厉害。现在感觉怎么样?"

"头有点疼。你一说,我就觉得下巴也疼了。"她朝他身后看了看,先是环顾了整个船舱,然后把目光落在杰拉德身上,"你是怎么把我带回船上的?"

"把你放在我的肩膀上。悬梯是之前放好的。不是很难。不过没能把你带回岩石上。等你感觉好些我们乘救生艇上岸。"

她瞪大了眼睛,一动不动地看着他:"你救了我。"

"是的。好吧,我不会丢下你离开的。"他微微笑了笑。

露露抬起胳膊,用冰冷的手抚摸着他的脸,大拇指不停地摩挲着他的嘴唇。她盯着自己的手,还有他的脸。"杰拉德,"她说,"带我走吧。"

"去哪里?"

"去你要去的地方。去希腊。"

他再次想象起来:"我不知道自己要去多久。我的意思是,短时间内我是回不来的。"

"我们结婚吧。这样的话就不用匆匆忙忙的了。"

他看着她,脑子里只有一个念头:为什么不呢?

"我会给你幸福的,杰拉德。我会永远让你和现在一样幸福。"

他知道自己应该考虑考虑,可还有什么需要考虑的呢?假使以后的日子都像过去的这两天一样?

"杰拉德,"她平静地说,似乎生怕惊走了旁边的蜂鸟般,"我爱你。"

"我也爱你。"

"那就简单了。带我走吧。"

"好的。"他说。

她把他的脸向下拉过来。"小心你的——"还没说完,她就堵住了他的嘴巴。

米莉和汤姆觉得这真是太妙了。好吧,为什么不呢?他们异口同声地说。米莉尖叫着拥抱他们。作为监护人的汤姆和杰拉德进行了一次友好的谈话。他告诉米莉和露露,杰拉德没什么钱,但他非常聪明,受过良好的教育,他提出的有关奥德赛的想法非常有见地——不过这些都不重要:露露,你才不会嫁给那种暴发户呢,我坚信一切都会好起来的。

当露露在医护室里缝合伤口时,米莉告诉杰拉德,也许露露没有对他提及,至少暂时还没有提及过自己悲惨的成长经历:不负责任的父母,在比利时旅游时丢掉了她,后来双双死亡;一个又一个的冷漠的亲戚;苏格兰的寄宿学校——好吧,对她来说全是痛苦的回忆,直到在伦敦遇到病友汤姆和米莉,他们带着她一起离开,最开始当厨师……不管怎样,她需要的是绝对的信任和安全感。如果他能给予她这些,他们就不会有任何异议。

你们继续出发,汤姆和米莉说,乘着那艘小船乘风破浪,不过明年夏天一定要回到这里。

一切都发生得太快了。米莉和露露做了一件简洁的白色夏款婚纱。杰拉德有一件西服上衣、旧领结和一条还算像样的法兰绒裤子。汤姆安排好了一切，他开车带他俩去帕尔马的英国领事馆办理结婚登记。最后在卡拉马索帕的拉方达布置一个烤乳猪婚礼晚宴。

杰拉德把一直带在船上的《奥德赛》中的一本送给露露当结婚礼物。"这个翻译相当有意思，"他翻开书，"你看，上面写着作者是T.E. 肖——阿拉伯的T.E. 劳伦斯的笔名。他知道如何用自己的方式讲述一个好故事。他在序言里说了不少有关奥德赛的趣闻。我没有其他东西可以给你，但可以给你一个奥德赛。"

"哦，亲爱的，这就是我想要的，"露露一把搂住他狠命地亲吻起来，"我们会有自己的奥德赛，对不对？"

然后，他们就起航了。

她是个很厉害的游泳健将，他跟在后面完全抓不到她。月光下隐隐可见水里的石块和灰白的细沙。露露走到岸上，摊开身子，躺了下来。

"快躺到我旁边来，"她说，"现在这里没人会看到你。"

杰拉德不是那种快乐的裸体主义者。他虽然开始学会享受和露露一起赤身裸体在海里游泳，但还不习惯在别人能看到的地方不穿衣服。她却完全不关心这些问题。每次停锚时他都不得不提醒露露不要躺在甲板上，以防被其他停靠的船只看到。

他坐到她旁边。他听到上面传来一声铃铛响——绵羊或山羊。

"那上面就是你的洞穴吗？"她问。

"我们过来时看到的那个黑色洞口？我想是的。我们去看看。"

"那就是独眼巨人库克罗普斯住的地方？"

"可能——如果他确实住过的话。"

"再跟我说说，"她说，"和雾有关系，对不对？"

每次她向他提问有关奥德赛的问题时他都有种满足感；她很想了解他做的事情。从没有人这样过。"没错。"他给她讲述奥德修斯和他的水手们从忘忧国起航，然后在早上抵达一个雾气缭绕的小岛，他们在那里发现了一个喷泉。雾在地中海并不多见，尤其是在南部。不过西西里岛西岸这边可能会经常出现。法维尼亚纳岛——"我们昨天去的那个地方，你还记得那个喷泉"——杰拉德相信那就是奥德修斯遇到大雾的地方，然后又乘坐"涅瑞伊德斯号"向前航行了一小段抵达西西里岛，在这里，奥德修斯和杰拉德与露露都发现了一个洞穴。

"你怎么知道的呢？"露露问道。

"这个，不过谁也不敢肯定。就像信仰一样。和《圣经》差不多。你相信它，或者不相信，都取决于你内心的信仰，不管原因是什么或者有没有证据，因为它让——"

"你看，"露露抬起手向远处指去，"有船过来了。"

杰拉德转过头朝海边看去。导航灯很暗，不过借着月光粼粼的海面，他看出那是一艘破旧的渔船，大约四十英尺长，绕着海角向北行进，慢慢悠悠地驶进扇形海湾。

"海岸警卫队。"他喃喃自语。

"是什么，亲爱的？"

"意大利的海岸警卫队。"

"看起来像一艘破渔船。"

"可能是。乞丐没有选择权。不过即使在这么暗的光线下你也能看到他们的旗子。船尾上的小旗子。"

那艘船还在缓缓向前行驶，链子的咔嚓声隔着水面透过锚链筒传到岸边。

"他们也不是什么好水手。"在船行进时杰拉德绝对不会把链子解开任由其和船身摩擦个不停。这是处置不当、不负责任的表现。其他方面肯定也是如此，这是一个人对生活的态度。"我觉得我们必须回到游艇上。"

"哦，就躺在这里，亲爱的。他们不会看到我们的。"

"可他们会看到我们的船和锚灯。他们可能是那种喜欢惹是生非的小伙子。他们正好闲着无聊，而我们是外国的游艇。他们很可能会靠过来盘问我们。"

"不会是今晚吧，不会吧？"

"有可能。如果我们不上船，他们可能会登上我们的船。快点。"

杰拉德站起来，弯着腰，以防被看到。他觉得在这样的月光下他们很可能被对方船上的人看到。他迅速跳进水里。"露露，亲爱的，必须快点。我们赶紧回到船上。"

还没走几步杰拉德发现一个橡皮艇朝"涅瑞伊德斯号"驶去。几个人影笨拙地划着短桨；声音隔着水面传了过来。橡皮艇颠簸着前行，船桨不时地碰撞在一起，橡皮艇也跟着在水中打着圈。但它还是在慢慢地朝游艇靠近。如果被他们发现自己没有穿衣服真是太尴尬了。"尽可能地快点，亲爱的。"杰拉德催促道。

橡皮艇瞬间安静了下来，过了片刻又开始嘈杂起来，杰拉德意识到他们一定是在确认自己的位置。他们果然改变了方向，迅速向前冲去，杰拉德知道他们一定会在登上"涅瑞伊德斯号"之前拦住他和露露。

"晚上好[1]。"杰拉德用一种度假者特有的欢快声音喊道。

"晚上好。"对方有点迟疑。

橡皮艇上的人——共有三个，杰拉德这才看清楚——压低声音叽里咕噜地说了很多话。他什么都听不懂。因为经常在意大利购买食物、饮料和补给品，他会说几句简单的意大利语。但对方说得却是那不勒斯语，他曾在南伊特鲁里亚港听过这种方言。他们之间的距离越来越

---

[1] 此处为意大利语。——译者注

近，只剩下了几英尺，警卫队队员们停下了手里的短桨。虽然看不清他们的眼睛，但杰拉德知道他们一定在盯着自己。这艘橡皮艇看起来像某种军用救生艇，椭圆形，没有头和尾，虽然只坐了三个人，但气囊有些下垂，说明帆布或阀门处某个点在漏气。

"英国人？"

"是的。"杰拉德一边回答一边和露露朝游艇游去。

又是一阵叽里咕噜。真正的对话这才开始。杰拉德终于看清他们了：不是那种喜欢多事的小伙子，而是一群穿着不合身制服的醒龊年轻人。不是水手，也不是渔民的儿子，而是一群对船只和大海只了解皮毛的城市男孩——也许其中会有一人对发动机稍有了解。战后，杰拉德经常在许多落后的意大利港口看见这类人，或独身一人，或成群结队，没有工作，一脸费解地望着他的小船，进出港口时，他们也会盯着他看个不停。停泊时，杰拉德总会给临时看守人一些小费，以防这些人偷盗或抢劫船上的财物。眼前的这三个人算幸运的：他们至少有工作，有制服，虽然权力不明，但至少有权坐在这艘漏气的救生艇上行使海上——

一支桨撞到了露露的肩膀。"啊哦！"露露忍不住叫出声来。橡皮艇上的一个年轻人咯咯笑了起来，其他人在一旁说个不停，那口气就像在点评地掷球。接着，三个人拿着船桨像撩玩乌龟般把露露朝他们的方向拉去。杰拉德吼叫着把他们的船桨推开。一个船桨用力地朝他脑袋后面砸去，只听嘎吱一声，他觉得自己的头似乎裂开了。又一个船桨朝他脸上甩来。

他立刻滚到了水里。好一会儿都辨别不了方向，可事情已经摆在眼前了。

他浮出水面，什么都看不到，不过他听到了声音。他转过身看到光着身子的露露在月光下不停地扭动着，不时地发出嘶哑的喊叫声，就像一条苦苦挣扎的人鱼。那些人大笑着,还有个人像在诱狗似的兴奋地吼。在大约三十英尺远的地方,他们把她逼到船下,然后朝警卫船划去。刚才听到的嘈杂声来自露露,那些人在用力地划桨,还有阵阵拍打声和露露愤怒的叫喊声。

  他用尽全力朝前划去。橡皮艇颠簸得厉害,摇晃个不停。不过那帮人只顾着闷头向前划桨。一阵水花声——露露从船上跳了下来。他看到她拼命向前游去,没过几分钟,在橡皮艇还没有靠岸时她从水里钻出来,白色的胴体朝陡峭的岩石岸边爬去。那三个男人也从橡皮筏上跳下来,追着她向上爬。

  杰拉德立刻转身朝岸边游去——越快越好,不过他跑步比游泳快得多。他游到和橡皮艇有点距离的岸边,蹒跚着踩着浅滩,不小心绊在石头上摔倒了。他气喘吁吁地站起来,这时他听到了上面的声音。

  他们在洞里。

  杰拉德攀着岩石而上。海滩上面的草丛中有一条小道,他顺着小道拼命向前跑,最后来到一个高高的石灰岩断崖边,下方就是一个黑漆漆的洞口——就是这个洞穴——就在眼前这块岩石里。小道直通洞内。洞内传来那几个男人的声音,还有露露的叫喊声,她在痛苦地呻吟着;嘶哑的喊声中夹杂着痛苦的喘息声。

  杰拉德立刻朝洞内奔去。他什么都顾不上了,只想着去救露露,他恨不得杀了——

  他在黑暗中一头扎进了挤成一团的羊群中。然后被毛茸茸的羊背绊倒在地。等他挣扎着爬起时,受到惊吓的绵羊跳起来,齐冲冲朝洞里冲去。杰拉德立刻跟在后面。

  "他妈的,这是什么?"那几个男人被这群突然闯入的动物吓了一跳,他们害怕地咒骂着。"妈的!他妈的!"羊群和男人撞到了一起,它们也吓得跳着叫起来。"咩!咩咩咩咩咩!"杰拉德冲到一个站立的人影前,挥起拳头朝脑袋砸去,接着就听到一声痛苦的号叫。他又朝一个比自己高的身影奔去,双手挥舞着把他推到地上,随着一声惨叫,对方便倒在了羊蹄下。现在洞里全是扭打翻滚的身影。

"露露,"杰拉德大喊一声,"露露,快跑!"

接着,他看到了她,他觉得是她——昏暗的微光中,洞穴的另一边,那群咩咩叫着朝亮光冲去的羊群中间有一个纤细的身影正朝上面的小道跑去,接着他就看不到她了。

那几个意大利人慢慢站起来,恼怒地吼叫着从洞壁旁向前跑来。杰拉德转过身冲到洞外——他避开奔跑的羊群,把那几个男人引到自己这边——他沿着来时的那条小道。

外面更黑了——云朵遮住了月亮。他很想大声呼唤露露,他想知道她走的是不是这条小道,而不是从洞穴另一端出去的。可他忍住了。后面三个大喊大叫的意大利人已经跑出洞穴了。如果露露也在这里,他们就能把他们两个人一块儿抓住。杰拉德转过身顺着岩石斜坡下到海滩上。他们有没有发现他只是一个人?他故意大声喊着:"快点,亲爱的!"

当初奥德修斯躲在公绵羊的肚子下面逃出了独眼巨人的洞穴,然后把绵羊赶到海滩上。黑暗中的杰拉德也跟着海浪向前跑。他能听到那几个意大利人就追在后面,虽然看不到他们,但能清楚地听到三个人愤怒的吼叫声。他能感觉到他们跑得很快,而露露并没有和他们一起。

他在海浪中奔跑着,激起阵阵水花声。他故意不停地改变步伐以让对方以为有两个人。"快点,亲爱的!"他大喊道,"游泳,亲爱的!朝游艇游去!"然后一头扎进水里,拼尽全力向前游,一边游一边不忘假装鼓励露露。

他听出对方已经到了海边,他们正踩在浅水中启动橡皮艇。他们应该看不到露露没有和他在一块儿。"快点!亲爱的,就到了!"

杰拉德慌乱地向前游着，所经之处水花四溅。终于游到游艇旁了，他爬上悬梯。"低一点儿，亲爱的！我马上就开船！"他大喊着。没时间调暗锚灯了——也好，他们可以看到船离开，希望他们会追过来。他把主帆和斜桁拖来——他们应该能看到它们飘荡在空中。没时间拉锚了；他到前甲板上解开锁链，哗啦啦的声音也能提醒他们他在做什么。最后锚链舱的链条全出来了，他又解开系在缆桩上的绳子，缆绳也立刻滑入水中。接着他升起小帆，让它借助从陆地上吹来的丝丝微风，直到船头开始移动，长长的船首斜桅指向大海。他回到驾驶舱内拉紧帆布，游艇开始加速。从他爬上船到完成这一切没有超过四分钟。

他站在驾驶舱里向后看：黑乎乎的橡皮艇在绸缎般的海面上一点点朝警卫船靠近。"涅瑞伊德斯号"一切都很正常，线缆和桅杆发出轻微的吱吱呀呀声，水流顺着船身流到船尾。在他们赶过来之前他已经离海岸几公里了——这个时间应该足够露露离开洞穴潜伏起来——

她离开了没有？他不停地回想自己之前看到的和听到的一切——一个纤细的身影和羊群一起离开洞穴。那三个男人——他敢肯定——都叫嚷着跟在他后面出来了。如果拖着露露，他们不可能跑得那么快——他应该能听到她的声音——即使她已经失去意识。或者她还躺在洞里流血不止？暂时没什么危险了，伴着游艇熟悉的前进声，他想好好整理一下思绪。他看到她了，她的确离开了，现在他很确信，她和羊群一起从洞穴另一头逃走了。她离开了，这是最重要的。

杰拉德忍不住啜泣起来，当他再次回头看时突然感到一阵干呕，那艘警卫船已经驶离了岸边。

是他开得太快了吗？在把他们引开前他可不能摆脱他们——他们不是水手，而是一帮驾着橡皮艇的流氓。他抬头看了看挂在横桅索上的锚灯，他们应该也能看到，应该会跟在后面……

当然，他也不可能摆脱他们。他们会追上来，说不定还会杀死他，除非他先抵达某个安全区域。可现在的风是从陆地吹过来的,从凉爽的海岸吹向温暖的海洋,这种情况可能会一直持续到天亮。他去不了位于上风口的特拉帕尼,只能把他们引向大海深处。这帮人能追多远呢,他们什么时候才会害怕得返回岸边?

他能和他们保持足够远的距离吗?

一个小时后——两个小时?透过潮湿的薄雾可以看到天边渐渐亮起来,杰拉德发现自己看不到他们了。他们拐回去了?他停下船,把测深索放到水里,铅块在水下大约六英寻[1]的地方停住了。

又过了好一会儿,薄雾慢慢散去,他看到那艘警卫船横在距离自己不到一公里的海面上。对方也看到他了:警卫船开始掉头朝他驶来。杰拉德拉起船帆,游艇继续向前驶去,他继续一次又一次地抛下测深索。测深索的声音让他在脑海里勾勒出了海底的大体轮廓图,随着游艇的前行,海水在不规则地变浅:六英寻……四英寻多……五……四……三……七……三。突然他看到了底部:和深蓝色的海水相比,那是一块块颜色较浅的棕色硬地。他朝北看了看,警卫船就快追上来了——刮了一夜的风渐渐变弱,游艇的速度慢了下来,但对方的发动机还在轰鸣作响。

三英寻……四……三……三——前方有一块非常浅的硬地,阳光下的岩石上长满了杂草。

两艘船的距离越来越近。杰拉德看到对方船头上站着一个人正在紧盯着自己。三百码……两百……又一个人走到船头——加上那个掌舵的人,看来他们三个都在船上。

对方在大声吼叫着。虽然听不懂内容,但杰拉德能听出他们口气中的威胁。警卫船正在全速前进,差不多到了五节航速。而"涅瑞伊

---

1 海洋测量中的深度单位,一英寻等于六英尺。——译者注

德斯号"的速度连两节都不到。杰拉德已经放开了对船的操控。这时警卫船的方向有些偏离,他们转过弯再一次朝杰拉德驶来,不过这一次正对着游艇的横梁:看来他们想直接撞上游艇中间——让他沉没。警卫船的大小和排水量绝对可以做到这一点。杰拉德拉紧船帆,朝着风向前行,这样既可以给他们设置更多障碍,又可以加快前进的速度,他也多了一些机动空间。

现在警卫船距离游艇只剩下十码,径直朝着游艇的正中央冲来。杰拉德推下舵柄。小游艇突然一个急转弯,船尾正好指向那个橡皮艇。他们可能还会撞在一起,但他希望到时只有小小的碰擦。警卫船船头激起的巨大水花在两船相撞前把"涅瑞伊德斯号"冲到了一边。

杰拉德的身体也感受到了这次碰撞——他听到脚下的船体发出一阵爆裂声。

"该死的浑蛋!"上面立刻传来一阵叫骂声,还有嚷嚷声。其中一个人——他们的手都能够到他了——一边盯着杰拉德,一边挥舞着链子。杰拉德立刻向后一闪,链条绕到了"涅瑞伊德斯号"的侧深索上。整个船桅都跟着晃动起来,然后硬生生地被拽了下来。还有一人像疯子般站在甲板上,不停地用手指戳向杰拉德,嘴巴里喊着令人费解的咒骂。警卫船调转方向,绕了一个巨大的弧形,再次朝"涅瑞伊德斯号"开来——

突然,警卫船的船身猛然震荡起来,甲板上的两个人一下子被甩起来,然后摔倒在地。船身突然翘起,继而又朝一边滑去,最后战栗着停了下来。船尾的海浪瞬间涌上来,船身先是被冲到半空,然后又摇晃着跌落下来,最后在平静的海面上一动不动……

七年前,也就是一九四一年七月,杰拉德乘坐皇家海军舰艇"暴怒号"驶向西西里海峡,他们要把补给品从直布罗陀运送到马耳他。

途径突尼斯湾时,他们收到发现 U 型潜艇踪迹的报告。舰队在西西里海峡停留了三十个小时,那里的浅礁可能会阻挡潜艇的行进。

当时天气非常炎热,空气中一丝风都没有,由于水下不平,舰艇颠簸得厉害,引擎怠速,发电机嗡嗡作响,钢板晒得滚烫,很多船员的手和脚都被灼伤了。到了下午,船员们被允许下水游泳。他们被放到船体一侧,和船身及空转的螺旋桨保持一段安全的距离。碧蓝的地中海温暖而清澈。游泳时甚至可以看到脚下的珊瑚礁。

"啊哦!"突然有人大叫一声。大家纷纷看过去:一个船员笔直地站在水中,一手叉腰,一条腿弯曲在前,像个在走猫步的模特。四周一点儿陆地的影子都看不到,地平线消失在海天之间,而他却站在小腿深的海里。他夸张地朝脚下看了看:"看到该死的 U 型潜艇了吗?胡说八道?"

大家游过去,簇拥到那块几乎露出水面的珊瑚礁前,争抢着站在上面。大家你拥我挤,对着舰艇挥手叫喊个不停。这时有人问道:"你们说那些该死的导航员知不知道这些浅滩?"

杰拉德不确定他们知不知道。他看过海图,上面并没有提示会遇到这种危险,只是西西里海峡有部分区域是用虚线标注的,这意味着此处数据不完整。舰艇没有搁浅,也没有撞到它们真是幸运。

其他人也陆陆续续发现了不少可以站在上面的浅滩。一望无垠的海面,除了护航舰队外什么都看不到。眼前这种景象真是像在做梦一般,太不真实了。

午夜时分危险信号解除了。舰队继续朝马耳他进发。

那一天,杰拉德在随身携带的海图上做了标记。战争期间,那份海图和《奥德赛》一直装在他的工具箱里。后来,在伊特鲁里亚海的阿德默勒尔蒂湾航行时,他读到:"……在西西里海峡的一些地方,水深不足六尺……这是造成一八〇四年十月英国皇家海军舰艇'雅典号'损失的原因,六十四支枪……西西里海峡位于有着三千年历史的地中海东西海上贸易的交汇处……数千年来,还有很多船只在这里遇险……

杰拉德一边紧盯着前方和船下海水颜色的变化,一边调整船帆悄悄地朝触礁的警卫船靠近——不能太近,他们船上可能会有枪。他们像惊慌失措的丧家犬一般拉着甲板上的栏杆到处乱冲,眼睛紧盯着轮船周围的海水。其中两个人朝着第三个人大吼着,他应该是操舵的舵手。接着三个人都消失在驾驶舱内。引擎发出阵阵不寻常的轰鸣声;驾驶舱后的排气烟囱上冒出蓝黑色浓烟。杰拉德看到船尾翻起层层泡沫。船身突然倾斜,继而晃动起来——他们会下船吗?——不过船还没翻。当引擎的轰鸣声渐渐消退时,船身又是一阵晃动——船底和岩石相互摩擦——船身正在慢慢向后滑,船尾渐渐向海里沉去,直到后甲板完全没在水中,船头高高向上翘起。船上的人疯狂地叫喊着冲到前甲板上只剩下一半气的橡皮筏前,其中一个人脚踩着气筒朝橡皮筏内充气。

杰拉德围绕着警卫船慢慢行驶,它们之间的距离大约有一百英尺。三个男人把橡皮艇扔到栏杆外,然后跳到里面。他们挥舞着船桨朝"涅瑞伊德斯号"驶来。他们一边划桨一边恶狠狠地瞪着杰拉德。

他顺着梯子走到下面。过了一会儿,他再次出现在甲板上。橡皮艇大概在五十英尺之外的地方。他没有阻止他们的靠近。等他们的距离缩小到二十五英尺左右时,他举起了那把铜木唯利式手枪。耀眼的火光直射到船上,火药助推器载着火光冲到三百英尺外的警卫船船尾。硫黄燃烧起来,把橡皮艇下面的空气箱烧出了一个洞。意大利人尖叫着跳到水里。

至少有两个人被推进剂和硫黄灼伤了,他们丢掉泄气的橡皮艇,朝失事的警卫船游去。

杰拉德继续绕着警卫船缓缓行驶,三个男人慢慢爬上已经没到水里的船尾。海水渐渐涌入船里,船框和船体都裂开了,缝隙越来越大,整艘船都在朝水里滑去。三个男人爬到距离水面最高的前甲板上,朝杰拉德大声求救(他假装听不懂他们在说什么)。他慢慢靠近,把那支显眼的唯利式手枪推到腰带上,看着水面——他可不希望自己的船搁浅以便那几个意大利男人爬上来。

到了大概四十英尺远的地方,他举起相机拍了一些照片。

然后他就启动了游艇。他下到船舱里放好照相机,然后回到甲板上朝东驶去。他松开船帆,游艇加速前进。没过多久,尖叫声就听不到了。半个小时后,他向后望去,什么都没有了,只剩下微微起伏的海浪。

"露露!露露!"

刚刚过了中午。白天的洞里到处可见垃圾、废旧的罐子、燃烧过的灰烬,还有羊粪。除了这些,什么都没有。

"露露?露露!"

他先是沿着小道向上走,然后又下到洞穴南边和北边的海滩上,拼命地呼喊着她的名字。他爬到洞口上面的石坡上,在石壁和草丛间寻找她的藏身之处。

他跑遍了洞穴下面的海滩,翻遍了海湾两端的岩石间。最后,他完全慌乱了,不知所措。

显然,她还活着。只是离开了。去哪里了——光着身子?海岸边的某个地方……特拉帕尼?

又一阵担忧渐渐涌入心头。虽然当时是夜晚,但天上有月亮。如果有人看到"涅瑞伊德斯号"和警卫船同时停泊在海边,他们可能会记起什么。如果现在有人看到他在这里停下,可能也会记起什么。他不能靠岸,不能找人打听,也不能去找警察。如果那群人被救起的话,他们随时都会出现。意大利的海事部门可能会通知环地中海的各个港口,让他们报告是否看到一艘挂着英国旗帜的白色游艇。到时他就和那三个海岸警卫队员的死亡或失踪脱不了干系。

他必须离开。

露露光着身子,可能受了伤。不过他知道,她会回到马略卡岛,回到汤姆和米莉身边。

天黑前,他再次起航,朝着西北边的马略卡岛驶去。他会在撒丁岛逗留一下。他想找到一部电话机。

二〇五

老照片

一

"你迟到了。"服务大厅外的一位老妇人说。

从卡拉马索帕火葬场离开的人和刚刚抵达的人大都相互认识。为了方便起见,殡仪馆的冈萨雷斯,也是这个镇上唯一的殡仪业务承办人把达文波特和拉特里奇的葬礼安排在了一起。

"你是谁?"为了听清楚,老妇人把头向前伸过来,脸上耷拉下来的皮肤跟着晃个不停。

"伊琴娜·拉特里奇。"伊琴娜说。

"哦,没错!那他是你父亲?等等——我不太明白,那你和吕克算是半个兄妹?"

"不,我们的父母都不同。"

"可你爸爸和他妈妈曾经结过婚,真的吗?我的意思是——不,等等——我记起你了。你是吕克的小女朋友,那个可爱的西班牙女孩。老天啊,真是太久了!我买过很多双你做的拖鞋——是你,对不对?我给每个人都送了一双。你可能记不得我了。阿拉贝拉·斯奎布。你还在做鞋子吗?"

"不。"伊琴娜说。

"好吧,反正你已经错过了仪式——不过你能来真是太好了。"

"打扰一下，"一个六十岁左右的男子匆匆瞥了伊琴娜一眼，"妈妈，车来了。"他搀扶着老妇人离开了。

"伊——琴——娜！"一个瘦高的老人喊了一声，他应该七十岁左右，但看起来比实际年龄至少苍老二十岁。他穿着西装外套和黑色牛仔裤，一头白色短发，从大厅里出来后沿着门口的楼梯颤颤巍巍地朝伊琴娜走来，"我知道，格雷的画像，肯定赚了不少钱，我敢肯定。也许你不记得——"

"我记得你，多米尼克。"

他咧开嘴巴笑起来："我也记得你。"他突然向她靠过来，嘴巴里散发着一股恶心的瘴气味。"你——"他拉长音调说，"看——"

"在我把你扔下台阶前立刻滚开。"伊琴娜警告他。

多米尼克呆呆地看着她，这时一个男人出现在他身后。

"多米尼克，不要骚扰好人。"他说，"向你表示我的哀悼，伊琴娜。"

虽然过去了很多年，但伊琴娜还是一眼认出了那姜黄色的皮肤和上面一块块剥落的痂和雀斑。"谢谢你，卡西安。"她说。

一走出大厅，吕克就看到了站在一块儿的福格斯和查理，他们正对着熟识的人们点头问好。查理应该差不多三十岁了，吕克想，他的头发和妈妈的一样，身高和爸爸相仿。看到福格斯臃肿的身材和光秃秃的脑袋，他心里一阵暗喜。他那布丁一般的肥脸上挂着虚伪的怜悯，却隐藏不住对那群刚从火葬场里出来的人的冷漠。他不停地向查理询问每个人的身份，查理不时地点头或把名字告诉他。

吕克又望向别处。这一次他的注意力被三个人吸引住了。多米尼克油腔滑调地朝伊琴娜靠近，喋喋不休的他被卡西安拖走了。

她看到他朝自己走来，脸上的表情瞬间变得柔和起来。

"你还好吗？"他问道。

伊琴娜做了个手势，又像是耸肩，又像是摇头。"还好。"她望着他,"你好吗?"

"好……我也不知道,很奇怪的感觉。说实话,我很想她。"

"当然了。"

吕克把头扭向人群。他看到一群西班牙本地人朝拉特里奇的灵堂走去:"你那边有一半人我都不认识。我想杰拉德更像是本地人,对不对?"

"没错。"伊琴娜说。

他回过头望着她,望着她的脸,仿佛那就是一张地图,给他指明前进的方向。他不知道何时才能再见到她。

送别杰拉德的人们走到了他们旁边。伊琴娜和他们一一问好。普依格家族,她血液中的本土基因,是他知道但从未了解的部分。佩妮、弗朗索瓦,还有已经长大的比安卡。吕克意识到自己也应该重新加入母亲的家族。

他突然想起来一件事。"我有东西给你。"

"哦,真的吗?"她的思绪不时被周围的人们打断。

"是你父亲的东西。"

伊琴娜看着他,这时一个矮胖的女人激动地走上来抱住了她。

"等我电话。"说完,吕克就离开了。

伊琴娜越过女人的肩膀对他点了点头。

吕克听到窗外的吧台里传来了一阵和过去一样的叫声——在母亲这里他一直(他在这里度过了大部分夏天)都能听到这种声音。他走到营房尽头的房间和衣躺下。大约一半的房间都住着前来参加葬礼的宾客——

哦,拜托。他听到有人在慢慢地走上楼梯,穿过走廊……一阵敲门声。滚——蛋!

门口站着一个女人,她露出半个脑袋柔声问道:"吕克,你好吗?亲爱的?"是莎拉·巴韦斯特,许多年前他曾和她一起去"海豚号"参加过午宴,那真是一次不幸的经历。"我可以进来吗?"

"当然。"

过去莎拉的身材如同鸽子一般浑圆丰满,随着岁月的洗礼,她早已变成了一个矮胖的水桶。她在吕克身旁坐下。

"你还好吗,亲爱的?"她喝多了。

"我很好,谢谢你。就是很累,你还好吗?"

"你为什么不待在主屋里,亲爱的?或者住你妈妈的房间?书房?书房里没人。难道你在那里不自在?我们可以更常见到你,而不是跋涉到这里来看你——或者你是故意的,亲爱的?"

"不,不是的。我只是更习惯待在这里。"

"你确定?"

"是的。这算是我自己的房间。"

"我理解,亲爱的。"

莎拉看着他,过去那些感伤的记忆也涌上心头。"亲爱的,亲爱的拉吉,"她抓起他的手紧紧地握在自己胸前,他的手腕都被弄痛了,"不过,你会下来和我们一起吃晚餐,是不是?虽然不知道吃的是什么,但闻起来很香。你也必须吃一点儿,亲爱的。"

"不,我知道。当然了,我一会儿就下去。其他人都还好吧?"

"哦,都好。你应该知道。但对我们所有人来说,今天是最悲伤的日子。我们希望你能和我们一起,亲爱的。"

"你真是太好了,莎拉。我马上就下去。"

"好。"

她弯下腰,肥硕的胸部紧紧压在他的胸口上,刺鼻的酒精味夹杂着体臭和香奈儿五号的香气让他差点窒息。他的手腕快被扭断了。她又在他脸颊上深吻了一下:"快点,好吗?"

"好,我很快就下去。谢谢你,莎拉。"

她站起来走到门口后又回头看了一眼:"我们都非常、非常爱你,亲爱的拉吉,我的小甜心。我们不会丢下你不管的。"

"我也爱你,谢谢你。"

他不会去主屋的。虽然现在妈妈的房间空着,但肯定会有人想去住。等到了夏天,露露的房间肯定会迎来一个疯狂的预订潮。整个旅馆里,这间偏僻的小屋在位置上最接近这里唯一能让他感到自在的地方:紧挨着院子后墙的一排已经拆掉的工具房。那里曾有专属于他的小屋,不对外预订,当然也没人想住那里;那是他孩提时代的小窝,隐匿冲动的荷尔蒙的避难所,也是他可以为所欲为的地方。

在那里,他曾经可以和伊琴娜做些什么,而不是绅士般地把她送回家,对于这件事他一直懊悔不已。

母亲曾是这里唯一没有改变的,可现在她也走了。真是奇怪!没有了她,房子、旅馆都变了。人们四处走动,似乎还在找她。最重要的人没有了。

没有了露露,这里是不是变得悲伤而怪异?

他从没有怀疑过她对自己的爱,她的爱简单朴素。当然,他也爱她,他的爱是沉默的,同时包含着不满。他不记得母亲跟自己说过"我爱你,亲爱的",他也没有说过类似的话。他们不喜欢这种方式。他们只是把彼此的爱视为理所当然:他们都是对方至关重要的人——即使也会有讨厌或失望的时候——但爱不会变。她是那个不会表达,却一直深爱他的人。现在已经没有人了——除了莎拉,还有楼下酒吧的那些人,那些所谓的家人,在房子里穿来穿去,不停地谈论着他的妈妈,似乎她是他们的一样。

再也没有人会去寻找漂流在海上的他了。

二

虽然还是春天,但天气已经暖和起来。马里迪莫酒吧餐厅里挤满了人。大部分都是上了年纪的人——和吕克年龄差不多的,或者比他还年长的。通常是英国、德国和北欧的退休老人。沐浴在阳光下的阳台舒适无比。虽然扩充的码头里停满了渔船和游艇,但几乎没有什么噪声。小镇一片忙碌的景象,不过还没到夏天的那种狂欢。阳台上的人们都礼貌地压低声音聊着天。

看到伊琴娜走过来,吕克站了起来。她穿着T恤、牛仔裤和帆布鞋,外面套了一件短棉衣。

"你看起来美极了,"他说,"真的,非常美。"他知道她的年龄,今天刚好五十三岁。但她很幸运,或者说很自律,也可能两者皆有——她比上次见面时还要苗条……十年前?头发依然漆黑——一缕白发都没有?一定是染发了,但很好看。除了眼角外,脸上几乎没什么皱纹。她还是他印象中的那个样子,没什么大变化。吕克知道自己的模样,最好的状态也和其他五十多岁的男人没什么区别:松弛的下巴,凸出的肚子,和父亲一样稀疏的头发——还好父亲在头发掉光前去世了。

"谢谢你,"她望着他说,"你还好吗?"

"还好。就是觉得有点奇怪。你呢？"

"一样，也觉得很奇怪。还不能完全接受。我想这需要时间。我——"她本想说：幸好还有查理。不过最后说出口的却是："和岩石旅社那些人在一起是不是不太容易，还是说能帮助你忘记悲伤？你很了解他们的。"

"我不知道没有他们这里会变成什么样？他们一直都在这里。过几天他们就会离开了。也许到时候我就知道了。"

"我相信他们都很爱你。"

"他们是这样说的。"

"好吧，这是真的，吕克。为什么不是呢？你是他们所爱的那个人的一部分。他们也爱你，当然爱你。"

一个服务生走过来了，二十多岁的年纪，身上穿了很多环。她操着一口带着典型荷兰口音的英语询问他们需要点什么。

"你怎么知道我们说英语？"吕克问道。

"她，"她朝伊琴娜撇了撇下唇，"你看不出来，但你——很容易看出来。"

他们点了沙拉和苏打水。吕克看着离开的服务生，又转过头朝酒吧里看了看："这里的人我都不认识了。"

"你会保留岩石旅社吗？"伊琴娜问道。

"是的，现在会，无论如何都会。莎莉负责经营。它不会亏本，实际上，它的盈利不少。现在很多人都从网上预订。你呢？你会卖掉那里吗？"

"茨安卡弗雷尔？哦，不会。对我而言，那才是我的家，也是查理的家。他喜欢这里，到现在都喜欢来这里。所以，不会卖掉，我们会一直留着它。反正现在西班牙的房子也不好卖。"

"是的，没错。"

"吕克,我和查理都看了瑞恩,"她说,"我们非常喜欢它。"

"谢谢。"

"你父亲真的是个间谍吗?"

"我也不确定。可能是吧。过去他隐约提过自己为政府工作。但我的确不知道。那都是我编的。"

"我很感动。我在影片里看到了你,当然,还有你爸爸的影子。"

过去的两年是吕克人生的巅峰时刻。他创作的法国电视短片在英国和欧洲都放映了。故事的主角是冷战时期住在巴黎的美国记者瑞恩,表面上他是替总部位于巴黎一家不知名的美国报社报道欧洲的各类事件,但实际上是一名中情局特工。同时具有间谍和单身父亲双重身份的瑞恩获得了观众的喜爱和评论家的一致赞誉。很多批评家指出在和不断成长、有时也很倔强的儿子一起时,瑞恩身上有着弗朗索瓦·杜鲁夫般的柔情。吕克的法国代理商正在和HBO电视网、美国经典电视电台及其他几家美国电视公司洽谈改编成美剧的相关事宜。只要有一个有名气的执行制片人,卖给美国人之后,钱就会滚滚而来,他的代理人说。可吕克也担心美国人会毁了这个剧集。真是两难。

"你知道,我很少想过我父亲——我看不到他——当他在的时候。现在我经常会想起他。当我回头看时,他似乎很神秘。"

"我知道你一定很想念他。"

"我很想再见他。和他谈谈,看看他到底是谁。"

"那在巴黎的时候你和谁在一起?"

"只有索菲。"

"索菲——很多年前,我们一起去摩洛哥时,我捏造的那个女朋友。当时你也有——"

"丹尼斯!没错!不过你真的有爱人了吗?我希望你有。"

"你呢?呃?"遇到一个让自己不再孤单的人的可能性似乎越来越

小。人生是一个不断减少的过程，而不是构建。他无法想象自己还能重新认识一个人，敞开心扉，内心充满感激和理解，不必为自己的行为做不合逻辑的多余解释："说实话，没有。不过我有很多朋友。你知道的，这也是一种生活。你呢？你有男朋友吗？"

"我一直都有。"

"啊。"这句话比母亲的离开更让他难过，"这样很好。"

"一直都好。"

"算你合格了。"

"是的。人会变的，环境也会变的。"

"过去是谁？或者说现在又是谁？"

"过去——没有人。一个过去我自以为很了解的人，但实际并非如此。"

"我理解。"

沙拉上来了。

"谢谢。"吕克很自然地道谢。

"不客气。"服务生回答说。

"你要给我什么东西？"伊琴娜问道。

"是的。"他把面前的一个小小的黄褐色信封推到桌子对面，"我在妈妈的衣柜里找到了一个旧鞋盒，里面装着她和你父亲的婚姻证明、一份离婚文件，还有一个没有冲洗的黑白电影胶卷，是老式的120，镇上照相馆的那个男人会冲洗这种胶卷。"

伊琴娜从信封里抽出了一沓照片，崭新光滑。"哦，天啊。"她的声音温柔极了。

吕克挪了挪椅子，和她一起看着："显然是你父亲拍的。我猜她拿了一张。"

"我的天啊，吕克。你看看，你妈妈真是太美了——看看她的头发。还是黑的。"

"那是他的船吗?"

"是的。"她说。

"不是在马略卡,是不是?看起来更像是意大利或某个地方。"

伊琴娜望着吕克说:"他们在度蜜月。"

"看起来应该是。"

父亲一直把那个老式爱克发折叠照相机带到船上去。他经常将镜头仔细地对准散落在地中海各地的锚地、码头、山间的小海湾、港口和绵延不绝的海岸线。那些六十多年前的黑白照片的构图和曝光都非常专业,后来都收录在他的文章和书里。这沓照片里的很多张都有他最爱的"涅瑞伊德斯号"的白色身影,它总是安宁地停靠在希腊或意大利小渔村旁——伊琴娜知道,一九四八年七月结婚后,露露和父亲乘坐它开始了他们的蜜月之旅。没多久他们就分开了,"涅瑞伊德斯号"也沉入了大海。只知道这些,没有更多和更深入的细节了。好几次她问父亲为什么没有照片时,父亲总是说九月份船沉的时候,照片也没有了。不过他设法把照相机、一些重要的书籍和其他值钱的东西救了出来。

"我可以去冲印一份吗?"伊琴娜问道。

"这就是给你的,"吕克,"我特意多冲印了一份。"

她一张一张地浏览着:"真是太怪了——想到他们曾经在一起过。"

"在一艘小船上,她讨厌船。"

她看着他:"到底发生了什么?他从没有告诉过我。"

"她也没说过,"吕克说,"他们闹翻了——她只是说:我们闹翻了。就这些。"

伊琴娜递过来三张照片:"这是什么?"

"我还在想你是不是知道。他有没有谈过这个。看起来像艘沉船。"

照片上是一艘正在下沉的渔船,几个绝望的男人在船头上不停地挥手。

"不,"她说,"他从来没有说过。"

"我猜他们救了这些人。"他把照片递还给他。

她也从手袋里拿出一张照片递给吕克。

"哦,天啊。"吕克惊讶极了。

他盯着已经褪色的彩色照片,这是他和伊琴娜的合影——那时还很年轻——倚靠着轮船栏杆,两个人笑得都很不自然。

"我从没见过这张照片,"吕克说,"这是哪里?"

"应该是在渡轮上。肯定是敏卡拍的,我都不记得她给过我照片,几天前才翻出了它。"

"我估计是在去摩洛哥的路上,"他低着头,不太敢抬头看她,"不是回程路上。"这话听起来有点轻率,刚说出口他就后悔了。

她把照片拿过来放回包里,然后掏出二十欧元放到桌子上。

"我来付。"吕克说。

"不,没关系,我来吧。谢谢你把照片给我。我真的很抱歉……"伊琴娜猛然站起来。"对不起。"她说,"再见。"

"再见。"

说完她就离开了。

他转过头目送着她的背影,直到最后眼前一片模糊,只剩下影影绰绰的光影。

他转过身望着散落在下面的船只,用力眨了眨眼,终于再次看清楚了。长长的码头向前延伸到闪烁的灯塔下。他望着外面的大海,波光粼粼的海浪汹涌澎湃。

一阵拉椅子声。伊琴娜在他旁边坐了下来。她又挪了挪椅子,最后坐到了他身旁。她拉住他的手臂,他转过头望着她,她的眼睛已经湿润了。

"明天过来吃晚饭。"

"不用了,谢谢你。查理和福格斯都在,那是你们的家庭聚会。"

"他们明天就回伦敦。我会再待上几天。明天过来。"

他眨了眨眼睛。她的手抓得更紧了。"过来,吕克。"她的眼神让他想起了很多年前……在工具房的那个晚上。

"几点?"

"七点。"

伊琴娜俯身向前吻了吻他的脸颊,然后退回身子,用拇指轻轻抹去他脸上的泪痕:"你会来,是不是?"

"是的,我一定去。"

"七点。"

"好。"

"行。"她说。

她再次站起身朝外面走去。他看着她坐进那辆租来的雷诺克里欧内,然后一直向前直至它消失在喜来登大街。

他再次回望港口、岩石,还有沿着海港的土道。

他突然有种奇怪的感觉。失去平衡,虚弱……眩晕?难道他中风了……现在?

过了好一会儿,他才明白这是怎么回事。

他太高兴了。

二〇五

再度重逢

杰拉德气喘吁吁地浮出水面,他已经透不过气来。海水冰冷刺骨,他的呼吸变得更加困难。他本能地蹬了蹬腿,一阵剧烈的疼痛贯穿双腿。膝盖如同火燎一般,但冰水让它们渐渐变得麻木。他双手拍打个不停,希望能向前划动几下——他触碰到了一个身体。

他扭过头看到露露脸朝下趴在水里。他用力拉了拉她,想把她翻过来,可自己却再次沉了下去。他双腿乱蹬,拼命地尖叫,冒出来了一串串气泡。胸口一阵抽搐,他很想吸口气,可进到嘴里的只有海水。又是一阵挣扎,他终于再次浮出了海面。他一只手抓住了露露,另一只手无力地划着水。再度沉到水里。浮出……

他慢慢地把露露带到岩石上面。他已经没有一丝力气了,但依然一手抓着岩石上的一块凸起,一手托着露露的头。她靠在他的胸前。他抬头看了看,海面上只有一块块立起的礁石。"救命……救命!"他不停地大声呼救。

杰拉德低头看着露露。她还有呼吸。雪白的发丝凌乱地粘在古铜色的脸上——她看起来快死了。如果能多只手的话,他一定会帮她把头发抚顺。一个小小的浪花拍打在她的头上。杰拉德把她抬起,紧紧拥在自己怀中。她的脸浮在水面上,头发全部向后漂着。就像她是自己仰起头，把脸露在外面。现在的她似乎装扮过一般，只是睡着了，也许不久就会在他的怀中睁开眼睛，然后直勾勾地盯住他。

终于，他可以告诉她了。

他正想张开嘴巴吸口气，又一阵大浪翻滚而来，浪花拍打在岩石上，也把他们冲到了水里。杰拉德没有拉住露露。她慢慢地漂走了。

"等一等……"嘴里吐出的只有一串串气泡。他的手摸到了她的衣服。他紧拉着不放，可他在水下，她什么都听不到。他想说的是：

我真的回来了，你知道的。和那些羊一起都进了山洞。你出去的那条路正是奥德赛曾经走过的……正是同一个洞穴里……然后我把他们引开了——你从没看过我给米莉的胶卷，对不对？它们会告诉你发生了什么。我把他们引走了，然后处理了他们——

她都听到了吗？她在哪里？

他突然意识到她是从岩石上坠落下去的。下巴摔断了。他用胳膊紧紧搂住她。他把她的头抬出水面，凝望着她的脸。她只是睡着了。她的头发还是灰色的，不久之后就会变成雪白色。这是他见过的最美的面孔。她已经没事了。他救了她。

杰拉德把她的头紧紧拥在胸前，奋力朝"涅瑞伊德斯号"游去。